创 新 赋

李牧童

U0663380

　　混沌初开，演乾坤之爻变；阴阳交感，成宇宙于日新。毓六根之情性，生万类于絪缊。始怀仁以求是，终明易而通神。尔乃懋修德业，博取物身。随异时以裁度，施满腹之经纶。匡世济民，常领先于创举；移风矫俗，每革弊于陈因。乃知大道之行，必新可久；溥天之众，唯适堪存。

　　维我泱泱浙大，赫赫上庠。鹏抟禹甸，岳峙钱塘。虽滥觞于光绪，实踵迹于羲皇。笑览三千世界，饱经百廿沧桑。方其兴黉舍于普慈，延师启智；拯士风于科举，矢志图强。崇实求真，谋专精于术业；励操敦品，摒利禄于行藏。比及竺公受任，锐意更张。敬业乐群，改官僚之习气；尊师重道，充智慧之资粮。见闻多其弥笃，教学乐而互彰。既罹忧于兵燹，乃避难于他乡。辗转西迁，遗善行于赣地；迢遥东顾，播文种于黔疆。格物致知，学尽穷研之力；安贫乐道，居留瓢饮之香。遂开一时气象，而引无限风光。行正道于人间，龙骧虎步；铸贤才于海内，日盛月昌。

　　嗟哉！夫育材之庠序，乃济世之梯航。弘人本之方针，兼修道器；固德才之基石，广蓄栋梁。博学睿思，承菁华于往代；深谋远虑，造时势于前方。极数推来，拓新阶于诸域；秉诚知化，驱原创于各行。明治道之所宜，通权达变；率潮流于应向，内圣外王。扶国政于中庸，教敷百姓；导民心于至善，和洽万邦。皇皇大道，熠熠斯芒。惟新厥德，永发其祥！

"百廿求是丛书"编委会

主　任：任少波　郑　强

副主任：张美凤　单　泠

编　委：(以姓氏笔画为序)

马景娣　吕淼华　朱宇恒　邬小撑　李五一　李浩然　吴叶海　吴晓波　吴　越

应　飚　沈文华　沈黎勇　邱利民　张　泽　陆国栋　陈云敏　陈昆松　楼含松

王　卡　吴雅兰　张淑锵　陈　帆　金　涛　周　炜　周　聪　桂　迎　夏　平

高　峰　曹震宇　韩天高

浙大戏文

浙江大学·原创校园戏剧剧本集萃

夏平 桂迎 ◎ 主编

校园戏剧，无论是演还是看
这种参与都不仅是对戏剧表演形式的体验
也是对人生的一种体验
这部浙江大学1990年以来学生原创校园戏剧作品选集
既是百廿年浙大历史的艺术再现
也是一部具有可读性的文学书籍

ZHEJIANG UNIVERSITY PRESS
浙江大学出版社

校园戏剧，无论是演还是看

这种参与都不仅是对戏剧表演形式的体验

也是对人生的一种体验

这部浙江大学1990年以来学生原创校园戏剧作品选集

既是百廿年浙大历史的艺术再现

也是一部具有可读性的文学书籍

总　序

教育强则国强。求是书院从清末的创办之日起，即确定了"居今日而图治，以培养人才为第一义；居今日而育才，以讲求实学为第一义"的办学宗旨；敢为人先，以引领风云际会之势，贯穿了浙江大学一百二十年办学历程的始终；与时代同呼吸，与国家发展同频共振，是浙江大学一以贯之的精神所在。

曾经，以兴新学而图国强，是那一代知识精英以知识振兴中华的理想和抱负。然而，没有强大的国家为后盾，办学的道路，曲折而多难。一部浙江大学的历史，也就是一部浓缩的中国高等教育和科学技术发展史，更是一部承载了中华民族文化血脉的历史。每当我们回首来时路，每当我们细数家珍，我们都会倍感今日的一切，来之不易。我们是历史的见证者，我们也是历史的创造者。一代又一代怀抱报国理想的中国知识分子，用自己的双手和汗水，为中华的强盛而努力拼搏。

在网络日渐成为人们生活中不可或缺的元素的时候，书卷，依旧是记载历史、呈现文化、讲述故事的最朴素的载体。在建校一百二十周年之际，这套"百廿求是丛书"，从历史，从文化，从教师的成果，从学生的成长，或是黑白或是彩色地用文字和图片呈现纷繁历史中的岁月积淀，或是叙事恢弘，或是微波涟涟，展现浙江大学独特的品格、独特的历史、独特的文化。在历史与现实的互相映照中，告诸往而知来者。浙江大学的家国情怀和社会担当从未懈怠，峥嵘岁月里铸就的浙大故事，历久弥新。

这套丛书共8本，依据"主人翁"的年岁为序，是为《浙大史料》《浙大景影》《浙大口述》《浙大原声》《浙大发现》《浙大戏文》《浙大范儿》《浙大飞语》。有办学史料选集，有校园建筑文化，有老浙大人的情怀，有新浙大人的理想……我们期望能够通过文字，留住过往，呈现历史，以励当下。

《浙大史料》的文字，以求是书院为起点，从"章程"到"规""例"，从"奏请"到"致电"，从"大纲"到"细则"，在史料散失现象十分普遍的情况下，很多是通过抓住点滴线头顺抽细检的方式考订所得，虽只是沧海一粟，但希望以此为起点，能使得我们的积累和研究日渐体系化、专业化。如果要将8本书分个类，《浙大景影》《浙大原声》和《浙大戏文》应当可以与《浙大史料》归在一类，它们共有历史记录的性质，虽然分别是以建筑、原创歌曲和原创校园话剧为主角，但都具有跨年代的积累，都具有浙江大学独一无二的文化烙印。而且，领衔的编著者，是这四方面工作的专业人士，他们用专业的眼光和方法，加之对学校的深深的爱，为读者烹制出原料纯正的精神佳肴。

《浙大口述》《浙大发现》《浙大范儿》和《浙大飞语》的主角是今天的浙大人。《浙大口述》的讲述人，很多已经近90高龄了，他们用平实无华的语句讲述的故事，就是浙大的历史。我们今天的办学成绩，都是在前人砌就的基业上取得的，中华人民共和国成立初期，家底之薄，创业之艰难，如果不是通过他们的讲述，也许我们很难想象。《浙大发现》则是大学办学发展的最好的佐证，浙江大学代代相传的求是印记，在于文化学脉与民族血脉的交融，在于中国知识分子以科学强国为己任的信念。《浙大范儿》是丛书中唯一一本以创业人为采访对象的原创作品集，浙大新一代创业人的感悟和思考，不仅对创业的学生和校友，乃至对高等教育的组织者也有启发和参考作用。《浙大飞语》也同样，青春的校园，记录着青春飞扬的生命。何为"浙大范儿"？就是树我邦国的家国情，开物前民的创新观，永远锐意进取的上进心，追求卓越、造就卓越的勇气和信心！

　　延续一百二十年的浙江大学文化，是岁月淘沙的瑰宝，是大学精神的底蕴，是共同价值的灵魂。传承和弘扬求是文脉，不忘前事，启迪后人。在新的历史时期，我们记述和表达的是今天的浙大人，扎根中国大地，为实现中华民族伟大复兴的中国梦而奋力前行的信念和脚步。

"百廿求是丛书"编委会

2017年4月20日

浙大戏文

卷首语：浙江大学校园戏剧历史沿革

翻开浙江大学的历史，几乎处处可见校园戏剧活动的记录。早在1937年抗日战争时期，浙江大学的校园戏剧活动就有相当扎实的传统，就是在学校西迁辗转长征，四易校址完成了2600公里行程的艰苦岁月中，同学们也是几乎每走到一处就会有戏剧活动，演出的剧目有街头剧、活报剧、大型话剧等等。校方设立了戏剧音乐艺术指导委员会，组织学生成立各种文艺社团，话剧团、京剧团、歌咏队、舞蹈队活动频繁。当时成立的黑白文艺社是享誉全国的学生进步组织，还有不少学生自主创立的戏剧社经常演出各类校园戏剧。据记载，1939年浙江大学西迁贵州，在贵阳青岩新生分部，一年级的同学们组织"战时工作队"演出街头剧《放下你的鞭子》《送子参军》，并且创作演出抗日独幕剧《死里逃生》和大型话剧《菱姑》，有力地配合当时抗日战争的时局，呼唤民众团结一心共同抵抗日寇。在遵义湄潭校区，尽管同学们学习任务艰巨，生活贫困，不仅要忍受饥饿困扰，甚至连一双像样的布鞋都罕见，但年轻的学子们还坚持着校园话剧活动。1940—1942年，遵义浙大剧团曾经演出曹禺先生的《雷雨》《日出》，还有《茶花女》《重庆24小时》等大戏。他们用饭桌搭起舞台，用被单做成服装，表演时观者如潮。1943年，浙大剧团的《蜕变》去遵义播声电影院进行赈灾募捐义演，为时3天，一个剧目演出三四个小时，剧本一点都不作删改，演职员全部都由学生担任，并请来当时在遵义步兵学校担任艺术教官的邱玺先生执导，舞台呈现非常完整，有模有样。遵义的百姓观众在冒着黑烟的桐油灯下兴致盎然地观看，高潮处掌声热烈，甚至当地的其他院校师生也每每赶来看戏。演出结束，演员和观众都被熏得鼻孔墨黑，但是依然气氛热烈……特别值得一提的是竺可桢校长每次必到现场观看，并且常常为剧团的演出启幕，演出后还认真提出意见，再次修改演出时也是每次必到。这些史实在《竺可桢日记》中有多处记载。

1942—1943年，浙大外文系还曾经创办过一个"外文戏剧班"，由莎士比亚研究专家、戏剧翻译名家的浙大外文系张君川教授为学生开设外文戏剧课，为的是将学习戏剧理论与排演相结合，用英文演出戏剧。当时用英文对白排演的名剧有《蠢货》(*Drama Club*) 等作品。

1946年，浙江大学历经磨难回到杭州，学生们在完成学业的过程中对于戏剧的热情依旧。湄潭剧团依旧活跃，常常带着自己演出多次的校园戏剧作品在杭州的校园里为师生演出。当时演出的剧目有《少奶奶的扇子》和《夜店》，还有大型舞台剧《天国春秋》《升官图》。"学生自己搬食堂的桌子搭台，热热闹闹演出完了再拆台，不分职员和演员都参加，有时候满脸油彩来不及卸妆就一起干活，全部都弄好往往就天亮了。"

当时由外文戏剧班学生创作的《皇帝与太阳》在杭州青年会会场演出，吸引了近千名杭州观众。这个戏剧作品近似童话剧，舞台呈现上非常热闹好看，但是寓于其中的却是深刻的哲理。1948年1月21日的《中国儿童时报》第三版以"真理的火烧去了天地间所有的残暴与自私——一次成功的演出"为题，整版报道了这次的精彩演出 "这次《皇帝与太阳》的演出，得到了意料之外的成功。有七八百位观众当场就喝彩、鼓掌，闭幕后又有许多观众跑到后台来称赞，叫好。演员和其他的工作人员，没有一个不高兴得跳起来。"

戏剧对于学子的意义绝不仅仅只是上台演出的最后呈现，"对于戏剧和诗歌的爱好大家都是一样的，没有什么专业和业余的分别。大家都是为了一个共同的目标，为了一个明朗的明天"。在新中国成立前夕，浙江大学戏剧活动中往往激荡着当时年轻人向往进步、投身革命的赤子之心，他们对国家命运有着更清晰的分析，对祖国和人民的未来充满希望，同时通过戏剧的方式来表述自己对于时政的观点。南京大学艺教中心主任康尔教授说

"对戏剧文本的研读，就是对表述方法的学习；对戏剧作品的赏析，就是对表述技巧的领悟；对戏剧名著的排练，就是对学生表述能力的训练。"戏剧对于学子今后的人生观影响巨大。

浙江大学在新中国成立之后也曾经有过两次令人瞩目的戏剧活动：一是20世纪60年代话剧《年青的一代》的上演，二是20世纪80年代话剧《于无声处》的上演。尤其是在《于无声处》的演出阶段，从校党委到普通学生，都对校园戏剧显示出极大的热情。《于无声处》这部剧光是演出班子就有三

套，教工一套，学生分A、B组。排练时校领导亲临现场，演出的大道具都是从校长办公室搬来借用的。舞台演出效果亦可与当时专业的艺术团体相媲美，可谓声势赫赫。这两次校园戏剧活动大大调动了广大师生对校园戏剧的关注和热情，也为在校园培养话剧观众，起到了不可低估的作用。

今天的浙江大学黑白剧社，即浙江大学文琴艺术总团戏剧社，重新成立于1990年。1997年百年校庆之后，应老学长们的积极提议和一致要求，原浙大艺术团话剧队复名"黑白剧社"。2001年6月，浙江大学文琴艺术总团成立，黑白剧社成为文琴艺术总团下设的戏剧社。黑白剧社以培养校园戏剧人才，提供戏剧表演天地，丰富校园文化，提高戏剧欣赏品味，营造良好校园戏剧氛围为努力目标。至今为止，剧社已经创作、排练演出了大中型话剧及校园实验话剧近30部，话剧小品40余个，演出百逾场。在原创作品获奖的同时，自觉承担了对浙江大学普通学子戏剧知识的普及与宣传的任务。

黑白剧社的宗旨是 一群人做好一件喜欢的事情。这个视点意味着演剧只是艺术活动的载体，更重要的是演剧活动背后的意义和支撑团队的精神，他们崇尚集体精神而并非仅仅上台展示自我。正是浙江大学求是创新的严谨校风给予这个集体强大的精神传承和理念支撑。剧社日常活动不仅是排练、演出、接触表演艺术，更重要的是一届又一届的求是学子在这个天地中，提高了对社会、对人生、对自我的认识，培养了踏实灵活的创造能力、开朗真诚的性格和健康向上的心态。

因为不懈的坚持，校园戏剧活动的常规化带动形成了良好的戏剧氛围，校园戏剧观众群不断扩大，并形成良好的发展态势 有中学生因为知道浙大的戏剧活动而报考浙大，有大学毕业生因为黑白剧社的演出而特地返校观看；每次话剧演出常常是一票难求，不仅本校学生参与，外地大学校园戏剧社团，甚至在杭的专业戏剧院团也纷纷前来观看，形成浙江大学一道独特的人文景观。近年来，浙江大学爱好戏剧的学生参与组织社团、进行戏剧活动也非常踊跃。已经成立13年的梵音剧社就是突出一例，这个完全由学生自主创立的校园戏剧团体以自己的热情每年推出话剧专场演出，在同学中广受好评。同时，音乐剧歌剧社、越剧社、京剧社等戏剧爱好类社团也层出不穷。

就校园戏剧本身而言，它的目的就是参与，不论是演或是看，都不能缺少参与的热情。这种参与与其说是对戏剧表现形式的体验，不如说是对人生的一种体验。短暂的校园戏剧生涯，往往会关照或左右我们人生的道路。

桂迎

浙江大学公共体育与艺术部艺术中心教授

浙江大学学生黑白剧社指导老师

目　录

回　归 ……………………………………………… 001

绿树如歌 …………………………………………… 033

妹　妹 ……………………………………………… 071

同　行 ……………………………………………… 103

辛迪·蕾拉 ………………………………………… 137

迷　城 ……………………………………………… 173

斯人独憔悴 ………………………………………… 201

殊　途 ……………………………………………… 239

太阳城 ……………………………………………… 283

凫傒吟 ……………………………………………… 321

求是魂 ……………………………………………… 369

后　记 ……………………………………………… 424

回　归①

浙江大学黑白剧社集体创作

---

① 共演出2场，1995年5月11日浙江大学教七影视厅首演。

《回归》是以1995年日本阪神大地震为背景创作的一部实验性无场次小剧场话剧。

　　当大地震来临的时候，孩子拨通了家里的电话："爸爸，我想回家。"这样一句听起来稀松平常的话，没有引起父亲的注意。父亲一句"如果没有什么大的危险，你还是不要回来吧"竟成了自己对儿子说的最后一句话。人生总是有那么多的未知数，当灾难来临的时候，亲情、友情、爱情都将展现出怎样的一面？故事就从这一通电话开始⋯⋯

剧本：

实验性无场次小剧场话剧《回归》

人物表

　　杨益：男，二十几岁，留日学生

　　杨父：男，五十几岁，某大学教授

　　晓冬：男，二十几岁，记者

　　杨益：男，十七岁（也许是杨益十七岁时）

　　柳雨：女，三十岁，留日学生

　　老人：男，八十岁，一个孤独的老人

　　邻居：男，二十几岁，国家公派访日学者

　　打工者：男，二十几岁，滞留日本的中国人

　　铃木美子：女，二十几岁，神户大学毕业生

　　小伙、书生、壮汉、上海女人、老太、女学生、老人、伤手者、日本青年等人

　　柳树、杨树、松树、柏树、枫树等形态各异的树

　　【灯光渐起

　　【台上出现的人群无序地三两相聚，或谈话或做事，突然恐怖的音乐响起，这是一种极其抽象的现代音乐，没有旋律，只有令人心悸的摩擦声，渐剧……

　　【随着音乐，人们的脸上先是出现茫然不解的神色。很快，这种茫然变成了恐惧。人们缩聚在一起，惊恐的目光集中在上方一块透出希望的空间，求生的欲望使整个人群焦灼地向上求救……

　　【在恐惧中人们相互支撑、依偎、战栗、颤抖，向天空伸出绝望的双手——一双手，两双手，无数双手张开着、延伸着，凝聚成生命毁灭之前的凄惨画面……这一切都是在摩擦声中完成的，表演者的动作定格在最强张力的造型上……

　　【摩擦声渐隐，无声造型定格

【一束光照在匆匆而上的晓冬脸上，这是一张沉痛而焦灼的脸

晓　冬　1995年1月17日凌晨5时46分，在日本的神户、大阪之间发生了里氏7.3级的大地震。

在神户地区大约居住着13000名华侨，我国在神户地区还有大量的留学人员、劳务人员，到1月22日16点32分为止，在地震中遇难的留学人员及其家属名单通过震颤的国际刑警热线和日本中心局的传真如下

卫红、沈一冰、武力平、傅建红、曹璇、郭清华、雨京、李一兵、伍鸣、孙储孟、寇秀薇……

【渐隐

【急骤的电话铃此起彼伏

【舞台大演区特写的灯光下出现一群如同塑像般的人群，台口的小演区也有一群模糊的人影

（日语）喂，喂，这里是大阪专线，电话号码067795636。

（中文）喂，喂，这里是公安部国际刑警中国中心局查询热线5122725，可以为您查找在日本的亲人。

（日文）喂，喂，这里是日本警事厅的地震查询专线0081-3-3591-3501。

【电话两端的中国、日本亲人大声呼唤对方的声音骤然响起，整个舞台笼罩在一片揪心的呼唤声中

【一个年轻的声音响起，观众看不清他的脸……舞台的另一个光圈中，出现了满头华发的杨教授手捧话筒的脸

杨　益　喂、喂，是爸爸吗？

杨　父　（紧张又惊喜）是杨益吗？杨益，爸爸打了两天电话啦，你怎么样？

杨　益　我们这里地震啦。我还好，没事。

杨　父　是吗？那就好，那就好！

杨　益　（迟疑，终于脱口而出）爸爸，我……我想回家。

杨　父　（似听清楚，又不相信）什么？

杨　益　（无言）

杨　父　　杨益，你那不是还好吗？要是没什么事，你就别回来。

　　　　　【杨益木然面对话筒，顷刻放手，转身离去……电话声中断，"嘀嘀"
　　　　　　声放大

杨　父　　杨益，杨益，杨益！

　　　　　【切光

　　　　　【灯渐亮。台口平台上，不同年龄的人在谈论地震，他们的服装没有
　　　　　　明显的区别，但是以表演上可以区分出人物不同的性格和身份，给观
　　　　　　众的感觉是在一个院落中居住的一群中国老百姓，时间是清晨

小　伙　　（手捧报纸，津津有味）大地震，大地震啊！奶奶，您快看，日本大
　　　　　地震，真是不得了啊！

书　生　　（凝眸于报纸）据日本警事厅1月23日早晨5时45分统计，到目前为止，
　　　　　地震造成5008人死亡，112人行踪不明，26253人受伤。

壮　汉　　7.3级大地震，世界震惊啊！（指报纸）地震造成建筑垃圾5000万吨，
　　　　　一般垃圾6000万吨。

书　生　　参加地震救灾搜索者15000人……

　　　　　【众人议论，感叹不已

上海女人　（突然想起）哎哟，何奶奶，侬晓得吧，老杨的儿子哪能啦？

老　太　　对了，不是就在日本什么神府大学吗？

书　生　　何奶奶，那不叫神府大学，那是神户大学，英文是……

女学生　　（打断）瞎啰唆什么呀？就是我杨哥哥留学的地方吗！

小　伙　　哎哟，真的，杨益那小子怎么样了？

上海女人　还能怎么样？哎，何奶奶，电视看了没有？我跟您说啊，那地震的地
　　　　　方火光冲天，房子全都塌了，不知道死了多少人哪……

老　太　　（惊恐）哎呀，你该不是说，杨……

上海女人　（急拦）不不，我不知道，我可什么都没说。

　　　　　【众人议论，女学生欲向前问上海女人，被小伙拦住。

小　伙　　我说小雯，你有没有什么内部消息？

女学生　　什么内部消息？

小　伙　　（幸灾乐祸）你杨哥哥啊。

女学生　　要死呀，你！人家是洋博士啦，我又算个什么？人家哪点看得上我？

书　生　　（突然想到）唉，这几天，你们谁看见老杨啦？

上海女人　（几分神秘）你们还不晓得啊！老杨到日本去找儿子都好几天了，是日本方面打电话要他去的。

老　太　　哎哟，我们真不知道啊。

壮　汉　　该不会有什么事吧？

上海女人　（醋意十足）我早就说过了，在国内好好的，偏偏要去什么日本，这下……

女学生　　其实我杨哥哥当初是不想去日本的，都是他爸逼的。

壮　汉　　好了，好了，都什么时候了，还说这个。

老　太　　（叹息）哎，我说老杨的命也够苦的。

　　　　　【晓冬一副旅人打扮，匆匆而上

晓　冬　　阿婆……

老　太　　呀，这不是晓冬吗？

晓　冬　　（急切地）阿婆，您知道杨伯伯在家吗？

老　太　　（打断）晓冬，你可是和杨益从小一块长大的，你知道杨益的情况……

　　　　　【众人围着晓冬，七嘴八舌地询问打听，晓冬不知所措

书　生　　（突然乐观）哎，你们看！那不是老杨吗？

　　　　　【议论声戛然而止，众人目光投向台下：观众席里缓缓走来一位饱经风霜的老知识分子，步伐沉重而飘忽，茫然而机械地往前走着
　　　　　【议论声又起，喊喊喳喳，声音不高的疑惑

晓　冬　　（急切地迎上）杨伯伯！杨伯伯！

杨　父　　（似听到呼唤，缓缓转头，观众们看见的是一张承受着巨大不幸而近似麻木的脸，他的目光在寻找着什么，却又什么也没有看到）

晓　冬　　（更加急切）杨伯伯，杨伯伯，杨益现在怎么样了？明天报社派我去日本采访，我想去看看他。

杨　父　　（似乎一下子苍老了许多，颤抖着一把抓住晓冬的手，哆嗦着嘴唇）找不着了！杨益……

【众人惊愕

杨　父　　（徐徐转身，沉重而清晰地）找不着了……（哀叹）找不着了！（踉
　　　　　　跄而去……）

晓　冬　　（焦灼而不安地呼唤）杨伯伯！

【切光

【凄厉的飞机起落声笼罩着整个空间，人心像是被这声音撕裂似的难
以承受

【嘈杂声起

【日本神户

【避难所，杂乱无序的人们。一个双手受伤的小伙子坐在一张凳子上
呻吟，一位腿部受伤的妇女坐在地上输液，身边一个小伙子为她举着
盐水瓶，身穿夹克的打工者正在自言自语地掐算着什么，台口坐着的
日本小姑娘怀抱一只玩具熊，哭泣着。一位医护人员肩背着药箱匆匆
而上，安慰着小姑娘，并扶她坐下。一位老人蹒跚而上，他的右腿似
乎有伤，一日本青年搀扶老人坐下。医护人员上前帮助日本青年扶老
人坐在日本小姑娘的身边。伤手者发出阵阵呻吟，医护人员快步向
前，查看伤势

老　人　　（对日本青年）（日语）你害怕吗？

日本青年　地震在日本是经常发生的，我不害怕。

伤手者　　你看人家日本人，这么大的地震，就是不怕。瞧瞧那房子，还有立交
　　　　　　桥的桥墩都扭成啥样子了……

打工者　　那是因为我们中国人的命比他们金贵。你说咱们辛辛苦苦从国内混到
　　　　　　这儿，容易吗？！好家伙，这"千载难逢"的大地震可叫我给赶上了。
　　　　　　哎，你知道我是怎么逃出来的吗？

伤手者　　能活着，就是大幸了。

打工者　　是啊，活着比什么都值钱。不过你们可能都不知道吧？现在阪神两地
　　　　　　的人身保险赔偿金额已经达到1000亿日元了。（发现没有人理他，转
　　　　　　向日本青年）哎，你是怎么逃出来的？

日本青年　（蹩脚的中文）我的房子塌了。可是我没事。

打工者　　房子？对，两地房子的赔款金额也已经达到了1000亿日元了。

日本青年　中国人有句古话"生死由命，富贵在天"——地震是大自然的灾害，害怕是没有用的。

【一位中国大使馆的官员上场，分别对在场的人一一慰问，并记录各人的情况

打工者　　（注意到日本青年手上有伤）你这是怎么回事？

伤腿妇女　他是为了救一个中国孩子，被砸伤的。

打工者　　你真命大。（突然注意到老人）哎哟，我说老爷子，您这么大岁数，也逃出来了，真是不容易。你知道吗？我也住在三楼，等地震过去了，我推开窗户一看，咳，到一楼了。哎呀，真是不得了。你知道我为什么没事？要不然为什么说咱们中国的文化源远流长呢！那个什么周易啊，八卦啊……地震前几天哪，我恰好算了一卦，就算出这几天有地震。所以啊，我一早就做好准备（得意），哎，你知道我是怎样算的……

伤手者　　（大声）哎哟，痛死我了。轻一点吧……

医　士　　（日语）对不起，对不起。

姑　娘　　要我帮忙吗？

医　士　　噢，小姐，请你帮我把他这只手包扎好，好吗？

姑　娘　　好的好的。（忍不住）他这是怎么搞的？（惊愕地打量伤者手上的创口，不忍再看）

医　士　　（抹去额上的汗滴）他本来应该是最早逃出来的，可是身后一声声的呼救，使他又回到中国留学生聚集的地方，他凭着记忆，在地震废墟前大声呼唤留学生的名字，听见一点反应，他就去挖。你们知道，他不是常住在这里的日本人啊，他没有经验，更没有工具，他靠的是他的一双手啊。我在救护队里跑来跑去，就看见他在那里不停地挖，怎么劝他也不听，结果就成了这个样子……

腿伤妇女　地震时去救人真是危险。高野家出事的时候我就在旁边。已经逃出来的高野夫人开着汽车就往房子里面冲，大概是想把老人救出来，可是

就在这时，一阵余震又过来了。

众　人　　怎么样了？

腿伤妇女　可怜啊，连人带车都砸在里面了，车压得像三明治一样……

姑　娘　　17号这天的余震有70多次呢。

日本小姑娘　（悲泣）妈妈……妈妈……

　　　　　【一个女学生拖着一个近似疯狂的母亲上场，母亲挣扎着，嘶叫："我的孩子！我的孩子！"

　　　　　【在女学生的奋力阻止下，两人跌倒在地。女学生与官员关切地围上

官　员　　怎么回事？

女学生　　（惊魂未定）她的孩子被压在下面了！

伤手者　　（似闻警言，立即起身，欲夺门而出）孩子？孩子在哪？（跟跄地向外冲去，人们一拥而上，拉他回来，安慰着、埋怨着）

　　　　　【另一边，老人在安慰小姑娘

官　员　　（问女学生）她叫什么名字？她的丈夫呢？

女学生　　（为难）不知道。

官　员　　（向母亲）中国大使馆已经订好了机票，明天你就可以回国了。

　　　　　【失去孩子的母亲沉浸在悲哀的痴呆之中，喃喃念叨，时而爆发，嘴里嘟囔着孩子的名字，众人凄然

　　　　　【一位日本女大学生背着满满一书包的水瓶匆匆而来，身着旅装的晓冬紧跟其后

晓　冬　　（日语）对不起，这里是中华国文学校吗？

铃　木　　这里是中华国文学校，请跟我来。

晓　冬　　（惊诧）咦，你不是日本人吗？你怎么会说中文？

铃　木　　（侃侃而谈）我是神户大学的学生，我喜欢中国文化，曾经到过中国学习，也会讲一些中国话。不过讲得不好，请原谅。

晓　冬　　不不，你讲得很好。

铃　木　　请跟我来吧。

　　　　　【铃木进入表演区，医士和官员迎上来，两人接过铃木手中的水，分发给众人。晓冬随后而上，看见地上哭泣的母亲。

晓　冬　怎么啦？这是怎么回事？

官　员　她的孩子被压在下面了。

晓　冬　（惋惜）那孩子多大了？

官　员　（沉痛）不知道。

打工者　这几天，从下面挖出不少人了。

晓　冬　那你知不知道一个叫杨益的留学生？

打工者　杨益？

晓　冬　对！他是从上海来神户大学学建筑的自费留学生，是在这次大地震中失踪的……

打工者　哎哟，老兄，我到日本这么多年了。认识叫杨益的可以说不下一打了。也不知道你要找的杨益是……

【在一旁为妇女输液的小伙子，一直在注意聆听晓冬与打工者的对话，他站起身来，忍不住打断打工者的话

小伙子　你是找上海来的杨益吗？

晓　冬　对啊，你知道他的情况吗？

小伙子　你知道他住在什么地方？

晓　冬　神户长田区。

小伙子　噢，神户长田区。你说的杨益是我同室的哥儿们！我和他住在一块。

晓　冬　（又惊又喜）是吗？！那你知道他现在怎么样了？

小伙子　他现在的情况我也不清楚。不过，你别担心，我相信，像他这样一个对生活充满热情的人，老天爷也会保佑他的。（舞台光渐收，光圈打在小伙子身上）杨益是我到日本以后遇见的第一个中国人。我们俩租了一间和式的小房间，就在神户长田区的一条普普通通的巷子里……

【切光，舒缓而深情的音乐

【灯光渐亮

【观众们可见场上有一个直立的画架，旁边有一位年轻人正在凝神于构思之中。他属于书卷气质一类的青年，看得出他对自己的作品很不满意。我们刚刚在避难所看到的小伙子（以下称邻居）气冲冲上场，他砰

　　　　地把门关上，然后返身看了看门是否关紧

邻　居　（大声地）小日本！老鬼子！不就问你几个问题吗？竟然说我不懂基本
　　　　概念，不配跟你搞研究！让我回去学两年再来！岂有此理！你算老几？
　　　　一个小教授！你以为我犯贱，那么低声下气地问你？（青年递上一瓶水，
　　　　邻居气呼呼地喝了一口，放下）告诉你，那叫不耻下问！下问，听明白
　　　　了吗？（对青年滔滔不绝）这个小教授，对我横挑鼻子竖挑眼的。我哪
　　　　一点对不起他了？我研究出了成果，不照样是他的光荣吗？今天下午你
　　　　猜怎么着？我去问那个小教授两个问题，他倒好，叽哩呱啦一大通；开
　　　　始我愣没弄明白，以为是在给我解答呢，敢情，这老家伙嫌我蠢，不配
　　　　跟他搞研究！我蠢？老子好歹是国内名牌大学的高才生，不比他那帮日
　　　　本徒弟强？叫我回去？！——回去就回去，马上走，哼！

　　　　【乒乒乓乓地收拾东西，发现青年正在含笑注视着自己，气不打一处来

邻　居　杨益，你笑什么？有什么好笑的？

杨　益　（变得一本正经）哎，刚才好像你说是要回去？行啊！来，我帮你收拾
　　　　行李。（满屋子找东西）哈，这个是你的，还有这个……啊，别忘了买
　　　　点电器，什么手表啊，Walkman啊，好歹是来了一趟日本。噢，对了，
　　　　你还没买飞机票吧？我这就给你打电话订票去。

　　　　【边说边向外走

邻　居　（急拉）你这个人……你这个人有没有同情心啊？谁说我要回去了？（嘟
　　　　囔）我……回去干什么呀？噢，好不容易来趟日本，就为了买几样电
　　　　器？那跟人家打工的有什么区别吗？

　　　　【杨停住脚步，缓缓走向画架，脸上挂着不置可否的笑容

邻　居　我是拿了奖学金出来的，什么东西还没学成，我怎么回去啊？在国内，
　　　　争这个去日本的名额多不容易，过五关，斩六将，我费了多大劲才杀出
　　　　来，这下好了，让人家一脚踢出来了，叫我回去怎么跟人说啊？出来的
　　　　时候多风光，人家羡慕得不得了，可今天……这地方简直不是人待的！
　　　　（气急而泣）

杨　益　这地方怎么不是人待的了？我们在这里不是过得挺好吗？

邻　居　你……

杨　益　你得记住，这里是日本。无论你在国内怎么样，一到了日本，就一切从零开始了。这样吧，我讲个故事给你听吧。（两人席地而坐，杨娓娓而谈）有一个人，是被他父亲逼来的。刚到日本的时候，没有钱，也没有工作，唯一只会说一句话是　ありがとうございます（谢谢）！

邻　居　（恨恨地）ます（读音似"妈死"）？这个地方是要我们死啊！

杨　益　可他得活呀，刷盘子、背水泥、扛钢筋，他什么活没干过？一面打工，一面拼死拼活地学语言，终于，他如愿以偿地进了神户大学。

邻　居　神户大学？（似有所悟）你是在说你自己吧？

杨　益　也是，也不是。不过，你得记住这句话　日本不相信眼泪，只尊重强者。（邻居用袖子抹去脸上的眼泪）你瞧瞧你自己，你是带着奖学金过来的，可是往教授那跑得比吃饭还勤！人家要的是学者，不是学徒！更不是关着门才敢骂人的懦夫。

邻　居　（几分羞愧，还要强辩几句）人家只不过是想在教授那套套近乎吗，你说我能怎么样？哪像你，运气那么好，碰到一个好教授，又给你送吃的，又给你介绍工作。我看啊，连他的女儿都快嫁给你了！

杨　益　可别这么说，人家日本姑娘，我可高攀不上啊。不过，一开始，教授对我也不怎么样。哎，这种事不提了。

邻　居　不怎么样？我才不信呢。

杨　益　你还别不信，真的！记得我刚刚来日本的时候，那个教授就欺负我不懂日语，给我一份20多页的论文，让我三天之后向他报告。日语有什么了不起？不就一半汉字一半外来语吗？我一狠心，熬了三天三夜，把那份论文给读懂了，在结束三个小时的报告之后，你猜那个教授先生怎么说？

邻　居　怎么说？

杨　益　他愣了半天，冒出一句おめでとう（恭喜）。打那以后，他才对我另眼相看。

邻　居　（羡慕）你是不错，可是我呢？人家赶我，同学又看不起我，我该怎么办？不见得真的就……说真的，杨益，我挺佩服你的，这么不容易地熬过来，参加建筑设计比赛还拿了大奖！哎，我什么时候也能……

杨　益　　其实这个奖真的不算什么。我现在只是在设计一种机器，一个没有生命
　　　　　的空间。在我的脑海里，一直想创造出一种能和自然完美结合的建筑，
　　　　　人住在里边，可以感受自然界的每一缕微妙变化……

邻　居　　（愣愣地看着杨益）有这么神奇吗？

杨　益　　（爽朗地）是啊，所以直到现在我还没有设计出来。不过，在那张纸上，
　　　　　（指指画架）倒是有一个生命即将诞生！（随即走到画架前，几笔勾勒
　　　　　出一个形象，自我欣赏着）

邻　居　　让我瞧瞧。（跑过去欲看，杨益急藏。邻居在后面追赶，抢画于手中，
　　　　　仔细端详，不禁忍俊不禁）

杨　益　　怎么样？像不像你刚才那个怒发冲冠的样子？

　　　　　【邻居和杨益相视，开怀大笑

　　　　　【切光

　　　　　【忧伤而缠绵的音乐

　　　　　【追光中，观众可以看见一位在避难所曾经见到过的老人，他蹒跚地寻
　　　　　找着什么，口中念念有词……

老　人　　多好的一个年轻人啊，可惜，现在他们是找不到他的，至少现在他们是
　　　　　找不到他的，找不到的……

　　　　　【如风如云的竖琴声盈盈而来，细长而空灵的音乐线条给整个舞台带来
　　　　　阳光明媚的色彩，一群树们姗姗而行，在流动中组合成性格各异的树
　　　　　形。老人慢慢穿过树林，树以各种各样的动作抚慰着老人孤寂的身心

　　　　　【音乐声中，小树们环绕在老人身边，又散漫成一片生机盎然的树林

　　　　　【杨益走来，突然发现了这片充满生命活力的树林。他心旷神怡，和小
　　　　　树们打着招呼，树们却视而不见

杨　益　　多美的一片树林啊，就像回到了家乡一样。

　　　　　【杨益欣喜地奔跑在林中，又倚树而坐，拔起地上的野花衔在口中。这
　　　　　时，他突然发现正在和老人说话的老松树，又看见活泼的小树围绕着老
　　　　　人撒娇呢语，那种和谐欢乐，让杨益这个充满诗情的留学生惊奇和感慨
　　　　　万分

杨　益　真奇妙啊，人与树之间竟然会像一家人那样融合。它们仿佛是掠过林间的清风，或是滋润土地的甘泉。如果，我也能够成为它们中的一员，成为一棵树、一只鸟，甚至是一片树叶、一片羽毛，那该多好啊！

　　　　【杨益情不自禁地比画模仿着树的形态，但是他立即发现自己是一个不受欢迎的角色，几乎每一棵树都表现出拒绝的冷漠

杨　益　（惊异而略带失意）为什么？为什么你们要拒绝我？

　　　　【他漫步在树林之中，向老人求救般地呼唤着

杨　益　老人家……老伯……

柳　树　他是听不见的，他……（有一棵树拉了柳树一下）

杨　益　（迷惑地）我刚刚明明看到他在和你们交谈。

杨　树　他不是用耳朵和语言，而是用心和我们说话的。

杨　益　用心？可他的眼睛是明亮的，为什么像是没有看见我？

柏　树　从十年前，他的眼睛里就只有鸟和树了。

杨　益　哦？

柏　树　他来到这个城市已经有五十多年了。

松　树　是的，整整五十三年了。

柏　树　那时，他也和你一样，年轻，热情，充满幻想………

　　　　【老人陶醉在自己的世界里，他蹒跚而行，招呼天上的鸟儿，用自己带来的食物喂鸟，聆听树的心曲、鸟的合唱，一片痴情

　　　　【杨益动情地看，仔细地听，树用自己的语言告诉他老人和自然的一切

众　树　后来，苦难的生活一直折磨着他，
　　　　他没有孩子，也没有家，
　　　　就从十几年前的一个早晨开始，
　　　　每天的清晨和傍晚，
　　　　他都会来到这里喂鸟，和我们交谈……
　　　　也许，在海的另一边，
　　　　也有这样一片绿色，
　　　　也有这样一片土地，
　　　　给过他童年的欢乐，

给过他乡思的眷恋……

杨　树　可是现在……

松　树　他所有的爱和痛都深深埋进这异国的土地了。

杨　树　他几乎成了一棵树了。

松　树　他已经是一棵树了。

杨　益　（思索地）一个人变成一棵树？难道这样才能真正走进这片树林吗？我也有许多痛苦，为什么你们不肯接受我呢？

　　　　【杨益凝望树林，树林默然。他瞩目苍松，松树凝重地回答

松　树　年轻人，能真正融合于我们之中，是要舍弃许多牵挂的，而你……

杨　益　（若有所思）牵挂？……是的，我还有许多放不下的牵挂。

　　　　【杨益欲离去，又不舍，留恋地环视树林。这时，他在颤巍巍迎风而立的老人脸上，看到了一种哀伤。他看见老人正捧着一只刚刚咽气的鸟儿，寻找树下的空地，他不禁呆住了。树们同情地看着，一同哀叹着

松　树　又是一只。

柏　树　一只老死的鸟儿。

枫　树　一个曾经在天空飞翔的生命。

柳　树　一个曾经拥有过美好的生灵。

柏　树　这已是他亲手掩埋的第二十七只鸟了。

枫　树　这是他的希望，他的心愿，

杨　树　他一次又一次地将它们掩埋。

柳　树　你们看，老人又在为心爱的鸟儿寻找一丛美丽的野菊花了。

枫　树　他越来越衰老了。

柳　树　甚至连挖一个小小的坑都力不从心了……可惜我只是一棵树。

众　树　（应和）可惜我只是一棵树。

　　　　【老人颤抖着用手挖土，杨益轻轻握住他的手，老人凝神端详杨益，杨益虔诚地跪下，珍惜地接过死去的小鸟，爱怜地贴在脸上，然后迅速地为它挖好小坑，深情地用土掩埋，老人看着这一切，泪流满面

老　人　谢谢！

　　　　【老人向杨益深深鞠躬，树们感动地叹息着，围拢过来，慢慢包裹着老

人，众树又与他融为一体

【杨益缓缓站起身，一步步离去

杨　益　（突然地）总有一天，总有一天，我会再走进这里来的！（离去）

【树们在忧伤的音乐中舒展着自己，翩翩起舞，回到自己的位置

【突然，急迫而恐怖的音乐骤起，树们在挣扎之中纷纷倒地。老人用衰老的身躯试图扶起这些被大自然屠杀的生灵，但是一切努力都是徒劳。七横八竖倒地的生命悄然逝去……

【舞台上是如废墟一般的惨境。老人心瘁力竭，呆立着，老泪纵横

老　人　（喃喃）大地震……是大自然毁灭了这一切生命，是大自然……

松　树　（呻吟）那个年轻人，他在哪里？他去了哪里？

老　人　（眺望青年离去的方向）整个自然毁于一旦，他难道还会留恋这个世界吗？他难道还会留恋这个世界吗？

【恐怖的音乐渐强，老人背身而立，形如枯爪的手伸向苍穹，似在作无声的祈祷

【切光

【起光

【旅人打扮的记者晓冬坐在台口，神色肃穆

晓　冬　你们说的杨益不像是我的朋友。杨益就像是我的同胞兄弟，从前一直和我生活在一起。我的父母都是他父亲的同学，他从小就没有母亲，父亲也在他两岁的时候迫不得已离开了他，临行的时候，把杨益托付给了我的父母，从此音信全无……直到杨益上高中，他的父亲才得以平反。可是，因为工作调动，爸爸妈妈已经带着我和杨益离开了原先生活的城市，他的父亲好不容易才找到了我们。直到今天，我还清楚地记得他们父子相见的情景……（隐去）

【特写光束

【这里似乎是某个中学的一间办公室，一身书生气质却已是满头华发的杨父在焦急地等待着儿子

杨　父　（画外音）（苍老而浑厚的男中音）就要看见儿子了，一别十年，真想不

出他会长成什么样子，分手的情景就在昨天，（掏出珍藏的照片）是晓冬的爸爸，我的好朋友硬要把儿子的照片塞到我手上，他说，带着吧，带上它，你就会觉得这个世界上还有个亲人在惦记着你，你对生活就不会失望。是的，儿子，多少次，我都已经完全失望了，是你的思念让我重新鼓起活下去的勇气，在这个世界上，我还有你，我的杨益……

【身穿运动服的晓冬匆匆而上，那时他还是一个中学生，活泼而热情的性格，乐于助人的品质。听说杨益的父亲突然归来了，他显得比当事人还要激动

晓　冬　（一路喊着）爸爸，爸爸来了!

杨　父　（惊喜，扑上前去，细细打量）孩子……

晓　冬　（憨憨一笑）杨伯伯。

杨　父　（诧异）你是?

晓　冬　我是晓冬啊。

杨　父　（拥晓冬入怀，感慨）这些年全靠你们照顾杨益了。

晓　冬　伯伯，这没什么，没什么。（急向后叫）杨益——杨益——，快来，快来啊!

【晓冬推杨益上。高中时期的杨益敏感而内向，身上衣着可见拮据的生活状况。杨益迟迟疑疑地，甚至不敢抬头打量面前的父亲，而杨父万分激动，想上前抚摸儿子，却又被陌生感阻隔，直瞪瞪地看着儿子喃喃自语

杨　父　杨益……杨益……（百感交集，取下眼镜擦拭泪花）

【杨益揪着衣角，慢慢抬头，明澈的目光中有几分惶惑，依旧一言不发

晓　冬　（着急）这是你爸爸呀，杨益。

杨　益　（无语）

杨　父　（不知从何说起）这些年还好吧? 上高二了吧?

杨　益　（沉默）

晓　冬　（为杨益而骄傲，又想冲淡屋里的尴尬气氛）杨益可好了，他的成绩是我们班上最好的，还是我们班的语文课代表呢。他的体育也特别棒，老师们都说他特别能吃苦! 每次运动会杨益都为学校得奖牌，同学们都特

别佩服他。真的!

【晓冬闭嘴,整个气氛复又沉闷,杨益始终不语

晓　冬　(突然想到)对了,干吗都站着?

杨　父　(猛然醒悟,忙拉凳子)坐下吧,坐下说话。

杨　益　(礼貌地)谢谢。

【父子俩都在注视着对方的一举一动,都在期待着对方的呼唤

杨　益　(旁白)这就是给了我生命的爸爸吗?这就是多少年来我一直等着盼着的爸爸吗?从我懂事开始,就有人指着我的鼻子骂我……为这,我问过晓冬的爸爸和妈妈,为这我跟人家打过架,也背着人偷偷哭过。那个时候我不明白,为什么我会有这样一个爸爸?我也曾发誓,我不要爸爸!不要爸爸了!

晓　冬　(旁白)杨益,你爸爸千辛万苦地回来见你,他多想和你说说话呀。咱俩在一块十几年了,每次听见你在睡梦中呼唤爸爸,我的心里就有说不出的难过……杨益,现在,你亲爱的爸爸就站在你的面前,当这个梦想成真的时候,你怎么就不上前叫他一声爸爸呢?

杨　父　(旁白)孩子,我懂得你眼中的疑惑和委屈,是爸爸对不起你。可是爸爸多么想听到你喊一声,哪怕就喊一声"爸爸"呀……

杨　父　(似有些手足无措,突然想起什么,拖过自己的旅行包,打开)噢,我刚刚下火车好不容易才找到晓冬的家,是晓冬的妈妈告诉我你们中学的地址,匆匆忙忙我就赶过来了。这些年,我找了好多地方,打听你和晓冬一家的下落。

晓　冬　我爸爸常常说起你们在大学里同学的事情,他说你一定会回来接杨益的。

杨　父　也不知道杨益长得有多高了,喜欢吃些什么,忙忙乱乱地就买了这么一大兜子……

晓　冬　只要是爸爸买的,杨益准喜欢。是吧,杨益?

杨　父　(长吁一声)十几年了,头回给儿子买东西,老怕少买了什么。刚才在车上,我就把这个大包抱在怀里。到了你们家,你妈妈一看就说,老杨怎么像是抱了个娃娃似的。(自嘲地笑了)

晓　冬　杨益看你爸爸多有意思。

杨　益　（轻轻一笑，气氛显然轻松了许多）

杨　父　（拉开旅行袋）这是吃的，这是学习用具，对了，我还给杨益买了一套
　　　　衣服。

晓　冬　（高兴地）杨益，你看，你看，这套运动服还是最新款式呢，来，咱们
　　　　试试！

杨　益　（顺从地站起身穿衣。衣服显然是太小了，晓冬和父亲帮忙，还是穿不
　　　　下。杨益和晓冬对视，然后对杨父礼貌地）谢谢，我挺喜欢的。

晓　冬　我说吧，只要是爸爸买的，杨益准喜欢。

　　　　【杨益叠好衣服，复又坐下。场上又陷入尴尬之中。杨父掏出香烟，点
　　　　燃一支。杨益咳嗽，杨父急忙掐灭烟头。杨益低头，发现一张照片刚刚
　　　　被杨父带出落在低上，捡起来观看，杨父也被照片吸引，一同观看

杨　父　记得吗？杨益，这是你的满月照。

　　　　【杨益细细地凝视照片，辨认不出，轻轻摇头

杨　父　（激动）还是爸爸抱着你去拍的这张照片呢！

晓　冬　是您抱着杨益？

杨　父　人家都是当妈的带孩子去照相，我们却是父子俩去的照相馆，连摄影师
　　　　都觉得奇怪。我只能说，我一个人全权代表了，我既是爸爸又是妈妈。

晓　冬　（上前与杨益一起看照片，显得比杨益还感兴趣）杨益，你瞧，你那时
　　　　候倒是长得虎头虎脑的。

杨　父　（爽朗，似变了一个人）谁都这么说。他在凳子上不老实，老是坐不稳，
　　　　我只好躲在凳子后面用手托住他。你看，这不还有我的几个手指呢。

晓　冬　（笑）呦，不仔细还真看不出来，你看，杨益。

杨　益　（轻轻地）我还是第一次看见这张照片。

杨　父　可它跟在我的身边已经十五年了。

杨　益　（重复着）十五年……

杨　父　岁月如水，匆匆而过啊。

　　　　【父子对视，杨益似有所动

　　　　【上课铃响

杨　益　（迟疑了一下，还是站起身）我该上课去了。

晓　冬　（急拉）杨益，你就别去上课了，跟你爸爸多说几句话吧！

【杨益无语，依旧缓缓向门口走去

杨　父　（发自肺腑地）上课去吧，来日方长，从今天起，爸爸就要和杨益在一起了，再也不会让杨益一个人生活了。（声音哽咽）上课去吧。爸爸在这儿等着你，等你一块回家。

晓　冬　（再劝）杨益！

【杨益缓缓转身，眼中泪光闪闪

杨　益　（艰难而清晰地）爸爸，爸——爸——（扑入杨父怀中，放声大哭）

【杨父紧紧拥抱着儿子，泪如雨下

【晓冬在一旁擦去欣喜而同情的泪花

【渐隐

【灯光渐亮，沉思之中的晓冬缓缓地抬起头

晓　冬　杨益大学没毕业就去了日本神户学建筑。他在异国用自己最大的努力构筑他心目中的世界。听说他生活得很不容易。当大地震降临的时候，他和在国内的父亲通了电话，想要回国。我知道，如果不是内心充满一瞬间的失望，倔强的杨益是无论如何不会提回国的。可是他父亲却要他仍然留在日本，你们说，当一个人失去他最后的亲情时，他还会留恋这个世界上的生活吗？

【一位我们曾经相识的女子姗姗而来，她端庄灵秀，眉宇间有一抹淡淡的忧伤，她叫柳雨

柳　雨　血浓于水的亲情无法替代。不过，我想这位父亲并不是不爱自己的儿子，他是希望儿子在日本更能有所建树，更有出息。可怜天下父母心啊！在国内我也有一个小女儿，她还小，将来只要有可能，我也要让她上最好的大学，受最好的教育。我觉得，这位父亲没有真懂得儿子的心，他没有理解一个人远在异国他乡的孤独和无依无靠。

晓　冬　是啊，身在异国他乡的留学生往往把感情看得很重。紧张无序的生活，寄人篱下的孤独，都会使漂泊在外的中国人对感情格外珍重。我不知道

　　　　　　我的朋友杨益在日本是不是恋爱过，但是我相信，如果杨益爱上一个
　　　　　　人，他是会不顾一切的。

柳　雨　我倒认识一个叫杨益的留学生。

晓　冬　噢？又是一个杨益，他是怎样的一个人？

柳　雨　他是一个感情炽烈的人，他有最纯真、最圣洁的爱，生命之中洋溢着无
　　　　　　拘无束的热情。如果你要找的人就是他的话，他是绝不会离开这个世
　　　　　　界的。

晓　冬　你能告诉我关于他的故事吗？

柳　雨　（点头）我们的相识可能从一开始就是一个错误。我最后一次见他是在
　　　　　　地震前的那个晚上，在我工作的美术馆里……

　　　　　　【暗转

　　　　　　【如泣如诉的音乐声中，台口的灯光投在一尊塑像前面的柳雨身上，与
　　　　　　各种不同状态、或坐或立的塑像相比，柳雨似乎是被寒冷包裹着，她抬
　　　　　　起头，环视着四周

柳　雨　（独白）这么晚了，他今天不会来了。（自我嘲解）不来也好。难道就这
　　　　　　样结束在日本的生活了？其实我应该高兴才对啊——终于要回国了！要
　　　　　　回家，见到我可爱的小女儿了。六年啊！寂寞、孤独、沉重而无望的压
　　　　　　力，眼泪都流不出来的痛苦……没有人肯靠近我，热情的微笑后面都是
　　　　　　冷漠的眼神！除了他，他非凡的才华，非凡的热情！（黯然）不，是该
　　　　　　结束了，该结束了。（听到了什么，转向台口）他的脚步声！真的是他
　　　　　　来了！

　　　　　　【杨益匆匆而来，见到柳雨，他欣喜万分，双眸闪亮

杨　益　柳雨！

柳　雨　杨益！

杨　益　（急切）这几天你为什么总躲着我？

柳　雨　（避而不谈）瞧你跑得满头是汗。（擦汗，为杨益脱去外套）

杨　益　我听到你留给我的录音电话，马上就来了。

柳　雨　你看你的脸色这么差，是不是又熬夜了？

杨　益　昨天晚上赶着画了两张图。

柳　雨　啊，你还没有吃晚饭吧？我给你准备了点吃的，还有热茶，来，坐下吃点吧。

【两人相继盘腿而坐。此时的杨益像一个无拘无束的大孩子，而柳雨却心事重重，强作欢笑

杨　益　（随意）老是吃你的，真是不好意思。

柳　雨　（笑）得了吧你，（注视着杨益的狼吞虎咽，不忍说出来，又不得不说出来，缓缓起身）杨益，我今天约你来是要告诉你——我要回国了。

杨　益　（完全不曾料到）什么？

柳　雨　（清晰地重复）我要回国了。

杨　益　（停止吃东西）为什么？

柳　雨　（避开杨益的眼光，心情复杂）他，来信说女儿想我，我——想回去看看。

杨　益　什么时候走？

柳　雨　明天的航班。

杨　益　明天？这么急？那——你——你还回来吗？

柳　雨　（不忍看杨益失望的目光，很矛盾地）我，我也不知道。（竭力掩饰自己的心情）杨益，我不在这里，你要好好照顾你自己，不要老是熬夜画图了。记得按顿吃饭。啊，差点忘了，我还给你买了瓶胃药。这种药对你的胃病特别有效，可别忘了吃。

杨　益　（恳切地）能不走吗？

柳　雨　（沉默）

杨　益　柳雨，你是知道的，我是在孤独和寂寞之中长大的。从小没有母爱，也没有父爱，所以这么多年来能获得一份爱都快成为一种奢望了。（长叹）到了日本，我更觉得我是一叶浮萍，四处漂泊，也不知道哪里才是我的家。可是自从见到了你，我才找到了我渴望已久的东西，从你的眼中，我看到了我的归宿，你怎么舍得就这样离开我呢？

柳　雨　（已经听不下去）不要这样说，杨益，你的苦楚我都知道，可是——

杨　益　难道你就一点也不怀念我们在一起的日子吗？

柳　雨　不不！这些日子我一辈子也忘不了，你给了我世界上最纯最真的爱。（环视四周，塑像像一堵墙似的包裹过来，敌视着相拥而立的杨益和柳雨）可我是一个有丈夫有孩子的女人啊！杨益，你看，这四周的眼睛——他们在监视着我，谴责着我，他们的目光像鞭子一样打在我心上，他们都在耻笑我！（恐惧地伏在杨益的肩上，又觉不妥，抬头凝视杨益）如果上帝允许我年轻十岁，我一定不会就这样离开你！

杨　益　（紧握柳雨的手）我不要你放弃你的家庭，只要你能回来，我什么也不在乎！

柳　雨　（挣脱）杨益，你能不能现实一点，你还年轻，完全可以有比我更好的女孩走进你的生活……

杨　益　（执拗地）我不要！

柳　雨　杨益，你听我把话说完！其实，上一次铃木教授向你提起他女儿的亲事，你是应该答应的。铃木小姐年轻温柔，铃木教授又是学术界名流，这对你今后的发展——

杨　益　（真的气恼）好好！我听你的。明天我就去向铃木小姐求婚行了吧？！然后，和一个我不爱的女孩步入结婚的殿堂，从此以后，在日本的朋友会说，杨益，你有了铃木教授做靠山，从此可以飞黄腾达了，在国内的朋友会说，杨益你真能干，居然娶了个日本太太，见了我的人都会说，瞧啊，这就是铃木教授的女婿……幸福啊，我可真是幸福！

柳　雨　（不忍再听）杨益，杨益，不要说了，我不是这个意思。（想缓和一下气氛）好好，我们不谈这个了。杨益，你瞧，茶都凉了，我们坐下来喝点吧。

【柳雨温柔地拖着杨益坐下，递上热茶。杨益仍然在赌气，柳雨用温柔的语气扯开话题

柳　雨　还记得我们初次相遇吗？

杨　益　那怎么忘得了呢？（对视，接过柳雨手中的茶，叹息着）

柳　雨　那天，那个日本老板暴跳如雷冲着我大吼大叫，你呀，不知道从那里冲出来，用你那结结巴巴的日语替我辩解了老半天……别说，你那两句日本话真管用！

杨　益　（被引入当时的情景）是啊，那个日本老板立即决定把你给解雇了。（一饮而尽）那时候，我是不是特别傻？

柳　雨　（真挚地）不，特可爱，我就是喜欢你这孩子一样的率直劲儿。

杨　益　（深情地凝望）也许在你的眼中我永远是个孩子！

柳　雨　（不忍再看杨益的神态，长嘘一声，徐徐起身）人生真是有意思，真正相知相守的人却不能长相厮守。

杨　益　真正相依相恋的人也只能远隔天涯，遥遥相望。

　　　　【塑像随着杨益与柳雨的情绪变化而组合，在他们觉得无望时组成不同身体造型的画面，成为他们心灵语言的外化表现

　　　　【钟声悠悠地响起，在寂静中让人倍感凄凉。音乐似雨打芭蕉般时远时近。柳雨和杨益执手相视，目光中有无限依恋，嘴里却说着很机械的语言

柳　雨　新的一天又开始了。

杨　益　你明天，不，是今天，就要走了。

柳　雨　（喃喃）今天……

杨　益　几点的班机？

柳　雨　上午八点，关西国际机场。

杨　益　我去送你？！

柳　雨　不，我坐阪急电车去。我们（伸手，不舍但坚决地）就此分手吧。

杨　益　（注视柳雨，走近，握住柳雨的手无奈而凄楚地转身，仰天长叹）也好！也好！

　　　　【望着杨益的背影，柳雨悲从心来，忍不住跟跄几步，呜咽出声，双手蒙面跪倒在舞台上……但是，她立刻抑制自己，急速下台

杨　益　（突然意识到什么，急喊）柳雨、柳雨……

　　　　【切光

　　　　【灯光复亮，我们看到曾经在避难所见到的那位中年人出现在记者身边，我们权且称他为打工者

打工者　我看啊，大家也别忙活了。你们说了这么多的杨益，只有我认识的这个

才是你们要找的。

晓　冬　是吗？你倒详细谈谈看！

打工者　（滔滔不绝）这个杨益，我太熟悉了，我还和他一起打过工，扛过水泥，
　　　　拆过钢管脚手架呢。这小子干活不要命，一脸的杀气，赚钱也不是这个
　　　　样子嘛……

晓　冬　（打断）那他现在呢？

打工者　等一下（日语），你别着急。听我说下去！地震那天，要不是我又看见
　　　　他那副德行，我还真认不出他来。一开始，我还当他在挖什么值钱的宝
　　　　贝，跑过去一看，原来是位老大爷给压在里面了。我说这都什么时候
　　　　了，自己都难保呢！再说，你以为你是谁？铁臂阿童木啊……

晓　冬　（急切）后来呢？

打工者　后来，后来那个老大爷在里头哼哼起来，"みず（水）呦，みず呦"，讨
　　　　起水来了！这下他可来劲了，也不知道从哪里弄了一条湿毛巾，硬是扒
　　　　开一个洞，把手伸进去喂他水喝，说时迟那时快，突然来了一场余震，
　　　　只听"轰"的一声，就把他给压在里头了。

晓　冬　你说什么？

打工者　（沉浸其中）我可吓坏了。赶紧去叫人啊！等我们大家跑到那儿一看，
　　　　你猜怎么着？

晓　冬　怎么？

打工者　连个人影都找不到啦！（发现晓冬直呆呆发愣，安慰地）这傻小子，不
　　　　是我说难听的，必死无疑了！

　　　　【晓冬神气哀伤，目送打工者远去

　　　　【一位身穿和服的日本少女手捧一本诗集姗姗而上，仔细辨认，可以看
　　　　出这位日本少女正是我们在避难所看到的神户大学的学生，她的名字叫
　　　　铃木美子

铃　木　（流利的汉语）请问你要找的那个中国留学生找到了没有？

晓　冬　（依旧沉浸在自己的思绪中）很多人向我提供了他的踪迹，可是直到现
　　　　在仍然没有找到他。

铃　木　我这儿有一本诗集，是一个我曾经爱过的中国留学生送给我的。他是一

个非常好的人，可惜他爱的不是我。我把它送给你，它可能对你有点
用途。

晓　冬　不不！这本诗集对你来说是很珍贵的，还是你自己留着吧。

铃　木　对写诗的人来说，诗集就是一个人心灵的世界，你还是看看吧。

晓　冬　你应该留下做个纪念。

铃　木　不，明天我就要结婚了。我到这里来，是来邀请我的中国朋友参加我的
婚礼的。

晓　冬　（诧异又欣喜地）结婚？是大地震之后的第一个婚礼？

铃　木　对！是大地震后的第一个婚礼！

【晓冬注视着手中的诗集，慢慢打开，音乐悠悠而来

【画外音起：

《回归》

不要睡去，不要
亲爱的，路还很长
不要靠近森林的诱惑
不要失去希望

请用凉凉的雪水
把地址写在手上
或是靠着我的肩膀
度过朦胧的晨光

撩开透明的暴风雨
我们就会到达家乡
一片圆形的绿地
铺在古塔近旁

我将在那儿
守护你疲惫的梦想

赶开一群群黑夜

只留下铜鼓和太阳

在古塔的另一边

有许多细小的海浪

悄悄爬上沙岸

收集着颤动的音响

【在音乐和诗歌声中，铃木美子沉浸在想象之中，寻找自己的意中人。身着礼服的杨益出现在舞台的一角，美子欣喜地拎起和服的裙边奔向杨益，脉脉含情地凝视着他

【两人亲昵相伴，漫步交谈，然后展开一把粉红色的绸伞缓缓走向观众。音乐渐停，杨益消失在台口，美子若有所思。晓冬合上诗集，避难所的人们上前祝贺

晓　冬　　那么，祝贺你！

日本青年　（日语）恭喜恭喜，祝你幸福！

柳　雨　　祝你幸福！

邻　居　　铃木小姐要结婚了，真是大喜事啊！

柳　雨　　祝贺！祝贺！

【众人送上礼物，所有人的喜悦都是庄严而严肃的，气氛凝重。让人感到这个平凡的仪式在这不平凡的时刻，是民族和生命延续的象征

【我们看到杨益从人群中穿行而过，徐徐地走进又走出，在场的人们都看不见他，他就像一个精灵或是一阵晚风，飘然而去

【钟声响起，一队身着黑色丧服的人群，秉烛徐徐而来，气氛肃穆，他们登上台口，站成一排

【台下观众席中在烛光拂过时也不约而同地点燃蜡烛

【钟声震荡，台上的人或跪或站，双手合十，默默祈祷，为人类和平而祈祷，观众席也有人站立祈祷……

【杨益也在人群中

【对铃木美子的祝福依旧在继续……

【灯光渐暗，只有烛光摇曳，钟声震撼……

【追光，晓冬神情肃穆的脸

晓　冬　1995年1月17日凌晨5时46分，在日本神户与大阪之间发生了里氏7.3
　　　　级的大地震。死亡6306人，失踪2人。

【厚重的钟声

【全剧终

1995年5月11日演出

导演后记：

第一次集体追寻青春记忆的校园戏剧创作

　　1995年2月，我离开刚刚发生震惊世界的大地震的日本，从京都回国。应该说，这次结束探亲提前回国（签证还有半年到期）的原因，除了新学期即将要担任的课程以外，就是亲身经历的阪神大地震了。

　　回到杭州之后，在投入工作的同时，在日本半年的经历时时刻刻在脑海萦绕。那些旅居海外的人和事，那些被异国土地放大了的海外游子的强烈情感都让我感慨激动，甚至夜不成寐。

　　一次去好友胡志毅副教授家闲聊，当我说起自己的感慨时，他突然问我："为什么不把这些内容编个话剧？"我被他的提问弄得一时无话。在这以前，我只导演过一些话剧小品和小型的话剧，排大戏的愿望只是一个朦胧的影子，自己觉得底气不足。"你应该在现有校园戏剧导演的水平上再上一个台阶，这个戏剧活动一定会让你的剧队队员提高自信的。"我顿时被他说动了心。

　　那么这个戏说什么呢？眼前最想表达的内容就是刚刚发生在身边的阪神大地

震了。在一个非常大的背景下的人世，往往可以看见许多戏剧性的东西。在我生活的学校家属住宅区里，就有一个在大地震中的遇难者。仔细说来，这又是一个非常有戏剧感觉的真实事例。一个高级知识分子家庭的孩子，大学没毕业就去日本留学，苦撑苦熬了四年，没有回过一次国。当大地震来临的时候，孩子拨通了家里的电话，向父亲要求回家。而父亲却认为，如果没有什么大的危险，"你还是不要回来吧"。于是，孩子就搁下了电话。谁都没有想到，一个活生生的儿子从此便没了音信。后来，焦急的父亲通过大使馆的协助，自己去日本寻找儿子。但是，依旧没有任何结果……身临大地震现场，悲痛欲绝的父亲才体会到儿子当时的心情。后悔、沮丧、自责、痛苦……让这个父亲反反复复想不通的是，为什么身为人父的自己要说那样的话………当然，一切都已经无济于事。在人对大自然的畏惧之中，一个年轻的生命就这样失去了踪迹。

出国是为了什么？这应该是一个内涵很丰富的话题。不同的人会有许多不同的观点，那么我们的学生会有什么样的回答呢？从这个点切入，我们进行了探究性寻找：寻找人性、亲情、友谊、爱情……也寻找人的价值观、生存观。同时，我们也试图用戏剧的形式将真实的生活境况展示给我们的观众。胡志毅副教授曾是中央戏剧学院现代戏剧理论的研究生，他欣然同意担任这个作品的总策划，于是我们对于下一步的工作计划有了初步的讨论，着重讨论了"做法"的步骤、框架和完成计划所需的时间。当时，最悖于常规的也是最让我激动的是整个作品的实验性：这个剧的剧本将在演出时完成。

我跟剧队的骨干们提出了我的想法，立刻得到他们的积极响应。我们先在剧队中自发组合了四个小组，选一个多意的共同点生发开去，由小组负责丰富发展成为一个个有内容的面，然后串联成戏。整个结构可以用一个契机相联系（热线或是主持人），所表现的内容可以完全不相关，却又要紧扣主题。要求学生们注意，剧的情节和人物都可以虚构，但要简洁可信，语言要生活化、口语化。

目标确定之后的一个月，剧的框架就搭建起来了。学生们的想象力和创造力得到了空前的发挥。整个过程是边排练边出人物，边出故事。我们把剧中人的失踪放到大地震的背景下，让许多人以自己的认识来叙述一个剧中人的生活片段，于是一下子有了许多生动的故事。在进行删减之后，比较完整的四个故事出现了，分别表现友谊、亲情、爱情和人与自然的感情。在结构上的处理是：把发生大地震、主人公失踪、亲人寻找未果作为开始；然后又以同时是主人公朋友身份的记者来到日本地震现场，听不同的人说主人公的不同经历串联整个剧；最后，戏收在大地震后的第一个婚礼和为和平祈祷的深远钟声里。这个戏的情节展开在漂泊与眷恋相交织的追寻中，多侧面、多层次地表现羁旅游子的回归情结。

在表现手法和舞台调度上，我有意识地加强了身体语言的运用。我觉得戏剧行动的本身就应该是舞台行动大于语言，尤其在一些虚拟的想象空间的表现上。比如大地震时人的恐惧，比如国际热线的空中传递，比如人和树水乳交融的情感……当音乐提供一个想象空间时，语言就好像是多余的了。因此，关于人和树的一场戏几乎没有什么语言，而形体表现丰富、画面流动感强的设计，使这一片段呈现出了别具一格的美好意境。校园戏剧舞台丰富的多元表现，在这个戏中得到淋漓尽致的展示。

应该说，当时话剧队的目标是"再上一个台阶"，因此所有剧队队员的热情都空前高涨。同学们在紧张的课余，几乎把所有时间都花在了排戏上。曾经有几个周末，同学们从早到晚都是在第四教学大楼的六楼排练室里度过的。排练场的条件虽然简陋，但现场却充满着集体创作的和谐气氛，队员们常常有灵感闪现。在总体构思的指导下，我常常与队员们分享自己在日本的经历与体验，以此来调动演员的想象和情感。排到动情处，我和队员们常常一起鼓掌欢呼数分钟……

《回归》的排练让我对校园戏剧充满信心，它是那么生机勃勃，前途无量。而所有参与者的智慧和团结一致的精神更使排练一次次出现振奋人心的快乐场面……那些日子的确令人难忘。

扮演杨益的男主角王晓涛是信电系93级的学生，这是他第一次演戏。晓涛的形象和声音条件不错，对表演的处理也有自己的见解。他可能没有想到，自己将从这里起步，开始他的业余艺术生涯，这里也成为他日后从事专业艺术工作的第一级阶梯。晓涛如今是一家省级文艺电台的音乐节目编辑兼主持人，也是省级电视台一档品牌节目的小有名气的主持人。

参加这个戏表演的还有两位日本留学生：青木惠美和高野雅志。虽然他们的中文水平都不高，但都非常认真和投入。有意思的是，青木在剧中扮演的是个热爱中国文化的日本女大学生，她非常倾慕中国留学生杨益，可是剧中的杨益心有所属，最终她也只好嫁给了别人。但是，生活中青木的婚姻却非常幸福。她从离开中国之后一直和我通信，1999年的春天，她嫁给了日本山梨大学一位中国籍的青岛留学生，现在已经是一个孩子的妈妈了。今年春节，青木给我寄来了她一家三口在北京天安门前的照片，照片上的青木怀抱着她的宝贝，和她的中国丈夫亲密依偎，笑得非常动人……真可谓戏如人生，人生如戏啊。

　　值得一提的是在《回归》演出的首场，已经毕业的老队员孙金云特地乘了11个小时的火车，从蚌埠赶到杭州来看戏。面对话剧队第一次实验戏剧的成功创作，他深情地说："剧队就是我的家。"

　　1995年5月11日，《回归》在浙江大学的教七影视厅首演，深受各界观众欢迎和好评。浙江卫视拍了12分钟的专题节目，浙江有线电视台做了20分钟的纪实节目，《钱江晚报》《大舞台报》都做了报道。其中《大舞台报》以"校园戏剧《回归》大胆创新，令人耳目一新"为题，给予《回归》以"（这是）全体演职员参与性集体创作的试验方法的一次大胆尝试"的肯定评价。

桂迎
1995年12月

绿树如歌①

编 剧：桂 迎

---

① 共演出3场，1997年12月7日浙江大学玉泉校区体育馆首演。
曾获1997年杭州市"年年红"大学生戏剧会演二等奖。

"如果说英才辈出的浙江大学有如初升朝阳般的学府精神的话，那么就应该是传递于代代学子之间的学生魂了。"

　　这是一部展现浙大精神的音乐话剧作品。故事以老浙大合唱团三位老人重聚百年校庆、追述往日情怀展开，将新中国成立前夕震惊全国的"于子三事件"作为老人们回顾的历史背景，用久唱不衰的优秀历史歌曲为时空框架，以现代人的视角对人生价值进行评判思索，去表现莘莘学子与祖国共荣辱的热切追求……

剧本：

无场次音乐话剧《绿树如歌》

人物表

　　林淑宜（林）：浙大老合唱团团员，74岁，退休教师，执着、热情、善良、极富责任心

　　卢家骏（卢）：浙大老合唱团指挥，75岁，院士，博学多才，坦诚、谦和、无畏

　　楚若贞（楚）：浙大老合唱团团员，73岁，台湾师范大学教授，基督徒，林的同窗好友，浪漫、脆弱、真诚、好表现

　　于子三（于）：原浙江大学学生自治会主席，为真理而殉难，永远23岁

　　齐浩（齐）：林淑宜的孙子，浙大中文系研究生，讷言敏思，老实、书生气

　　刘小雨（雨）：浙大校报记者，林家的邻居，浮躁，天真，谈吐犀利，不拘小节

　　吴湘（湘）：1947年浙江大学学运负责人，于子三的同学

　　老伽（老）、伽玛（伽）、哈哈（哈）等浙大老合唱团团员等

A

　　【苍老而激越的合唱声《我所爱的大中华》由远而近，幕启

　　【平台上，林正专心练她的女高音声部，不时地向外张望，她虽已年逾七旬，却精神矍铄，热情仍然保留在她的一举一动之中，唱着唱着她似乎心驰神往——

　　【这是1997年4月浙江大学百年校庆期间的一个傍晚

　　【一个一头华发的老人疾步上场，身边的年轻女记者雨推开林家的大门

雨　林奶奶，有客人来啦！

【林正面对观众，我们发现她竟是一位双目失明的老人

林 （反应敏捷）是小雨吧，半年多没来了吧，快进来，快进来！

【雨急切地扶住奶奶，高兴地把她拉到门口

雨 林奶奶，您的老同学来了，是科学院的院士卢家骏教授。

卢 淑宜，你怎么……

【林意外地一楞，半晌反应过来，热泪滚滚，毫不掩饰自己的感情

林 （伸手）是家骏，我想你一定会来的。

卢 （止不住自己的惊愕，紧紧握手，拭去热泪）淑宜。

林 50年没见面了，你看我，还认得出来吗？

卢 认得出，还是老样子。虽然是头发白了许多，可是，原来一双那么明亮的眼
睛……（不忍说下去）

林 现在还是那么明亮，不过它长在我心里啦。快坐，快坐，等着，我给你去倒
茶（非常熟练地摸到茶杯，倒水，双手捧给卢）怎么样？

卢 淑宜，还是当年的利索劲，一点儿都没变。（林笑）

雨 （不安）林奶奶，原谅我。我还以为卢先生知道您……

林 哎，小雨，我谢谢你都来不及，还会怪罪你吗？小雨，快叫卢爷爷，这是你
奶奶的老同学，原来浙大合唱团的指挥……

雨 （伶俐地）现在也是老浙大合唱团的指挥——著名化学家卢家骏教授。

林 瞧瞧，你还都知道。

雨 奶奶，您不知道，我在百年校庆报到处采访，这位卢先生一到就问校庆办公
室安排的合唱团演出日程，接着就打听您的住址。

卢 这位女记者马上就报出合唱团准确的演出日程，还跟我说："你要找林淑宜就
跟我走吧？"

雨 卢先生一下就愣住了，看了我半天。说浙大这么多人，你知道我要找的是哪
一个林淑宜？我说别处同名同姓的人我不知道，说老浙大合唱团的林淑宜，
那就是我奶奶！

林 就你能干，小机灵鬼。

雨 （诡秘地一笑，悄声）奶奶，您不知道，这位卢爷爷风度太棒了！回头率百
分之九十。

林　小雨，别没大没小（嗔怪）。这孩子是我孙子齐浩的女朋友，今年大四了，她母亲还是我学生。

雨　（似乎被触动了什么，情绪低下来）奶奶，客人我给您送到家啦，好了，我还有活儿，先走了啊。

林　不准走，小雨！齐浩一会儿就回来啦，他去接台湾的楚教授啦。记得吗？奶奶说过的，浙大合唱团的女高音……

雨　啊，我知道了，就是那位钢琴教授，七十几岁还学芭蕾的老奶奶吧？

卢　阿楚一会儿就到？哎呀，又是一个50年没见的老朋友，可是淑宜……

林　家骏，等会儿我还要求你帮个忙，你得答应我。

卢　你说。

林　阿楚不知道我的眼睛已经这样了。只要她在我家里，我不会让她感到我是一个失明的人，求你千万别戳穿了我，啊？

卢　为什么，淑宜？

林　阿楚那么不容易来一趟，让她高高兴兴地来，欢欢喜喜地走吧。

雨　奶奶，我想我还是走吧。

林　这孩子，怎么这么不听话？就在这儿吃饭，你看，贵客盈门，你还不帮奶奶吗？（回头）家骏，就这么说定啦！

卢　淑宜……（林迅速戴上变色镜。随即传来齐的脚步声，身着大红毛衣、一头银发的楚随后，老太太光彩照人，先声夺人）

楚　淑宜，淑宜，我来了啦！（林原地张开双臂，楚未发现什么，激动地拥抱）

林　阿楚，真想你啊！

卢　阿楚，小妹妹。

楚　（一愣，随即惊喜地），哇！卢家骏！是你吗？是你吗？我们的指挥！多少年没见了？我知道你是永远的excellent（优秀的）。哎呀，淑宜，这是你安排的节目，让我再得到一个惊喜吗？我真是……（喜极而泣）

卢　怎么啦？怎么啦？一见面就抹上眼泪了？

林　齐浩，别站在门口，赶紧给楚先生倒茶。

齐　奶奶，我是因为堵车晚到了机场，跑到接客处就听到这位楚奶奶大声地嚷嚷：齐浩来了没有？齐浩在哪儿？

雨　这倒像是人家楚奶奶接你啦!

齐　(有些诧异)小雨,你……

雨　我是给奶奶爷爷们帮忙来啦!(接过楚手中的包)

楚　哟,好靓的女孩子,一听声音就知道是女高音,有没有参加浙大的合唱团啊?

卢　阿楚,这是你的职业习惯吗?哪有一见面就问人家有没有参加合唱团的?

楚　(朗声大笑)呀!你看看我这个老太婆。

林　阿楚,路上还顺利吗?

楚　吉人天相嘛。上飞机时,我儿子还一再问我有没有改变主意,他真是不放心我,一个就要过80岁生日的老太婆一个人飞过台湾海峡。我说,主会保佑我的。这不,顺顺利利地,啊,到达目的地!(朗声大笑)

卢　怎么样?回校参加百年校庆的盛典,有没有高兴得几天都睡不着?

楚　当然,当然,淑宜又是打电话又是写信。她说　母校都建校100周年啦,回来看看吧,我们啊,一起唱唱歌,像当年做学生时那样romantic(浪漫),我还唱我的高音声部……

林　真是难得,阿楚啊,无论你有多大的年纪,无论你曾做过什么,只要你回到母校,你不觉得你还是当年的一名学生吗?

楚　(激动得泪光盈盈)Yes(是的)!太对了!太对了!我发现50年的岁月并没有在咱们身上留下什么。

卢　心是不会老的!

林　阿楚,明天咱们一起去排练合唱,你知道吗?这次从各地回到母校的老浙大合唱团员有70多位呢。

楚　哇,太好了,太好了!(兴奋不已)指挥,什么时候练唱,我已练得滚瓜烂熟了。(唱)我可爱的大中华,我们永远为你尽忠,为你尽忠——

　　【卢指挥起来,林加入,三位老人忘情地引吭高歌起来

　　【雨、齐也被感染,兴奋不已

齐　(匆匆看了一下表)可爱的爷爷奶奶们,咱们是不是该吃饭了?

　　【林猛然想起,三人大笑

林　你看看,真是的,我都准备好了,尝尝咱们杭州的风味。小雨,齐浩,赶

快，帮忙。（齐浩欲走，林一把拉住齐）别忘了拿上辣酱，你楚奶奶可是最爱吃它了。

卢　这个川妹子没有辣可是吃不下饭。

【雨、齐端酒上

楚　哎呀，我的主，三个inascent（天真）的歌唱家。

卢　是old inascent，老天真。

【雨、齐倒酒

林　来，大家举举杯吧，

雨　为了爷爷奶奶50年后的重聚！

齐　为了浙大百年校庆！

【众人干杯

楚　（禁不住）真是难得。淑宜啊，等会我住在哪儿啊？

【林、齐均一愣

楚　你不知道，一下飞机就碰到学校派去接客人的车子，他们对我说，给我安排好了，在什么香格里拉饭店，我说，谢谢啦，我不住饭店，我这儿有家。

卢　（有些忘情）人家准傻眼了。

楚　是啊，淑宜，这次我能在杭州住4天时间，4天啊，我就住在你这儿，哪怕睡客厅也行。和在贵州湄潭那会儿一样。那时候冬天一冷，我和淑宜就挤在一个被窝里，点一盏小油灯看书。有一回打盹，还差点儿烧掉头发哪！（甜甜地笑了起来）

林　可是……

齐　可是楚先生，学校有规定，贵宾一贯住香格里拉……

楚　我不是贵宾。我是浙大的学生，老学生。

雨　楚奶奶……

楚　别叫奶奶，叫先生。在台湾跟我学琴的小女生都这么叫的。

雨　楚先生，您收到邀请信就得按学校规矩办才对。

楚　怎么，这是学校的规矩？我不会耽误任何活动，一分钟都不迟到，（央求地）淑宜，好姐姐，你倒是为我说一句呀。

林　阿楚……（避开）

楚　你们是不欢迎我吗？家骏，我的上帝，这是怎么啦？告诉我，这是怎么啦？

【林下了决心，面向楚徐徐摘下眼镜，楚大惊失色，一把抱住林

楚　这是怎么了，淑宜，你的眼睛？

林　阿楚，两年前我患视网膜脱落症失明的。

楚　为什么不告诉我？我可以为你去找最好的药、最好的医生……（说不下去）

林　已经这样了，就让它去吧。好在我自己从来没有把自己当成一个盲者，我还能唱歌，能和孩子们一块儿出去感受阳光和春天呢。

卢　淑宜……

楚　家骏，你不该啊，记得当年我毕业去台湾时，你们就是同学们羡慕的一对，可是你怎么没有照顾好淑宜……

卢　阿楚，我和淑宜整整50年没有见面了。

楚　（一愣，意识到什么）Sorry（对不起），也许我不该……

林　不不，阿楚，都是半个世纪前的事了，似水流年，过去的就让它过去吧。

卢　（举杯）孩子们，再给我斟点酒。（雨欲举酒瓶，林接过，缓缓倒入卢杯中）人生真是弹指一挥，但是最美好的东西总是长长久久地留在人心里，（喝酒）让人一辈子都刻骨铭心。

林　阿楚，留下来和我一起住吧。你说得对，这儿就是你的家。我曾多少次看见你仍然是穿着那件蓝色的布旗袍走进门来，手背在后面。我知道，手里面又是一束美丽的野花。我看见咱们一起去钱江观潮，去外校演出，每一个同学的音容笑貌都清清楚楚地从眼前闪过……

楚　淑宜……（拥抱）

林　我还常常看见他，一脸淳朴，穿一件布夹克，唱着歌……

【《向太阳》的歌声隐隐传来

【卢、楚都明白林的所指，神情凝重

雨　（轻声）卢先生，奶奶说的是谁？

卢　是于子三！那是我们浙大的骄傲。

齐　这次校庆议程中，有一项是重修于子三墓揭幕仪式，以此来祭奠他。

卢　今年是他殉难50周年的纪念，在许多同学的奔走努力之下，重修了他的墓。我知道许多同学一年两次，一次在清明，一次在他的殉难日去墓上祭扫，而

我却是因为这样那样的事不能来杭州和大家同行……

林 （劝慰）你太忙了，修墓的事，你也出了力。

卢 不，（激动）淑宜，想到他我就觉得我做的事太少，当年我们曾是那样投缘的朋友……

楚 这次我也要去，和大家一起。

【林、卢有些意外

楚 50年了，小树都该长成森林了。那些树记着他年轻的灵魂，应该是永远的年轻，我想和大家一起去唱歌，唱给他听……

【灯光渐暗

【林的声音：是哪位作家说的，记不清楚了："生命是一篇小说，不在长，而在好。"真是这样。在我们身边曾经走过那么多的美好生命。就像音乐中的华彩乐章，瞬间放射出的辉煌照亮的不仅仅是他们……

B

【铺天盖地的《黄河船夫曲》像潮水一样涌来：

嘿呦！划呦，冲上前！嘿呦乌云啊，遮满天！波涛啊，高如山！冷风啊，扑上脸！浪花啊，打进船！嘿呦！划呦！嘿呦！伙伴啊，睁开眼！舵手啊，把住腕！当心啊，别偷懒！拼命啊，莫胆寒！嘿划呦！不怕那千丈波涛高如山！行船好比上火线，团结一心冲上前！嘿划呦！嘿呦！划呦！冲上前！划呦，嘿呦！

【笑声

【幕启，年轻时代的林、卢，正在同声完成《船夫曲》的最后两句——

我们看见了河岸，我们登上了河岸，心哪安一安，气哪喘一喘，回头来，再和那黄河怒涛决一死战！嘿呦！划呦！嘿！

【这是1947年8月18日海宁钱塘江岸边

【所有合唱团员都鼓掌，欢呼！

【一束光给站在一隅的于子三，我们看见他身着黑色学生装，戴着一副圆框眼镜。他显然激动万分

于　太好了！太精彩了！

楚　过瘾！"咪—咪—咪—来，空—空—划呦！"我以前唱巴赫、唱贝多芬的合唱，常常陶醉于那圣歌一般的乐声之中。没想到中国音乐，也有如此动人的旋律。伟大！冼星海！（感慨）

卢　咱们浙大合唱团应该有一个中国音乐小组。

楚　同意。我报名参加。

于　我等着听你们的星海音乐会。

楚　（似乎刚刚发现）噢，是于子三，主席先生。

于　（有一些不好意思）女高音，别这么叫吧。

楚　错了吗？你当选学生自治会主席，还有我投的一票呢！是吧，淑宜。

林　这个阿楚！

楚　（故作姿态）说真的！你跟合唱团来观潮是要付出代价的。谁都知道，浙大合唱团是高雅艺术团体，沈思岩教授一个一个考过的。先听音，再识谱，还要考视唱，辨音色，差了可是进不来的。

卢　阿楚，你要于子三做什么？

楚　既然同行就要同乐，光带了耳朵可不行。等会呀，（突然一笑）出个节目！

于　我，我只会拉拉二胡。（腼腆而坦诚）我还是给大家做做拉大幕的吧。

林　（大笑）你们快瞧他的模样。

楚　你那千百人面前慷慨陈词的领袖风范哪去啦？

于　林淑宜，你赶紧告诉我这个泼辣的川妹子是谁吧。

林　（忍住笑）怎么，要求救于山东老乡啦？

楚　（一本正经）自我介绍一下，楚若贞。

林　园艺系45级，家在重庆。

卢　补充说明，浙大合唱团钢琴班的foremost（第一）。

楚　过奖过奖，实际上，我的志愿就是学音乐。但我家老头子说，富强中国靠音乐，行吗？硬是逼我学了园艺，读书救国嘛！

于　这么说学农你还不情愿？

楚　都大三了还说这个做啥子，不过考进浙大可是我一生的幸运，东方剑桥，噢，还有如此之多的杰出人士。

林　告诉你们，阿楚在永兴读书那会，可没少掉眼泪。

楚　淑宜，别揭我的短好不好。那么艰苦，大家不都一起过来了吗？

林　还是唱着歌走过来的。

卢　合唱团不就是在湄潭成立的吗？

于　苦中有乐，弦歌不辍。

众　其乐融融呢。（众笑）

楚　（想起什么）知道今天晚上的活动安排吗？

卢　听说找了一间小学教室，大家在那儿休息一个晚上。

楚　（喜形于色）太浪漫了，我说咱们唱它一个通宵，在这钱江岸边用歌声迎接黎明。

林　我的大艺术家，你是不是又有一点发烧了。

楚　是的是的，嘿，你们都在这儿待着，我去侦察一下晚上的演出场地。（唱，"从黑夜唱到黎明"，跑下）

　　【卢目送楚下场，抑制不住兴奋。于、林都围在卢身边

卢　告诉你们一个好消息，人民解放军已渡过黄河，向大别山进军了，这就意味着全面反攻已经开始！

于　太好了，老卢，是又收到新华社的评论了吗？

卢　是的。

林　内容是什么？

卢　内容主要说中国境内已出现两条战线，蒋介石的军队和人民解放军的战争是第一条战线，伟大正义的学生运动和反动政府之间的尖锐斗争是第二条战线。评论说中国战事的发展比人们预料的更快，号召人民为中国革命在全国的胜利，迅速准备一切必要条件！

于、林　（雀跃）太鼓舞人心了。

林　听说最近上海方面反饥饿、反内战、反迫害的斗争遭到了疯狂的镇压，许多学校的同学被逮捕、开除、开黑名单……

于　这是必然的。

林　杭州好像还比较平静，再说校方也站在我们同学一边。

卢　杭州并不平静，反动派正加紧磨刀。当然浙大有光荣的民主传统，有竺校长这样的学生保姆，人家不是说我们是"民主堡垒"吗？

林　话是这么说，于子三，你身份很突出，要当心。

于　（感激地凝视林，激情地）你们听见了吗？那像雷声一般轰鸣的江潮之声，钱江大潮就要席卷千里江堤了。

　　【林、卢十分振奋，举目远眺

于　我曾读过潘阆的《酒泉子》"来疑沧海尽成空，万面鼓声中"，（江涛轰鸣）也曾读过柳永的《望海潮》"云树绕沙堤，怒涛卷霜雪，天堑无涯"。这些都是形容钱江潮的诗词，可是今天，站在这江堤边上，我却有着说不出的激动。

林　我知道你是在黄海边渔村长大，对潮声有着深厚的感情……

于　不。（意味深长地）我们都是进步学生的社团《新潮社》的成员，还记得《新潮社》的宗旨吗？

卢　（低声而昂扬）当前为实现新民主主义革命，今后为实现社会主义革命而奋斗。

林　（突然领悟）你是说我们浙大《新潮社》的每一个社员，都是冲击黑暗堤坝的一股激流吗？

　　【江涛声渐大，震荡

于　让这铺天盖地的钱江大潮摧毁一切黑暗吧！

　　【楚的声音传来："林淑宜，卢家骏，于子三，快来呀，快来看潮呀……"同学们的呼唤声此起彼落

卢　（招呼着）走，咱们去看潮。

　　【三人向后奔去，于突然想到了什么

于　淑宜。

　　【林回头

林　什么？

于　（从袋中拿出一封信交给林，匆匆向后奔去）

林　（还不知所措）是什么?

于　（又返身回到林身边，想说什么，终于没说出来）看看吧。

　　【林点头，于勇敢地拉起林的手向后奔

　　【定格，切光

C

　　【涛声大作，浙大老校歌悠远地传来："大不自多，海纳江河，惟学无际，际于天地……"

　　【1997年

　　【卢在指挥即将参加百年校庆的老浙大合唱团团员们练唱，林与楚均在其中。老人们练得非常认真

　　【追光给雨，她站在门外，手执歌谱，也在跟着哼哼

　　【齐匆匆而上，发现雨，外面下着雨，齐手里拿着雨衣

齐　（戏谑地小声）我说大记者，怎么什么地方都有你啊?

雨　（回首看齐，转身就走）

齐　别别，你这是干什么?

雨　不屑与庸人作答。

齐　庸人? 好好，庸人就庸人，那本人情愿与智者相商，怎样?

雨　（绷不住要笑）得啦，少来这一套，我已打定主意再也不理你了。

齐　别这么残酷好不好，咱们从小就是邻居，小时候你总跟着我后面"小浩哥哥、小浩哥哥"地整天叫着。高中毕业考了同一所大学。真可谓是青梅竹马，两小无猜……

雨　别提这个，告诉你，那是过去……

齐　过去怎么啦? 伟大的列宁同志说过："忘记过去就意味着背叛。"

雨　你! （气极）

齐　好啦，别生气啦。你一气半年不理我，奶奶倒是急坏了，只要门铃一响，她老人家就嚷"是小雨来了吧?"

雨　（语气明显地软下来）你别提奶奶。

齐　奶奶直到现在还非常感激你，在她就要失明的最后一个夏天，她每天去老年大学教英语，是你陪着她，帮助她完成了最后的工作。

雨　谁让你那时候正好在广州做课题，林奶奶一个古稀老人，每天摸摸索索地还要坚持去教学，我不帮她说得过去吗？

齐　奶奶跟我说，小雨这孩子心好。

雨　用不着你来拍马屁。

齐　（见雨态度有变，试探地）小雨，我给阁下的信不知阁下是否御览？

雨　（赌气）都让我烧了。

齐　你觉得我说的有没有道理呢？

雨　当然有道理（讥讽地），你的道理是建立在沙滩之上的楼阁，潮水一来就会出现世界奇观的，中文系的大研究生。

齐　中国古典文学专业。

雨　（爆发）你学这个专业今后会有饭吃吗？计算机、经济、国贸哪个专业你不能考，偏偏一意孤行要去考什么中文，钻古书堆？

齐　我喜欢，我愿意，那是我的理想。

雨　你的理想？你总不见得是从天外飞回地球的外星人吧？瞧瞧这个社会，瞧瞧咱们学校，考G，考托，考商务英语，做家教，赚外快，炒股票，人们都在忙什么，为什么啊？

齐　人家怎么样跟我有什么关系呢？实实在在地攻一门学科，钻进去其乐无穷。

雨　要这么说你这个人是无药可救！你知道，同寝室的女孩怎么说我吗？

齐　无非是说你找了块木头，对吧？其实，木头也挺好的，世界上多一些有分量的木头，就不至于老是轻飘飘、乱哄哄的了。

雨　好好好，你去捍卫你伟大的理想，我是要生活在现实之中的。

齐　现实是你应该想想你为这个国家，为这个社会做什么，而不是急功近利地去想获得什么。

雨　（生气）谁急功近利？

齐　休战，休战。小雨，咱们别吵了。现在是我说服不了你，你也说服不了我，我想，也许会有一个答案让咱俩都认同的。说真的，小雨你在这儿等着采访

　　谁呢？

雨　卢先生啊。报道百年校庆是我们学生记者团的责任，这是我的工作。

齐　了不起啊！

雨　你干吗来啦？

齐　我当然有重任在身。等一会儿卢先生有一场学术报告，我怕他不知道教七三楼的地点，过来陪他。

雨　我知道，又是奶奶的布置吧？

齐　不是奶奶布置的我就不能来了吗？你别忘了我还是校友接待组的呢！

【老校歌传来，两人静听

齐　小雨，我问你，听奶奶她们唱歌有什么感觉？

雨　帅呆了！一群白发苍苍的老人唱着他们生命中最美的旋律，那真是……怎么说来着？对！是一道别致的风景。

齐　可是你想过没有，到了奶奶那般年纪的时候，你会不会也有一群亲密无间的同学，大家在一起唱老校歌呢？

雨　有可能吧……

齐　不敢说了吧？

雨　这怎么是敢不敢说的问题，应该是有没有这种机会或者说有没有这种时间的问题……

齐　是有没有这种追求或者说想不想那样去追求的问题。

雨　（语塞）

　　【老校歌结束

齐　给你讲个故事。你知道，奶奶的眼睛一直不好，但是老浙大合唱团的活动她从不落下，有一次演出，所有的人都站在合唱台阶上，可是奶奶却坐在大家背后，仍然使劲地唱着。那天是我用自行车把她送到演出现场。没有一个观众能从正面看到她，但她的声音依旧那样响亮……

雨　齐浩，我好像有点明白了奶奶他们这一辈人的想法。原先我总觉得那是离我们太遥远的故事，只能崇敬，难以理解。

齐　真的么？理解才能沟通，你会从一个旁观者也变为一道风景。

雨　什么？

齐　一道亮丽的风景。

【雨凝神看了一会齐

齐　怎么，说错了吗？

雨　没有，很好。我觉得我今天才认识你。

齐　别夸我，我这人就怕表扬。

雨　说正经的，我觉得应该把你的这些感受写成一篇文章……

齐　千万别，真没看出来，你还真有点记者气质。

雨　是吗？什么叫记者气质？

齐　小题大做呗！

雨　（气极，欲打）你这人真够坏的！

齐　Sorry，sorry，你看，卢先生出来啦。

雨　哎！那天楚先生说，奶奶和卢先生曾是一对儿，令同学们羡慕，后来怎么又
　　分开了呢？

齐　你们女孩子就对这样的事感兴趣。

雨　你不感兴趣？我就不信。这里面一定是非常曲折浪漫的，就像小说一样。

齐　得啦，这是一个用岁月尘土埋葬了多年的故事，没看奶奶都不愿意提它
　　了吗？

雨　最美的记忆是刻骨铭心的爱，你懂吗？你看卢先生多帅！我要是奶奶，我也
　　会爱上他的。

齐　行了，大记者小姐，别发疯了好不好？！

雨　你不告诉我，我去问卢先生。

齐　别！别！

【卢结束了指挥，擦了擦额上的汗，齐赶上去，把雨衣递给卢先生

齐　卢先生，累了吧？外面下雨了，现在是两点一刻，报告会两点半开始，咱们
　　走过去，来得及的。

卢　没事，咱们这就走吧。（雨将卢的公文包拿上，同行）

雨　卢先生，看着您的指挥，听着老合唱团员的歌声，我太激动了，我看了校
　　史，知道您还是一位杰出的学生运动领袖。有个问题我想问一下，当时的浙
　　大培养了那么多杰出人才，当时的浙大学生运动又是全国知名，作为学运领

袖，你是怎么看待政治活动和学习的关系的呢？

卢　这是个大题目，现在只能简单地说两句。

雨　咱们边走边谈，不耽搁您做报告……

卢　（激动）我们这一辈人的爱国热情是出自于对这块土地的切身感受，那是作为一个中国人所应该有的感情。从我走进浙大的第一天起，竺可桢校长就教育我们"天下兴亡，匹夫有责"，为祖国富强而读书，为中华崛起而学习，当时学生运动走在前头的同学，往往是在学校里学习非常优秀的学生，他们的正义感和爱国爱校的热情都是大家所敬佩的。

D

【卢向台前走着，追光跟着卢，身后传来歌声：

　　　兄弟们，向太阳，向自由，

　　　向着那光明的路，

　　　你看那黑暗已消灭，

　　　万丈光芒在前头……

【随着歌声我们看到于高兴地走向观众，他年轻而充满朝气，手里拿一个瓶子

于　家骏，家骏，这么晚了你还在等我，走，咱们回农学院。

【卢几乎要回答时，年轻的于直起身子

卢　同学们都为你担心，农学院距离校部那么远，深夜回去不安全。你看，这都下雨了。

于　没问题，家骏。（晃晃手中的瓶子）

卢　我知道你又在做害虫观察，每次开会你都带着它。

于　抓紧时间，明天要交观察报告了。再说带着它也是一个很好的掩护啊。

卢　真有你的。怎么样，全体学生直接选举学生自治会的提案通过了吗？

于　通过了。这一个多月的工作总算没有白做，会议终于通过修改章程，这样一来，学生自治会理事会和同学们的关系会更密切的。

卢　太好了。

于　咱们去吃碗光面吧，暖暖身子。

卢　你是不是领到刻讲义的工读钱了？我知道你每天刻这些讲义蜡纸到鸡叫……

于　（摆手不准卢说下去）在咱们浙大，像我这样勤工俭学的人太多了，有什么大不了的嘛！

卢　（环顾四周，警惕地）告诉你，我和外文系顾浩然明天去南京中央大学，代表浙江学区学联和浙大参加全国学联代表大会。

于　（紧紧地搂着卢的肩头）过去你一个人跑来跑去，叫人担心。这次多个人照看，我总算放心些。不过局势更严重了，咱们都要多留神，要活着看到解放。

卢　活着看到社会主义。

于　已有同学替你们买票了，明天早上有人送你们上车。

卢　你放心，有那么容易被他们逮住吗？又不是傻瓜。

于　你总是这么大意，万一抓去就难办了。特别是在外面被抓去，神不知鬼不觉的，像咱们的训导长费巩先生，最后连人都找不到。

卢　他们最多抓去我们的身体，却抓不去我们的心。

于　对。巍巍壮志昭丹心，处处青山埋忠骨。（突然意识到）你冷吧！手冰凉的，为什么还不穿毛衣？拿着。（脱去身上的学生装，将毛衣顺头退下来，把瓶子置于地上）

卢　不，不，你就这么一件。

于　（不容分说）我身子比你壮，你还去开会，冻病了麻烦。

卢　（无奈）你这个人啊。

于　穿着吧。（欣慰地看着卢唱起来）兄弟们，向太阳，向自由，向着那光明的路。你看那黑暗已消灭，万丈光芒在前头。

卢　（雨越下越大，和着节拍向前走）

于　（戛然而止）家骏，你觉得林淑宜这个同学怎么样？

卢　你是说《新潮社》的社友林淑宜？

于　（点头）我们是华北同学会的会友，都是山东老乡，都是从重庆考入浙大的。

卢　你觉得她怎么样？

于　她的为人、品质和作风，还有她那种不要命的工作毅力，都是挺不错的。

卢　（矛盾地）你，爱上她了？

于　（矢口否认）不。你看我，现在是什么时候，怎么想起这个话题来了，家骏，还是要提醒你这次出去要多加小心。

卢　你就放心吧。

　　【两人相携向后台正中走去，于突然想起放在地上的瓶子，老年的卢上前几步为他捡起，交给他。年轻的卢走在后台正中纵深处回首

卢　子三……

老年卢　（紧紧拉住于子三）别就这样走了，再跟我多说说话，我怎么知道这就是咱们最后的一面，直到今天，每想到这一时刻我都悔恨莫及。（年轻的于微微一笑，向卢走去，隐没于黑暗之中，追光给老年卢）巍巍壮志昭丹心，处处青山埋忠骨，永远的23岁，永远的于子三。

E

　　【卢怅然若失，雨、齐上前扶卢

雨　您在寻找什么？

　　【音乐起

卢　一个消失在绿树中的年轻生命。（隐去）

　　【绿树纷纷散开，于出现在台中

于　认识一下，农学院44级学生于子三，可惜没等到毕业，只差一年就能完成学业，可以为国家效力了。

　　【齐、雨激动，上前握手，树丛聚拢，维护着于子三

齐　（怅然）就是那位为真理殉难的学长吗？果然是不同凡响，伟大而崇高……

雨　革命先烈，多么遥远而陌生的称谓，他的一生好像注定与芸芸众生不同，和现实中的我们相距万里。

　　【树即青年学子，流动于舞台之上，回答现代人的问题

树甲　他和你们一样是青年。

乙　有着相同的美好年华。

丙　有着相通的情感心灵。

丁　同进一所以"求是"为校训的大学。

戊　相隔半个世纪的时间旅程。

　　【树静悄悄地聆听，摆出各种造型

于　我出生于山东牟平，是浙江大学一名普普通通的学生，我也和你们一样充满热情，心中有爱，眼中有泪，胸膛里流淌的也是滚烫的热血……

雨　为什么要去做烈士？生命对你难道就不像常人那般珍贵？

齐　是啊！如果想法留下生命，不是可以尽情去爱，去恨，去创造，去生活吗？

于　想法留下生命？你是说抛弃壮烈的死而选择苟且的生吗？如果这样做将背叛你的誓言，出卖你的良心，你会这么做么？

雨　别说得太吓人！生命对于人来说只能有一次，太宝贵了。仅有的一次，你的希望、寄托、追求和向往都将在这一次中实现，对了，还有幸福，生活的幸福、爱情的幸福、事业成功的幸福，那才是生命的全部意义。

齐　我不知道如果我处在你那个时代，我会不会像你那样选择，但是我相信你面对这个世界是坦然无忌的。

于　也许是偶然，历史选择了我，但我想在爱国爱校的热血青年中，对于生命意义的回答是相同的，任何人遇到我所碰到的事，都会像我这样做的。

　　【音乐悠远而昂扬，树丛围绕于的造型

树甲　他和你们一样是青年。

乙　有着相同的美好年华。

丙　有着相通的情感心灵。

丁　走进同一所以"求是"为校训的大学。

戊　为同样一个问题，用整个生命去思索……

于　生命短暂，真理永恒，友谊、爱情和世间一切美好永恒。23年的岁月虽然画上了句号，但，我的抉择无怨无悔。

齐　你知道后来的人们用怎样的目光评判你的行动？你知道现代的青年用怎样的语言来解释你的一生？

雨　你知道这个世界还有多少人记得你过早消失的生命？要知道你匆匆而去的脚印早已掩埋在岁月的风尘之中。

于　　我怎么没有想过？但是一个人为自己的理想献出生命还会去想得到什么补偿
　　　或纪念吗？当我融于绿树，与这大地、蓝天同在时，我庆幸我年轻的生命在
　　　代代求是学子身上延续，我看到了，我也听到了，为了我们祖国和民族的腾
　　　飞，澎湃在你们胸中的激情……
　　　【于含笑隐去，树群情振奋

树甲　　他和你们一样是青年。
乙　　有着相同的美好年华。
丙　　有着相通的情感心灵。
丁　　50年的岁月传递在手中。
戊　　用真情传递你我的心声。
　　　【树聚合成为台中一棵枝繁叶茂的大树，齐、雨欲上前，群树又化为一地葱
　　　绿的森林，如泣如诉的音乐绵绵，令人神往……
雨　　没有留下一句话就走了？这就是他对生命的态度，也许我该去了解一下。

F

　　　【无伴奏女声齐唱悠远地传来：
　　　山那边哟好地方，一片稻田黄又黄，大家唱歌来耕地哟，万担谷子堆满仓，
　　　大鲤鱼呀满池塘，织青布做衣裳，年年不会闹饥荒……
　　　【起光，楚和林两人坐在一起绕毛线，两人动情地哼唱着这首久违的歌曲

楚　　淑宜，这些年我一个人在台湾教音乐，常常想咱们的合唱团，想50年前的同
　　　学们。有时候弹起琴，沐浴在音乐之中，那种宁静、和谐，真是一种享受。
林　　人生渺小，忽忽悠悠已半个世纪，我们这些人就好像长在树尖上、树干上、
　　　树枝上的树叶，随着时光的流逝，逐渐地、纷纷地落在地面……现在躺在地
　　　上，仰面蓝天，过去的一切都成回忆啦。
楚　　你还是和年轻时一样，充满想象。就算是树叶落地吧，看着身边蓬勃的小
　　　树，心里也还是舒畅的，哦！Have ease of mind（轻松的心境）。
林　　（有点忧虑）阿楚，现在孩子们脑袋里的想法跟咱们那时候大不一样了。比

如齐浩，他老说，奶奶，您和现代人的价值观完全不能同构。

楚　同构？

林　就是沟通吧，link up（连接）。

楚　为什么？

林　有时候我想，是不是我的想法出了问题，还是现在社会发展了，我的观念落伍了？你知道，为了这次老浙大合唱团的团友能重聚一堂，还有重修于子三墓的事，我忙来忙去，几个月就这么过去了。

楚　我知道做什么事都不容易，周折一定不少。

林　这个不去说它了，我甘心情愿去做，我觉得我有这个责任和义务。

楚　你从来就是这样的脾气，50年了，一点没改。

林　可孩子们不这么认为，尽管齐浩常说，"奶奶你热情真高啊，去吧，去吧"，可我总觉得他的语气里有一种——一种怜悯。

楚　（深有同感）有的有的，孩子们是不是觉得爷爷奶奶们老了，只要顺着他们的意思做就行了？我儿子送我上飞机的时候，看见我高兴得像孩子一样，他整个人都傻了，他从来没见过我那样兴奋，分别的时候他抱着我说"妈咪，我真不懂你。"

林　他们以为我们这些老年人是没事干，找点消遣，没想到我们投入那么大的热情。

【齐早已上场，此时他有点憋不住了

齐　奶奶——奶奶——，我郑重声明，我可不是像你想的那样，认为您是找点事，消遣。

林　噢，回来啦。

齐　奶奶，您说过的，咱们是朋友，有想法可以讨论，对吧？

林　（点头）

齐　楚先生，您是奶奶最要好的朋友，但是您在台湾生活了那么多年，对现在大陆的情况并不了解。您不知道现在的年轻人，不，不仅是年轻人，几乎是大多数人，对价值的认识是多么功利。

楚　台湾早就是这样了，不奇怪的。

齐　现在的社会是多元的，人们心目中的价值观有着很多相同和不同之处，这是可以理解的，您说是不是？

楚　当然都是可以存在的喽，就像我可以唱我的弥赛亚，你可以热衷于你的rock&roll（摇滚）一样，齐浩，是这个意思吧？

齐　楚先生比较明智。

林　不，这完全不是一回事，无论怎么说，浙大的学生应该是有精神追求的，"求是"是从我们年轻时就崇尚的真理。

齐　这并不矛盾，浙大的学生也一样要面对现实。

林　我难以想象，没有了精神，人活着还会有什么意义。

齐　奶奶，每次看着你们旁若无人地练唱，我都激动不已，感慨不已。在这浮躁而喧嚣的世界之中，还有这样的人牢牢守候着自己的精神家园，这似乎是我们望尘莫及的。但是，面对现实，我又发现实际上这样的人却是孤独的。奶奶，您说是吗？

【楚、林没有马上回答

齐　我常常想，这似乎太不公平。人们敬仰那些追求精神的孤独者，但在敬仰的同时依旧十分现实和功利，这是否说明这种追求的实际意义就是不被社会认可的？是不是说明这种不公平的本身就是毫无现实价值的呢？

林　什么是真正的孤独？齐浩，你懂吗？在过去的日子里，哪怕是被隔离、批判、坐牢，我都从未有过孤独感，我的心里是踏实的。

楚　能经得起孤独的人，心灵才是强健的。淑宜，你不容易。

林　我从来没有想过要得到什么敬仰或承认。凭着一颗求是求实的心，我相信我自己所做的一切。

齐　奶奶，我懂您的意思，但我只能代表我自己。尽管我十分希望能有更多的年轻人像我这样去思考这个问题，但是……

楚　但是，终究会有那样一个时刻的，齐浩。心与心应该是相通的。尽管我们的年龄相隔半个世纪，可你难道不觉得同样的荣辱和甘苦是深深渗透在我们每一个人的情感之中的吗？如果，我没猜错，你今年应该是23周岁。

齐　是的，23岁。

楚　我们也有过的黄金时代啊，23岁，就是这个年龄，在我们身边，有过一位非常优秀的同学为真理而殉难。他也和你一样，只有23岁。

林　齐浩，用今天的眼光来看，他所做的事情毫无功利可言，但他却用他最宝贵的生命去完成。

齐　奶奶，我知道那段历史。

林　（郑重地）你知道的是那个事件，你看到的是白纸黑字的记载，可是你怎么会了解当年亲身经历了这一切的我们的感情。你怎么会理解，那样一种经历对我们的人生有多大的影响！（泪下）

【钟声骤响，沉重，悠远

G

【当年的挽歌——男声齐唱（悲愤）：

安息吧！死难的同学。别再为祖国担忧，你的血照亮着路，我们会继续前进。你真值得骄傲，更使人惋惜悲伤！冬天有凄凉的风，却是春天的摇篮。安息吧！死难的同学。别再为祖国担忧，现在是我们的责任，去争取民主自由！

【在歌声之中同学们布置会场，情绪悲愤交加

【1947年10月31日晚，浙大建设房"星海音乐会"

【卢和林上，林手中拿着一幅于子三烈士的遗像。卢手中拿着星海音乐会的乐谱。两人似相互争执过

卢　淑宜，慢点，让我把话说完。

林　我知道你早晚会问我这件事的。当然，我也准备把这件事告诉你，但不是现在，你懂吗？

卢　我问你于子三是不是给你写了信，并没有其他的意思。我知道你们是老乡，你也知道我们是最好的朋友……

林　可他现在牺牲了，被那些法西斯强盗活活地杀害了，（大放悲声）昨天，同学们都去保安司令部瞻仰遗容，你有没有看见，他的拳头还紧紧握着，眼睛还不肯闭上呵——

卢　（热泪纵横）我看见了，淑宜，我的心就像刀绞一般难过，朝夕相处的兄弟

　　呵，我身上还穿着带着他体温的毛衣。（说不下去）

林　可你一回来就问我于子三是不是给我写信，让我把信立即交给你，立即销
　　毁……我知道你对这件事心里不舒服，家骏，他的确给我写过信，可是我并
　　没有回，因为我心里有你……再说，那是一封怎样的信……家骏，你太让我
　　伤心了……

卢　我没有别的什么意思。淑宜，我是为了你的安全……不要留下于子三的手
　　迹，以免受到牵连。

林　我不怕！让那些刽子手来抓我吧，一个人倒下去，千万人站起来！

　　【楚匆匆上

楚　家骏，淑宜，我正要找你们，听说今晚星海音乐会沈思岩先生不来指挥了？
　　（觉察到什么）你们怎么了？

林　没什么，阿楚，你听谁说的？

卢　是的，昨天晚上我们合唱团和喜鹊、乌鸦歌咏队最后一次排练结束，沈先生
　　回家的时候，有几个特务一路跟踪威胁，为了保护沈先生的安全，我们三个
　　团体的负责人讨论决定换人。

楚　谁上去指挥？

卢　我。

林　你？

卢　这是我们筹备已久的晚会，现在正是同学们情绪最激昂的时候，通过星海音
　　乐会的形式，更能激发同学们的情绪，团结大家。

楚　（拿过卢手中的乐谱）我也要参加，（面对两人惊讶的神色）以前，我是说过
　　不要丢了艺术歌曲……但是今天，面对死难烈士的鲜血，我（激动得不能自
　　已）……你临危受命都不怕，我参加合唱是应该的。（走向合唱队）

　　【同学们聚居在一起，一位穿长衫的青年走出，站在高处

湘　同学们，同学们，星海音乐会就要开始了。今天是1947年10月31日，在今
　　天一早，我们浙大的学生1300多人去了高等法院和保安司令部，在国民党政
　　府三步一岗、五步一哨的监视之下瞻仰了于子三烈士的遗容，我的心情和同
　　学们一样沉痛。于子三是同学们选举出来的学生自治会主席，他在校是一位
　　好同学，对人是一位好朋友，对事是一位诚实的工作者，他为了他自己的理

想，为了人民的苦难而献出生命。

于子三事件已成为浙江大学以至全国各大学中正义学生所关心的问题。于子三是怎么死的？他是死于报上所谓的畏罪自杀吗？我们请跟随竺可桢校长和李天助校医去监狱验尸的卢家骏同学报告一下事件的过程。

卢　（激动地）同学们，于子三是10月26日凌晨与陈建新、黄世民、郦伯瑾三位校友，以及同学一起被捕的，10月29日死于浙江保安司令部监狱。竺校长从浙江省政府主席沈鸿烈那里得知这个消息，立刻带着我和李天助校医去监狱探视。监狱戒备森严，于子三就在一号监房，我们进去一看，他仰卧在右边床上，大睁着双眼，颈上一个窟窿。竺校长几天来一直在为营救学生而奔波，目睹惨状，当场晕倒。后来由李医生打了强心针，才渐渐恢复了神态。保安司令部早已预先写好检验证，上面写着"于子三在监狱以玻璃片自杀身亡"，要竺校长在上面签字，被竺校长严词拒绝。竺校长在另一纸上写"浙江大学学生于子三委实已死，到场看过"，就愤然而去。

李天助医生仔细地查看了于子三的尸体，认为是他杀而不是自杀（同学们反应热烈）。伤在颈之左部通上肢动脉大血管之间，创口二公分，深度一寸半，显然是被尖刀残杀而死……（说不下去了）。

【在卢的悲愤叙述之中，舞台的天幕上变换着整个于子三事件的历史照片

【歌声渐起——跌倒算什么

【同学们慷慨激昂，群情激愤地唱着："跌倒算什么，我们骨头硬，爬起来，再前进！生要站着生，死也站着死。跌倒算什么，我们骨头硬，爬起来再前进！"

【一脸愤懑的卢以坚定的手势指挥着，音乐声中

湘　同学们，今天我们已经向全国发布了告同胞书，以国立浙江大学学生自治会的名义抗议浙江保安司令部非法逮捕四名同学并残杀学生自治会主席于子三。同学们，光明就要来临的时候，黑暗往往加倍地浓厚。在杀人者垂死呻吟的时候，他最后的挣扎也是最凶狠的，但是，正义必胜！真理必胜！（切光）（女生哀鸣，挽歌）

【歌声："天快亮更黑暗，路难行，跌倒是常事情，常事情，跌倒算什么，我们骨头硬，爬起来，再前进！"

【歌声中，铺天盖地的挽幛、挽联密密匝匝地向前涌动

地下永沉冤，人间莫白沉冤苦；

生前偏爱国，死后应知爱国难。

　　　　　——浙江大学学生自治会挽

今天你埋下了种子，

明天你将开出鲜花。

　　　　　——浙大植物病虫害协会挽

逮捕残杀，刽子手将到末日，

民主自由，新中国已现曙光。

　　　　　——浙大女同学励进会挽

冤沉何处，

还我人来。

一个人不明不白死去，

千万人又清又楚醒来。

　　　　　——上海交通大学创社

痛子三双目未暝，狱中惨死；

狠独夫皇就将颓，倒行逆施。

　　　　　——浙大华北同学会

林　1947年的10月到11月，由于国民党杀害浙江大学学生自治会主席而爆发的反迫害、争自由的"于子三运动"，是新中国诞生以前最后一次全国规模的学生运动。全国20多个大中城市，15万学生参加了斗争。浙大歌咏团体的歌咏活动发挥了召唤的力量，那些激昂难忘的旋律也如同钢铁浇铸一般镌刻在我们的记忆之中……

H

【1997年

【毕业歌响起

【起光，一群老浙大合唱团团员们齐声高唱，精神激昂，一曲终了，鼓掌。会场上有人搬桌椅，有人促膝相谈，雨陪伴在林身边，齐在场上忙着照相

【卢与湘执手相谈

卢　这次百年校庆的演出真是此生最激动人心、最难忘的一次演出，特别是青年学生们的热烈反响，让我感慨万千啊！

湘　都是浙大人嘛，我还没走到演出场地的门口，就有一批学生上来祝贺。咱们现任校长说这个节目是浙大特有的，还有曹光彪先生……

卢　是那位香港实业家？

湘　他说你们唱得很有激情。

卢　后台有许多人说，你们造成轰动效应了，组织这次晚会的导演告诉我，阿楚在百年校庆晚会上的采访讲话，许多年轻学生都被感动哭了。

楚　其实我还有好多好多话没有说呢！（感慨地）这次能赶得回来，全靠大家，能有那么多人喜欢我，我真是像回到家一样，真不知道怎么表达我的快乐……（拭泪）淑宜，我这次唱得好吗？

林　你，我，大家都是用心去唱的，阿楚。

老　真情让大家心心相通。

甲　卢家骏指挥有方。

乙　雷道炎、蔡文宁的朗诵精彩，激情洋溢。

湘　为了这次演出，杭州、上海、北京、南京四地的老浙大合唱团团友整整练了四个月时间。

卢　古稀之年啦，能重聚在一起，为母校华诞登台演唱，而且如此成功，这个华彩乐章是由大家共同完成的。

老　听说浙江卫视为我们拍了片子。

雨　对了，告诉大家，8号晚上10点10分卫视播放。

卢　到时候请大家看看自己的表演啊。

众　我已回到北京了，可以在家和孩子们一块儿看。

　　沈阳能看到吗？

　　我正好在路上，会不会重播呢？

　　我一定要选一盘最好的磁带，录下来，作为这次百年校庆最有意义的礼物

保存。

我正好要参加一个国际会议去德国，只能看录像了。

楚　台湾能不能看到？小雨。

雨　楚先生，卫视是覆盖整个华南的，台湾可以看到。

楚　太好了，太好了，我要马上去打个电话，我要告诉儿子。

卢　别太急了，阿楚。

林　齐浩，奶奶让你在现场录的音呢？

齐　（打开录音机）奶奶，您听。

【百年校庆演出现场录音

　　男：各位领导，各位来宾。

　　女：各位校友。

　　男：在母校百年校庆之际，我们——老浙大合唱团的团员们怀着对母校的热爱和感激之情，对竺可桢老校长和音乐教授沈思岩先生的崇敬与思念之情，从祖国各地云集杭州，登台演出。

　　女：今天参加演出的共69人，其中年龄最大的79岁（掌声），最小的65岁（掌声），我们的平均年龄是72.4岁。

　　男：为了祖国的富强，我们奋斗终生，不少人取得了卓著的成就，不少人成了教授、博导、高工、设计大师、研究员和各级党政的负责人，我们中还有从祖国宝岛回来的学者。（掌声）

　　合：但是，回到了母校，我们都是母校的儿女，仍是浙大合唱团的团员。（掌声）

　　男：今天，我们将用我们有些生锈的歌喉，为大家献上一首歌，歌名叫作——《我所爱的大中华》。

【合唱《我所爱的大中华》：

我所爱的大中华，我愿永远地为你尽忠！你的久远的历史与文化，给我无限的骄傲与光荣……

你的江河湖泊美丽如画，我一生一世永远怀想！你的平原山野何其伟大，我一生一世永远怀想。

楚　淑宜，淑宜，你要是能看见该有多好。

林　（激情洋溢）我看见了，雷般的掌声，似火的激情，燃烧着每个人的心。今天我们相聚在一起，都能说这样一句，我们无愧此生，无愧母校。

卢　我们做了我们应该做的，我们做了我们能够做的。

湘　人生价值的坐标上各人所处的位置不一样，但我们人生轨迹的起始原点都是一样的。

楚　浙大校门。

湘　我这条腿，前两年主持电气火车设计太劳累了，弄得股骨无菌性坏死，只能拄拐啦，那时就想，百年校庆可是一定要回去，于是决心每天练走路，这次终于让我如愿以偿，此生无憾啦。

楚　喔，上帝会保佑你的，你太不容易了。

湘　别这么说，阿楚小妹，你没看见校庆时还有校友用轮椅推着上场的吗？

【一对老夫妇上，众人迎接

楚　哎呀，伽玛和哈哈，你们怎么也来了？

卢　不是说哈哈发高烧，打吊针吗？

【哈拉着卢的手，她的嗓音已哑，完全发不出声音

伽　她一定要来看看，要来聚聚，说大家就要离开杭州了，来坐坐也好。

湘　哈哈，年龄不饶人，你可不是当年的女高音了，前天演出让你悠着点，你偏偏放声高唱，是累着了吧。

哈　（说了一句什么，大家都听不出来）

伽　她是说一个人有两条嗓子该多好。

【齐、雨激动不已

雨　齐浩，今天晚上，是我四年大学生活中最不平常的一夜，也许这正是我所一直追求的？

【齐笑而不语

卢　嗳，我说同学们，小平同志提出一个中心、两个基本点是咱们的国策，咱们老年人也要有一个中心、两个基本点，对啦，还要有三个忘记。

吴　家骏，这是你的国策还是家策？

卢　大家听听看，有没有道理。一个中心，即以健康为中心。

楚　对对，太对啦。

卢　这两个基本点是：糊涂一点，潇洒一点。

　　【众大笑

林　可惜江山易改，本性难移，这辈子只能这样了。

卢　三个忘记，是忘记过去的恩恩怨怨，忘记自己的病痛，忘记自己的年龄。

　　【众又笑

伽　瞧瞧咱们的卢院士，哪有一点学术权威的样子？

林　这儿没有院士、领导，只有同时代的战友、同志和同学。咱们有过同样的追
　　求、同样的激情……同学们，咱们再唱一曲吧。

　　【引吭高歌《黄河船夫曲》："我们看见了河岸……"

　　【歌声响起，《长城谣》《大家唱》《海韵》……歌声一曲接一曲，老人们似乎
　　都沉浸在激动而忘我的回忆中

　　【切光

　　【女声独唱，《祝福母校》隐隐传来：

　　把锦绣的山脉献给你，把常新的江河献给你，让灿烂的星辰围绕着你。一百
　　年的风雨遮不住西迁的身影，一百年的荣光铭刻着求是的足迹。啊，亲爱的
　　母校，我是你的一支烛光，照亮你，眷恋你，祝福你……

　　【月光如水，暮年的卢家骏和林淑宜漫步于百年学府浙大校园之中

卢　淑宜，这真是一个难忘的夜晚，几年的笑声都不如今天一个晚上多。

林　（深有同感）百年校庆，几代同堂，歌声表达的是人们彼此相通的情感和
　　友谊。

卢　你像是在作诗了。

林　不是吗？我就愿意在音乐中回忆过去。

卢　我也一样。（沉默）淑宜这次来母校参加庆典，能如愿见到你，了却我的一
　　件心事。50年的岁月一晃而过，有件事我一直想当面解释清楚……

林　家骏，咱们不提了吧？我知道，你当年的不辞而别是接到地下党要你撤退的
　　命令，为这个你来不及向我解释……

卢　你都知道？

林　我知道你去了解放区，去了抗美援朝战场，去了导弹基地，又回到北京国

防大学任教……这些年我虽然没有见到过你，但有关你的消息我却一直在打听……

卢　（有点惊讶但很能理解地点头）为什么不找我？为什么不跟我联系？我知道这些年你历经坎坷，风风雨雨，受了不少罪……

林　还是老脾气，说真话，至今不悔。

卢　曾经有过路过杭州、路过浙大的机会，但都没能有时间和你再见，哪怕是说上一句话。

林　（有些伤感地摇头，没有回答）歌里怎么唱来着？"最美不过夕阳红，温馨又从容"，现在到了我们从容看这个世界的时候了，一切荣辱恩怨都随时间而飘散，唯有真情，那是长长久久永远存在人心的东西……

【遥远的音乐起，灯光亮起

【年轻的林、楚、卢和于快乐地从后台中心向前台走来，林和楚手里拿着野花一路唱着，笑着，奔跑着，来到老年的卢和林的周围，嬉闹着，年轻的楚碰了一下卢，花落地。

年轻的卢　阿楚，你这个冒失鬼。

【老年的林捡起花束，递给老年的卢，他们发现面前站着的是憨厚而诚恳的于。于接过花，用手扶了一下眼镜

于　谢谢。

【四人依原路下，消逝在黑暗里。音乐仍在继续

林　每个人的学生时代是最令人难忘的。它满载着青春的气息，静静地回忆起来，你会沉浸在春意、欢愉和振奋之中，你不会因为记忆有时的不连贯而失望，你会觉得自己又年轻了，一切仿佛就在昨天……

卢　整个世界是美丽、亲切、温馨的……

林　家骏，还记得当年于子三写给我的那封信吗？

卢　是组织上通知你毁掉的那封信吧。我想你还一直保留着它。

林　（深深点头）是的，我一直舍不得毁掉它。现在它是于子三留下来的唯一手迹，那里面有一首歌，就是他最爱唱的《向太阳》……

【男声齐唱，《向太阳》响起

卢　（眼眶潮湿了）明天我们去凤凰山看看他……

林　　到时当年合唱团的团友们和现在的学生们都会去祭扫的，有一个很隆重的重
　　　修竣工的揭幕仪式。

卢　　1948年3月18日安葬他时，我已离开杭州去了苏北解放区，听说当时宣读祭
　　　文，同学们的痛哭之声震颤山谷……我没能参加，是一生的遗憾……

林　　他英灵有知，不会怪你的，凤凰山上的草木有灵，会为我们传递思念之
　　　情的……

卢　　我们一起为他唱唱歌……

林　　他能听见的……

　　　【《向太阳》旋律大作

　　　【一块由吴学谦委员长题写的"学生魂"的墓碑从天缓缓而落，绿树葱茏之
　　　中站满新老合唱团员

　　　【林、卢、楚缓步上前，将胸前的花放置于墓碑之上，众人默哀之后，面向
　　　观众

　　　【雨与齐引导四位老人上台默哀之后，面向观众

　　　【林、卢、楚年轻时代的扮演者，于从台下观众席走上，恭敬地向四位老人
　　　献花

林　　歌声悠悠，岁月悠悠，生命如弦，绿树如歌，站在我身边的四位长者都是于
　　　子三烈士生前的同学和战友，浙大合唱团的团员，50年前他们共同耳闻目睹
　　　了"于子三运动"的全过程。

卢　　这位是浙大合唱团的女高音蔡文宁教授，49级毕业生。这位是当年学生地下
　　　党党员，浙大48级毕业生，合唱团的男低音李兴民教授。

楚　　这位是当年学生自治会理事，浙大49级毕业生吕德荣教授。

于　　这位是当年学生运动的主力，中共地下党员合唱团男高音，浙大45级毕业生
　　　田万钟教授。让我们以最热烈的掌声向他们表示敬意。（掌声）

　　　【由老先生中的一位激情洋溢地面向大家

老先生　　让我们用歌声
　　　　　祭奠为追求真理而献出年轻生命的先烈！
　　　　　用歌声
　　　　　颂扬纯真的友谊和爱情；

　　用歌声

　　呼唤更新更美更加灿烂的未来吧。

【指挥演员，继而全场（台上合唱团团员和着节奏入观众席）站立高歌：

　　《向太阳》

　　兄弟们

　　向太阳向自由

　　向着那光明的路

　　你看那黑暗已消灭

　　万丈光芒在前头

【全剧终

1997年11月四稿

导演后记：

为了不曾忘却的纪念

　　面对着自己的戏就是面对自己，那感觉颇像考试交完考卷，既欣喜，又遗憾，既无地自容，又感慨万千……

　　在无场次音乐话剧《绿树如歌》落幕之时，面对观众们如潮的掌声和那不曾远去的激昂歌声，我曾对竭尽全力、同心同德的剧队员们许诺，要为这次创作历程中的感慨和振奋写一篇后记——为无怨无悔、含笑九泉的英灵！为至诚至真关注此剧的人们！为永远绿树常青的校园戏剧舞台，也为自己年过不惑还未曾长出老茧的心灵！

　　两年前，话剧队想创作一部表现浙大精神的校园戏剧。我们设置了事件、人物及矛盾冲突，甚至连戏剧呈现的色彩和转换表现的方式都想到了，但终因整体构架的不够完整而未能上马。两年时间一晃而过，当时参与策划的剧队队员已有不少毕业离校，但排演此剧的心愿都始终未曾了却。

什么是此剧要表现的精神？这个答案终于在1997年4月浙江大学百年校庆的活动之中意外得到了。

由于工作关系，我在参加百年校庆文艺晚会的准备工作时接触了一大批参与母校百年华诞演出的老学长和校友们。其中特别引起我注意的是老浙大合唱团那些年逾古稀却仍如赤子般真诚的团员们。他们自发组织，以巨大的热情从祖国各地云集浙大参加母校的百年庆典，为的是重新登台，为母校诞辰引吭高歌。

1997年4月3日，在学校体育场的校庆大会会场，经老浙大合唱团的组织者雷道炎先生介绍，我认识了专程从海峡对岸赶来参加校庆的台湾女子师范大学钢琴教授叶楚贞女士。百年校庆晚会准备在演出中安排四位现场采访的嘉宾，叶教授是我们的人选之一。

年过八十的叶教授开朗活泼，对母校一往情深，她欣然应允："我是浙大的老学生啦，这是我的荣幸。"当晚，她与曹光彪先生、徐僖院士及浙大学生林海峰同坐在舞台上接受采访，她那平易而真挚的谈吐赢得在场数千观众雷鸣般的掌声……那晚，老浙大合唱团的合唱将晚会气氛推向最高潮——满台银发闪烁的歌者高昂激越的歌声与全场观众热情如火的掌声成为整场演出中令人炫目的亮点，不知有多少浙大学子心潮澎湃、热泪流淌，在记忆深处铭刻下这令人神往的一瞬……当我再次见到叶教授，并与她告别时，她伸出双臂紧紧拥抱着我，泪光盈盈地说："这次回来就像是到了家，真高兴有那么多人喜欢我……"我被她似女儿依恋母亲般的眷眷真情深深打动，临别时激动得不能自持……

在以后的几天中，我参加了一系列有老校友们参加的活动：在于子三烈士墓重修揭墓的仪式上，在他们同聚的青年学院的热烈讨论中，在跟随他们采访的公交车里，我一次次地在感动之中陷入思索——这些年迈的求是人有着惊人的相似之处，无论身居何地、职居何位，爱国爱校的拳拳之心和正直无私、坦诚率真的品格永不泯灭。他们身上闪烁的精神是那么朴素，却又是那么灿烂动人。更让我动心的是他们相依相伴、亲密无间的同窗之谊，这穿越时空、超脱生死的坚贞友情维系着他们的一生。在这洁净得如同蓝天般的感情中，名和利、钱和欲黯然失色。青春可以逝去，时光可以溜走，生命可以消殒，但精神不朽，思想不灭，真情永存。如果说英才辈出的浙江大学有如初升朝阳般的学府精神的话，那么就应该是这传递于代代学子之间的学生魂了！我突然觉得久悬未决的《绿树如歌》的人物灵魂活生生地展现在眼前了，他们就该是谷超豪、谈家桢、路甬祥，就该是雷道炎、叶楚贞……

于是，我们用贯穿全剧的灵魂建构了一出无场次音乐话剧，以老浙大合唱团三位年逾古稀的老人重聚百年校庆、追述往日情怀展开情节，将新中国成立前夕震惊全国的"于子三事件"作为老人们回顾的历史背景，用久唱不衰的优秀历史歌曲作为时空框架，以现代人的视角对人生价值进行评判思索，去表现莘莘学子与祖国共荣辱的热切追求……当然，我们并不想将答案直白地呈献给观众，而是想找到能让几代人共鸣的一点，让同龄人走出剧场时能有一些回味和思索。

找到了表现的内容，载体是重要的选择，我们想呈现给观众的是鲜活可信、各俱风姿的人物和故事，他们不仅为50年前的年轻人所熟悉认可，更重要的是为50年后的当代大学生所理解和接受。为了恰到好处地体现创作初衷，我们在整体形式的把握上选择了多样化的格局：同一人物两个不同年龄的自我同时出现，不同时代的人物穿越时空进行对话，50年前学生创作歌曲与百年校庆时校园歌曲此起彼落，诗化语言画外运用，意境化的舞蹈画面流动，不同造型的交替出现，无场次暗转时各具色彩的音乐衔接，以及剧中人物原型代表即历史见证人的最后出现，都赋予了该剧层层递进、高潮迭起的演出效果，使《绿树如歌》充满校园戏剧空灵多变的风格特征。

在创作排练及演出的过程中，剧本重大修改4次，局部改动达10次以上。在逐步触摸的过程中，全体剧队队员和我都经历了一次难忘的精神洗礼。我们曾去云居山烈士纪念馆仔细瞻仰于子三烈士的事迹，在他留给世界的唯一手迹中寻找只有23岁生命历程的足音；我们曾数次来到老浙大合唱团团友在杭州活动的现场，屏息静立在走廊上，陶醉于那依然充满青春活力的歌声之中。在老合唱团团员的积极支持下，我们得到50年前"于子三事件"时尚存于世的校园歌曲，为使这悲慨雄浑的歌声再现，特邀老浙大合唱团的学长们一同去电台录制。当同学们冒着寒风赶到时，意外地发现老先生们早半小时就在等候了，他们中最远的是从浙江农业大学华家池赶来的……

此剧的历史顾问原浙大化工系教授林新民先生以极大的热情关注和投入此剧的创作演出工作，不仅无偿提供珍贵的历史资料，郑重提出修改建议，而且以七旬高龄数次来到排练现场观看此剧，每每掩面失声……与林先生一同参与的还有蔡文宁、李新民学长以及专程从济南赶来参加于子三烈士殉难50周年活动的郦伯瑾校友，尽管按照剧情，他们仅在此剧结束的最后几分钟与观众见面，但他们表现出的认真守时、热忱谦和的态度，使所有参演的学生们肃然起敬。

参加剧组的近30名演职员中，既有96级的新队员，也有早已离校参加工作而甘为此剧尽责的老队员。无论承担的是一个角色还是一棵"树"，在8月至12月的近一学期时间里，剧队高度的凝聚力和集体精神保证了大家在紧张学习之余全身心投入，不断磨合修改，直到最后积极而出色地完成演出任务；与此同时，参与者自身也获得难忘的戏剧体验。

更令人怦然心动的是观众的强烈反响：校内外三场演出观众掌声频起，许多同学散场后特意留下来与我们交流感想。老校友们恭恭敬敬地写好意见专程送来。老浙大合唱团进行了专题讨论，并将结果转告我们。之江学院的演出结束时，观众全体起立鼓掌达数分钟，同学们依依不舍地紧随剧队直到把演员送到车上，并再三要求再演一场。原浙江越剧院院长吴兆谦老师特意托人邀我面谈，极恳切地提出修改意见，光提纲就写了7张纸。浙江师范大学阿C剧社一行七人从金华赶来看剧，认为该剧的形式让他们对校园戏剧的创造性有了新认识。杭州师范大学、杭州大学、中国美术学院等在杭高校的校园戏剧爱好者们不止一次地看剧，热情地给予鼓励和善意的批评。中国计量学院的陈爱同学说，演出能把一个令现代许多青年不屑一顾的话题表现得如此激昂振奋、扣人心弦，是一大成功。杭州青少年活动中心的毛伟军老师说，就校园戏剧这个层次，这场演出无疑水准极高，难得一见，让人赞叹；浙江省有线电视台编辑李华波老师为演出过程中台下观众与台上演员的热烈呼应而感动，直为没有带摄像机记录而遗憾。原化工学退休教师蒋斐认为这出剧总体结构有创意，有时代感，能激发人的使命感。她欣喜地告诉我们，同为求是学子，为校园文化达到如此水平感到非常高兴……这样的反馈还有很多很多。

记得一位资深的戏剧家曾经这样说，从事戏剧活动实际上磨炼的是一种心境和处世的态度。接触戏剧越久，越为这门艺术启迪人、感染人、震撼人的无尽魅力所折服。面对日新月异又缤纷迷乱的生活，浮躁和迷茫挫伤着我们应有的激情和理想。我们面对这一切的同时,也面对自己灵魂的挣扎。以宁静的心态走进世界,有了欲罢不能的表现心理,有了内心向外流淌的感动,有了生活和文化的积累浸润,也许,一切又会重新诞生⋯⋯如同象征校园精神的满目苍郁,永远以直立的生命张扬理想,永远绿树如歌。

桂迎

1997年12月

妹　妹①

浙江大学黑白剧社集体创作
策划、导演、剧本执笔：桂迎

<hr>

① 共演出4场，1999年11月浙江大学教七影视厅首演。
曾获共青团浙江省精神文明"五个一"工程奖。

这是一个探索性的校园戏剧梗概，表现的是一种潜意识的心态。

　　有一个男孩（或女孩）从小就老是做同样的一个梦：

　　一片蓝天下，太阳明晃晃的，他背着不知道是什么的东西朝着未知的方向走着……真累啊……但是选择似乎只有一个：走。

　　最后，他终于放下了背上的东西，那是在他什么都不在乎了之后，他意外地看清楚了——那就是他自己。

剧本：

无场次校园实验话剧《妹妹》

时间：现代

地点：大学校园

人物表（按出场顺序）

　　我：天真、有点学究气，自信却不成熟的社会学系研究生

　　打电话女孩（女孩）：开朗、热情，有点调皮，懂得应对自我

　　萧燕子（燕子）：任性，习惯于沉迷烂漫想象的城市女孩

　　男友A：能吹会侃，注重实际的系学生会干部

　　男友B：深沉有抱负，不随意改变自己追求的毕业生

　　小浩：内心丰富，渴望得到友谊、爱情的精神孤儿

　　黎昕：小浩女友，情感充沛、疾恶如仇

　　文惠：自主意识强，偏狭而挑剔的贫困大学生

　　谢晓阳（阳阳）：17岁，纯洁向上又不懂世俗的打工妹

　　杨益：正直却优柔寡断，自己不敢认识自己

　　林虹：杨益女友，真诚、单纯，极富同情心

　　病儿父亲：胸怀慈爱却不敌噩运的乡企老工人

　　灵魂：杨益的心灵之语，第二自我

剧情篇目：雨夜篇、白马王子篇、强者与弱者篇、贫者与富者篇、生者与死者篇、尾声

雨夜篇

【舞台光渐起，淅淅沥沥的雨声，隐隐约约的音乐

【一些五颜六色的伞在舞台上散乱地打开着，各种不同的语言在呼唤着、

重复着不同的称谓……这是一个周末的夜晚，远离家乡的学子们都在校园的公用电话亭向亲人们送出祝福

【迟到的我烦躁地打着雨伞上，好像有无限的烦恼

我　（画外音）不知道您有了烦恼怎么办？我是指没有办法解脱的那种……比如我就常常处于烦恼之中，虽说是事不随心常八九，人总要靠自己解决自己的问题。但是，这不随意的事来了，你还真是没辙！真恨不得找谁打上一架。可是你总要考虑考虑自己的身份吧，一个大学生，受着高等教育，你，好意思吗？

【我几乎找遍了校园的所有公用电话亭，发现几乎部部电话都有人在用，后面还有人在等……很明显他并不是想打什么电话，而是在寻找过程中发泄自己的烦恼，他忽然发现唯有角落处的一个电话亭是空的。便把雨伞放在门口，进了这个电话亭间。拿起话筒，把电话卡欲塞进电话机……

我　喂。（不料电话机没反应，再仔细瞧了瞧，才发现这个电话是坏的）他妈的！（我沮丧地走出电话亭，正遇着一位穿绿色背带裙的女孩没有打伞直奔电话亭而来，她正走向那部坏电话。两人相侧而过时，我想让女孩，但女孩似乎视而不见地走过，我想看看笑话，于是打着伞在一边站着）

【女孩径直进了电话亭间。拿起话筒拨号码，之后开始通话了。我非常诧异，将伞放在门口倾听

女孩　喂，是你吧！您好，……不忙！您是知道的，我从来不自修。我实在不明白，为什么那些人那么辛苦，天天去自修，累死了，成绩也不一定比我好。我要是天天去自修，那竺可桢奖学金还不是我的！啊，我跟您说过我男朋友的事吗？他可是白马王子！不过我觉得他不太听我的话，他有时做事不跟我商量，我正为这事跟他吵着架呢！喂，尽听我说，您烦了吧！——那就这样吧，改天再给您打，您一定等我电话啊！——好，再见！

【女孩心满意足地走出电话亭间，没留意我在一旁，撑着我的雨伞走了。我顾不上雨伞，再次走进电话亭间，左看右看，电话还是通不了，原来线是断的

我　唉，电话是坏的呀！说我蠢原来比我蠢的还有呢，这不是整个一个心理障

碍嘛……

女孩　（不知道什么时候回来了，非常有礼貌）对不起，我拿了你的伞。

我　　（马上换了一个嘴脸）啊，是，我是说嘛，比我聪明的还有的是呢！下着
　　　雨呢，一把伞算什么啊！

女孩　别客气了，还给你……

我　　拿着吧，男孩又用不着打什么伞的。

女孩　别推了，好吗？你看，已经不下雨了。

【我只好接过伞，还是很想和女孩说话，但是又不知道说什么好

我　　那，那，我就不客气了，谢谢啊。（女孩欲转身离去）啊，我可以问问你
　　　是哪个系的吗？

女孩　有这个必要吗？（轻松地下，到很远处）啊，差点忘了，那个电话亭的电
　　　话是坏的！

我　　什么？

女孩　电话亭的电话是坏的！

【我简直目瞪口呆，不解地望着消失在雨夜中的那个背影。再次走到坏了
的电话亭里，拿起电话

我　　（小声）喂。（一片寂静，声音放大）喂……真是，林子大了什么鸟都
　　　有啊。

【雨夜场景退去，我回到现在。舞台上，我向观众陈述

我　　那是一年前发生的事。大家可能觉得好笑，我这个人就是这样，看见漂亮
　　　女孩就说不出话来。忘了自我介绍了，我是一个刚刚一年级的社会学研究
　　　生，学这个专业纯属个人爱好。也就是说，人的心理问题是我格外关注的
　　　课题。不瞒您说，从此之后，我一直在寻找那个穿绿色背带裙的女孩，也
　　　一直在反复地思考分析她当时的心理，我想，也许我可以就这个问题展开
　　　调查，完成一篇不错的调查报告……在寻找的过程中，我认识了一些各不
　　　相同的男孩女孩。也从他们一个个的故事中走进了他们的内心。这是一个
　　　比较痛苦的寻访，因为在我发现许多人都有一个相似的梦的同时，我也剖
　　　析着自己。我把这种梦称之为"妹妹"心态。是老长不大，放不下，又不

愿意承认的秘密。那么，就先从女孩说起吧……（稍停）女孩，一个美丽而悠远的话题，怎么说好呢？不是有首歌是这样唱的吗？女孩的心思真难猜。（我渐渐隐去）

白马王子篇

【流行歌曲《对面的女孩看过来》的歌声响起

【歌声中舞台上出现一个漂亮的女孩，她显然是陶醉在自我欣赏之中，恍恍惚惚地在光圈中走着，以下可能是现实，也可能是幻觉：一群男生在黑暗中出现，他们的目光都在这位漂亮女生身上，女孩害羞，却又有一些得意，不断地在躲避这些灼热的目光

【队伍中的一位男生怯怯地上前，女孩闭着眼睛与之舞蹈，陶醉在梦境中，不经意睁眼，发现眼前的男生并非想象中的意中人，猛然甩手，男生沮丧地退下

【另一男生手捧玫瑰上，献给女孩。女孩又手捧玫瑰，再次沉入梦境，稍后睁眼，看见男生模样，再次失望地扔掉玫瑰，不理睬男生。这位男生悻悻捡起鲜花退下，中途气恼地把花扔掉

【这时舞台不同方向响起不同男生的声音："你是新来的？""叫萧燕子吧？""你是中文系的吧？""你是浙江人吧？"

【燕子惊喜，又摆出不屑一顾的神情

燕　子　你们怎么知道的？
众男生　我们是在新生入学名单上看到的。
男生1　我叫杨丹，外语系的。今年大四了。
男生2　我叫年有增，今年硕士毕业。
男生3　我叫李大强，机械系的，内蒙古人，叫我大强就可以了。

【音乐起，骄傲的她在舞台上慢慢舞蹈，在向往，在等待
【渐渐地画外有了许多声音，这是一个校园的英语角，来来往往的演员们

都把注意力放在听力和会话上，燕子先是比较新奇，然后比较失落，又不敢张嘴，身边已经走过好几个"酷哥""俊男"与她说话，她腼腆地应答着。一个男生推着自行车匆匆而上，寻觅着，终于他发现了那个女孩，下意识地拍拍灰尘，显出新车的光亮，挤到他们中间，打断了他们的谈话。

男友A　Sorry！ This is my girl friend！（对不起，这是我的女朋友！）

【酷哥看了一眼燕子，见她没有理会自己，摇摇头，知趣地走开了

男友A　（余怒未消，见人多不好发作，压着气）燕子，你跟我来。

【燕子显然不愿服从，但想了一想，还是跟来了

男友A　燕子，你是怎么回事？不跟我说一声就跑到这里来了？

燕　子　我不是每个礼拜四都到这里来的吗？你又不是不知道！

男友A　可我们不是晚上约好了吗？

燕　子　（迟疑，有些歉意）我忘了。

男友A　忘了？你知道我时间是很宝贵的，本来晚上还有个例会的……

燕　子　（没好气）就您的会重要啊？不就是在学生会里当个小官吗？

男友A　你怎么这么说话？

燕　子　我怎么了，不是吗？整天开会开会，好像比国家总理还忙，从来没把我放在心上。（委屈）

男友A　我没把你放在心上？你看，这是什么？（指指骑来的崭新自行车）

燕　子　（眼前一亮）什么？

男友A　车啊，我给你买的新车，你那辆太破了，扔了吧！

燕　子　（赌气）我那辆骑得好好的，我不要。

男友A　（一怔）不要？！那好，我扔了它。（推车就走，眼看就要走出演区，燕子也没有半点要挽回的迹象。突然，口袋中的手机响了，遂喜，接听）喂，哪位？请说。（一边示意燕子把车扶好，对电话）……怎么搞的？我辛辛苦苦拉来的赞助，可给我小心了！有什么事，等我回去再说！（边收手机边说）燕子，你看，我的事多不多！（燕子摆弄着车，不理）还生气呢？（亲切）燕子，这车咱还要不要？

燕　子　那……我那辆没闸的车……

男友A　我骑啊。说真的，我最喜欢骑没闸的车了。（燕子终于笑了，马上抓住机会）燕子，其实我有一件重要的事要对你说。

燕　子　什么事啊？神神秘秘的？

男友A　燕子，你看我们都认识这么久了，是不是应该明确我们的关系了。

燕　子　我们有什么……关系？

男友A　别人都看得出来，你还装傻！

燕　子　（一笑）可我们这样不是挺好吗？

男友A　我坦白说吧，我已经把我们的事告诉我父母了。

燕　子　（吃了一惊）你，你真是……

男友A　（上前扶手）他们很想见见你，所以这个假期我准备带你去我们家。

燕　子　你，你怎么也不跟人家商量一下？（赌气）

男友A　怎么？你不想去？

燕　子　我不去。

男友A　不行，你一定要跟我去。我已经答应他们了。

燕　子　啊？答应了？（真生气）你，你总是这样自以为是，从来没有考虑我的想法。

男友A　我没有考虑你？燕子，你好好想想我对你的一切。（拍拍自行车）

燕　子　我在乎的不是这些……

男友A　可我在乎！我绝不能让我的女朋友过得比别人差！燕子，还记得我说过的话吗？我绝不是一个没有责任感的人。

燕　子　（似乎有点感动）我……

男友A　（手机又响了）喂，是王老师？您好，还没有休息啊？噢，那点小意思不算什么，土特产？看您说的，我能痛痛快快留在杭州不全是您的功劳吗？行，不打搅您了，改天再去拜访您吧。您好好休息吧。再见！（收机，欢天喜地）燕子，燕子！你听见了吗？我留杭了！
实话告诉你吧，我的大伯，就是在香港的那个，在杭州开了一家很不错的公司。等这个学期干完学生会的工作，我就过去帮忙，以后争取自己接过来。总之，我会留在你身边的。等以后你毕业了，也来公司工作，做你喜欢的白领，你要是不喜欢，也可以做其他的。比如干脆就待在家里，养个小猫小狗啥的。（越说越激动）我们以后还可以痛痛快快地周游世界。相信我，我们会有一个美好的未来……

燕　子　（面对对方的热情，无法接受）不不，为什么你要替我安排好一切呢？

【燕子困惑地徘徊着，舞台光暗。男友A隐去，一声自行车倒地的声音，燕子回头，在男友A离去的光圈里出现了高大的男友B。舞台上有一个光区，浑厚遥远的草原赞歌时隐时现，燕子似乎非常熟悉B，两人欢快地追逐着，最后，手拉手坐在地上。高大的男友B坐在地上动情地哼鸣，燕子静静靠于B背，凝神细听……

男友B　喜欢吗？

燕　子　喜欢。

男友B　这是我最爱唱的一首歌，是我们草原的歌。

燕　子　是吗？那它为什么这么忧郁？

男友B　你还不懂，这是用心写的音符。

燕　子　那你的心是什么样的？

男友B　我的心？我的心啊太小，只容得下你一个人，可是我的心又太大，可以容下大海、苍天。你说我的心是什么样子的呢？

燕　子　我一直在猜，可是猜不透，有时候，我觉得你很爱我，可是有时候你就像一个影子，让我捉摸不定。

男友B　影子？（起身）我就要毕业了，离开校园，离开城市，离开繁华，离开喧嚣……

燕　子　你还是打算离开？

男友B　（点头）我要回去，有个声音一直在召唤我……（音乐起）

燕　子　回大草原？

男友B　（肯定地）回大草原，去实现我美丽的梦。（热情地）跟我走吧！燕子不能老是蜷缩在屋檐底下，那儿的蓝天、白云，还有一望无际的草原，才是我们展翅高飞的天地。

燕　子　在蓝天白云下翱翔，在茫茫草原上放马高歌？太美了，你带我走吧。

男友B　真的？你真的答应了？（激动不已，抱燕子转。燕子开始惊愕，随即理解，紧紧依偎怀中）我发誓，我会在草原上爱你一辈子的，相信我！

燕　子　（先是陶醉，忽然意识到了什么）什么，一辈子？你要在那儿住一辈子吗？

男友B　是啊，那你以为呢？

燕　子　我以为我们只是去……

男友B　（完全没有想到）燕子……

燕　子　你以为可以一走了之了，是吗？

男友B　什么叫一走了之？我会对你负责一辈子的，燕子！

燕　子　你知道，我的家在这儿，我有我的父母、我的学业……我从来没有离开过家，离开过父母……怎么可以这么简单，就这么一走了之呢？

男友B　（鼓励地）可以的，你也可以的，因为你有了我，因为我爱你！生活应该是由你自己来决定的。燕子，相信你自己吧！

燕　子　（半信半疑地）我能决定我的生活吗？

男友B　（更加热烈地）能！到了大草原，我们就可以彻底抛开这个浮躁的都市，感受大自然的纯洁了，想一想吧，燕子，那会是一个多么美好的世界啊？

燕　子　（几乎动了心）是啊，那是我从来没有走进去过的一个世界……

男友B　（情意绵绵）那个世界只有我们俩，只有我们的爱，我们相亲相爱，在草原上厮守一生！

燕　子　这的确很美，就像在梦里。那就像我小时候向往过的童话……（醒悟）可那毕竟只是梦啊！（痛苦）

　　　　【以下一段是合唱式的表演，男友A和男友B分别在自己的规定情景之中说着他们对燕子的希望，燕子始终在他们的规定情景之外徘徊和思考着……

男友A　燕子，留在我身边吧，等你以后毕业了，也来公司工作，做你喜欢的白领，你要是不喜欢，也可以做其他的。比如干脆就待在家里，养个小猫小狗啥的。（越说越激动）我们以后还可以痛痛快快地周游世界。相信我，我们会有一个美好的未来……

男友B　燕子，跟我走吧，跟我走吧！燕子不能老是蜷缩在屋檐底下，那儿的蓝天、白云，还有一望无际的草原，那里才是我们展翅高飞的天地。想一想吧，燕子，那会是一个多么美好的世界啊！

燕　子　（不能选择，心烦意乱）

男友A　燕子，留在我身边吧，留在我身边吧！

男友B　燕子，跟我走吧，跟我走吧！

燕　子　怎么，这就是爱情吗？我到底爱谁？谁又爱我呢？

　　　　【光圈中，燕子茫然困惑的表情，渐隐

强者与弱者篇

我　　（画外音）我穿行在校园故事的字里行间，叩击着心灵，也叩击着自己的理智与感情。我发现许多人都背负着自己，不敢放下，不敢面对，更有许多人虽然已经发现了自己，并且已经放下了自己，却没有超越的勇气，明明知道得失成败就在这一念之间，却偏偏不敢痛痛快快地奋起一击。这种心态存在于校园的每一个角落。当然，在发现了解的过程中，我也更加清晰地了解了自己……

　　　　【"砰、砰"的拳击声，台上出现巨大的双人对打的身影，在学校的健身房散打训练场上，传来教练的吆喝声，我和小浩汗淋淋地对打着，小浩显然水平不济，打得比较敷衍，不够努力。几个回合，最后还是被打倒在地

我　　（喘息着）你，你不行了吧。

小浩　（喘息着说不出话）谁说的？

我　　都躺倒在地了，还争什么英雄？

小浩　英雄还有虎落平阳、龙困浅滩的时候呢，我怎么就打不过你……

我　　（起身）都快毕业了，你怎么还是这么没长进？下手要果断。我真不懂，你老怕什么！

小浩　（似有所悟，一跃而起）来，哥们，再陪兄弟练一回。

我　　得，得，你让我喘口气吧。小浩，有件事我得问问你，说真的，最近咱们班里硝烟弥漫，有不少流言蜚语你听到没有？

小浩　（敏感）什么流言蜚语？

我　　保送研究生的名额，你听说了？

小浩　（欲躲避）噢，那事，谁能跟我说？

我　　（欲言又止）哎，你的黎昕呢？今天怎么没给你送喝的？

小浩　（依旧沉默）

我　　（察觉什么）是不是又闹别扭了？

小浩　（不提）

我　　（有所悟）啊，怪不得今天要拉着我练练，是不是心里别扭，想找个地方撒撒气啊？

小浩　（咬牙摇头）

我　　跟我说，黎昕是不是跟你要性子了？啊？

　　　【黎昕上，这是一个外表十分文静的女孩，手里拿着一大瓶矿泉水和一条毛巾。小浩扭头就走，我急拦

我　　哎，这不是来了吗？你逃什么？莫非你还怕她不成？（推小浩，见他无意向前，又接过矿泉水和毛巾给小浩，小浩仍没有接的意思，只好打开瓶子喝了一口）我说，干吗也别太过分了。咱们歇一会还接着打呢。好，我上那边凉快去。黎昕，谢谢你的水啊。（欲下）

黎昕　别走！

我　　（吓了一跳）干吗？有事儿吗？

黎昕　（走到小浩面前，逼视。语气尽量平静，指着我）你告诉他了吗？

小浩　（不语）

黎昕　（提高声音）我问你，你告诉他了吗？

小浩　（被迫地摇了摇头）

黎昕　（气愤，眼中含泪）好，好，齐浩。你我之间从此无话可说！（毅然转身）

小浩　（控制不住）黎昕！我知道这事是我的不对，可……可我真没有其他的办法。求你了！（黎昕停住脚）别逼我，别逼我了行不行？你没看见我都快……发疯了吗？

黎昕　我看见了，我也想到了，可是齐浩，你今天非要过这个坎不可……

小浩　我……（不得不说）对不起！

黎昕　（一震，转身就走）

小浩　（急叫）黎昕！黎昕！（痛苦）你能为我设身处地地想想吗？

黎昕　正是为你设身处地地想想，我今天才来这里。（决断）相处这么久，我从来没求过你什么，在这件事情上，就算我求你了……

小浩　黎昕，你听我说……

黎昕　现在还来得及，小浩，你一定要亲口告诉他，否则，你失去就不仅仅是友谊，还有……（几乎哭泣，下）

小浩　黎昕，黎昕！

　　　【小浩矛盾而痛苦地挥起拳头，拼命地练起散打，画外音出现"通、通"的心跳声。我看不下去，站在小浩的对面，准备陪练，小浩避开，换了个角度。我又出现，小浩再避

我　　（生气地叫）齐浩！

　　　【小浩呆住，一下子没收住，重重地摔倒在地

我　　（急忙去扶）小浩，你怎么了？没摔伤吧？哪有那么乱来的，你……

小浩　（突然紧紧抱住我的脖子，声泪俱下）你说过你会像对待自己兄弟一样对待我，你说过以后毕业了咱们还是好哥们，你说过……

我　　是的，是的，我说过。怎么了？

小浩　（明白自己的失态）没什么，我……

我　　你放心，同学一场，我应该是最了解你的。有什么窝心的事，说出来我给你参谋。

小浩　（受到鼓励，直起身子）你，你知道，原来我老是害怕，这种害怕是刻骨铭心的……

我　　你怕什么？我真不懂。

小浩　是的，你不会懂的。跟许多人比，我好像什么都比人家强。我有钱，我在加拿大的妈妈，在日本的爸爸每个月都给我寄钱。可我却没有家，没有一个孩子应该得到的亲情。记得小时候，妈妈不要我，爸爸也不管我，只有我一个人蹲在院子的角落里数蚂蚁，听着旁边院子里别人家的爸爸妈妈跟孩子说话……没有人关心我，没有人爱我。那时候，天是灰的，一切都是灰的。这就是我原来的生活。

我	是的，小浩，这是你原来的生活。可是你靠自己的力量上了大学，认识了同学们，认识了黎昕……
小浩	还认识了你。我发现我自己有了力量。我的生活中会有欢乐，会有友谊，也会有爱情。
我	是啊。
小浩	可是今天，今天我又感到了这种刻骨的恐惧……

　　【放大了的心跳声骤然响起，身后的散打人群突然出现，人与人的搏斗近在咫尺，小浩恐惧地紧缩于我的肩下

| 我 | （安慰地）齐浩! |
| 小浩 | （果断地）不行，你就是不原谅我，我也要告诉你，我必须告诉你…… |

　　【散打人声轰然隔开小浩和我，小浩左推右挡，力不能支，终于喊出

| 小浩 | 我对不起你! |

　　【突然一下安静了下来，台上一点声音都没有，也没有一个人影

小浩	我知道这次系里保送研究生的内定名单上有你没我，但是，通过关系我……（咬牙坚持说下去）因为我的努力，我的名字终于上了保送名单，可我怎么也没想到被拉下来的竟然是你! 现在，这份名单已经送学校研究生院了。
我	齐浩!
小浩	你让我说完。这事不知道怎么让黎昕知道了，她找到我，哭着痛骂我一顿，说我是背信弃义、落井下石，她说……（说不下去）她说什么，你刚才都听到了……我……
我	（很平静）齐浩，你别说了。这事我已经知道了。
小浩	（惊讶）你说什么?
我	我已经知道了。我就是等着你自己说出来。
小浩	我对不起你!
我	说声对不起就完了?
小浩	我知道你一定会恨我……你，你要我怎么样?
我	你说怎么样? 我要你挺直腰板，我要你面对你自己! （逼视）你真不是个男子汉! 我恨你这份窝囊!

小浩　（无颜以对）

我　　你还是不相信自己的力量，宁愿把心思用在怎么走捷径上。你以为我是为了那个保送名额生气啊？告诉你，我相信我自己，一定能面对挑战！

小浩　你骂吧，我是窝囊废，我是该挨骂！

我　　谁说你是窝囊废？拿出你进攻的威风来，就能把对手打败！

小浩　对手？

我　　你的对手就是你自己！

小浩　我……

我　　别我呀，下决心吧，不就是考一回吗？我想好了，咱们一起复习。

小浩　咱们？（眼前一亮）对！咱们！

我　　对！相信你自己，咱们一定能考上，咱俩一块读研究生，还住在一块，一起上散打高级班！

小浩　（呆住，发自肺腑）好兄弟！我……（不知如何面对，更加愧疚不安）就是你原谅了我，我也不能原谅自己，我（欲走）……

我　　上哪去？

小浩　我去研究生院……

我　　（一拳将小浩打倒在地。然后缓缓招手）来，看招！

　　　【音乐起

　　　【小浩抬头，面对我挑战的目光，粲然一笑，一跃而起，挥拳接招

　　　【两人生龙活虎地打着，一群男生从舞台的不同角度上，开打

　　　【收光

贫者与富者篇

我　　（画外音）不是有这样的说法吗？这个世界不是缺少美，而是缺少发现它的眼睛。人心就像一面透彻肺腑的镜子，你一切的一切都无法逃避这种毫发毕现的映照。在实际生活中，每天都可能会碰到让人动心的发现……

【场景换成女生宿舍。舞台正中有两张椅子，一个女孩正在练仪态，看得出她非常努力。一个女孩走进来

文惠 （款款走来）燕子，你看我的背直不直？

燕子 你还在练啊。

文惠 （认真地走，自言自语）注意背上的线条。

燕子 告诉你一个好消息，系里今天要发困难补助，我给你领了一张表格。

文惠 （很不高兴）谁要困难补助了？我不要什么表格！（往地上一扔）

燕子 干什么？不要就不要吧，（笑）别跟自己赌气啊！

文惠 燕子，你倒是给我看看，我走得怎么样啊？

燕子 别走啦，我刚才碰到你们教练了，她说，今天晚上场地太小，你们那一组就不上了。

文惠 （傻了）

燕子 对了，你不是早就想看张艺谋导演的电影《我的父亲母亲》吗？给你，这是今晚的票！咱们一块去。

文惠 （心不在焉接过，狠狠地坐下）

燕子 （熟悉其脾气，不做劝解。突然想起）啊，对了，教练叫你把演出的礼服还回去。（环顾四周）你的礼服呢？

文惠 （嘴里下意识应着）我送洗衣店了。

【有人敲门

【声音：6舍5014有个叫文惠的大学生，是住这儿吧？

两人 嗯！是的，是的。（燕子开门）

【一个看上去还是中学生的女孩满脸是汗，捧着一条大红的礼服裙站在门口

燕子 送来啦？哎呀，真是太好了。（上前欲接）不行，我的手还没洗。

阳阳 我的手是干净的，我拿来的时候……（环视四周）你们这儿可真难找。

燕子 （看看自己跟自己生气的文惠）让你走了不少路吧？

阳阳 找了半个多钟头呢。走路我不怕，在家上学走惯了。就是怕把衣服弄皱了。

文惠 （说不出的别扭）你看你这一脸的汗，准把礼服弄脏了。

阳阳　哪会，我戴着手套呢！（显示）

文惠　（无语、仔细检查着）还挺聪明。

阳阳　给人家干活就要处处仔细，把它当成自己的事。你们大学生的家真不错。下回我要是能上大学，我……

文惠　（开始注意女孩）你今年多大？

阳阳　16岁。（环顾四周，羡慕地）这衣服真高级，是自己买的？要花好多钱吧？（对燕子）姐姐，你穿上一定很漂亮很漂亮的。

燕子　不是我的，是她的演出礼服。

文惠　（很不高兴）

阳阳　（发现新大陆）演出？哎呀，在哪演出？一定很好看吧？要买票吗？（追着文惠）我可以去看吗？

　　　【突然响起的心跳声，舞台上只有一个光圈罩着文惠，空中传来教练的呵斥声，一群意气风发的大学生模特从文惠身边袅袅走过，文惠惶恐不安，越来越紧张

文惠　（突然地大叫）哎呀，我礼服的衬裙呢？

　　　【一切归于原先

阳阳　什么叫衬——裙？

文惠　就是礼服裙的衬里呀，跟你说了你也不懂。

阳阳　（慌乱）我，以前我没有看见过，我不知道什么是衬裙。

文惠　你懂不懂，这套衣服少了一条小衬裙。

阳阳　那……对不起，我，我这就跑回店里去给你拿回来。（欲走）

文惠　别忙走，谁知道你走了还会不会回来，你得押点钱。

阳阳　我，我没有钱。我昨天才打上这份工，我……

燕子　（解围地）好了，小惠，不就是一条衬裙吗？你就相信她一回。

阳阳　对了，你就相信我，我家在安徽，我叫谢晓阳……

文惠　好了，好了，快去快回吧。

阳阳　谢谢了，谢谢。（疾跑而下）

　　　【燕子关门，突然想到什么，几步上前，撩起礼服的裙摆立即生气，回身看文惠的反应

燕子　你为什么要这么做？

文惠　（窘，不语）

燕子　你为什么要这么做？你这不是明摆着折磨人吗？你这不是明摆着欺负乡下来的打工妹吗？

文惠　我……

燕子　你到底在想什么？

文惠　我也不知道。我一看见她，那个乡下来的小姑娘，就想到我自己……傻乎乎的，什么也没见过……

燕子　我知道，你心里不好过。练了这么多天，最后没能上台……可是你心里不好过也不能拿一个小姑娘来出气啊！

文惠　我不是故意的。

燕子　文惠，你这种无缘无故……是（不知道怎么说才合适）不对的。

文惠　你不会明白的，我们是完全不同的人。

燕子　（吃惊）有什么不同？你到底在想什么？

文惠　你知道吗？我从小学到高中一直是我们那个县那个地区的第一，从来都是挺直腰板站在人前头的，从来都是去挑别人的毛病……

燕子　我知道，我知道，你是百里挑一。可上咱们这个学校的学生谁不是百里挑一？你……

文惠　你不要说了，从今往后，我的事不要你来管。

燕子　（气急）好，以后你的事情，我再也不管了！

　　【燕子生气地开门欲走。开门发现阳阳，看得出小姑娘刚刚哭过，跑得满头大汗，一进门就紧盯着文惠的脸

阳阳　（怯怯地）文惠……姐姐，真对不起，你的衬裙找不到了。

　　【燕子和文惠都不理阳阳，小姑娘更觉得紧张

阳阳　听洗染店的老板娘说，那个什么……衬裙挺高级的，要好多好多钱。店里规矩，损坏丢失顾客的东西要赔。我……我才到杭州，还没有赚到钱。我……

　　【燕子看了文惠一眼，文惠仍在赌气，燕子不准备管此事，准备离开

阳阳　（拉住）姐姐别走，求你了，求你帮我说句好话。

燕子　我管不了这位小姐的闲事！

阳阳　（哭）姐姐，求你给做个见证。（从怀里拿出一个金质奖牌）这是我唯一值钱的东西，小学五年级时在县里得的奖牌，你给我做个见证。等我赚了钱，一定来赔文惠姐姐的衬裙，来你这儿拿这块奖牌。求你了。（双手奉上）

燕子　（实在不忍又不好不接）唉，什么奖牌？（翻看，眼睛一亮）我好像在哪儿看到过……

阳阳　（着急）姐姐，这是我得数学第一的奖牌，是我的啊……（哭）

燕子　别哭，别哭，（找毛巾，让阳阳坐）你怎么不上学了？

阳阳　（哭）家里困难，上不起学。我不愿意爹娘再为我去借钱。我想出来打工赚了学费再去上中学。

燕子　你刚刚说你是安徽人？安徽什么地方？

阳阳　（抽泣）同县五里亭。

燕子　（一把拉住文惠的手）这就对了。谢晓阳，我跟你说，这个文惠姐姐也有这样的金质奖牌。当然不止一个了，她在县里区里都拿过第一呢。村里人送她来上大学的时候，全都带来给我们大家看过的……

阳阳　（惊讶、喜悦）我们县里两年前是有位叫文惠的姐姐，那年拿了省里的理科状元……难道就是……

燕子　（将奖牌递给文惠）

文惠　（凝视奖牌，无法承受，气恼地摔在地上）我不是那个文惠！我从来没有得过什么奖牌！（欲冲出门去）

燕子　（大叫）文惠，你走吧，你根本就不是同县的文惠！你根本就不敢承认你自己！

文惠　（呆住）

阳阳　（珍惜地捡起奖牌）文惠姐姐，你别生气，也许你和我们同县的高考状元是同名同姓，可是你知道这个名字在我们这些孩子心里的分量吗？

燕子　阳阳，我早就听说了，我相信，那位文惠绝不会忘记自己的家乡，更不会忘记自己的过去的。

文惠　我……

阳阳　是的。我们同县的文惠姐姐和我一样，也差点因为家庭困难离开学校，可是她最后还是靠假期给人家干活坚持下来，还考上名牌大学……

文惠　阳阳，你别说了……

阳阳　我离开家的时候就下定决心，不管吃什么苦，我都一定要重新上学。不会做我学着做，做不好我改。我一定要像姐姐一样，书我都带着呢！

燕子　文惠……

阳阳　文惠姐姐，原谅我吧，今天这事是我不好，给，收着这奖牌吧。

文惠　不……

阳阳　（误会）文惠姐姐，我一定赔你的裙子，我做错的事情我自己承担！

文惠　（艰难地）谢晓阳，我告诉你，衬裙是……

燕子　（急接）啊，晓阳，姐姐的衬裙找到了。

阳阳　（感到突然，不相信）是吗？姐姐们别骗我。

燕子　真的，是真的！

阳阳　太好了。是怎么找到的？

燕子　就夹在衣服里，是我们没仔细看，真是对不起你了。（文惠感激地走过去，拉着燕子的手）

阳阳　太好了！（欣喜）那，我，我走了。今天上午还有活要干呢。（向外走去）

文惠　等一等。阳阳，你的奖牌。

阳阳　呀，真是的（欲接奖牌）。

文惠　阳阳，能让姐姐把这个奖牌留下吗？

阳阳　姐姐？

文惠　（说不出理由，只是热切地望着阳阳，阳阳终于点了点头。文惠一把将阳阳抱在怀里）姐姐还要告诉你，姐姐就是……姐姐就是你的同乡。

阳阳　（不相信自己的耳朵）姐姐……（惊喜）好姐姐！（拥抱，燕子欣喜，双手扶两人）

文惠　（流泪）阳阳，姐姐要谢谢你，谢谢你……

　　　【切光

生者与死者篇

我　　（画外音）这个女孩一直在做着一个同样的梦，也许某一天她能实现，也许永远只是梦。说实话，我也常做这样的梦，做得多了，梦就变得像石头一样，有了重量。我真想把这有重量的梦放下来，那可能会是一种解脱。

【舞台的一角上出现一群人在缓慢地舞蹈着，他们的手臂彼此相连，拉出一个刺破云雾的大斜角。没有音乐和旋律，只有重重的踏步声。他们像背负了重物似的弯曲着身体向前，渐渐抱成心状，之后像有打击从后方袭来，又不约而同地倒在地上，但是随即挺起身躯向观众席方向艰难匍匐前行……突然有了丝丝缕缕的旋律，一束金黄色的光从他们头顶泻了下来，我们看到队伍前面的一个男孩抬起了头，寻找和感受着这份温暖，他张开双臂迎接着，一群人也欣喜地沐浴着光芒，舞台上出现一个不同动律的响亮画面，追光打在男孩身上，渐渐收去……

【场上灯光再亮时，空空的舞台上只有两张靠背椅，规定情景是在学生宿舍。一位叫杨益的男孩正六神无主地呆坐着。他显然是陷入了某种苦恼之中，一会儿起身，踱来踱去地自语

杨益　你说人要是倒了霉，喝口凉水都塞牙。早知道这样，谁去出那个风头！这可好，一不留神当了个英雄……（自嘲地照照镜子）这回，可是要血染战场、马革裹尸了。（猛一转身，与进门的女朋友林虹四目相视）

林虹　（已站于门口观察片刻）哟，一个人闹什么呢？咱们还去不去打球了？

杨益　（掩饰）啊，你来啦，也不吭一声，当然去了，我这就去换一件衣服。（想到什么）林虹，……我要想跟你商量个事儿。（下定决心）我，我昨天去了一趟医院。

林虹　医院？你病啦？

杨益　我身体这么棒，哪有什么病啊！

林虹　（注意地）那没病去什么医院哪？

杨益　（激动起来）你还记得那个小男孩吗？电视里那个得了白血病的孩子……他叫晶晶，我昨天就是专门去看他的，我还带了束鲜花给他，那孩子别提

有多可爱了，特别懂事，真是怪可怜的。告诉你，长这么大我还真没为什么掉眼泪，可那天在电视机前头，我的眼眶都湿了……别笑我，林虹，真想为他做点什么。

林虹　（同情地握着杨益的手）杨益，我怎么会笑你呢？

杨益　我一激动，就去了医院。我一看，几百号人排着队在验骨髓，我看着看着就跟进去了。可你猜怎么着，这么多人的骨髓类型都和那孩子不配，就我的行！

林虹　（惊喜）就你的行？！

杨益　（更来劲）你没看见，有几位白血病孩子的家长都争先恐后地跟我握手，有一位还差点要给我下跪，都说我是救命恩人……

林虹　杨益，你这回真是一不留神当了个英雄啊！

杨益　（突然迟疑起来）可我还没献呢，我只是签了字，我……我想，这么大的事儿应该跟你商量一下。

林虹　（认真地）怎么？杨益，你觉得我会不同意你……

杨益　（打断）不是，我只是觉得当时一下子热血沸腾，考虑得太简单了。（振振有词地为自己寻找依据）我不为自己的身体想，也得为生我养我的父母想想，当然还得为我们的今后想想嘛。

林虹　据我的医学知识，献骨髓是不会影响健康的。

杨益　（惊叹，摇头）林虹，你怎么不心疼我呀？

林虹　（爽朗地）我怎么没心疼你了，杨益？这是好事啊。不是每个人都能有这样的机会的，也不是有了这样的机会，每个人都有勇气去做的。杨益，这份爱心是需要拿出一个人真实的行动的。（骄傲地）我没想到是我的杨益做成了这件事，这才是真正的男子汉。

杨益　（自嘲）男子汉？是啊，男子汉一言既出、驷马难追哦。（不得不说出自己的矛盾）可我一想到那又长又粗的针筒插进后背抽出白白的骨髓，就……这要是有个三长两短……

林虹　（有点明白）杨益，你是不是后悔了？

杨益　（极力否认）没有！没有！

林虹　那你……

杨益　（解释）我告诉你，……这几天身体我身体特别不舒服，我想……

林虹　（抢白）你想什么？（耐心地）当然，这对咱们两人来说都是一件大事，考虑周到是可以理解的……

杨益　（还在解释）我想，难道我们不能换种方式帮助晶晶吗？

林虹　（真不明白）换种方式？

杨益　是啊，（急切地）我们可以常常去看望他，可以给他募捐，让更多的人来帮助他……

林虹　你说什么呀？看望、募捐，救得了一条生命吗？

杨益　（不语）

林虹　当然，我尊重你的选择。（郑重地）从常理来说，你没有这个义务，但是从道德上讲，你应该有这个责任。

杨益　（不能接受）你……你今天好像是个陌生人。

林虹　是吗？我觉得我只是重新认识了我自己。杨益，我可以告诉你，当你在医院排着队验骨髓的时候，我就在你的身后，亲眼看见你被感谢时的满脸激动……

杨益　（大为惊奇）那你也……

林虹　是的。（动情地）只可惜我的骨髓配型和晶晶的不合。（痛苦）当你看见将要离开这美好世界的幼小生命，睁大渴望的眼睛眼巴巴地看着你……（说不下去，流泪）

杨益　（掏手绢给林）我知道，可你总得让再我好好考虑考虑。

林虹　（推开杨益的手，抬起泪眼郑重提醒）杨益，你是签了字的。

杨益　（避开，沉默。传来敲门声）有人来了，你先擦擦眼泪。（起身开门，病儿父亲上。这是一位被生活的不幸摧残得异常苍老的中年人。杨益打量来人，并不认识）你找谁？

病儿父亲　请问，杨益同学在吗？

杨益　（没有作答）你是谁？找他干什么？

病儿父亲　（百感交集）我姓李，我是……我是专门来谢谢他的。（林虹欲上前，杨益拦）

杨益　啊，他去自修了，可能很晚才能回来。

病儿父亲　（意外）我……我在这儿等等他，可以吗？（杨益还要说什么，林虹抢上）

林虹　当然可以了。李先生，您坐。（递水）

病儿父亲　谢谢了！（喝水）我找了好久才找到这儿。

林虹　您找他只是为了说声谢谢吗？

病儿父亲　是的，我是为了孩子们，也是为了那些父母们专门来谢谢他的。

林虹　杨益做了什么，值得您专程来谢谢他呢？

病儿父亲　姑娘，你还不知道吧，杨益在献骨髓的证明上签了字，他的骨髓能救孩子的命啊！

杨益　可他还没有做这件事。

病儿父亲　是啊，都是爹娘的心头肉，杨益能签这个字，就说明他有这个心。本来医院是不让我们这些做家长的知道捐髓人的姓名地址的，我好不容易打听仔细，才找到这儿的。（打开包）瞧瞧，这是孩子们专门给他叠的纸鹤。（千纸鹤五光十色，十分精致）

杨益　（感慨地接过纸鹤，看着）

林虹　那，你的孩子……

病儿父亲　我的孩子也是……（强忍悲痛）听说有不少人愿意为他捐骨髓，可高兴坏了。他跟小病友们一起叠纸鹤，还跟我说，等他病好了，就又可以上学了。他也要上大学，将来一定要赚很多很多的钱，让父母再也不用四处奔波了，他才7岁呀。

杨益　您的孩子……

病儿父亲　他叫晶晶。

【林虹与杨益皆惊，对视

林虹　（恳切宽慰）李先生不用急，晶晶的病一定会好的。有了相配的骨髓配型，孩子的生命就可以挽回了。

病儿父亲　（难以启齿）其实……其实不用麻烦了，晶晶他没有能够等到，他昨晚上已经……

杨益、林虹　（惊呼）晶晶他怎么了？？

病儿父亲　（尽量抑制情感）当他闭上眼睛的时候，嘴角挂着微笑，他是带着希

　　　　　望离开这个世界的，我看着孩子的模样，就想到他唱着歌跟小朋友一
　　　　　起叠纸鹤的情景……（此时控制不住呜咽……强忍悲痛）我打听到几
　　　　　位捐髓者的地址，就想把这些纸鹤送给这些好心的人，不为别的，为
　　　　　这世界上活着的、死了的孩子们的心。（泪如雨下）

杨益　（大为震动）李先生，我，我就是杨益。（无地自容）

病儿父亲　（一怔，随即释然，）好孩子，别难过，你的骨髓虽然没有能够救了我
　　　　　的晶晶，可是还能救其他的人。（拭去眼泪）你这样做，能给那些绝
　　　　　望的父母和孩子们多大的希望啊！（紧紧握手）谢谢你！（走到门口，
　　　　　再深深鞠躬）谢谢！

　　　　【林虹扶病儿父亲下，走到门口回首，深深看了杨益一眼

杨益　（望着病儿父亲出了宿舍门口，口中喃喃自语）李先生……（跌坐在椅子
　　　　上，此刻的痛苦、矛盾、愧疚的情感像潮水冲击着心灵）

　　　　【不知何时，一个黑色的影子出现在杨益的身后，这是他的灵魂。灵魂以
　　　　犀利谴责的目光紧盯着杨益，审视着杨益的内心

杨益　（受不了）你别这样盯着我。（稍停，灵魂脸上挂一丝冷笑）你笑我？

灵魂　（冷峻）你总是背叛我。

杨益　（语无伦次）我……我不知道。（为自己的怯懦而悔恨）可我怎么能在别人
　　　　的苦难面前转过脸去。我是被小孩的目光打动的，那是一双充满期盼的眼
　　　　睛，那是一个等待复苏的生命。

灵魂　许多人都被打动了，她还流了一把泪水，可这又能怎么样？

杨益　（无语）

灵魂　你不听我的。非拉着我去了医院。（稍停，有些激动）不过，捧着那张纸，
　　　　我们仿佛感到生命的复苏……

杨益　（憧憬地）那感觉真好！

灵魂　可惜，苦难不是你的，不是我的，也不是她的，苦难在小孩身上，在他父
　　　　亲身上。

杨益　我知道苦难，我也知道希望。

灵魂　（愤怒地）不，你不知道，你不知道这些，你甚至不知道爱。

杨益　（无力地强辩）我在爱。

灵魂　你的爱让我着愧，你忘了小孩的苦难，你忘了他的期盼。他需要爱……（充满遗憾地）现在他走了。生命不过一把黄土。（激昂）而我们说过的话呢？他说过的话呢？它们并没有消失，它们在撕裂我。

杨益　（刻骨铭心地）我也一样……

灵魂　（回忆地）小孩喊的那一声哥哥，多么甜美，那一刻的笑容多么美好，我甚至想上去拥抱。（愤然）可你又拉着我后退，让我在别人的苦难面前又变得无动于衷。（怒追，鄙视）你让我无话可说。

杨益　（实在不敢面对，哆嗦着双手遮面）可我面前像是有一团迷雾，小孩的一切变得模糊起来。那种面对生命复苏的兴奋和激动也消失了。

灵魂　（劝告）生活或许就是一场迷雾，我们在雾霭中走着，偶然与爱相遇，与美好相遇，但它们很快又与我们擦肩而过。

杨益　（迷茫地）难道我们握不住任何东西？（悲伤地看着手中的千纸鹤，抬头，伸出一手慢慢向上）

灵魂　（握住杨益的手）握不住，但我们总希望握住一些东西，就像纯洁的孩子一样在希望。（两掌相握组成相互支撑的人字，坚定地高高举起）

【舞台上出现了许多手捧千纸鹤的大学生，有更多的人从台下上来，站在杨益和灵魂相交织的手臂旁，神色严峻

【各色的千纸鹤凌空飞舞，一个又一个的大学生捧着纸鹤站成一排又一排，他们把手中的纸鹤郑重地举过头顶，宣告着青春对生命的承诺

【切光

尾　声

【舞台光渐起，整个舞台就像一个静止的画框，两把椅子静静地对立着，像一个相互倾诉的语境。台上的千纸鹤停在地上，舞台上还保留着刚刚离去的庄严的氛围

【我在寻找那个绿色背带裙女孩。这时从台下观众席中走出一位姑娘，身着绿色背带裙，我看见她，迎了上去

我　　我好像在哪儿见过你。

女孩　（开朗地）是吗？

我　　去年，也是一个雨夜，你在这里打过电话吧！好像穿的也是这条裙子。

女孩　好像是，（想了想）嗯，是的。这和你有关系吗？

我　　我那天看见你打电话，你还跟我说"电话坏了"，你还记得吗？

女孩　哦？！（想起，笑）

我　　我总算找到你了。这一年来我一直在找你。（女孩疑惑状）哦，我是社会学系的，在进行一项心理调查。

女孩　是"妹妹"？

我　　（奇怪地）你怎么知道的？

女孩　你不是在校网上立了网页，征集故事，学校黑白剧社不也演了话剧吗？

我　　你……（不知道说什么好）

女孩　就要毕业了，本来我想这个关于"妹妹"的故事不会有什么结尾，因为我觉得你不过是个剧中人，但是没想到竟然真的碰到了你。

我　　我，我也没想到。我想是不是我的调查也该有一个很好的结论了。

女孩　你想得到一个什么样的结论？你以为妹妹长成了姐姐以后，就不再会有妹妹的一切了吗？

我　　（意料之外）我……

女孩　你以为姐姐离开了妹妹的岁月，就永远是姐姐了吗？

我　　（急辩）我的本意是……

女孩　（自信地）有勇气面对自己的人才能面对世界，敢于承担，才是这个世界上最美的东西。

我　　（还不太清楚地）承担？

女孩　我说得不对吗？

我　　不，是我自己还没想清楚……

女孩　（狡黠地笑了起来）过两天，我就要离校了，认识你真高兴，再见。

我　　（连忙）祝你一路顺风，再见。

　　　【女孩转身，走了几步，又返回

女孩　（大声地）告诉你，哪天有了烦恼，找没人的地方大声唱歌也行，去健身

房练散打打人也行，不然，就去试试自己给自己打电话……（一路笑声
不断地离去）

我　　（若有所思地走了几步）自己给自己打电话？

【我像着了魔似的，走进那个熟识的电话亭，拿起电话听筒，随意拨了号
码，电话"嘟嘟"地响了，原来电话已经修好。一会儿有个声音响起声音：
（非常平常地）"喂，请问您找谁？"

我　　（惶惑地）我，我找我自己……（看着手中的电话筒，慢慢放下）

【收光

【舞台上响起欢快的音乐，所有出场的演员依次跳着舞出现在舞台上，然
后向观众谢幕

【全剧终

1999年11月三稿

导演后记：

支撑与对话
——写在无场次校园戏剧《妹妹》演出之后

　　这是任何校园的教室里都可以看到的两把椅子，它们面对面地站立在舞台的
黄色灯柱下，仿佛还在进行着对话；那些精心叠制的千纸鹤在舞台上闪烁发光，
却悄然无声，仿佛正在诉说着刚刚消失的激荡的真情……这是无场次校园话剧
《妹妹》的尾声……

　　策划创作这个剧几乎用了近一年时间，它的创作正是在95级毕业生即将离开
学校的时候开始的。那是每年夏天的一段非常岁月，即将开始的憧憬和临近告别
的眷恋交织在年轻的心灵中，使得剧社的学生们处于思想比较成熟、精神异常兴

奋、创造力空前活跃、表现欲望非常强烈的状态。这时的95级剧社成员几乎个个都有让自己的大学时光结束得更加有意义的想法，他们对自己在剧社所得到的一切都有了比较准确的心理定位，因此，也就更想为剧社，也为自己大学舞台的落幕表演尽一份最后的心意。这些演员从大一下进入剧社，先后参加了《威尼斯商人》《同桌的你》《绿树如歌》《绝对信号》《南归》《泥巴人》等不同类型话剧的排演，积累了一些舞台表演的经验，也渴望在最后一幕的创作和表演中再显身手。

我给他们的是一个关于梦的故事：有一个人，常常做这样的一个梦，太阳老高地挂在天上，他背着一个不知道是什么的重负向前走着。老是没有尽头的路，老是放不下来的重负，一直觉得疲劳，觉得心里累，可是必须得背着，必须得向前……终于有一天，他放下了背上的东西，打开一看：原来就是他自己！

说实在的，类似这种梦的起因和释义在人生的各个阶段都会存在，而充满浪漫憧憬和激烈竞争的无形压力组成五彩斑斓的梦，却是大学时代天之骄子们更有自我意味的独特体验，这种放不下的心态几乎贯穿于青春岁月的一切领域。

于是，在大家的积极构思、努力创作下就有了第一个版本：从令人迷失的雨夜电话开始，"我"在校园里寻找这种被我们称为"妹妹"心态的人和故事，出现了诠释爱情观的"白马王子篇"，评判义务和权利的"生与死篇"，涉及心态平衡的"强者与弱者篇"，以及表现校园中男孩女孩生活情态的"青春舞会篇"……

一开始，出现在剧社学生集思广益之后的创意故事远远不止这四篇，每个个性的社会背景和不同地区相同年龄的生活经历，以及他们对于社会和人生的关注，使得这些几乎是原生态的故事充满了摇曳多姿的生活层面和心理特点，它的鲜活和生动给了我极大的震撼和深深的感动。面对学生们的积极和热情，我都舍不得对这些故事进行删改，而是放手让他们自己去排演，让他们在自己勾画的戏剧天地里体验自己的规定情景。还有一个因素也很重要，那就是我发现我所熟悉的剧社学生中就明显存在"妹妹"心态的毕业生，他们正在通过这次创作力争改变自我，尽管那是极不容易的努力。我欣喜地看到这种无形之中战战兢兢的突破，正在以事实清楚地说明完成校园戏剧活动的实际意义和价值，这就让我更加注意保护和鼓励他们的自信。整个创作和演出过程都非常愉快。

当然第一版的缺点也是非常明显的，散乱而随意的结构，重复的剧情，主观先入的概念表达，简单的舞台处理，不够细腻的表演……但是，演员的真挚和投入却让这部比较粗糙的《妹妹》获得了最旺盛的生命力。

在第一版演出结束之后，我惊奇地发现整个学校有那么多人在关注这个剧本，在演出后收到的一大沓意见单上，在全校选修《现代戏剧理论与实践》课堂考试的答卷上，在我的办公室，甚至在校园的某个角落里，都会看到或听到同学们对《妹妹》的不同意见。尽管有的意见非常尖锐，但是却充满让人感动的真诚。同学们对校园戏剧表现大学生自己的生活及精神世界这一点给予了相当高的评价。这种理解和支持，不仅使得剧社95级毕业生们体验了最后一幕的辉煌，而且使我在历经十年校园戏剧创作之后又一次受到巨大的激励。它促使我整理思路，删改赘笔，为《妹妹》的完善而尽心尽力。

暑假期间，通过与剧社骨干的不断讨论，我对《妹妹》的结构框架和所要表现的故事思想有了比较成熟的考虑。首先要保证《妹妹》的鲜活个性，使它的篇章既独立又有某种内在情理上的联系，让串通整个剧情的社会心理研究生在发现寻访的过程中展示出不同的内容层面。同时，在表现手法的运用上大胆采取假定的虚拟，即寻访的研究生本身也可以存在长不大、放不下、又不愿意承认的"妹妹"心态。也就是说，寻访的过程就是切身体验的心理换位过程，因为，这是一个人在成长之中的一个必经阶段：不断地发现自己的弱点，不断地战胜自己，超越自己。其次，对每个重点人物和关键情节进行反复推敲，将可能出戏的地方用心设计，直到获得淋漓尽致又至情至理的效果。于是，我将原先的结构进行了相对的定位归纳，分成一头一尾和四个篇章，人物关系和情节体现尽量考虑不同层面，避免重复和拖沓，矛盾冲突之中的细节设计努力表现人物个性的差异。这样一来，"白马王子篇"表现的是女孩对爱情的迷惑，"强者和弱者篇"展示的是重新面对自己的崛起，"富者与贫者篇"显现的是贫困大学生正视现实、正视自我的悔悟，"生者与死者篇"体现的是灵魂和爱心的剧烈碰撞。而整个剧情收在剧中人"敢于承担，才是这个世界最美的东西"的告白声中，贯穿整个剧情的社会心理学研究生在结束心理调查，重新拿起曾经使他自认为发现"妹妹"心态的那个电话话筒时，意外地发现了自我的迷失。最后的一句台词是对心灵的呼唤，"我找我自己"，余音袅袅，留给观众意味深长的回味和思考。

在舞台导演方面，我充分考虑了校园戏剧舞台的写意性以及观众的接受度，用两把椅子作为舞台支点，在四个篇章中以不同位置设置在舞台正中，以此挑起整个剧情的舞台调度空间。椅子背对背的相靠，象征着人与人之间的相互了解与支撑；而面对面的相峙，则是体现着人与人倾心相处的对话语境。剧中人物的舞台调度在椅子的不同层面上展开，强调人物造型的定格及动势，以取得同一画面中不同层次动律的完整性。在体现人物内心世界的瞬间变化时，采用电影闪回及意识流的表现手法，打破循序渐进的故事叙述，在情节流程之中跳进跳出，甚至在同一场景之中同时出现两个人物的内心独白，像音乐艺术之中的二声部，以螺旋上行的趋势交替出现，以展现人物内心世界的强烈动荡和矛盾冲突。在第四篇章结束的画面中，除了剧中人和他的灵魂在反思的造型之外，还勾勒了一幅充满仪式感的高潮：台上台下的所有剧社演员手捧象征生命和希望的千纸鹤，在舞台灯光之中高高举起，凌空放飞……我们的意图甚至希望在观众席中也有应和的千纸鹤飘落。另外，在每个篇章的人物服装色彩的设计上，着意做了对比和呼应：突出了象征着明亮向上的红色，以此映衬着表现阴暗心理的绿色。这一切的目的，是想给予大学生观众更多更大的想象空间。

　　演出获得了广大校园戏剧观众的认同和好评，每当五彩缤纷的千纸鹤伴随着激昂悠扬的音乐从舞台顶部如瀑布般飘洒之时，舞台上的演员神色凝重，台下的掌声如同海潮般经久不息……

　　我想，无场次校园话剧《妹妹》的创作和演出，是一次当代大学生剖析自我、有意识寻找心灵轨迹的情感回归，也是一次剧社成员体验校园生活、塑造健康人格的创造性呈现，还是我们又一次成功地培养校园戏剧观众的颇有意义的创造过程。它再一次证明了戏剧的魅力所在，也又一次给了从事校园戏剧活动的我们以坚实的信心。

桂迎

1999年12月

同　行[①]

原著作者：古宁宇
浙江大学黑白剧社集体创作

---

①　共演出24场。2003年4月，第一版在浙江大学玉泉校区永谦小剧场首演。2004年，第四版作为第四届中国大学生戏剧节开幕式的特邀剧目在北京上演。

曾获2006年共青团浙江省精神文明"五个一"工程奖、团中央"五个一"工程作品入选奖。

本剧改编自网络小说《穿越生命》。

　　《同行》讲述了通过网络认识的四个年轻人相约去一片原始森林探险，因为一系列未曾料到的打击而面临生命极限的重大抉择，对于生命、友谊、道义等价值观念，也因此出现了不同的理解和态度。这个校园戏剧试图用一个不加修饰的冷静态度来叙述整个故事，用触摸心灵的过程来揭示人性的真实；在对事件的正视中展示人——人的个性、人的态度、人的情感，以及人与人的关系、人与自然的关系、人与生死的关系。对剧中人行为的认可与否都无关紧要——关键是你和我们共同体验和思考过……

剧本：

话剧《同行》

时间：现代

地点：城市/原始森林无人区

人物表

　　行人：大四男生，心地善良，性格孤僻

　　花乌鸦：大四男生，好胜心强，内心脆弱

　　野山雀：大四男生，喜欢吹嘘，眼高手低

　　浪迹天涯：研一男生，热情外向，坚毅果敢

　　虫儿飞：舞者

1　　序

【主题歌响起，吉他手弹唱：

《哪里来的风》

哪里来的风，吹散最初的轻松

哪里来的风，吹痛我穿越中的梦

什么样的眼，看得清生命的内容

什么样的人，该明白何去何从

什么时候我们能一起回家，什么时候我们终于无所惧怕

什么时候幸福像门一样打开，什么时候痛苦像糖一样融化

什么时候你会看着我的微笑，什么时候我也会泪如雨下

【都市音乐

【舞台上有四个定位光圈，起光的时候光圈里有四个演员，他们分别

在自己的世界中忙自己的事情。当他们离开光圈擦肩而过的时候彼此没有任何交流，相处漠然。他们在一种情绪中，孤独、烦躁、向往、无聊……突然有虫儿振翅的声音，他们抬起头，睁大眼睛，寻找……声音在"怦怦"地乱撞……

【舞台中心一个小小的光圈渐大，一个绿衣女孩慢慢支撑自己，站立起来，当她站直的时候伸手一拉，一个方框的灯区出现……像一片天空。女孩高兴，舒展……四人发现面前有一片天空，这使他们不约而同来到舞台中央的方框中，惊奇地看着……一个绿色衣服的女孩飞跑出来，笑声朗朗，背对观众坐下看着四个人……

【定格，音乐落，切光

2 网 络

【四人在自己的光圈里

浪迹天涯　我计划利用五一假期来一次探险活动，寻找那种在困难中体验生活的乐趣。邀请志同道合的朋友一同参加，（起光）有意者，请在站内发信给我。

花乌鸦　　天涯，你总算要行动了，这回可一定要算上我一个。

浪迹天涯　我就知道你肯定会参加的。

花乌鸦　　哎！你说得具体点儿。

浪迹天涯　这么说吧，这是一次徒步的定向穿越，地点是雪山脚下的一片原始森林无人区。

行　人　　雪山脚下？

浪迹天涯　哦，行人，怎么样，一起去吧？不会耽误你回来做实验的。

行　人　　我再考虑考虑。

花乌鸦　　还考虑什么，不就是穿越一片林子吗，我还当是去罗布泊呢！

浪迹天涯　你可别小看这片林子。它在几百公里外的雪山附近，方圆几百平方公里。我的计划是徒步横穿其中最狭窄的地带，那里的地形比较复杂，一路上必须要越过很多的小丘、山涧，还要渡过两条河。路程将近

200公里，预计总共要花7天时间。我可以肯定地说，这是一次很有挑
战性的探险。

野山雀　　哎哟，这样的活动怎么能少得了我野山雀呢！天涯，你也不先跟我商
量一下，真不够哥们。花乌鸦，行人，我看咱们四个都去得了，刚好
还能凑一桌，在森林里打牌。

浪迹天涯　当然不会忘了你，名额给你留着呢！怎么样，行人？

行　人　　好是好，不过咱们都没有什么经验，能行吗？

花乌鸦　　还没怎么着呢，你怎么就先怕了？

行　人　　依我看，咱们顶多算是热情很高的理论家，一直都是纸上谈兵，到时
候万一出了什么问题……

野山雀　　哎……你不想去就别去，我们又没逼你，别说这样的丧气话。

浪迹天涯　行人说的不是没有道理，但是我认为，如果这次探险，一切都是太太
平平的，那就失去了探险本身的意义。

花乌鸦　　没错，平时在学校太受压抑了，我就想找点什么惊天动地的事儿干一
干。不就是背上包儿去穿一林子吗，前怕狼后怕虎的。要不然，咱们
带上装备，绕着学校走7天怎么样？

浪迹天涯　现在离放假还早，咱们好好地准备一下，大家都有这么好的理论基
础，不会有什么问题的。

野山雀　　就是！总得找个机会实践实践吧！

行　人　　那好，就算我一个。不过有一点，虽然咱们几个在论坛上都是朋友，
但是毕竟没有见过面，彼此之间缺乏必要的了解……

浪迹天涯　那好，咱们周末见个面。顺便讨论一下具体的准备工作。然后就……
出发！

众　　　　re！（网络用语，同意）

3　　初进森林

【音乐起，遥远的风声、虫鸣声、鸟叫声

【四个身背行囊的男生向观众走来。他们谈笑风生，相携共进。面对

　　　　　　　绿色，所有的人都大声欢呼。

野山雀　　　不行了，走不动了，坐下歇会儿。

浪迹天涯　　（喘气）好，这有个小水潭，咱们就在这儿休息一下。

花乌鸦　　　多美的景色啊！

行　人　　　茫茫无际的绿色，依山而上的密林……远处是洁白的雪山……

花乌鸦　　　我说，这儿的空气应该打包回去论斤卖啊！

行　人　　　闻着这空气就像喝酒一样，醉人……

野山雀　　　对对！咱们可以做这个……清新野外空气公司的老板啦！

行　人　　　（突然发现什么）哎，有鱼哎！快看！

野山雀　　　在哪？在哪？

行　人　　　潭中鱼可百许头，皆若空游无所依。日光下澈，影布石上，怡然不动，俶尔远逝……

浪迹天涯　　得得得，你就别背什么古文了，同志们，晚饭在此，冲！

　　　　　　【音乐渐强，水中捕鱼

野山雀　　　抓住！（天涯、花乌鸦撞头）你们太笨了！（被两人拉下水）哎呀……你们怎么这样啊，（泼水）我让你们泼，让你们泼！（众人戏水）

浪迹天涯　　野山雀，别闹了，鱼都让你赶跑了。

　　　　　　【众人合力捕鱼

野山雀　　　把住四个角，快！快！

浪迹天涯　　抓住了！

　　　　　　【四人扑腾了半天，总算抓住了一条小鱼，兴高采烈地大笑着！

　　　　　　【音乐恢复到原位

野山雀　　　野鱼汤就压缩饼干，我就喜欢喝汤！

花乌鸦　　　喝什么汤？用点盐一腌就能吃了！

浪迹天涯　　哎，要我说，咱们烤鱼怎么样？

行　人　　　嗯，好！

浪迹天涯　　告诉你们，刚才还在溪水里活蹦乱跳的鱼，捞出来就着火一烤，那个啊真叫香！

野山雀　　　兄弟们！赶紧吧，我都成饿狼了！

花乌鸦　　我发现你就是个饭桶！一天到晚就知道叫饿！

野山雀　　能吃怎么了，兄弟就这点嗜好，食神！不瞒你们说，我的干粮都吃得差不多了！

行　人　　我带了不少，一会儿分你一点。

　　　　　【众人欣喜忙碌

野山雀　　哎呀！要是有酒就好了！

花乌鸦　　你还想要什么？趁着还没吃糊涂赶紧说……

行　人　　嗯？伐竹取道，下见小潭，水尤清冽。这潭水不就是酒吗？

浪迹天涯　哈哈哈！对呀！

　　　　　【舀水，举杯，参差饮水

行　人　　（让花乌鸦舀水）给我来一杯。……你快点儿！

花乌鸦　　（喝水）你急什么！

行　人　　（抢过来，喝）过瘾！那么清的溪水，干净极了，城里哪儿见过啊！再来一杯！

野山雀　　我说兄弟们！咱们是不是应该碰杯啊？

浪迹天涯　（不无得意）我说，咱们能到这里来，应该感谢谁啊？是谁发起的，啊？

花乌鸦　　兄弟们，来！为了咱们的短暂而痛快的相聚，为了感谢咱们英明的天涯，为……

野山雀　　为一路顺风……

浪迹天涯　为感谢发明互联网的那个家伙……

众　　　　干杯！

　　　　　【众干杯，情绪高昂，愉快

花乌鸦　　（突然）就是有点儿可惜！

行　人　　可惜什么？

野山雀　　可惜这鱼太小了，也没喝上鱼汤。

花乌鸦　　你就知道吃！我是想说啊，咱们走了这么长的路，好像有点儿太顺利了。

浪迹天涯　顺利怎么了？顺利才证明咱们水平高嘛。

花乌鸦　那就没意思了呀。咱们来干吗的？探险！不瞒你们说，我平时，就是一个喜欢做白日梦的人！

野山雀　大白天说梦话？没听说过。（顾自烤鱼）

行　人　别啊，你们让他说说，兴许老天能成全他呢。

浪迹天涯　男儿有梦方为英雄。说！

花乌鸦　呵呵（欲言却止）。

众　　　什么啊？

花乌鸦　那我可就说了。我曾经幻想自己于千军万马中取敌人首级！（砍野山雀，野山雀装死）呵呵。又或者有绝顶武功，出生入死，除暴安良……

野山雀　我也一样，我也一样！哇呀呀……呔！现在的社会就是没有给咱哥们一展雄风的天地。

行　人　所以你们就来探险了？

野山雀　这次有没有"险"还是个问题。

花乌鸦　照我的意思呀，咱们接下来的路程应该是危机四伏的！而我们呢，沉着应对，用智慧和勇气去解决一切问题！

行　人　一切……问题？

花乌鸦　对呀。

野山雀　你是不是又要唱反调，啊？你这个悲观主义者！

行　人　旅途中的不确定因素是存在的，危险会随时降临。（众窃笑，突然包围）

浪迹天涯　危险啊，现在就降临喽！

【与花乌鸦和野山雀一道举起行人，行人拼命挣扎

行　人　哎，放下我，放下我……小心点有什么不好啊！

花乌鸦　你还说？！在网上讨论的时候你就是少数派，杞人忧天！这段路，还不到200公里，我们又是直进直出……

野山雀　就是，我可以不带指北针，光看太阳和树叶就能走出这片林子……

行　人　可是危险是会随时降临的！

浪迹天涯　行了！行了！别伤了兄弟和气，都坐下歇会儿。

【众坐，天涯做手势示意，行人生气，花乌鸦上前

花乌鸦　　唉，昨晚上咱们行人哼哼那歌怎么唱来着？

【《虫儿飞》音乐起，一遍后渐止接原音乐

野山雀　　就是那个"一双又一对"吧？

花乌鸦　　对对对。（开唱，天涯和野山雀应和）

野山雀　　这哪是儿歌，是情歌吧！

行　人　　是儿歌，做成flash，在网上流传很广的。

花乌鸦　　噢……有印象，是那个《风云》的主题曲，做得挺fashion（时尚）的
　　　　　那个。

野山雀　　有个红头发的男孩，一笑嘴巴咧到耳朵根的……

花乌鸦　　哎，那里边可还有一个绿豆眼、大饼脸的小女生呐……

野山雀　　那是后现代，你不懂。解构，平面化，拼贴……

浪迹天涯　呦呦呦呦，哪来一个文艺理论家啊！

野山雀　　不是，哎，我是说行人，昨天晚上他一直唱这歌，我想……

行　人　　我的前女友，就叫虫儿飞……

浪迹天涯　注意，注意啊，注意我们这位老兄的用词……

众　　　　前……女友！

野山雀　　那后女友是不是就叫花儿睡啊？！

【大家狂笑

行　人　　（争辩道）就是叫虫儿飞！那是很纯、很美的。

浪迹天涯　任何美的极致就是丑恶！那都是幼儿园大班的玩意。

行　人　　可我信！哎，你们就没有失恋过吗？！

浪迹天涯　没有。

花乌鸦　　没有？

野山雀　　So（太）强，佩服佩服。

花乌鸦　　你呢？

野山雀　　大学里么，也就是和女生玩玩，哪儿会有什么真感情。

花乌鸦　　嘿，看不出来看不出来，咱们四个人当中还有您这么一位情场浪子。

野山雀　　客气客气。

花乌鸦　　不过，我的想法和你们都不太一样，我是觉得，有些女生就像是名贵花卉一样，是要摆在那儿让人照顾让人宠的。

野山雀　　（呕）

花乌鸦　　干吗啊你？我说的可都是心里话。

浪迹天涯　得了，唯小人与女子难养也！咱们该准备出发了！

行　人　　（举相机）哎，兄弟们，看这里！

野山雀　　等等，等等！（摆姿势）唉，你们看我像不像《英雄》里面的残剑。

众　　　　Faint（昏倒）！

行　人　　一、二、三！（按下快门，定格）

　　　　　【四人定格

　　　　　【音乐落，切光

4　落　水

　　　　　【音乐，初入森林，起

花乌鸦　　（画外音）从第三天开始，沿途的树木越来越粗，地上的杂草也变得稀疏，我们已经深入了森林腹地。森林色彩显得更加动人，空气也更加清新，虽然地面变得泥泞湿滑，虽然浑身都被雨水湿透，但我们全不在意，大家士气高昂，甚至唱起了歌。漫步在雨中的原始森林里，与大自然最真实、最彻底地拥抱……这个时候，我们来到了预定路线中的第一条河……然而，真正的危险就在我毫无准备的时候出现了……

　　　　　【湍急的水声渐起，起光

　　　　　【舞台上三个光圈，花乌鸦、野山雀、行人三人依次并排站在三个光圈下，模拟攀着长绳行进在水中的动作。突然野山雀滑倒，几乎同时，花乌鸦向后，行人向前，滑倒。行人挣扎着站起来，而野山雀却上下沉浮着大声呼喊救命……

野山雀　　救命……救命啊！

花乌鸦	混蛋！你不会游泳？！
野山雀	救命……救命！（突然碰到什么，接着拼命抱住）
花乌鸦	（惊惶失措）你干吗……你干吗抓我脖子？
行　人	花乌鸦！野山雀！
花乌鸦	你放手，放手……
野山雀	救命，救命！
行　人	你松开，你松开，（大声呵斥）你松开！

【定格，切光

【水声止，起光

【行人和浪迹天涯手忙脚乱地拍打溺水的野山雀的背，伺候他吐水。花乌鸦瘫在岸边

浪迹天涯	你没事吧，野山雀？

【野山雀示意没事，浪迹天涯走到河边，看着背包已被冲走

花乌鸦	（感觉脖子上疼痛，一摸发现肿块和血迹，愤怒，起身欲冲向野山雀，又无力坐下）野山雀，你不是说会游泳吗？啊？平时听你吹起来一套一套的！关键时刻，怎么一点用处都派不上！
野山雀	（小声嘟囔，反驳）你不也自称是游泳冠军的吗？
花乌鸦	（虚弱，气愤）这倒还是我的不对了？告诉你，就你，世界冠军也会让你给拖死！
野山雀	你懂不懂常识？当时你倒是把我打懵了呀？
花乌鸦	当时我要真能把你打懵了我还跟你客气啊！
行　人	（拉开花乌鸦）别说了，都过去了。
花乌鸦	行人，今天真多亏了你，要不是你在水里及时托了我一把，我今天非栽在他手里不可！
野山雀	关键时刻，还得说人家行人！
花乌鸦	野山雀，这种时候亏你还说得出这种话来！（拉开衣领）瞧你给我勒的！
野山雀	得得得，我错了还不行吗？今天算是哥们对不起你了。
花乌鸦	你不知道，背包进了水之后有多沉，（转向行人）要不是你当机立

断……（哭）

浪迹天涯　行了！（停顿）这是我们过的第一条河，总共损失了……三个人的装备和食物！

花乌鸦　（恍然大悟）我的包——

行　人　坏了！（两人疾跑河边）

浪迹天涯　别看了，早就没影了。

花乌鸦　唉，刚才怎么就没想到！这可怎么办呢！

野山雀　幸好我把自己的那一份都吃了。

【浪迹天涯慢慢打开自己的背包，清点里面的食品。

浪迹天涯　看看我还有什么吧。4块压缩饼干，12根火腿肠，两大块巧克力。（野山雀应和）就剩这些了。

花乌鸦　（面面相觑、沉默半响）就这么点儿？还不够我们吃一顿的。

野山雀　（悄声）还不够我一个人吃一顿的。

花乌鸦　（踹野山雀）你滚！

浪迹天涯　这儿还有我一个水壶。

行　人　可是我们还要走好几天啊！

浪迹天涯　（镇定）剩下的路大概还有60公里，照我的估计，我们至少还要再走两到三天。

野山雀　啊？两到三天？

花乌鸦　咱们肯定撑不住……

浪迹天涯　（打起精神，鼓舞大家）两三天怎么了，两三天怎么了？我们不就是来探险的吗？花乌鸦，前两天你不是还说什么"希望这一路上危机四伏"来着？再说了，两三天又饿不死人。

花乌鸦　（受到鼓舞）对呀！没有干粮，咱们可以在林子里找啊。现在，我那本《生存手册》可就派上用场了。

野山雀　得了，就你？！

花乌鸦　我怎么了？

浪迹天涯　我看这样吧，今天晚上就在这儿过夜吧。

行　人　在这儿过夜？（思考）水边不安全，我们再走一段吧。

野山雀　　还走啊？走不动了，走不动了！

花乌鸦　　（虚弱无力地）真的，别走了，就在这儿吧！

浪迹天涯　他们俩都太累了，我看这个地方还可以，应该不会有问题。

行　人　　那好吧。

浪迹天涯　一会儿，我们一起到林子里去找点儿吃的。把我们的干粮放在帐篷
　　　　　里，留着路上吃。

花乌鸦　　帐篷可就只剩一顶了……

浪迹天涯　给野山雀吧，他受了惊，身体又不好，别再感冒了。哦，我去打点水
　　　　　来，你们两个赶快把火生起来，快点儿啊。

花乌鸦　　（看着野山雀，恨声）您是因祸得福了。

野山雀　　（躲避花乌鸦的目光，众人下后）我一定保管好咱们的吃的！

　　　　　【切光

5　　偷　吃

　　　　　【音乐起，鸟叫虫鸣

野山雀　　（画外音）那天晚上有三个人都住在树洞里，大家虽然饥肠辘辘，但
　　　　　还是把帐篷给了我……我是真饿啊……胃里就像着了火一样的难
　　　　　受……真是从来没有过的体验，虽然拼命不停地喝水，却还是饿得头
　　　　　昏眼花……我抱着只剩一点食物的旅行袋，就像濒临渴死的人捧着一
　　　　　杯救命的清水……

　　　　　【隐隐水声起，起光

浪迹天涯　该起来了，花乌鸦。

花乌鸦　　唔?

浪迹天涯　行人，起床了。

行　人　　哎，起来了。嗬，这哪儿算是床啊？（走到河边洗脸）

浪迹天涯　野山雀，野山雀！

野山雀　　哎。

浪迹天涯　该出发了！

野山雀　　哦。

花乌鸦　　昨儿一整宿，就听见野山雀在那儿喊饿了，唉，叫得我那心里一抽一抽的，脚趾头都抓着地。

浪迹天涯　你怕什么，他又不吃你。

花乌鸦　　野山雀，野山雀……（没有回应），怎么着？不理哥儿们了？嗨，我说野山雀，昨儿的事儿过去就算了，你也不是故意的，大伙儿还是好兄弟，啊，快起来吧。（走向河边准备洗脸）

行　人　　多好的空气啊，就是填不饱肚子。

花乌鸦　　哎，昨天我们在那儿猫了那么长时间，怎么连个兔子也没看见啊。

浪迹天涯　没有经验，没有工具，在这种地方狩猎，我看啊……

花乌鸦　　可是植物总没长腿吧，《生存手册》里介绍的那些植物，怎么一种都找不到呢？

行　人　　那里面写的植物，大多数都不是亚洲的。

花乌鸦　　啊？（嘟囔）费了那么大劲，就找着这么几棵蒲公英，我宁可饿死也不吃这破玩意儿。

　　　　　【水声渐止

浪迹天涯　再饿你几天看你吃不吃。哎，野山雀，野山雀，怎么那么慢啊，你。

野山雀　　（犹豫的声音）哎，我还在穿衣服哪。

花乌鸦　　你要是再不出来，我们可闯进去了啊。

野山雀　　别别！我……我还没穿裤子呢！

花乌鸦　　（愤愤不平地）他倒是舒服，把裤子都脱了，（揭开裤脚，对行人）你看我穿着裤子还给我咬得……

行　人　　算了算了，（觉得有些不对，对帐篷方向）野山雀，你没事吧？

　　　　　【浪迹天涯眉头一挑，上去一把拉开帐篷的帘子……野山雀端坐其中，衣冠齐整，表情极不自然

浪迹天涯　出来。

　　　　　【隐隐雷声起

　　　　　【野山雀缓慢转过身，先将背包推出帐篷，然后猫下腰钻了出来，这时行人上前准备帮他拎包，被他一把夺过，抢上前几步，走到舞台中

央靠前的位置

野山雀　　（抬头望望天空，装作若无其事）咱们是不是该走了？趁着这天还没
　　　　　下雨，咱们赶快走吧！

浪迹天涯　（低声冷酷）我们的干粮呢？

野山雀　　（强装镇定）行人，快收拾帐篷！

花乌鸦　　干粮？（忽然意识到）干粮呢？

行　人　　对了，野山雀，今天还有很多路要走，把干粮拿出来我们先吃点儿。

　　　　　【众人注视野山雀，野山雀望着行人，缓慢后退几步至天涯前，天涯
　　　　　夺过包，又被野山雀拼命抢回，过程中野山雀辗转至花乌鸦面前，花
　　　　　乌鸦愤然推开野山雀，野山雀踉跄转身，背对观众，此时三人目光直
　　　　　逼野山雀……

浪迹天涯　我问你！我们的干粮呢？！

野山雀　　（终于爆发，转身把书包向右手方向抛开，哭了起来，雷雨声起）我
　　　　　吃了！

　　　　　【行人和花乌鸦震惊，停顿约5秒，行人冲上前翻包，花乌鸦紧随其后

行　人　　（发现干粮果然不见了）真吃了！（回头与花乌鸦眼神交流，然后愤怒
　　　　　地转向野山雀）你怎么能这样呢？！接下来还有两三天的路要走呢，
　　　　　你太自私了，太过分了……

野山雀　　（哭诉，与行人声音重叠）我实在是饿得不行了，实在是饿得不行
　　　　　了……呜呜……

花乌鸦　　（怒不可遏，上前欲殴打野山雀，转念望了望行人，回身开始寻找凶
　　　　　器）野山雀！今天我非打死你！你给我站那儿！

　　　　　【花乌鸦一番寻找后操起一根木棍向野山雀冲去，行人继续责备野山
　　　　　雀，此时野山雀已经看到花乌鸦向他冲来，惊惶失措地爬着向后躲
　　　　　闪，至天涯跟前。花乌鸦在走动过程中撞到行人，被行人拉住

花乌鸦　　你别拦着我！今天我非打死他不可！

行　人　　你要干什么？（两人扭作一团）

花乌鸦　　我要打死你！野山雀，别跑！

行　人　　别激动！

【另一边，天涯已经开始疯狂地殴打野山雀

野山雀　　哎呀！

浪迹天涯　（咬牙切齿）猪！你这个只会吃的猪！（对野山雀拳打脚踢，野山雀满地打滚）

野山雀　　我实在是饿得不行了……

浪迹天涯　三天的干粮，你他妈一天全吃了！

【花乌鸦再次举起木棍，试图冲破行人的阻拦，突然看见天涯的举动，顿时惊呆了，行人顺着花乌鸦的视线望去，这才发现浪迹天涯正在殴打野山雀

行　人　（高声）天涯！你住手！你住手！

【浪迹天涯出手越来越狠，打得野山雀全无招架之力，不停嚎叫。花乌鸦看不下去，扔掉木棍，行人冲上前去，挺身拦住。

浪迹天涯　你拦着我干吗！闪开！

行　人　（坚定）不许你再打他！

浪迹天涯　你别拦着我，你再拦着我连你一块打！！

行　人　（高声呵斥）要打，你打我！不许你再打他！

【最强的势上定格，切光

6　断　腿

【雷雨声继续，稍弱

浪迹天涯　（画外音）我承认，我当时可能过于冲动，但是我不后悔，因为生存才是人的第一需要！让我后悔的是自己并不完全了解我的这些同伴。我们面临的情况很糟糕，剩下近60公里的路程，其中大部分是山地，起码得走两到三天。我们体力消耗肯定会很大，而食物却严重短缺。虽然三天时间饿不死人，但肯定，我们会很惨很惨。那只贪吃的猪虽然被打得鼻青眼肿，可起码他的肚子是充实的啊。幸亏他的天良没有丧尽，给我们剩下了三块压缩饼干，真不知道，我们是不是应该因此而感谢他……

【音乐起，雨声淅沥，行路艰难，起光

【8分钟的无台词行路动作开始

片断一：四人徒步，各自在泥泞的路上走着，口干舌燥，天涯将水壶递给花乌鸦，花乌鸦小喝一口，野山雀跌跌撞撞地凑过去乞水，遭到花乌鸦冷眼拒绝，野山雀懊恼地转身，耍无赖地坐在地上不肯走，行人上前夺过水壶给野山雀，野山雀却把水喝得精光，花乌鸦气愤地抢过水壶，欲上前殴打野山雀，被行人阻拦。花乌鸦将水壶交还天涯，天涯质疑为何全部喝光，花乌鸦连忙状告野山雀。

片断二：来到一个悬崖前，四人分别系紧鞋带和背包，按照天涯、花乌鸦、行人、野山雀的顺序先后开始攀越。天涯和花乌鸦先越过悬崖，并一同将行人拉上岸边，然后转身奔赴不远处的一处山泉饮水；行人将野山雀拉上岸以后，也奔向山泉。野山雀回过神之后，冲向山泉，并将花乌鸦他们三人掀开，趴在泉眼处饮水。行人愤怒，正欲推开野山雀，天涯示意制止。

片段三：四人继续徒步走着，过程中天涯总是走在最前面，并帮助花乌鸦和行人通过层层障碍，而野山雀则只有行人提携。这时四人都精疲力竭，在一个陡坡上，行人一把没有拉住，野山雀连滚带爬地摔了下去。

【音乐止

野山雀　　（惨声大叫）啊！啊！我的腿！我的腿！

【三人马上紧张起来，跳下小坡

行　人　　野山雀！野山雀！野山雀！没事吧？

花乌鸦　　他的腿是不是断了？！

行　人　　真对不起！都是我的错，都是我的错。

【野山雀继续大声惨叫

浪迹天涯　（大声喝止）野山雀别叫了！（对行人和花乌鸦）骨折了，现在必须扳过来，不然他这条腿就废了！行人你得按住他！

花乌鸦　　我的天！

【野山雀小声呻吟

行　人　忍着点儿，坚持住……

浪迹天涯　花乌鸦，你过来。

花乌鸦　别叫我，我见不得……

浪迹天涯　快点……野山雀，你别乱动!

野山雀　不要，不要……

浪迹天涯　花乌鸦，你怎么了?

花乌鸦　（喘气，不忍看）我，我最见不得这个……

浪迹天涯　少说废话! 行人! 你抓紧他的手! 花乌鸦，你按住他那条腿。（对野山雀）忍着点儿。（用力扳直野山雀的腿，野山雀大叫一声，昏了过去）

行　人　野山雀! 野山雀! 野山雀! （对浪迹天涯）他怎么了? 啊?

浪迹天涯　没事儿，晕过去了。花乌鸦，你去找点树枝来!

【三人手忙脚乱把野山雀的断腿绑好。此时，三人才感到浑身发软，面面相觑，沉默无语

花乌鸦　这可怎么办呢?

浪迹天涯　（小声，似乎在自言自语）抬着他。

花乌鸦　啊?

浪迹天涯　（坚定地）我们三个抬着他走。

【一阵沉默

行　人　都是我不好，都是我没拉住他……（转过身，抱起野山雀，声音逐渐变大，从小声呢喃直至疯狂哭喊，猛烈晃动野山雀）野山雀你醒醒，你醒醒! 野山雀! 你醒醒!

浪迹天涯　（一把掀开行人）行人，你冷静点!

【行人瘫倒在地

浪迹天涯　我们去扎个担架。

【切光

7　中　毒

【音乐起，死亡独白

花乌鸦　　（画外音）真是倒霉！这个时候，一切后悔都无济于事，该发生的都
　　　　　发生了，我们不仅缺乏食物而且多了一个天大的累赘。以后的几天，
　　　　　我们彻底断粮了。这种情形在出发前曾经设想过，当时天真地认为凭
　　　　　着一本约翰·怀斯曼的《生存手册》我们就可以走遍天下，但是直到
　　　　　现在，我才明白那是多么愚蠢的想法。

【音乐止，起光

行　人　　今天是咱们进林子的第几天了？

野山雀　　第七天了，今天是第七天了。

浪迹天涯　第七天了！

花乌鸦　　按计划，咱们今天应该到家了。可现在，咱们还在这该死的林子里转
　　　　　悠。天涯，还有水吗？

【浪迹天涯摇头

行　人　　前面会有小溪的。

花乌鸦　　有小溪又怎么样，就一个水壶……

浪迹天涯　以我们现在的速度，每天只能走五到六公里，还不到以前的五分
　　　　　之一。

花乌鸦　　那我们还要走多少路啊？

浪迹天涯　大概还有四十公里。

野山雀　　还有四十公里！老天！

花乌鸦　　要是公路，几脚油门就到了。可现在……

浪迹天涯　我们至少还要走一个礼拜。

花乌鸦　　一个礼拜？一个礼拜之后，咱们还不知道在哪呢！

行　人　　咱们一定能出去的。（走到花乌鸦面前）咱们一定能出去的！

花乌鸦　　出去？荒山野岭的，还要背着这头断了腿的猪！

浪迹天涯　行了，花乌鸦，省点力气。一会儿你把行人换下来。

花乌鸦　　啊？我才刚换下来。

浪迹天涯　他已经抬了20分钟了。

花乌鸦　　可我刚才那段路多难走啊。

浪迹天涯　你想不想抬？

花乌鸦　　我不想抬！

浪迹天涯　那你就自己留在这儿！

行　人　　还是我抬吧。

野山雀　　（小声哭）都是我不好，我对不起大家……

花乌鸦　　（望了望野山雀，气不打一处来地）我们最大的失误，就是选错了合作者。

浪迹天涯　现在说这些是不是太晚了点儿。

花乌鸦　　他来森林，压根儿就是来寻死的！

浪迹天涯　那你想陪葬吗？

行　人　　别吵了！

　　　　　【行人把自己的压缩饼干分给野山雀，野山雀噎着了，猛咳，天涯和
　　　　　　花乌鸦大怒

浪迹天涯　行人，你在干吗？

花乌鸦　　你疯了？现在还把粮食给他吃？！

行　人　　他受伤了。

浪迹天涯　你这是浪费粮食！

行　人　　我没有浪费你们的。这是我的。

浪迹天涯　你就是要发扬风格，也应该先让给我们两个。

花乌鸦　　他倒是每天躺在那里有吃有喝地享福，我凭什么给他卖命。

行　人　　你就不能体谅一点，咱们不是兄弟吗？

浪迹天涯　少胡扯！到了这个份上，谁他妈还跟他是兄弟！

行　人　　咱们不是同行者吗？啊？不是好兄弟吗？难道不应该……

浪迹天涯　现在还有什么应该不应该，要说应该，这头猪偷吃大家的东西就应该吗？

花乌鸦　　要不是因为他，我们至于沦落到今天的地步吗？

浪迹天涯　你不要在这儿充什么好人，你看清楚，现在是什么时候！

行　人　　我做错了吗？我不应该这样做吗？做什么事情总该讲个道理吧。

花乌鸦　　哈哈哈，现在你还在跟我们讲什么道理，是不是太可笑了！

浪迹天涯　唯一的道理就是怎么活着走出去！也许你们都想到了。要是还像现在
　　　　　这样，（慢慢地说）我们都要死在这儿！

野山雀　　（喃喃）死在这儿……死在这儿（哭声）

　　　　　【突然的沉默，浪迹天涯缓缓地转身，意味深长地望了行人一眼，走
　　　　　　到舞台中央的背包前，背对观众，定格，行人凝重地回头……

行　人　　你们看着野山雀。我去找水！（下场）

　　　　　【浪迹天涯开始四处巡视

浪迹天涯　（突然发现）花乌鸦，花乌鸦你快过来！

花乌鸦　　怎么啦？一惊一乍的。

浪迹天涯　你看那片林子。好像……好像树上有果子。

花乌鸦　　（精神大振）天无绝人之路！天无绝人之路！（跟下）

野山雀　　（爬到舞台中央）总算有吃的了！总算有吃的了！

浪迹天涯　（兜着几个翠绿的果子回来，往地上一扔）我去找水了。（回转身，看
　　　　　见野山雀连滚带爬地抓起来准备往嘴里塞）你急什么？（见野山雀放
　　　　　下再下场）

行　人　　（匆匆而上）水来了！水来了！（只看见野山雀一个人）你在干吗呢？
　　　　　（看见果子）这能吃吗？

　　　　　【野山雀满口食物，一边点头一边继续往嘴里塞，行人拿起一个果子
　　　　　　正欲吃

花乌鸦　　（大叫上场）不能吃！不能吃！（抢下果子扔掉）

行　人　　怎么？

花乌鸦　　有毒！我把汁液抹在手臂上。你们看，全肿了。快，快吐出来！

　　　　　【两人忙敦促野山雀吐出毒果

行　人　　来，喝口水……

野山雀　　（开始大口呕吐）我……我……我难受……

　　　　　【浪迹天涯兜着果子上，见状果子落地，抄手站立

花乌鸦　　这果实，是你给他吃的？

【浪迹天涯漠然无语

花乌鸦　　（试探地）是不是？（声音渐强）是不是？（理直气壮）是不是你
　　　　　故意……

浪迹天涯　（听出端倪，打断花乌鸦）怎么了？

行　人　　（不相信地）你知道这果子有毒？

　　　　　【浪迹天涯不置可否地冷笑

行　人　　（埋怨地）你是熟读《生存手册》的，在野外怎样对待陌生的食物，你
　　　　　知道的，你应该提醒野山雀……

浪迹天涯　（粗暴地）够了！我当时没在场，我回来的时候他已经是这样了。

野山雀　　行人……行人……我难受啊……

行　人　　你！（忙着照顾野山雀）

浪迹天涯　你们吵什么？我们现在已经濒临绝境了，能够活着出去，对我们来说
　　　　　都是个奇迹！

花乌鸦　　可是我们……

浪迹天涯　谁是我们？我们是谁？花乌鸦，别给我玩虚的！你看着我，你看
　　　　　着我！

　　　　　【花乌鸦不敢面对天涯，转身躲闪，天涯一把拽过花乌鸦，将他拎到
　　　　　眼前

浪迹天涯　我知道你在想什么。你老实告诉我，如果是你花乌鸦拿来这些东西，
　　　　　而这儿只有一个野山雀，你会怎么办？

　　　　　【天涯甩开花乌鸦

花乌鸦　　我……

浪迹天涯　不过话又说回来，像他这种人，迟早要栽在嘴上！

行　人　　浪－迹－天－涯！

　　　　　【切光

8　　虫儿飞

【音乐，死亡独白起，行人孤独地坐在月光下

行　人　　（画外音）我真不明白这是怎么了？我们眼看着同伴断了腿，看着他中了毒，看着他不停地吐……发烧，胡言乱语，陷入深度昏迷……几天前我们还称兄道弟，同心协力，我甚至觉得我们这个团体能走更远的路，甚至可以走到世界的任何一个角落……可是现在……我们不是同行者吗？我们不是好兄弟吗？为什么在每个善良举动的背后都要让人去怀疑是否有恶的动机呢？（音乐落，无声）为什么没人愿意听我说话，我怎么觉得偌大的森林里只有我一个人呢？这会儿，整个森林都是静悄悄的，可是那漫天星斗不就是倾听的眼睛吗……

【《虫儿飞》音乐起

　　　　黑黑的天空低垂，亮亮的繁星相随，
　　　　虫儿飞，虫儿飞，你在思念谁？
　　　　天上的星星流泪，地上的玫瑰枯萎，
　　　　冷风吹，冷风吹，只要有你陪。
　　　　虫儿飞，花儿睡，一双又一对才美，
　　　　不怕天黑，只怕心碎，不管累不累，也不管东南西北。

【四人和虫儿的舞蹈
【音乐三遍落下，切光

9　抉　择

【河水声，起光
【演区中的"哐当"一声，一副担架落地，抬担架的浪迹天涯把担架一扔，担架上昏迷的野山雀滚落在地，头撞在一块大石头上，抬在前面的行人踉跄，险些摔倒。当他发现是怎么回事的时候，愤怒回首盯着浪迹天涯，只见他毫不在意地紧盯河水，花乌鸦漠不关心地看着，疲惫不堪。

行　人　　（急切地扶起野山雀，小声）野山雀，野山雀，坚持一下，没有多少路了。

浪迹天涯　（毫不在意）

行　　人　　他的头都碰出血了！（行人挺直身体，脸涨得通红，紧握青筋暴起的拳头，直盯着浪迹天涯）他的头都碰出血了！

花乌鸦　　算了，睡觉吧，睡着了，什么事都没有了。

【行人愤然坐下

【沉默，河水声

行　　人　　咱们该商量怎么过河了。

【沉默，河水声继续减弱

行　　人　　（抬高声音）咱们该商量怎么过河了。

【天涯和花乌鸦都没有反应，行人走到两人的面前，探询地打量他们。

行　　人　　我说咱们该商量怎么过河了。

浪迹天涯　　（谁也不看）先不讨论怎么过河的问题，我算了一下，咱们剩下的路大概有30公里，也就是说，再走30公里我们就可以走出这片林子。

花乌鸦　　哼，走出这片林子？

浪迹天涯　　不过，以我们现在的速度，至少还要走5天。（看着河水）我们都已经整整4天没有吃东西了，再也不可能坚持那么久。

花乌鸦　　你是说……

浪迹天涯　　我是说，如果没有负重的话，依我们现在的身体状况，一天大约能走10多公里，这样的话，两天，只要两天时间，我们就可以走出去！

行　　人　　你说什么？没有负重……

浪迹天涯　　如果没有野山雀，我们三个人，都可以活着走出去！

行　　人　　不行！我们绝对不能抛弃同伴！无论是在任何情况下！

浪迹天涯　　一直以来，我都是和你一样的想法，所以这些天我一直在坚持着。但是一个人的能力是有限的，我们都要面对现实！

行　　人　　不行！我们不能这么做！

浪迹天涯　　你看看现在的情况，（上河岸，河水声加大渐恢复）你看看这条河！比上一条河宽了多少？水流急了多少？

行　　人　　这是你的借口吧？我们不是都会游泳吗？刚才我已经想好了，我们可以用木筏把野山雀渡过河去！

浪迹天涯　　根本不可能！这么宽的一条河，我们三个自己游过去都成问题，更别

　　　　　　　说带上一个昏迷的野山雀。

行　人　　他断了腿，又中了毒，我们把他扔下，他怎么办？

浪迹天涯　你要面对现实！

行　人　　如果是你……受了伤，你愿意我们把你扔下吗？

浪迹天涯　（激昂）我不会因为个人的利益而影响集体！我拿得出壮士断腕的气
　　　　　魄！如果受伤的人是我，我会留下的！

行　人　　问题是你现在能选择离开，而野山雀，他根本不能！

浪迹天涯　（转换口气，推心置腹）行人！我们不是要真正扔下野山雀，我们出
　　　　　去以后，可以马上回来救他！

行　人　　你！

浪迹天涯　我认为这是现在唯一可行的办法！

野山雀　　（呓语）兄弟们，干杯……为一路顺风……

　　　　　【行人赶紧跑过去，呼唤野山雀，发现他只是在说胡话，三人沉默，
　　　　　行人抬起头直视天涯和花乌鸦，天涯默默地转过身去，花乌鸦躲开行
　　　　　人的目光……

行　人　　如果我能拉住他，如果你能提醒他吃了有毒，他会到今天这个地
　　　　　步吗？

浪迹天涯　可是一切都已经发生了，我们就是留下来也根本救不了他！

行　人　　我们对他是有责任的！

浪迹天涯　什么是责任？难道一起死在这儿就是责任吗？你太幼稚了，行人，你
　　　　　太天真了！

花乌鸦　　别吵了！

行　人　　（无奈）花乌鸦，你的意思呢？

浪迹天涯　对！花乌鸦，你的意思呢？！

花乌鸦　　（无语）

行　人　　你丢下他，选择离开？

浪迹天涯　我知道你很为难，但是，你必须做出选择。如果你不能正确决定，我
　　　　　们只能一块儿死在这儿！

花乌鸦　　这儿？（河水声加大渐恢复）

浪迹天涯　　一起死在这里，如果你愿意！

花乌鸦　　　不！不！我……

行　人　　　花乌鸦……

　　　　　　【花乌鸦和天涯开始交替劝说行人一起离开，行人一再严词拒绝，这
　　　　　　一段台词相互交替越来越急促，后期甚至混杂在一起，直至行人竭尽
　　　　　　全力地吼出一声"不"

花乌鸦　　　（向行人）你……和我们一块……走吧。和我们一起离开这儿！

行　人　　　（不能相信）你选择……走？

花乌鸦　　　（愧疚）是的，（马上找到理由）只有离开这儿，咱们才能得救。咱们
　　　　　　得救了，野山雀也就得救了！你再想想，啊？跟我们一块走吧。

行　人　　　不！

浪迹天涯　　两天，只要两天时间我们就能回到这儿，应该不会有什么问题的……

行　人　　　不！

花乌鸦　　　只有两天，什么事情都不会耽误的！……

浪迹天涯　　行人，一起走吧，留在这里只有死路一条，我们也救不了野
　　　　　　山雀！……

行　人　　　不！我说了，决不！

　　　　　　【花乌鸦和天涯完全失望了，收拾行囊，准备出发。行人默默看在眼
　　　　　　里，一言不发

　　　　　　【花乌鸦走过去，欲拉着行人的手，无法直视行人的眼睛。然后，走
　　　　　　向河岸

花乌鸦　　　那……那你怎么办？

行　人　　　（坚决地）我等水退了再想办法。

花乌鸦　　　（回身，河水声加大渐恢复，再看行人）你就在这……等着。

行　人　　　（坚定）我等着！只要不放弃，就一定会有机会的。

　　　　　　【花乌鸦痛哭

浪迹天涯　　那……你还需要我们回来找你吗？

花乌鸦　　　（怒目）浪迹天涯！（跟跄而下）

　　　　　　【行人抱住野山雀，抬起头，与浪迹天涯对视，泪水慢慢涌上眼眶。

天涯毅然转身离去。行人突然坚定地坐起来，拼命将野山雀抱起，野
山雀滑落，行人再次上前抱起野山雀……

【定格，切光

花乌鸦　　（画外音）我和浪迹天涯泅渡过河，像丧家之犬一样仓皇奔逃，那
是噩梦一样的路途，饥饿，干渴，四肢极度疲惫，身体虚弱到了极
点……没日没夜地走着，走着，最后几乎是爬出了森林……

10　尾　声

【主题歌起：

《哪里来的风》

哪里来的风，吹散最初的轻松

哪里来的风，吹痛我穿越中的梦

什么样的眼，看得清生命的内容

什么样的人，该明白何去何从

什么时候我们能一起回家，什么时候我们终于无所惧怕

什么时候幸福像门一样打开，什么时候痛苦像糖一样融化

什么时候你会看着我的微笑，什么时候我也会泪如雨下

【音乐声中所有演员堆砌起象征纪念碑的小塔

【伴奏继续，手机铃响，黑暗中熟悉的声音

浪迹天涯　喂，是我，你是？啊，我正在开会。（光源下，天涯转身向台口走来）
你不必这样！你听我说，那是我们当时所能做的唯一的选择，无论是
对个人还是对集体都是最正确的选择，我不认为我们有什么错。对！
我不认为我们做错了！是的。我知道他们不可能活着回来了。可是你
想过没有？我们能活着回来也很不容易，所以更应该好好地生活下
去啊。我承认，我们的选择伤害了其他人，但是凡事总得朝前看，总不
能永远耿耿于怀，背一辈子心理上的包袱吧？听我的，就当这件事情
从来就没有发生过，忘了它，好好地生活下去。忘了它吧。

花乌鸦　　（画外音，咬牙切齿）你这个王八蛋！你这个王八蛋！
浪迹天涯　　（走到雕塑前，侧转身，平静地，手直指前方）你也一样！
　　　　　　【切光，主题歌

　　　　　　【全剧终

导演后记：
以正视的呈现拷问人心

　　这是一部改编于网络小说《穿越生命》的校园戏剧，最初看到原著是在2002年浙江大学黑白剧社北京之行的7月份。当时黑白剧社饱览了第二届大学生戏剧展演剧目归来，面临又一次重新认识自己、认识校园戏剧现实意义的问题，正处于如何加强黑白剧社自主精神的讨论之中；而我本人正处于安排好浙江大学的教学任务后，准备用一半时间进入上海戏剧学院导演高级研修班学习的紧张阶段。

　　第一次认真地看这部在网络上流传很广的小说，就给我带来了深深的震撼。这种震撼来自于用几句话就可以说清楚的故事所蕴含的背后的力量——四个萍水相逢的年轻人因为探险遭遇危难，在最后关头或者选择逃生，或者选择坚守等待……在九死一生回到文明世界之后，面对消失在森林中的生命，选择离开的叙述者濒临道德良心的责问，然而一同侥幸生存的探险者面对谴责却平静地说："你也一样……"这种拷问人心的正视让每个读者的灵魂战栗……正是这个探险事件的结局，展示了非常情况下对生命意义和价值选择的探讨过程，表现出对人性或卑微或高尚的不同理解。

　　怎么去解构这个充满心理交锋和行动张力的校园戏剧？首先在文本上需要强调和深化的立意是什么？这些问题几乎还没有来得及去踏踏实实地想，时间就进入2002年的新学期，我开始了一周内杭州、上海两地奔波的工作和学习生活。

　　上海戏剧学院导演高级研修班的课程排得非常满，专业《导演理论与实践》课程进行的物件小品、音乐音响小品的创作和排演，是强化导演意识、培养导演思维能力的一次难得的全程体验。正是在紧张的专业学习过程中，我越来越清晰地认识到戏剧结构可操作的关键在将舞台文本的行动性体现在戏剧情势的创造中，而扣紧事件的发展脉络铺陈渲染的目的是为了塑造有血有肉的人物这个道理，同时也对如何在业余戏剧团体实施导演规则充满信心。

2003年寒假，我和剧社的学生们开始了改编这个故事的工作，先后大改了3遍。我们把这个戏的立意定位在一个非常事件的过程中展示对生命意义的不同态度上，强调"同心才能同行"这个主旨，把剧中人物"行人"的"一个人在路上走，有个伴儿心里才踏实"的台词作为这个戏的基调，将原先小说的题目"穿越生命"改成"同行"。话剧的整体结构顺着事件的发展步步紧扣而成，没有先入为主的主观意念，而是追求在事件中展示人——人的个性、人的态度、人的情感，以及人与人的关系、人与自然的关系、人与生死的关系。

关于剧中人物的形象设计，我们采取扮演者尽量与剧中人物保持一致的方法。在几次讨论之后，我们决定把合理的人物心理动作设计交给演员去琢磨。四个人物的定位分别是：行者——大智若愚、道义第一的平常人；稍有自闭，不自信；直言无忌，善良而成熟，关键时刻不放弃自己的信念，不随波逐流。浪迹天涯——领袖风范，非常有主见，坚定而冷酷；有自己的处世哲学，不因为其他因素而改变自我，有健康的体魄和应对一切的坦然心理。花鸟鸦——性情中人，充满幻想却无法面对现实，多虑、脆弱，富于同情心，有自己的是非观念。野山雀——寻找快乐的明白人，好相处却不为他人着想，无法改变自己的习惯，比较愚蠢，处处表露出自私的心理。

在这一稿中，我们还设计了一个与这个事件有关的旁观者"虫儿飞"，这是一个骄傲、性格外向、重感情、灵气而智慧、充满同情心的女生。故事被分为三大块面：现实空间、探险事件的回溯和男女主人公的爱情闪回。

在寒假创作过程中，剧社老队员凌宇拿出整个剧的音乐设计方案，选择校园原创主题歌点全剧之睛；以童谣作为主题，也是蕴含着希望人性回归天真、纯粹的交流状态的追求。上海戏剧学院的朋友们也热心参与了《同行》剧本创作过程。

依照原先的计划，剧本在开学前10天定稿。演员开学前一周开始排练，坐排、下地拉地位、粗排、细抠，在6天时间里排出了大致的轮廓。开学前一天《同行》一稿放在舞台上连排了一次，整个过程顺畅而充满生机。第一阶段令人满意地按时完成了。

满意的最重要原因倒不是戏已经成熟地排到什么状态，而是黑白剧社的参加者置身于人物其中，非常自觉地在这个过程中调动整体思维，营造创作氛围。在上一部戏剧《棋人》中担任重要角色的材料系研究生袁锋在此剧中扮演"浪迹天涯"，他调动了自己在剧队3年所有的舞台经验全身心地投入。这种核心人物全身心投入并贯穿始终的执着精神，带动了所有的参与人员，使排练场上的表演充满生机。让人难忘的还有第一次接触大戏的杨小磊，在排演最后生死抉择一场时，当演到剧中同伴丢下"行人"远去的时候，竟然痛哭失声，情绪久久不能离开规定情景……当时现场安静极了……

排练虽然顺畅，但是对人物行动和心理如何表现的讨论却一直异常热烈。接下去每周一到两次的细抠和反复修改之后，我们又删去了原来着墨很重的男女主人公爱情线，而把整个故事的叙述方式放在正视事件的发展呈现上，凸现四个萍水相逢的男孩在事件中的行动，用原著中的第一人称来关联整个结构，使矛盾集中展开于事件的进程中，在全剧最紧张的关头以一段舞蹈来展示人物心灵和人物关系。而剧本最后的结局是一个开放性的尾声，这些探险者的下落如何不作交代，给观众留下的是深深的回味和思考……

在舞台呈现上，用一挂星幕，展现黑夜中斑斓星空闪烁的效果。在都市网络、森林困顿的幻觉中，星幕和人物的情绪及音乐构成完全不同于现实的假定性真实环境。舞台支点用了5个具有不同色彩的木块，来挑起整个戏的调度。从探险历程的本身来说，这个支点可以为舞台表现提供不同的空间块面，为舞台行动加强力度和层次感，还可以用人物动作上出现的明显阻碍感来表现野外场景，在调度语汇上更加丰富。

从剧本的深层意义上说，这又是一种暗喻和象征。同行者之所以因未同心而未完成同行，关键在于缺乏各自观念上的沟通和认同。因此，支点在许多情况下并非仅仅是预示沟通的建筑，还是一种阻隔的连接和人为的强加意识。木块的意义是不确定的，色彩的不断加深和变化有不同的意蕴，并和人物的形体构成画面的意味，比如：窗、崖、堤、门、碑……在视觉形象的可变性、想象性、流畅感和舞台表现的自由度上力求多意，目的是更好地体现舞台思想语汇与物质语汇的统一。

全剧追求简约、朴素、纪实、诗化的风格，追求明快、纯粹、紧凑、起落分明的舞台节奏，时间控制在75分钟之内。

值得一提的是我们第一次在创作中尝试使用了学生自己作词的主题歌《哪里来的风》。当时在浙江大学bbs上征集曲作者后很快就得到响应，建工学院的研究生邹锐为其谱曲，并且担任吉他演唱。这首歌舒缓而略带忧伤，是校园民谣类型的音乐。主题歌在每次开场和结尾响起，给这个原创的校园戏剧平添了许多色彩。未曾料到的是，这首歌后来成功伴随整个排演过程，成为深受欢迎的校园流行歌曲……

2003年4月初浙江大学106周年的校庆演出让这个感觉还很粗糙的作品见了观众。校园戏剧的观众是最好的观众，和以往的演出一样，剧场里座无虚席，观众掌声热烈，演出后各种评论接踵而来……以至专程从上海戏剧学院赶来观看的导演系同行对如此热烈的剧场效果感叹不已。但是一稿的舞台整体呈现上的问题也比较明显：首先是立意先入为主的主观倾向性过强；其次是剧情结构上的人为裂痕较重；第三是故事发展中的情节单薄，处理得不尽如人意。这些问题都因无暇修改而让我愧悔不堪。毫无疑问，《同行》的二度磨合应该还有很大空间可以施展，许多人都期待进一步的修改能有更大的突破。

6月结束上海戏剧学院导演高级研修班毕业大戏《青春残酷游戏》之后的我，才得以有时间对《同行》二稿的舞台呈现有了一个深入细致的审视思考。与戏剧学院的灯光、造型专业同行的多次讨论，也使最终的剧本修改和导演方案有了新的进展。上海话剧中心7月戏剧之约的邀请演出，更使这次修改和呈现有了具体施展的目标——这是黑白剧社作为浙江省唯一进入话剧中心演出的艺术团体，二次登上上海小剧场话剧舞台。

在压力和变数相继而至的时候，冷静的思考和审视的深入是作品再上一个台阶的基石。二稿首先更改的是作品的立意：我们把整体呈现放在一个开放的思维空间里，在探险的事件中展示出一种恪守的准则。这是一个真实的事件，让我们在面临绝境面对生死的抉择时，拷问自身；这也可以是个虚拟的故事，用旁观的角度逼视他人。事件中每个人的选择都应该可以成立，都有自己的理由，是坚持还是放弃，而《同行》本身不提供答案，只提供共享的戏剧时空。把原先依照原著第一人称叙述的结构改成探险中四个同伴的内心独白，将事件原先的回忆式变成进行式，不仅使结构更紧凑，人物表现的角度更丰富，而且强化了人物动作的心理依据和动作细节，强化了人物不同性格发展走向的状态，也强化了演员表演肢体语言的张力，强化了营造观演氛围的"场"效应。

另外在事件中穿插一个没有确切定义的异性，时而是振翅飞虫，时而是森林精灵，时而花季女孩……她是新的空间，是希冀，是态度，也是一双眼睛，更是在现实表现手法的整体呈现中划出的一个虚拟世界，寓象征空灵美好之意于平常而残酷的现实中。这一稿的舞台支点添加了一座桥伸入观众席中，桥下也有表演区，从而加强了互动性，观众席则呈扇形面对舞台整体。全剧追求呈现平实生动、空灵诗意、激情四溢的校园风格。

由于各种原因，原先的5个演员换了4个，整个戏需要重新排练捏合。期末考试一结束，剧组就开始了紧张的复排。虽然时间和要求都让人感到压力非常大，但是好在案头准备充分，面对跃跃欲试的参与者，力争最好的状态还是让人值得期待。

二稿《同行》的演员基本上是高年级的工科学生或者研究生，对舞台的了解源自他们演出实践的积累和对话剧表演艺术真挚的喜爱。排练在紧张而有序地进行中，每天三十八九度的高温下，我和演员们在舞台上光着脚排戏，共同沉浸于剧情和人物情感的冲击之中。深入磨合的过程是痛苦而快乐的，表现正视需要勇气，更需要真诚的付出——那是对自我灵魂的反省！一旦表演的深入成为渗透心灵的外化，被情感撕裂的伤口喷溢出的就是充满震颤的血泪——在现场的工作过程中，几乎每个参与的演员都经历了这样难忘的激情体验。特别是对人物行动的心理依据的理解和推敲，以及舞台节奏的尺度把握，常常可见理工科学子的睿智和敏捷的思维闪光点。

虽然高强度的工作让人身心疲惫，但我们却不敢有丝毫的松懈。反复排练之后的修改，不仅对原先存有疑问和意见较多的地方做了重新安排，而且加入了新设计的细节以完善人物形象，丰富了剧中人物的表现，体现了流畅而纯粹的校园戏剧的整体风格。

尽管先后11个工作日的排练时间并不宽裕，但是每每看到他们在全神贯注体验之后表演水平的明显提高，由内及外越来越真挚而准确地完成人物表现，总是让我满怀欣喜。让我欣喜的还有这个过程中剧社成员的默契，那不仅仅只是舞台上来情去感的交流与适应，更是对于戏剧、对于剧社集体以及对于自身认识的成熟。

在上海的4天时间里，话剧中心d6空间为我们提供了非常专业的舞台装置和周到的演出服务，灯光音效的完整表现也为这个校园戏剧最终顺利完成舞台呈现提供了保证，所有《同行》剧组的演职员更是拿出自己最好的状态、最默契的配合，来面对来自各方的观众——演出非常成功！

在两场演出结束后的座谈会上，观众的反应果然在我们的意料之中——无论是戏剧界的专家学者还是各个高校剧社的同学们或者是普通观众，对于这个直接而沉重地拷问人心的剧都给予了相当肯定的评价，而对于整个剧的表现方式和剧中人物的态度却有各种各样截然不同的意见，正如《同行》节目单上的预言：这个校园戏剧试图用一个不加修饰的冷静态度来叙述整个故事，用触摸心灵的过程来揭示人性的真实，在正视自我中展示人……对剧中人行为的认可与否都无关紧要，关键是你和我们共同体验和思考过……

最后一场演出结束离开话剧中心时，有一群在楼下迟迟未离去的大学生观众又围住了我，他们在热烈地发表对《同行》意见的同时，异口同声地说，他们喜欢这样的校园戏剧。

桂迎

2003年10月

辛迪·蕾拉①

编　剧：唐　杨（浙江大学电气学院电机与电气专业2003级硕）

---

① 共演出14场。

2005年上海话剧艺术中心亚洲当代戏剧季参演唯一业余剧目；

2006年北京全国大学生戏剧节优秀参演剧目（演出于中国国家话剧院小剧场）；

2006年中国话剧百年浙江省话剧展演剧目。

曾获2007年共青团浙江省精神文明"五个一"工程奖，2008年浙江省教委大学生艺术节戏剧类一等奖。

辛迪，一名女研究生；
蕾拉，一只流浪黑猫；
在寻找中迷失，在迷失中孤独，在孤独中寻找。

剧本:

话剧《辛迪·蕾拉》

时间: 现代

地点: 大学—工科实验室

人物表

辛迪: 22岁, 研一女生, 性格内向

猫: 2岁, 雌猫, 人性的对立面; 辛迪叫她"蕾拉"

大师兄: 25岁, 研三男生, 严肃认真

黎娜: 23岁, 研二女生, 活泼开朗, 知书达理

苏柯: 22岁, 大四男生, 冲动贪玩, 性格直率

小潼: 18岁, 大四男生, 少年大学生, 性格内向

林海: 24岁, 男, 已毕业, 某地化学研究所研究员

引　子（形体，略）

一

【起光

辛　迪　记得如果有人来了可千万别让他们看见啊, 大师兄不让我带你进来的。

猫　　　放心, 我懂得照顾自己! 你快点回来!

【大师兄上

大师兄　林海, 都那么久了, 我还是摆脱不了你。一想起你, 我就没有办法面对黎娜……为什么, 为什么……

【猫叫

大师兄　谁?（一惊,发现猫）原来是你这个小畜生!

　　　　【大师兄追猫,猫四处逃窜,椅子纷纷倒地

　　　　【大师兄欲赶走猫,未果

辛　迪　（惊恐地）大师兄,不要!蕾拉,快跑啊……蕾拉!

　　　　【大师兄屠猫

辛　迪　（绝望地尖叫）啊!

　　　　【空中骤然掉下一只死猫（辛迪的幻觉）。一束追光打在猫身上,旋收。

　　　　【切光

二

　　　　【起光,一个工科实验室

　　　　【音效:器皿破碎的声音,撞击声,直至极致

　　　　【一个男生（小潼）推门

　　　　【声音止

　　　　【男生走进实验室,环视这一切,疑惑,随后放下书包,拉窗帘,然后仔细检查地面,并拿起笤帚打扫

　　　　【另一男生（苏柯）上

苏　柯　小潼?早啊!

小　潼　早。

苏　柯　哟,这么快就打扫干净了?

　　　　【小潼坐到自己桌前,开始做自己的事情,苏柯环视周围,片刻

苏　柯　大师兄是说今天上午9点开会吧?

小　潼　是。

苏　柯　昨儿黎娜姐的生日蛋糕太甜腻了,我多吃了一块,今天连早饭都没胃口。

小　潼　别人请客,你每次都吃多。

苏　柯　这不是辛迪和大师兄没去,我替他们吃的嘛!

【苏柯的手机响

苏　柯　（接电话）喂，啊，林海啊。对，昨天黎娜姐请我们吃饭了……他，他
　　　　没去……嗯，黎娜姐挺高兴的……哎，好好……林海师兄，再见。

小　潼　林海是谁啊？

苏　柯　哦，我的一个老乡，以前也是我们系的。

小　潼　他认识黎娜姐？

苏　柯　他是黎娜姐以前的男朋友。

小　潼　以前的？那他们后来怎么了？

苏　柯　（一愣）小孩瞎打听什么！干活去，干活去！

　　　　【小潼点头，一个女孩（辛迪）上，匆忙地寻找

苏　柯　你找什么？

辛　迪　你们看见蕾拉了吗？

苏　柯　蕾拉？蕾拉是谁？

辛　迪　一只猫，黑色的，就是我每天喂的那只。

苏　柯　啊？就是那只黑猫啊，没看见。

辛　迪　小潼，你呢？

小　潼　我……

辛　迪　你看见了？

　　　　【黎娜上

黎　娜　今儿倒是都挺早的啊！

小　潼　我……没看见。

黎　娜　你们说什么呢？

辛　迪　我的猫不见了。

黎　娜　你是不是又把你的猫带到实验室了？下次可别这样，大师兄最讨厌
　　　　猫了。

苏　柯　为什么？

黎　娜　你忘了？上次辛迪的猫把实验室搞得乱七八糟，大师兄发了多大的火。

苏　柯　就他事儿多。

　　　　【辛迪往外走，小潼跟着往外，与进门的大师兄撞上，大师兄的东西撒

　　　　　了一地，三人捡

大师兄　一大早慌慌张张地干什么？

辛　迪　我去找……我的猫。

大师兄　马上就要开会了。

辛　迪　我想再去找找看……

大师兄　是你的猫重要，还是开会重要？

　　　　【辛迪不情愿地回到座位上

大师兄　黎娜，你爸什么时候回来？

黎　娜　陈老师说圣诞节前后，应该就是这个周末了。

　　　　【小潼不解

大师兄　你们听见没有？过几天陈老师就回来了，到时候这个项目如果还没个结
　　　　果，他的脾气我可不敢跟你们打什么包票。你们把上周布置的任务准备
　　　　好，一会儿我来检查。

　　　　【大师兄，走到自己的座位前

大师兄　对了，这次我们系里有一个去德国交流的项目，是跟那边的公司合作
　　　　的，研究生都可以申请，表格到我这儿来领。

　　　　【小潼显得有些失望

大师兄　小潼，你以前向陈老师问起过这件事儿吧？

小　潼　（点头）可我才大四。

大师兄　如果导师推荐，本科生也能申请的。陈老师跟我交代过，说可以让你
　　　　试试。

小　潼　可我……应该没什么希望吧。

黎　娜　唉，我看希望大着呢！我爸……（忙改口）哦，陈老师说这是个交流项
　　　　目，相当于休学一两年，到时候还得回国把学位读完。所以年纪小一些
　　　　的会更有优势。尤其你还是少年大学生，别对自己那么没信心。

大师兄　咦？表格呢？苏柯，你昨天把我那个文件袋儿放哪儿了？

苏　柯　就放你桌上了啊。

大师兄　（再检查一次）没有！你过来！

苏　柯　（不情愿地走过去）昨天我走的时候就搁这儿了，奇怪，怎么会没有？

大师兄　这得问你！

苏　柯　唉，小潼，你早上不是收拾屋子了吗？见着桌上的表格没有？

小　潼　我没注意。

大师兄　你说怎么办？表格明天就要交上去了。

苏　柯　网上可以下载吗？

大师兄　不可以，系里发的，都在那个文件袋儿里。

苏　柯　要么我去系办再要几份儿？就说咱们丢了？

大师兄　要来了也没用，这个得要陈老师签字才有效，可现在陈老师人还在国外呢！

苏　柯　这……这……你说怎么办？我记得我就放这儿的啊！

大师兄　现在来说这些有什么用！反正这个指标你是没什么希望，你让这些人怎么办？你说你能干点儿什么？脑子里一天到晚想些什么，也不知道你是怎么保的研……

　　　　【苏柯怒，黎娜见状，出来圆场

黎　娜　要不这样吧，表格你先去系办再要几份儿，我跟陈老师打个电话，让他跟系里打个招呼，到时候你们先把表格交上去，他回来再补签一下，怎么样？

小　潼　你打电话有用吗？

苏　柯　谢谢黎娜姐！

大师兄　也只能这样了。

　　　　【大师兄下

苏　柯　真是的，什么事儿都赖我。

黎　娜　算了，他着急也是为了大家嘛。

苏　柯　他是为他自己，这不明摆着吗？这个实验室，最有机会的就是他。

黎　娜　苏柯，算了，别说了。

苏　柯　我就不信了……（跑到大师兄桌前仔细查找）

小　潼　我就想不明白，为什么打电话的是黎娜姐，不是大师兄呢？

苏　柯　因为陈老师是黎娜姐她爸！你这人……

黎　娜　咦？架子上怎么少了这么多试管烧杯啊？

【安静

黎　娜　我记得昨天下午才放上去一批新的……

苏　柯　还不是因为那只猫!

辛　迪　猫? 昨晚你也来过实验室?

苏　柯　是啊,我来叫小潼吃饭,昨儿不是黎娜姐生日请吃饭吗?

辛　迪　那我的猫呢?

苏　柯　(不耐烦地)我怎么知道。晚上哪看得见黑猫啊!

　　　　【暗场

　　　　【辛迪在寻找什么。猫出现

辛　迪　蕾拉! 蕾拉! 你在吗?

　　　　【没有找到,十分失落

　　　　【辛迪的回忆,光圈起,猫上,叫

辛　迪　你来了?

猫　　　是的,我来了。

辛　迪　这是你喜欢的火腿肠。

猫　　　谢谢。

辛　迪　你胳膊怎么流血了? 又打架了?

猫　　　我的事儿用不着你来管。

辛　迪　疼吗? 我给你上点儿药。

　　　　【准备抱起它,猫激烈地挣扎

猫　　　放开我!

辛　迪　(被吓到)我……

猫　　　你不要以为这样我就会感激你。

辛　迪　我……我只是不想你太疼。

猫　　　你们就是这样自以为是。总觉得可以掌控一切,但是在我看来,你们是
　　　　最脆弱的。

　　　　【猫转身跳到旁边的栏杆上

辛　迪　快下来,那儿太危险!

猫　　　哈哈,我说得果然没错。

辛　迪　当心！快下来吧，这太危险了！

猫　　　危险？对于你也许是吧。对我来说，跟同类争地盘，还有被野狗追都比这要危险得多。不过没有东西吃，才是最危险的。

辛　迪　真可怜。

猫　　　你在同情我？

辛　迪　难道你不觉得这样太辛苦？

猫　　　哼！你们太不了解我了。你们只知道把我捧在怀里，总以为我温顺可爱，其实，我很残忍。

辛　迪　在你抓耗子的时候？

猫　　　不止。我不止抓耗子，我也会捕杀一些鸟，其实只要是能力所及，我每天都会杀死很多生命。

辛　迪　你这是为了生存，我可以理解。

猫　　　不，这是本能。我天生就是这么残忍，即便是现在我每天都能从你这里得到足够的食物。

辛　迪　你真勇敢。

猫　　　勇敢？你是在……讽刺我？

辛　迪　你活得很自在，不在乎别人的眼光，我做不到。

猫　　　别人？谁？

辛　迪　我也说不清楚，有时候我觉得大家都在排斥我，有时候又觉得没有人关心我……

猫　　　哈哈哈哈，活着都不容易了，还有什么工夫去管别人呢？

辛　迪　你说什么？

猫　　　真累啊，我走了。

　　　　【猫离去，光圈切

辛　迪　蕾拉，蕾拉！这是你爱吃的火腿肠……可我知道你不会来了。

　　　　【切光

三

【起光，实验室，空无一人

【小潼上，将门关上，环视四周，随即拿起扫帚开始打扫

【辛迪上，径直走到自己桌前，坐下

小　潼　辛迪，能跟你说句话吗？

【大师兄手捧花上，到门口，犹豫，把花藏到身后

辛　迪　什么？

小　潼　我……

【大师兄进门打断了小潼，小潼回到座位，辛迪背对着擦桌子。大师兄
把花放在座位旁边的角落

大师兄　黎娜来了吗？

小　潼　（摇头）大师兄，那个表格……

大师兄　我就是在为这事儿找她，昨天系里说除非陈老师出面，不然不会再给我
们申请表，也不知黎娜跟陈老师说了没有。

小　潼　可下午就要截止了！

大师兄　你放心，这事黎娜去和陈老师说，肯定没问题的。对了，你打开我那个
文件夹，帮我把那篇论文打印一下。

【小潼回到电脑桌前

小　潼　你的文件夹在哪个盘？

大师兄　E盘。我的东西都在E盘。

小　潼　这是怎么回事儿？

大师兄　怎么了？

小　潼　E盘——空了！

【师兄赶上前去

大师兄　什么？！我看看！……被格式化了！

小　潼　我的毕设可都在里面。

辛　迪　你的毕设？E盘不是大师兄的分区吗？

小　潼　我的毕设一直是跟着大师兄的！

大师兄　（怒）谁干的！

小　潼　昨天我走之前都还好好的！

大师兄　你是最后一个走的？

小　潼　不，我走的时候，他们还都在呢。

　　　　【黎娜上，手里拿着一只大信封

黎　娜　（兴致勃勃）你们看看，这儿有封莫名其妙的信。我从信箱里拿到的，
　　　　这么大一个信封，上面什么都没写……

大师兄　黎娜，昨天你是最后一个走的吗？

黎　娜　我？不是啊，我走的时候，苏柯还在……还在这儿用功呢！

大师兄　是他？

黎　娜　怎么了？

　　　　【辛迪上前接过黎娜手中的信封，看了看，开始拆

辛　迪　大师兄和小潼的数据被人删了。

黎　娜　什么？你们的数据……

大师兄　昨天你走的时候，苏柯在干什么？

黎　娜　苏柯……他好像在……打游戏。

大师兄　（思考，自言自语）打游戏……

辛　迪　你们看，这……这不是昨天丢失的表格吗？

　　　　【众人围上前去，辛迪继续翻信封

辛　迪　谢天谢地，总算在报名截止前找到了。

小　潼　可现在报了名也没希望了。课题都毁了，还指着这个发论文呢！

黎　娜　这事儿真是莫名其妙。

大师兄　可能是有人故意干的。

　　　　【苏柯哼着歌上

苏　柯　哟，怎么都围在一块儿？在说什么呢？

大师兄　苏柯……

　　　　【辛迪抢上前去

辛　迪　昨天丢的表格，被人装在这个信封里寄回来了。

　　　　【苏柯看了看表格，拿过信封仔细打量

苏　柯　我就说了不是我弄丢的。

大师兄　昨天黎娜走了以后，你是不是动过这台电脑？

苏　柯　（思索片刻）是啊。

大师兄　这台电脑一直是小潼在用，你动它干什么？

苏　柯　我……我……这不是公用的吗？

大师兄　你用他做了什么？

苏　柯　传一些东西到我寝室那台电脑上。

大师兄　什么东西？

苏　柯　也不是什么重要的东西。

大师兄　是什么？

苏　柯　两部电影！《可可西里》和《2046》，行了吧？还要问文件格式和大
　　　　小吗？

大师兄　你这是什么态度？！

苏　柯　你是什么态度？！好像我犯了什么天大的错误似的。

大师兄　你说呢！

苏　柯　你什么意思？

黎　娜　（小声地）我们课题的数据被人删了。

苏　柯　什么？怎么会这样？……难道你们怀疑是我干的？

小　潼　不是……

大师兄　（愤怒）对，我就是在怀疑你。

苏　柯　（有些慌）我凭什么这么做？

大师兄　我怎么知道？

苏　柯　好，你们爱怎么说就怎么说吧！我不干了！

　　　　【苏柯夺门而出，小潼欲追

小　潼　苏柯！

大师兄　你给我回来！……你回来！

小　潼　我想应该不是他干的。

　　　　【辛迪点头

黎　娜　（对大师兄）你真的怀疑是他干的？

【大师兄不置可否，陷入思考

大师兄　我们先想想，接下来怎么办。

黎　娜　还能怎么办？重做吧。

大师兄　重做怕是来不及了。从现在开始，谁也别碰这台电脑，我去找找计算机
　　　　系的朋友，看有没有什么办法可以挽回。

小　潼　我能帮上什么忙吗？

大师兄　算了，你们……先回去吧。

【小潼和辛迪收拾书包

大师兄　对了，辛迪，你去买把锁，配五把钥匙，一会儿给它换上。

辛　迪　行！那我先走了！

【小潼、辛迪下

【黎娜随之欲下

大师兄　黎娜，你等等。

【黎娜留步

【大师兄从座位拿出花递给黎娜

黎　娜　（不接花，尴尬）大师兄，你……

大师兄　不是我。刚才花店送来的，你不在，我就代你收了。

【黎娜看卡片

大师兄　我……看了卡片，是林海。

黎　娜　谢谢。

大师兄　你……跟他还有联系？

【黎娜摇头

大师兄　你觉得今天这事，会是谁干的？

黎　娜　我也不知道。不过这倒是让我想起本科的时候，林海有一篇论文……

大师兄　哦，我想那次是他自己没有好好写吧。

黎　娜　可是他们说是你……

大师兄　是我做了手脚，为了争保研名额，是吗？

黎　娜　有人说，是你把它删了。

大师兄　（试探地）你……相信？

黎　娜　（摇头）我不信，我从来都不信这些谣言。可惜林海……他……

大师兄　林海，我一直觉得你们俩分手挺可惜的。唉，谁让你爸是陈老师呢！

黎　娜　都过去了。我先回寝室了。

大师兄　你先走吧，我再待会儿。

黎　娜　好的，希望别再出什么事儿了。

　　　　【黎娜下，大师兄陷入沉思

　　　　【暗场，光圈起，林海画外音起

林　海　是你做的？！

大师兄　不……对，是我。

林　海　你为什么这么做？

大师兄　我不想让你把抄来的论文交到学院，这太冒险了！

林　海　这么说，你是在为我着想？

大师兄　收手吧，被发现了可是要受处分的！

林　海　以我的水平，你不说，谁能发现？

大师兄　可这样做根本不光彩！

林　海　像你这样在人背后做手脚，就光彩？

大师兄　你……我是为你好！

林　海　你是在嫉妒！

大师兄　我没有！我嫉妒什么？！

林　海　你怕我的论文比你好，你怕我在综合测评中胜出，你怕最终你会失去保研的机会！

大师兄　不！我不怕，我的论文不比你差！而且如果保研的是你，我也会为你高兴。

林　海　是吗？！那就走着瞧吧！不要以为我没有备份就搞不定它，你也知道，这本来就是抄的。

大师兄　可作弊总是可耻的。你不要再执迷不悟了！

林　海　你在教训我？你根本没这个资格！

大师兄　我是在警告你！

林　海　你说什么？

大师兄　如果你真的敢把这篇论文交上去……

林　海　你……你以为我会怕你吗？

大师兄　你试试看。

林　海　试试就试试！

　　　　【画外音落，猫出现在一个角落，盯着大师兄

大师兄　（喃喃自语）我是为你好，我真的是为你好。

大师兄　（看见猫）你干吗盯着我？

猫　　　我在看什么叫作自欺欺人。

大师兄　什么意思？

猫　　　我都看见了。

大师兄　看见什么了？

猫　　　发生的一切，甚至包括连你都看不见的。

大师兄　我都看不见的？

猫　　　就是你究竟是怎么想的。也许你也看见了，只不过在装作看不见！

大师兄　我没有！

猫　　　真是太可笑了。不就是想得到一些东西吗？我也常常会有这样的念头，比如树上的松鼠，或者你们碗里的鱼，可我不会像你们一样兜圈子。要知道，追一只耗子的时候，我可没时间去告诉别人我不想要它。

大师兄　我不明白你在说些什么。我只是为朋友担心。

猫　　　朋友？说得可真好听！可是又骗得过谁呢？

大师兄　你……你给我滚！

猫　　　用不着生气，我只是想告诉你，追求自己想要的，甚至用上一些手段，这不是什么见不得光的事情。可如果还要说是为了别人，那就太滑稽了。（笑）

大师兄　滚！

　　　　【大师兄随手操起一本书向她掷去

　　　　【猫轻巧地躲开

　　　　【猫下

　　　　【切光

四

【起光，天台

【辛迪上，在护栏旁边向下张望

【小潼上

小　潼　辛迪!

辛　迪　（惊讶）你怎么来了?

小　潼　我看见你每天都来天台……

辛　迪　你一直跟着我?

小　潼　我……我想来看看你在干什么。

辛　迪　我来找蕾拉。

小　潼　蕾拉……它每天都来吗?

辛　迪　嗯。不过，我想它已经死了。

小　潼　怎么会死了?！它那么机灵。

辛　迪　直觉! 我已经两天没有见到它了

小　潼　也许……它去了别的地方，去找他的朋友了。

辛　迪　那它也一定会来找我的。

小　潼　其实，我也喜欢猫。有时候，一个人会觉得挺寂寞的。（停顿，观察辛
　　　　迪的态度）在实验室，我年纪最小。大家都把我当小孩子……

辛　迪　你先回去吧，我还想再待一会儿。

小　潼　我知道你的猫对你很重要，我……

辛　迪　行了，你走吧。

【小潼无奈地转身，走入暗中

【猫出现在护栏处

辛　迪　你可来了! 我等了你好久。

猫　　　我饿了。

辛　迪　昨天我看他们打你了，疼吗?

猫　　　我应该和你说过，我的事不用你来管。

辛　迪　我可以叫你蕾拉吗?

猫　　　什么拉？怪里怪气的，随便吧。这鱼……还不错。

辛　迪　那我以后每天给你留半条。

猫　　　随便说说，不用当真。

辛　迪　我当什么真啊？

猫　　　（笑）你和他们不太一样。

辛　迪　（有些窘）哪里不一样？

猫　　　你好像很想讨好我似的。

辛　迪　我很欣赏你。

猫　　　欣赏我？为什么？

辛　迪　因为你很漂亮。

猫　　　长得漂亮不算什么，活得漂亮才叫本事呢！

辛　迪　你活得就比我漂亮。

猫　　　每天找你要饭吃，这也算活得漂亮？

辛　迪　（笑）就算没有我，你也饿不死，可是如果没有你，我……

猫　　　快看，那边有人在放烟花！

　　　　【猫下

辛　迪　哪里？

猫　　　就在那边，好漂亮啊！

辛　迪　在哪儿？

猫　　　哎呀，你上来，快点儿啊，再不过来就没了……

　　　　【辛迪犹豫，上前

　　　　【小潼上

小　潼　辛迪，你在干什么！不能过去！

辛　迪　我去看看我的猫！

小　潼　你的猫没在那里！

辛　迪　我只是去看看，你让我过去！

小　潼　不行，这太危险了！

　　　　【两人拉扯

辛　迪　放开我！

小　潼　我……

辛　迪　你以为我要干吗？

小　潼　我只是担心你……

辛　迪　我的事儿不用你管！

小　潼　这么晚，你一个人在这儿太危险了！

辛　迪　危险？哼！有人的地方才危险。

小　潼　你怎么能这么说？

辛　迪　你希望我怎么说？

小　潼　对不起，我只是怕……

　　　　【手机铃声响

辛　迪　你管好你自己吧！

小　潼　喂？嗯，大师兄！真的？行，我马上过去！

辛　迪　怎么了？

小　潼　大师兄说他找到恢复数据的软件了，让我去一趟实验室。

辛　迪　那你赶快去吧，我没事儿的。

小　潼　嗯！

　　　　【小潼下

　　　　【切光

五

　　　　【起光，实验室

　　　　【苏柯坐在电脑桌前

　　　　【小潼上

小　潼　苏柯！

苏　柯　是你？

小　潼　你在干什么？

苏　柯　我……我在找我的论文。听说很多数据都被删了……

小　潼　快住手！大师兄说了不许动这台电脑！

苏　柯　为什么?

小　潼　如果覆盖了数据，被删的文件就找不回来了。

苏　柯　可我……唉!

小　潼　你怎么了?

苏　柯　我刚才闲得无聊，随手又下了一部电影……

小　潼　完了!（冲过去看，怒）大师兄说了不要动这台电脑，你怎么就不听!

苏　柯　我凭什么要听他的?

小　潼　这下可好，他又要骂你了。

苏　柯　瞧你那样儿，成天大师兄长、大师兄短的，有点儿志气好不好!

小　潼　你……就算不为了大师兄，你也该为大家想想!这下课题全毁了……

苏　柯　有什么大不了的，就当是一次实验没有成功，重做呗。

小　潼　可出国指标就要下来了，你叫大家怎么出论文?

苏　柯　（心服嘴不服）你们出国，跟我有什么关系!

小　潼　你……

苏　柯　你也别做梦了，这个出国，如果我们实验室有个名额，那就非他莫属，有咱们什么事儿啊。我们拼死拼活地干，到头来什么好处都给他一个人沾光，我早就想劝劝你了，就怕打击了你的积极性……

　　　　【小潼气极上前推苏柯

小　潼　别说了!

苏　柯　你小子敢打我?!

　　　　【苏柯一把抓住小潼衣领，大师兄上

大师兄　放手，你们在干什么呢!大半夜的跑到实验室来打架，真有你们的!

　　　　【两人不语

　　　　【大师兄发现电脑开了，赶紧过去看

大师兄　（厉声）这是谁干的?!

　　　　【小潼不语，苏柯扭头

大师兄　果然是你，苏柯!

苏　柯　我怎么了我?

大师兄　这个实验室除了你，谁会有那闲工夫去下电影?

苏　柯　电影是我下的，可我又不知道会成这样！

大师兄　不知道？哼，我看你是故意吧！

小　潼　他真不知道，你说的时候他已经走了。

苏　柯　我就是故意又怎么着？

大师兄　那就只能上报了。

　　　　【大师兄欲下

小　潼　大师兄，他那是在说气话，苏柯，快跟大师兄解释啊！

苏　柯　小潼！用不着你来充好人！

大师兄　让他跟陈老师解释去吧！

　　　　【大师兄下

　　　　【小潼看一眼苏柯，生气地下

　　　　【小潼下后，苏背向门，猫上

猫　　　大师兄都说了多少次不让动这台电脑了，你怎么就不听呢？

苏　柯　你又回来干吗？烦不烦呢！（转身看到是猫）小潼，你怎么变成这样了？

猫　　　喂喂，我这么可爱，怎么会是那个书呆子！

苏　柯　原来你不是小潼啊……你离我远一点！

猫　　　我就那么让人讨厌？

苏　柯　我……不太习惯和动物相处。

猫　　　哈哈，原来你是怕我啊，真想不到，看起来倒像个男子汉。

苏　柯　你什么意思？

猫　　　整天就知道跟大师兄顶嘴，也没见你有什么别的能耐。

苏　柯　我……

猫　　　哦，对了，欺负小潼你也挺在行。真不害臊！

苏　柯　那是我们哥们儿的事儿，你管不着！

猫　　　哥们儿？我看这只是你的一厢情愿吧，人家可不一定这么想。我每次被别的猫欺负的时候都很气愤，可是还要忍着，那是为了生存。我看，小潼也差不多吧！

苏　柯　他才不会这么想呢！

猫　　　你把他的论文都删了，他还能当你是哥们儿？

苏　柯　那论文根本就不是我删的！

猫　　　可刚才明明就是你……

苏　柯　我说了我不知道会成这样！

猫　　　也许吧，可大家都觉得是你干的。

苏　柯　一定是有人在陷害我。

猫　　　那会是谁呢？有谁这么恨你，看来是非要把你赶出实验室不可啊。

苏　柯　赶出实验室？……难道是大师兄？

猫　　　如果是他，那就没办法了，平常他一直骂你，不也就这样了，何况你又
　　　　没证据。

苏　柯　走着瞧吧，他的底细我可是清楚得很。

猫　　　噢？

　　　　【苏柯走出门外，背靠门沿儿，猫扶门框站立

　　　　【切光

八

　　　　【起光，实验室

　　　　【辛迪在实验台前

　　　　【大师兄、黎娜上

黎　娜　大师兄，你把昨晚的事情告诉我爸了？

大师兄　嗯，今儿早上我跟陈老师说了。他跟你打过电话了？

黎　娜　（点头）他说如果报到系里，苏柯很可能要被处分。

大师兄　那也是他咎由自取。

黎　娜　可……可他也许真的是不知情。

大师兄　小潼的毕设完全被毁了，我们的课题也受到了严重的影响，就算不是故
　　　　意，他也要承担全部的责任！

辛　迪　（对小潼）发生了什么事儿？昨天下午不是说找到了恢复的软件吗？

大师兄　昨晚，苏柯又动了电脑，彻底没希望了。

辛　迪　怎么会这样？他是故意的？

黎　娜　不是，他只是不小心……

　　　　【苏柯上，在门外停住

大师兄　黎娜，你就别再袒护他了。丢表格，删文件，再到昨晚，这几件事情都跟他有关系，这未免也太巧合了吧。

黎　娜　如果是故意，那你说他为什么要这么做？

大师兄　可能是嫉妒呢？他跟小潼一届，这次出国陈老师推荐了小潼……

　　　　【苏柯推门进入

苏　柯　胡扯！

黎　娜　苏柯？！

大师兄　你还有脸过来？

苏　柯　说起嫉妒，我看真正嫉妒的人是你吧？

大师兄　我？我嫉妒什么？

苏　柯　一开始我也想不出你到底在嫉妒什么，以你大师兄的实力，这个出国的名额应该是非你莫属。可那天听了黎娜姐对小潼说的一番话我就明白了，如果这次真的是本科生更有优势，那么小潼就是你最大的威胁。

大师兄　你这是什么意思？

苏　柯　还不够清楚吗？只要小潼的毕业设计无法完成……

大师兄　这是什么话？被删的可都是我的数据！

苏　柯　那又怎么样？对于你来说，这个课题也许根本就不重要。何况如果都在计划之中，事先做个备份也并不是什么困难的事情吧。这不正是你的强项吗？

大师兄　你这是什么意思？

苏　柯　你不要以为我没听说过，以前你为了争保研名额，把你同学的论文删掉，还伪装成是电脑进病毒……

黎　娜　苏柯，别胡说八道！

大师兄　你有什么证据？

苏　柯　我没有证据。但这件事儿是他亲口告诉我的。

大师兄　你认识他？

苏　柯　是叫林海吧？他是我老乡，一个中学的。听说你们以前还是朋友！哼，
　　　　朋友！
　　　　【大师兄欲言又止，低头回避
黎　娜　不是这样的，苏柯，当初是林海误会了大师兄，何况他……他没能保研
　　　　是因为抄袭论文。
苏　柯　抄袭论文？那你怎么不问问大师兄，这又是谁举报的？大师兄，你说
　　　　呢？你敢说吗？我谅你也不敢！
大师兄　是我举报的，又怎么样？
黎　娜　大师兄？
大师兄　论文也是我删的！
黎　娜　你为什么要这么做？
苏　柯　呵，这不是明摆着的事儿吗？
黎　娜　可你当时已经在找工作了，你并没打算读研，你说你们家……
大师兄　我想警告他不要玩火，可他仍然不肯罢休，所以我……
黎　娜　你想过后果吗？怎么说你们都是朋友！
大师兄　够了！这是他自作自受！（走到门口）你应该知道我是个什么样的人。
　　　　【大师兄下
黎　娜　大师兄……
苏　柯　行了，黎娜姐，让他去！他这种人根本不值得你生气！
黎　娜　别说了！很多事情你根本不了解。
苏　柯　我看，不了解的人是你！
黎　娜　我？我不了解什么？
苏　柯　大师兄当初决定读研完全是为了你！
黎　娜　为了我？怎么可能！当时我和林海……
苏　柯　你和林海师兄已经在一起了是吧？这正是大师兄最嫉妒他的地方！
黎　娜　够了，苏柯！这事儿可不是开玩笑！
苏　柯　我不是开玩笑！你爸爸是著名教授，单是这一点就足够吸引他了。
黎　娜　你……你太过分了！
　　　　【黎娜下

苏　柯　黎娜姐，我……

　　　　【苏柯追下

　　　　【辛迪看着空荡荡的实验室，陷入回忆。音乐起

辛　迪　蕾拉！蕾拉！他们都走了，你出来吧……

　　　　【切光

七

　　　　【起光，实验室，晚上

　　　　【这是辛迪的回忆，灯光和布局与之前应有所变化

辛　迪　蕾拉！蕾拉！

猫　　　是叫我吗？我在这儿呢！

　　　　【辛迪和猫玩溜溜球

　　　　【黎娜兴高采烈上，猫躲

黎　娜　辛迪，今天我过生日，一会儿去我家吃饭吧。

辛　迪　（望一眼蕾拉的方向）我能……带蕾拉去吗？

黎　娜　蕾拉是谁？

辛　迪　我的猫。

黎　娜　（为难地）最好，不要吧。

辛　迪　那我不去了，谢谢你。

黎　娜　（尴尬）是这样，我妈妈今天刚给家里的地板打了蜡，我想你的猫……

辛　迪　没关系的，黎娜姐。反正我还要做课题呢，就不去了。

黎　娜　（好奇地）你和你的猫……聊天吗？

辛　迪　（微笑）是啊，她很愿意和我说话。

黎　娜　哦，这样啊。

　　　　【两人有些冷场，辛迪继续和猫玩

黎　娜　那你忙吧，我先走了。对了，你见小潼了吗？

辛　迪　没有。

黎　娜　（不高兴地）不知道上哪儿去了。你和大师兄都不来，小潼又找不着，

　　　　　　咱们实验室就剩下苏柯给我捧场了。

辛　迪　你的生日，总是很热闹，不会冷清的。

黎　娜　（笑）嗯，我买了两个蛋糕，还怕不够分呢。先走了啊。

　　　　　【黎娜不等辛迪说话，就急急下

辛　迪　生日快乐，黎娜姐！

　　　　　【猫看着黎娜走的方向

辛　迪　我真羡慕她，我的生日，从来都没有人记得。

猫　　　我不喜欢她。

辛　迪　为什么？

猫　　　她不喜欢我！一点儿审美能力都没有！

辛　迪　（笑）来，没有蛋糕，我们吃鱼。你的晚餐！

猫　　　谢谢！……你不舒服？

辛　迪　嗯，可能是有些感冒。

猫　　　那你早点儿回去休息吧。

辛　迪　没关系。对了，我寝室里还给你留的牛肉，我去拿。

猫　　　不用，这就挺好。

辛　迪　没关系，我一会儿就回来，反正今天要加夜班。

猫　　　加夜班？

辛　迪　哦，明天大师兄要来检查课题进度，我得赶赶。

猫　　　还真是挺辛苦的。

辛　迪　记得如果有人来了可千万别让他们看见啊，大师兄不让我带你进来的。

猫　　　放心，我懂得照顾自己！你快点回来！

　　　　　【辛迪下，猫四处打量

　　　　　【小潼上，猫赶紧躲起来，小潼走到窗台前，向下瞭望

猫　　　（好奇）你就是小潼？

　　　　　【小潼听到声音，四处张望

猫　　　哈，一定是！我听辛迪说起过你。

小　潼　（发现猫）你怎么进来的？

猫　　　是辛迪……是我自己溜进来的！

小　潼　快出去，这儿不是你待的地方！

猫　　别着急，我一会儿就走，你忙你的，不用管我。

【小潼作罢，垂头丧气地走开。看到大师兄桌上的出国申请表，拿在手里看，似乎在为什么事儿发愁

猫　　你有心事？

【小潼不理睬

猫　　跟我说说吧，说出来会好受一点儿。

【小潼转过身去，不管她。猫跳过去，抢过他手中的申请表

猫　　这是什么？

小　潼　你……给我！这是申请出国的表格……说了你也不懂！

猫　　谁说我不懂，出国就是离开朋友，离开父母，到一个很远很远的地方去。

小　潼　这么说……也对。可又不完全是这样。

猫　　我真不明白，出国有什么好。我有个朋友，本来在这边过得好好了，突然心血来潮，非要去什么伊朗，说是那边的猫都混得不错，可过去一看，嗨，差点儿没被炸弹炸死。还好捡条命回来，发誓再也不冒充什么波斯猫了。你说说，出国到底有什么好？

小　潼　（笑）出国可以改变我的命运，可以让我拥有更丰富的知识和阅历，这样我会更容易找到一份好的工作。

猫　　听起来挺不错。所以你很想出国？

小　潼　是……（摇头）我也不知道，但至少我爸妈希望我这样。

猫　　我都糊涂了，到底是你想出国，还是你爸妈想出国？

小　潼　（有些烦）是我爸妈想让我出国！

猫　　但是你不想出国，是这样吗？

小　潼　我可没这么说！

猫　　可你……唉，跟你说话真费劲儿。

小　潼　我也不清楚我到底是怎么想的。从小到大，我都按照他们设计的路在走，读少年班，上重点大学，然后保研，虽然并不轻松，但是都很顺利。我一直觉得这没什么不好，爸爸妈妈的话总是对的。可是，我又总

　　　　　觉得缺了点儿什么……

猫　　　什么？

小　潼　你走路的时候摔倒过吗？

猫　　　当然！

小　潼　疼吗？

猫　　　Of course（当然）！哈哈，跟辛迪学的。

小　潼　如果有人扶着你走路，你愿意吗？

猫　　　这怎么行？多不自在！

小　潼　可这样不会摔跤！

猫　　　摔跤又怎么了？又不丢人。总是要人搀着，摔倒了都不会自己爬起来，这才可笑呢。

小　潼　我就是这种可笑的人……

猫　　　有人来了！

小　潼　我回去了，你也走吧。

猫　　　再跟我聊会儿嘛。

小　潼　不行，明儿一早还得过来，我得走了。

猫　　　那你先回去吧，我再待会儿。

小　潼　你还是快出去吧。

猫　　　哎呀，我再待会儿！

小　潼　你……

　　　　【小潼去抓猫，猫灵巧地闪开，二人绕着桌子来回追逐，将试管架撞翻在地，玻璃破碎声连连

　　　　【苏柯上

苏　柯　小潼，你在这儿啊，到处找你。黎娜姐过生日请我们吃饭，晚了就吃不上蛋糕了……这是怎么回事儿？

小　潼　这是……

苏　柯　你看看，怎么把申请表都弄在地上了，一会儿丢了大师兄又得怨我。

　　　　【苏柯把表格捡起来放在大师兄的桌子上

　　　　【小潼帮着整理东西，苏柯着急地看时间

苏　柯　　算了算了，黎娜姐等着呢，走吧走吧，快走啊！

小　潼　　可这……

苏　柯　　唉，明天再说吧，快走！（向猫做个鬼脸）

　　　　　【猫在实验室得意地走着

　　　　　【大师兄上，酒醉。

大师兄　　林海，都那么久了，我还是摆脱不了你。一想起你，我就没有办法面对
　　　　　黎娜……为什么，为什么……

　　　　　【猫叫

大师兄　　谁？（一惊，发现猫）原来是你这个小畜生！

　　　　　【大师兄追猫，猫四处逃窜，椅子纷纷倒地

　　　　　【终于，大师兄抓住了猫，猫奋力挣脱，结果抓伤了大师兄

　　　　　【猫窜出实验室，大师兄站在实验桌旁，察看伤口

辛　迪　　大师兄？这……这是。

大师兄　　都是你那只猫干的好事儿。

辛　迪　　对不起。

大师兄　　快给我打扫干净！

辛　迪　　我的猫呢？

大师兄　　猫什么猫？死了！

　　　　　【辛迪环视一片狼藉，开始打扫

八

　　　　　【蕾拉趴在舞台上休息

　　　　　【黎娜怅然若失地走上舞台，不小心踩到蕾拉的尾巴，蕾拉尖叫一声
　　　　　跳开

黎　娜　　（慌张地）是你？（猫白了她一眼，不理睬）你叫……蕾拉，是吗？（猫
　　　　　又看了她一眼，仍然不睬）辛迪一直在找你呢，你可把她急坏了。你等
　　　　　等，我去叫她……（转身欲走）

猫　　　　这儿没别人，你演给谁看啊？

黎　娜　　我……你……

猫　　　　你不是讨厌我身上的跳蚤吗？

黎　娜　　我不是这个意思……而且辛迪她……

猫　　　　你真有这么关心她吗？

　　　　　【黎娜突然愣住，沉默良久

黎　娜　　辛迪她……她……平时跟你都聊些什么？

猫　　　　你问这个干吗？

黎　娜　　我……只是好奇，她平时很少说话。

猫　　　　说了又能怎样？你懂吗？

黎　娜　　（有些生气，但是努力平静）谁都有不顺心的时候，说出来大家一起分
　　　　　担，总要容易很多。

　　　　　【蕾拉轻蔑地笑

黎　娜　　我说得不对？

猫　　　　你是不是真觉得自己是个好人啊？

黎　娜　　你……（沉默片刻，强装镇定地）至少我希望自己能做个好人。

猫　　　　我最讨厌你自以为是的样子，你倒是说说，你都努力去争取过什么？

　　　　　【黎娜顿时哑口无言

猫　　　　哎，林海，他怎么说的来着？（学林海的口气）黎娜，我们一起去看看
　　　　　外面的世界吧！

黎　娜　　你……

猫　　　　我看见的，你们都哭了……

黎　娜　　你别说了，求求你别说了……

猫　　　　你最终还是留在你爸的身边，就连那么丁点儿追求幸福的勇气都没有！

　　　　　【黎娜扭头不理

猫　　　　（得意地）也难怪，有了火腿肠，谁还愿意去捉耗子呢？

黎　娜　　你，你别说了！

　　　　　【小潼上

小　潼　　蕾拉！（蕾拉转头）黎娜姐！

黎　娜　　小潼？这只猫……

小　潼　是辛迪的，我……我找着了。

黎　娜　那我们给辛迪送去吧，看看她还在不在实验室。

小　潼　行。蕾拉！走！

　　　　【辛迪上

小　潼　辛迪，你的猫……我找到了。

　　　　【猫轻巧地跑到辛迪面前，依偎在她怀里。辛迪大惊失色，将其推开

辛　迪　你在哪儿找到的？

小　潼　我……（解释）这几天……她都跟我在一块。我是想这样的话……

辛　迪　为什么会是这样！（歇斯底里）为什么会是这样！

小　潼、黎娜　（紧张地）辛迪，你要上哪去？

辛　迪　你们别过来！（下）

　　　　【猫跟着辛迪跑下

　　　　【切光

九

　　　　【起光，天台，晚上

　　　　【辛迪掐着蕾拉

辛　迪　你真的是蕾拉？

　　　　【猫惊恐地看着辛迪

辛　迪　你是蕾拉，可你不再是我的蕾拉了。我的蕾拉，三天前已经死了。

　　　　【猫挣扎

辛　迪　知道我为什么要叫你蕾拉吗？你大概没听过灰姑娘的故事吧，那个幸福
　　　　的女孩儿，她叫Cinderella（辛迪·蕾拉）。我也是个灰姑娘，可我永远
　　　　穿不上水晶鞋。我只是Cindy（辛迪），只拥有她不幸的一半。直到有一
　　　　天，我遇见你，我以为生活终于有了希望，可是……为什么会这样，
　　　　为什么会是这样！

　　　　【辛迪突然抓住她。猫受惊，挣脱。两人追跑，推倒桌子

猫　　　辛迪，辛迪你怎么了，你不认识我啦！

辛　迪　你还当我是朋友吗？只要有吃的，就什么都忘了！

猫　　　怎么了，就许你是我朋友，不许别人是我朋友吗？

辛　迪　（大声地）不许！你是我一个人的，你是我一个人的蕾拉！

猫　　　瞧瞧，又来了，我最受不了你想要控制一切的样子。

辛　迪　（一把抓住蕾拉）都是你，都是因为你，我才做了那么多无法挽回的错事！

猫　　　那是你的自卑在作怪，和我有什么关系！

辛　迪　你还活着，那我做的这一切又为了什么？你怎么能还活着？你怎么能还活着？！

　　　　【辛迪拖着猫爬上天台，猫拼命挣扎

猫　　　（拼命挣扎）你要干什么，你放开我！放开我！（猫下）

小　潼　辛迪，你要干什么，你快下来！

辛　迪　（无实物抓着猫）你们别过来！

小　潼　好，我不过来，你快下来！

辛　迪　下来？下来能干什么？去找大师兄赔礼道歉？去乞求陈老师的原谅？

小　潼　你别激动，总会有解决的办法的！

辛　迪　解决的办法……现在？你别哄我了。

　　　　【黎娜、苏柯上

黎　娜　辛迪，有话好好说。

　　　　【苏柯过去拉她

辛　迪　别过来！

　　　　【苏柯停

苏　柯　我就站在这儿，咱们聊聊好吗？

辛　迪　我都认了，全是我干的。还有什么可说的？

黎　娜　你有什么麻烦，说出来大家可以帮你想办法。

辛　迪　帮我想办法？哼！你们自身难保，还能帮我想什么办法！

　　　　【大师兄上

大师兄　辛迪，事情过去就过去了，我不怪你。事情没有你想象的严重！

辛　迪　事情有多严重不需要你来告诉我。你以为一番言不由衷的话就能改变我吗？

黎　娜　辛迪，你别那么悲观，这个世界总有它美好的一面……

辛　迪　我跟你们根本就是两个世界的人！你们不会理解的！

黎　娜　我理解……

辛　迪　你闭嘴！你理解什么？像你这样的女生，整天被人捧着、宠着，你尝过一个人在路灯下对着一只猫说话的滋味吗？你永远不可能理解的！

苏　柯　你有什么话可以跟我说，何必跟一只猫过不去呢？再说，它不还是你的朋友吗？

辛　迪　是的，它曾经是我生活的全部！我以为是大师兄杀了它，所以我偷表格，删数据……这一切都是因为你，是你害我做了这么多错事，是你害我走到了这一步！

众　人　（齐声喊）辛迪！

　　　　【全场光暗

　　　　【阴暗、迷失的音乐起

　　　　【四人转身戴上面具。所有人都在幻觉中变成蕾拉

　　　　【众猫在台上四处活动

大师兄　可是还要说是为了朋友，那就太可笑了！

小　潼　我就不明白了，到底是你想出国，还是你爸妈想出国？

黎　娜　最终你还是留在了你爸爸身边，连那么一丁点追求幸福的勇气都没有！

苏　柯　你看起来倒像个男子汉，整天就知道跟大师兄顶嘴，也没见你有什么别的能耐！

　　　　【各人交替不断重复上述台词，节奏越来越快，直至声音重叠在一起

　　　　【众猫渐渐聚拢到辛迪身边，辛迪惊恐地驱赶，众猫却越围越紧，一片混乱

　　　　【辛迪崩溃般惨叫一声，音乐骤止

　　　　【暗场，停顿数秒

　　　　【众人从幻觉中渐渐回过神来，摘下面具

辛　迪　（抽泣）我也曾用美好的未来欺骗自己。于是我拼命学习，日复一日，

寝室、食堂、图书馆、实验室，我的空间仅此而已。我考上研，以为生活会有所改变，可坐在冰冷的实验室里，对着电脑，我仍然从骨子里感到孤独……这就是我的未来吗?

小　潼　都是我的错! 辛迪，蕾拉是被我藏起来的，我不明白，你为什么宁可跟一只猫讲话也不理我们呢?

【主题歌起:

《半个灰姑娘》

作曲:(特邀) 邹锐
作词:孔黎娜
演唱:(特邀) 许航、蒋丽明

辛迪，辛迪
半个灰姑娘，
寻找完整的自己，
却不知该去何方。

蕾拉，蕾拉
另一半灰姑娘。
她是我的希望，
还是我痴心妄想?

哪里钟声在响?
谁在南瓜车上?
水晶鞋的传说如此美丽
只有在童话中闪亮?

是谁叫辛迪·蕾拉，
哪里有灰姑娘?
美梦成真只是幻想，

我独自流浪。

辛迪，辛迪
半个灰姑娘，
寻找完整的自己，
却不知该去何方。

蕾拉，蕾拉
另一半灰姑娘。
她是我的希望，
还是我痴心妄想？

哪里钟声在响？
谁在南瓜车上？
水晶鞋的传说如此美丽
不只会在童话中闪亮？

不曾有Cinderella，
也没有灰姑娘。
漫天星光带我回家，
美梦成真不是幻想

【辛迪在天台上，背向四人，啜泣不止
【四人慢慢搬过椅子，在天台前摆成一条路，而后逐个下场
【辛迪转身看到这条路，脸上的表情逐渐被温暖感染
【切光

十

【起光，实验室

【小潼上，习惯性地推窗

【苏柯上

苏　柯　小潼！

小　潼　哟，你小子今儿也这么早。

苏　柯　那还用说，一会儿大师兄得过来检查课题进度啊。

小　潼　你还别说，昨晚黎娜姐生日那顿饭吃得我半夜都胃疼，早上差点儿没
　　　　起来。

苏　柯　你这身子也太虚了吧。

小　潼　大师兄是说9点开会吧？时间还早，要不——

苏　柯　来两盘？

小　潼　来两盘！

【小潼、苏柯二人打电脑游戏

【黎娜拿着报纸上，见小潼正探头偷看苏柯电脑屏幕

黎　娜　唉，我说小潼，你玩个游戏能不能别老作弊啊？

【苏柯惊觉，怒，二人打闹

【黎娜看报纸，大笑

黎　娜　你们快来看，报纸上说美国德克萨斯州一所网上大学竟然给一只猫颁发
　　　　了MBA（工商管理硕士）学位……

小　潼　我看看。

【大师兄上

大师兄　一大早的，笑什么呢？

苏　柯　（止笑，把报纸递给大师兄）美国一只猫得了MBA学位。

大师兄　是吗？说不准哪天进了公司，一抬头发现上司是一只波斯猫，那才搞笑
　　　　呢！（笑）你说这上司要是一只波斯猫……（抬头看到众人冷场）怎么，
　　　　不好笑吗？

苏　柯　（突然笑起来）这还不算惨，要哪天好不容易进了一家公司，一抬头发

现上司——居然还是你，那才是背到家了。

【众笑

大师兄　你小子！哎，蕾拉还没来？

小　潼　哦，她跟我发短信说要迟一点到。

师　兄　那我们就不等她了，先开始吧。

【众人回到座位拿资料，准备开会

【卸妆的蕾拉上

蕾　拉　大家早啊，你们看见辛迪了吗？

苏　柯　辛迪？谁啊？

蕾　拉　就是我的那只猫啊！我的那只猫！

【众惊，定格

【切光

【全剧终

迷　城①

编　剧：
　　赵　璞（第一版，浙江大学人文学院人文科学实验班2006级本）
　　刘梦雨（第二版，浙江大学建工学院建筑学2004级本）

① 共演出12场。2007年6月，第一版在浙江大学玉泉校区永谦小剧场首演。2007年9月，第二版作为第四届上海大学生话剧节祝贺演出剧目演出。2009年北京金刺猬全国大学生戏剧节获优秀演出奖。

"现实与虚幻的交织，折射出的是当今校园人群心灵的迷惘，映照出的是整个社会的精神迷惘。"剧中游戏世界折射的是人物内心世界的需求和渴望。而迷恋游戏最重要的原因是逃避现实、享受虚幻。对现实和虚幻的选择或放弃这个极为普遍的问题，使剧作的整体表达有了可靠的现实依据，也使主题开掘出深刻的现实意义。这部由黑白剧社成员自编自导自演的无场次实验话剧，取材于目前校园热点话题——网络游戏，充分体现了浙大学子的青春风采与人文关怀，是浙江大学学生社团取得成果的杰出代表作。

剧本：

话剧《迷城》（第二版）

时间：现代
地点：某尚未开工的城市建筑用地
人物表

　　陆云昊：男，22岁，大四学生，计算机专业

　　夏磊：男，21岁，大三学生，城市规划专业

　　穆晓溪：女，20岁，大三学生，城市规划专业

　　大法师、圣骑士阿克里斯、海妖阿蒂娜、弓箭手崔西、女祭司索菲亚、牛头人德恩、矮人霍比、剑圣达克拉、剑圣分身达朗：游戏中的人物

序　幕

　　【起光

　　【虚拟组第一场群戏

　　【一个网络游戏的战斗场面

　　【激昂、宏大的音乐。众演员身着游戏人物的华丽服饰，手持各种兵器，在大法师指挥下协力作战

　　【战斗正激烈间，音乐戛然而止。所有游戏人物在场上以某一瞬间的姿势定格。光暗

　　【台侧起光圈

　　【陆云昊上。他走得很慢，若有所思，嘴角挂着一丝似有似无的嘲讽

陆云昊　　这是个游戏。玩玩而已，不用当真——我也不用，您也不用。

　　【他边说边走向舞台中心，在各个游戏人物之间穿行，有时停下来审视他们，有时还拨弄一下那些光怪陆离的服饰和武器

【以下台词要说得清晰而理性，语气语调犹如一场科学论文的答辩

陆云昊　曾经有人问我，你为什么要玩游戏？（稍停）这很难说。对有些人而言，游戏意味着自我价值的实现。对另一些人而言，游戏提供了一种人际交往的可能性。对我而言，游戏最重要的功能是占用大脑。如果一个人的智力过于发达，精力过于旺盛，那么过剩的脑细胞必须想办法自我消耗，否则可能危及精神健康。我们知道，睡觉的时候部分仍然处于兴奋状态的脑细胞会使人做梦，正是这个道理。抛开冠冕堂皇的价值标签，研究哥德巴赫猜想和看好莱坞娱乐片在占用大脑的功效上是等价的。而这两种方式都比不上游戏的稳定、高效、耐久。从这个意义上说，打游戏就像做梦——一场可以控制的梦。（走到大法师身边，大法师在他的控制下进行种种动作和调度）Perfect（完美），最重要的是，一切都在你的控制之内——包括什么时候醒来。

【光圈收。大法师隐去

【陆云昊下

【舞台复亮，众游戏人物复苏，回到临阵状态，旋即发现大法师消失

游戏人物甲　大法师呢？大法师不见了！

游戏人物乙　一定是掉线了！

游戏人物丙　可这正打到紧要关头……

游戏人物丁　咳！

【众人慌乱。"我们怎么办？""敌人组织进攻了！""大法师怎么搞的？""是不是点卡用完了？"

圣骑士　（呼唤）大法师，你在哪里？

众　人　大法师，你——在——哪——里——

【切光

第一场

【傍晚5时许

【一处尚未开工的城市建设用地。人迹罕至。几栋废弃的旧建筑墙上刷

着"拆"字，还有"危墙勿近""房屋拆迁爆破现场注意安全"等标语。
屋前有一条绳子拉出一个隔离带。（建议做成一串会亮的红色小灯泡）
【夏磊与穆晓溪上。夏磊提着一个手提电脑包，穆晓溪背着相机和速
写本
【按城市规划专业的课程安排，在开始一个新的设计题目之前，会要求
学生实地考察规划用地，了解基地形貌特征和周边环境，并记录必要资
料。班级不统一组织，由学生自己抽空前往
【二人边走边四下张望

穆晓溪　到了。（念路牌）××区××街。（对照地形图，打量四周）这就是咱们
　　　　这次小区规划的基地？

夏　磊　（心不在焉）可能是吧。

穆晓溪　可能？

夏　磊　一切皆有可能。

穆晓溪　想什么呢你？

夏　磊　想严肃的问题。我们经常被自己的感官欺骗。你怎么确定你看见的是现
　　　　实，而不是一个幻象？

穆晓溪　又来了。你说话干吗老这么玄乎？叫别人听见还以为你个疯子。

夏　磊　疯子？轮不到我吧。（笑）没有人能比一个恋爱中的少女更疯狂。

穆晓溪　去你的。

夏　磊　不对吗？那么换一句。上了年纪的人一旦恋爱起来，就像老房子着火一
　　　　样不可收拾。

穆晓溪　你才不可收拾呢！

夏　磊　这话不是我说的，是钱锺书先生说的。

穆晓溪　要我说，你打游戏的疯狂劲儿，一百个恋爱中的少女加起来也比不上。

夏　磊　居里夫人从矿渣中提炼镭的时候，也是这样夜以继日、废寝忘食。

穆晓溪　服了你。行啦，赶紧看基地吧，看完了我还得早点回去呢。

夏　磊　噢，晚上又有约会？我说吧，上了年纪的人……

穆晓溪　什么呀！（黯然）他明天就要走了，下回不知道什么时候才能再见面。

夏　磊　唉，这我可是真比不上你了。想当年我洒泪告别星际争霸，一回头立马

就投向了魔兽的怀抱。

穆晓溪　喜欢的事情可以有很多，可是在乎的人只能有一个。这是他跟我说的。

夏　磊　那，他也这么在乎你吗？

穆晓溪　（一怔）希望是吧。

夏　磊　希望是？（若有所思）

穆晓溪　得了得了，不说这个。（拍照）明天就要给老师看总图了啊，你不拍点照片回去怎么做基地分析？

夏　磊　（心不在焉）反正我也没打算去上课。

穆晓溪　又翘课啊？

夏　磊　唉，咱俩同学也快三年了，你见我上过几节课？

穆晓溪　（笑）哎，说起来，你今天怎么舍得放弃宝贵的游戏时间出来看基地？

夏　磊　甭提了。最近正打一个副本，到最后一个boss（怪兽）卡壳了。没辙，出来透透气。

穆晓溪　（摇头）我说呢！

夏　磊　再说，我今天要是不来，不就没人陪你了？

穆晓溪　别拣好听的说。你也该用用功了，好歹学了三年城市规划……

夏　磊　（打断）规划规划，我最烦规划了。人就一定要活在各种各样的规划中吗？

穆晓溪　那你想怎么着？

夏　磊　我就喜欢没有规划的生活。不知道下一个转弯向左还是向右，不知道前方是陆地还是沼泽，不知道——

穆晓溪　不知道你将来怎么活下去。

夏　磊　一切都计划好了，活着还有什么意思？生活之所以精彩，就是因为充满不确定。

穆晓溪　（摇头，继续拍照，做记录）你说，这房子是真的是木结构，还是混凝土结构仿木的？

夏　磊　这……（作认真观察思索状）

穆晓溪　怎么说？

夏　磊　这么远哪儿看得出来。

穆晓溪　那咱们过去看看。

　　　　【二人近前细看

夏　磊　我也没说走近了就看得出来啊。

穆晓溪　这外立面好像整修过了。

夏　磊　对对对，难怪看不出来。要是能进去就好了。

穆晓溪　是啊，到里面看看内部结构就知道了。（推一推大门）咦？这门没锁？

夏　磊　可能荒废很久了吧。正好，咱们进去。

　　　　【二人开门入内，被灰尘呛得连连咳嗽

穆晓溪　这房子够老的。你看楼梯的木板都朽了。

夏　磊　嗯。这个夹角便于蹲守，此时使用重狙可以穿透楼板使对方爆头。

穆晓溪　什么？

夏　磊　没什么。

穆晓溪　快过来看，这儿还有个套间。（拉开门走进去）这铁门应该是住户自己
　　　　装的吧？

夏　磊　（随之跟进里间）很有可能。

　　　　【晓溪仰头仔细观察屋顶结构，又拿出相机拍照

穆晓溪　你看这主梁——

夏　磊　（猛地）唉哟！我忘了件大事。

穆晓溪　怎么啦？

夏　磊　我今天还没打开水呢，开水房七点就关门了。

穆晓溪　我当什么事儿呢！给你室友打个电话，让他们帮你取回来不就得了。

夏　磊　也行。（一摸口袋）哎呀，糟了，我手机没带，搁寝室充电呢！

穆晓溪　你说你。给，用我的打吧。

夏　磊　多谢！

　　　　【夏磊接过手机，自然地转身走开几步，拨号

　　　　【穆晓溪顾自拍照

　　　　【夏磊退到套间的铁门边，望了她一眼，片刻迟疑之后，迅速反手将门
　　　　关上

　　　　【穆晓溪听到关门声，奇怪地回头

穆晓溪　你关什么门啊？

　　　　【夏磊不答，动作很快地掏出一把锁，将铁门锁上

穆晓溪　夏磊？你干吗？（走过去，拉门）你把门锁了？

　　　　【夏磊冷笑

穆晓溪　这锁哪儿来的？你随身带的？

夏　磊　（悠悠地）机会总是青睐有准备的人。

穆晓溪　你发什么神经啊，这又不是玩游戏。快开门，都快七点了，再不抓紧咱们可赶不上74路末班车了。

　　　　【夏磊不语。晓溪见夏磊神色有异，微感惊慌

穆晓溪　你听见我说话了吗？

夏　磊　说得没错。确实是末班车，一定要赶上。

穆晓溪　夏磊！你到底要干什么？

　　　　【夏磊不答，拿出晓溪的手机，打开，拨号

　　　　【数秒后电话接通

夏　磊　喂，请问是陆云昊吗？

　　　　【切光

第二场

　　　　【同一天

　　　　【舞台另一区域起光，划出代表另一个空间的第二演区

　　　　【陆云昊的房间

　　　　【陆云昊正在收拾行装。手机铃声响起

陆云昊　（看了一眼接起）喂？妈。我正收拾行李呢。没问题。明天下午两点飞华盛顿。今天晚上没什么事。……谁？哦，她呀。这事儿您就别操心了。不可能不可能。好了先这样啊。您和我爸在家多保重，工作什么的别太累了。哎。好。妈再见。

　　　　【陆云昊继续收拾，将桌上的书本资料一摞摞装进箱子。目光忽然触到桌上的一个相框，拿起来，凝视片刻，叹了口气。欲装进箱子，想想，

又放回原处

【手机铃声又响

【陆云昊看看手机屏幕上显示的号码，皱眉。犹豫片刻接起

陆云昊　喂，晓溪——

【手机里传来一个陌生的声音

【第一演区起光

夏　磊　喂，请问是陆云昊吗？

陆云昊　我是。——你是谁？

夏　磊　我是阿克里斯。

陆云昊　什么斯？

夏　磊　（一字一顿地）阿克里斯。

陆云昊　我听不懂。你怎么用晓溪的手机？晓溪呢？

夏　磊　她现在在我这里。——你放心，她暂时没有生命危险。对，我是说暂时。

陆云昊　你什么意思？

夏　磊　我的意思是，接下来她有没有生命危险，完全取决于你。

陆云昊　你……你要干什么？

夏　磊　（轻笑）不干什么。我只是想用晓溪作交换条件，希望你答应我一件事。

陆云昊　（强作镇定）什么事？你说。

夏　磊　（忽然换上一副严肃而夸张的语气）尊敬的大法师阁下，能再次听到您的声音真是三生有幸。我谨代表伊提克里特族群全体向您郑重请求，以高高在上的米诺斯王的名义，请您重回战场，用您超凡的统帅才能和英明决断，为护佑我族的神圣领土，带领我族打赢这最后一仗——神圣的克诺索斯大决战！

陆云昊　（如坠云里雾里）你，你说什么？

夏　磊　（换回平常的语调）我亲爱的大法师，您不会这么健忘吧？

陆云昊　……

夏　磊　要我提醒您吗？

陆云昊　……

夏　磊　（郑而重之地）迷城！

陆云昊　（猛地反应过来）你是说那个网络游戏？

夏　磊　一点不错。

陆云昊　你是要我回到游戏里，带领族群打赢最后一仗？

夏　磊　正是。您不会不知道，半个月前大法师临阵失踪，让我族在战斗中突然陷入群龙无首的混乱，被原本败退的敌人步步回逼，接连丢城弃甲，几个月苦苦奋战得来的胜局丧失殆尽！（义正词严）大法师，您就忍心看着我族在距离胜利只差一步的地方半途而废？

陆云昊　（长出一口气）你要我答应的就是这件事？

夏　磊　对。

陆云昊　如果我对这个游戏已经没兴趣了呢？

夏　磊　也就是说，您不想玩了？

陆云昊　对。

夏　磊　（从衣袋里掏出一张报纸，打开，念）本报讯，近日，经市规划局鉴定，我市一批民国初期建造的老式住宅建筑因年久失修，已失去保护价值，且占用城市建设用地，城管局决定对其实施爆破拆除处理。爆破时间定于明日晚21点整。届时请出行的市民们注意，避开爆破带来的大量烟尘和噪声污染。——这是昨天的报纸，（冲晓溪扬了扬）是吗？

【穆晓溪大惊，奔到门边

【夏磊将报纸递到她手里

陆云昊　你们现在在……

夏　磊　您果然聪明过人啊。猜对了，我现在就在其中一座建筑里，还有穆晓溪。您可以相信，这里没有第三个人。爆破现场的居民已经疏散过了。

陆云昊　这不可能！疏散之后的建筑是要封门的，你们怎么进得去？

夏　磊　（冷笑）您要知道，这不是我的心血来潮，而是历时三天的周密计划。——不要以为，这世界上只有您一个聪明人。

穆晓溪　夏磊！你……

陆云昊　你这是绑架！勒索！这……这是犯罪！

夏　磊　说对了。绑架。您一针见血。不过勒索倒也未必。我既不勒索您的钱财，也不勒索您的美人，我只勒索您的——那么一点儿智商。

陆云昊　（半晌）你让晓溪接电话。

　　　　　【夏磊招招手，示意晓溪过来，隔着铁栅把手机举到她耳边。

夏　磊　说话。

穆晓溪　（吓得声音发抖）云……昊。

陆云昊　晓溪？真的是你？你在哪儿？

　　　　　【穆晓溪正要回答，夏磊猛地把手机抽走

夏　磊　不许说。明白吗？

　　　　　【穆晓溪点头。夏磊再把手机送到她耳边

陆云昊　晓溪，你没事吧？

穆晓溪　我……没事……你别担心。

陆云昊　那个人是谁？

穆晓溪　他是我们班同学……叫夏磊。对了，有一回你来我们专教遇见过他的。

陆云昊　夏磊？（回忆）我想起来了，是不是长头发、扎个辫子装酷的那个？

穆晓溪　对对，就是那个男生。

陆云昊　（明显松口气）这样啊。我还当你遇见歹徒了，虚惊一场。

穆晓溪　可是这房子真的要爆破了！云昊，你就陪他把游戏玩完吧，不然他不肯放我出去的。

陆云昊　我不喜欢这个交换条件。

穆晓溪　玩个游戏对你来说还不容易吗？

陆云昊　但我最讨厌突发事件。从现在到临睡前，这段时间要做的事我早晨就计划好了。你知道，我最讨厌计划被打乱。

穆晓溪　云昊！求你了……

陆云昊　再说，他把你关起来，真的就是为了这个？

穆晓溪　是真的，他又不是坏人，只是特别喜欢打游戏，不是一般的喜欢……

陆云昊　喜欢到这个地步？

穆晓溪　你……你怀疑什么？

陆云昊　没什么。你让他听电话。

夏　磊　（收回手机）您是聪明人，知道报警没用。现在是七点二十。离爆破时间还有一小时四十分钟。这个时间足够您打赢一场自卫反击战，但是恐怕还不够警察在这么大的市区里找到一个人。

陆云昊　你能保证，一旦游戏打赢你就放了她？

夏　磊　以圣骑士的名义保证。

陆云昊　好，我奉陪。

夏　磊　那么，线上见。

【收光

第三场

【虚拟组战斗场面

【大法师根据战况迅速做出正确的战略部署，并率领众人协力奋战。不
　多时，伊提克里特族群即获小胜

第四场

【起光

【第一演区内，夏磊坐在地上，膝上放着笔记本电脑，神情亢奋

【穆晓溪隔着铁门，担忧地看着屏幕上看不懂的画面

【第二演区内，陆云昊也坐在桌前对着电脑，面无表情

夏　磊　（兴奋地）好！反败为胜！大法师，您太棒了！

陆云昊　这样够了吗？

夏　磊　这正是乘胜追击的时候啊，您难道要鸣金收兵？

陆云昊　对。

夏　磊　您是开玩笑吧？白白放弃这大好局面，多让大伙儿寒心哪。

陆云昊　可我已经不想玩了。

夏　磊　您一定要玩。

陆云昊　我不想。

夏　磊　您想第二回临阵脱逃？您真让我失望。

陆云昊　夏磊！你到底想要什么，直说吧，别拖着我在这儿兜圈子。

夏　磊　我就是想打通这个副本。

陆云昊　（冷笑）费这么大功夫，就为了这个游戏？谁信呢！

夏　磊　每个人都有值得自己疯狂的梦想。

陆云昊　梦想？（笑）你这也算"梦想"？

夏　磊　换个词也无妨。每个人都有自己想要的东西，比如我想打通这个游戏，比如您想出国。既然您可以不惜代价，我也可以不择手段。

陆云昊　至少我没有妨害他人。想要什么东西无可厚非，但人总该有个道德底线。

夏　磊　（笑）道德？您也有资格跟我谈道德？打下现在的局面当然靠您指挥有方，可也是整个族群齐心协力、浴血奋战得来的。您现在就拿大家付出的时间和心血当儿戏，撇下最起码的责任一走了之，还自以为堂堂正正？

陆云昊　游戏只是个虚拟的世界，没必要那么认真。

夏　磊　您怎么知道您所生活的世界就是真实的？让我们做个假设，如果您只是一个被浸泡在营养液中的大脑，神经末梢连在计算机上，由计算机程序为您提供一切正常的幻觉——您怎么担保您不是呢？

陆云昊　无稽之谈。

夏　磊　这不是我说的，是美国哲学家希拉里·普特南（Hilary Putnam）。

陆云昊　够了，我没打算在这种无聊的问题上跟你辩论。现在是北京时间七点五十一分零三秒，不要以为我和你一样有大把大把的时间用来浪费。

夏　磊　时间不就是用来浪费的吗？您还想拿它干什么？

陆云昊　比打游戏更有价值的事情多的是。

夏　磊　如果我的追求在您看来没有价值，那您又怎么保证您的追求就是有价值的？游戏世界很狭隘，顶多是现实世界微不足道的一个角落。可是您怎么知道现实世界不是另一个更大的世界的一个角落呢？您嘲笑我，很可能只是五十步笑一百步。

陆云昊　胡思乱想。

夏　磊　你们这些思想自杀的人永远不会明白的。

陆云昊　什么？

夏　磊　思想自杀。

陆云昊　哈哈，这个说法倒是新鲜。随便你怎么说吧，我的灵魂死了——不知道你的肉体还能活多久。

夏　磊　生命不是用长和短来衡量的——

陆云昊　而是用聪明和不聪明。放了她，如果你足够聪明的话。

夏　磊　没问题，只要大法师重新进入游戏。

陆云昊　拿她来威胁我？（冷笑）你以为拿一个小姑娘作砝码能有多重的分量？

夏　磊　也就是说，您无所谓？

陆云昊　如果你不是真想让我报警的话。

　　　　【陆云昊挂电话

夏　磊　（对晓溪）你听见了吗？

穆晓溪　他说什么？

夏　磊　他说，他根本没把你当回事儿。

穆晓溪　你胡说。

夏　磊　可惜这电话不能录音。不过我想，你等不到英雄救美的那一幕了。

穆晓溪　云昊绝不会把我扔在这儿不管的。

夏　磊　是吗？你对他有这么重要？

穆晓溪　我……

夏　磊　他并没有在乎你到不可收拾的地步，不然就是他对我太放心了。

穆晓溪　什么？

夏　磊　我看，他真正在乎的恐怕不是你这个人。

穆晓溪　你这个疯子。

夏　磊　（猛地大笑起来）是吗？

　　　　【夏磊忽然跳起，拿钥匙打开铁门，自己走进去，回身再把门锁上

　　　　【穆晓溪靠在墙上，只呆呆看着他，一动不动

　　　　【夏磊拨陆云昊电话，被对方按掉。夏磊再拨，对方再挂。如是再三

　　　　【陆云昊终于无奈接起

陆云昊　你有完没完？

夏　磊　我还有最后一句话。

陆云昊　（强忍）说。

夏　磊　这是一个密室，里面只有我和她。谁也找不到这儿，谁也进不来。

陆云昊　我不明白你的意思。

夏　磊　你明白。（挂断电话）

　　　　【夏磊挂断电话，把手机放在地上，而后走到晓溪身边坐下来，一动不动

　　　　【舞台另一侧起光，虚拟空间，陆云昊的想象：夏磊放下手机，一步步逼向晓溪，晓溪被他异样的眼神惊吓，害怕地后退，直到墙角。二人挣扎打斗，晓溪渐渐不支……

　　　　【手机骤响。夏磊唇边浮起微笑。他起身拾起手机

陆云昊　我答应你。

　　　　【切光

第五场

　　　　【大法师在战斗中陷害圣骑士，或者毁掉他的所有装备，或者把他陷入某个一时半会儿出不来的困境，或者想办法盗走他的账号。总之让他接下来不能继续玩了

第六场

　　　　【起光。第二演区

　　　　【陆云昊一边打游戏一边打电话

陆云昊　噢，好的好的，我知道了。谢谢您啊，再见。（放下手机，长吁一口气，如释重负）

　　　　【第一演区起光。夏磊在铁门外，穆晓溪在铁门里。夏磊看着电脑，又气又怒

　　　　【敲击键盘声。以下为陆、夏二人在游戏中打字交谈

夏　磊　你……你这是干什么？

陆云昊　我很抱歉。我对你没有恶意。但是，现在这个游戏的输赢已经和你无关了。可以结束了吗？

夏　磊　你太过分了。

陆云昊　按照游戏规则，只要有5位80级以上的元老一致同意，就有权处决危害族群利益的叛变者。

夏　磊　你说服了5位元老？

陆云昊　以我在族中一呼百应的威望，做到这一点也不困难。

夏　磊　可如今正是大敌当前，克诺索斯宫岌岌可危，你身为主帅，怎么能掉转矛头，用宝贵的时间来自相残杀？

陆云昊　游戏不就是用来玩的吗？我觉得怎么好玩就怎么玩。

夏　磊　你……

陆云昊　别着急。我这就宣布因为误杀圣骑士，引咎辞去战役指挥官职务。按军法论处也行，咱们两不相欠。

夏　磊　不行！

陆云昊　少废话。5分钟内放了晓溪。不然我就要鞭尸了。

　　　　【陆云昊下线

　　　　【夏磊呆若木鸡地看着电脑屏幕。半晌，一拳砸在键盘上

穆晓溪　（本能地脱口而出）别把电脑砸坏了……

夏　磊　（冷笑）谢谢关心。我还留着这堆废铁干什么用！

　　　　【夏磊猛然跳起身，拿起手提电脑狠狠往地上一砸

　　　　【电脑彻底摔坏

穆晓溪　（大惊）夏磊！

夏　磊　（回过神来）不，不行，时间不多了，我不能眼看着全族覆灭，功亏一篑！（迅速掏出手机拨号）

穆晓溪　你还要求他吗？算了吧，我还不知道他？他这人认定的事情，别人再怎么劝也没用的。

夏　磊　（停止拨号）那……（突然）晓溪，你替我求求他，千万把这一仗打完再走，行吗？

穆晓溪　你把电脑都砸了，打不打仗还跟你有什么关系？

夏　磊　你不懂那种感觉。你曾经和一群人同甘共苦，倾心竭力地做过一件事吗？而且一做就是三年，就算我现在没了装备，就算被鞭尸，就算账号被封，迷城仍然是这个世界上对我意义最重大的事。它是我唯一的梦想，永远不会和我无关。

穆晓溪　我不懂。

夏　磊　晓溪，我求你，我给你跪下了——（欲跪）

穆晓溪　别别别……我打个电话试试吧。（从夏磊手中接过手机）

　　　　【片刻，电话接通

陆云昊　你把晓溪放了吗？

穆晓溪　云昊，是我。

陆云昊　晓溪？你出来了？

穆晓溪　没有……云昊，你就按夏磊说的，把那个游戏打完行吗？

陆云昊　哦？换了你来求我。穆小姐，你的交换条件是什么？

穆晓溪　现在是八点一刻，再耽搁下去，这房子就要爆炸了。

陆云昊　（事不关己地笑）是吗？不用太伤感。旧的不去新的不来。

穆晓溪　我是说真的！你这人老没正形。

陆云昊　那么你不该打电话给我，该打110。

穆晓溪　总不能让警察把夏磊抓起来吧。他毕竟是我们班同学，而且也没有恶意……

　　　　【夏磊蓦然一动，却装作没听见

陆云昊　那你就放心吧，他也不会真的让你死在爆破现场。

穆晓溪　云昊！你要是还在乎我，就听我这一回，行吗？

陆云昊　为什么？

穆晓溪　为你以前跟我说过的话。

陆云昊　我跟你说过的话多了去了。

穆晓溪　你说，一个人喜欢的事情可以有很多，可是在乎的人只能有一个。那个人就是我。可现在连我的死活你都无所谓——

陆云昊　（终于不耐烦地打断）我想起来了，那是我一年前说的吧？（索性一口气说下去）实话跟你说，当时我就已经决定要出国了，以我的条件，申

   请也是十拿九稳的事。恰巧这时候刚好遇见了你，我没什么理由对你说"不"。最后这一年，与其一个人闲着无聊，有个女朋友不也挺好？和打游戏一样，是个不错的消遣。一年为期，你也不会有什么损失。

穆晓溪 你……说什么？

陆云昊 晓溪，咱们该分手了。

穆晓溪 这是你早就计划好的吗？

陆云昊 不全是。我本来打算等出了国，和你分开一段时间之后再摊牌。没想到你这么着急，我只好临时做了调整。

穆晓溪 你从前说过的话……都是骗我的？

陆云昊 我只说过喜欢你，从来没说过要和你长相厮守。况且前半句也不是假话。晓溪，我确实喜欢你，所以我真心地希望——（顿）咱们好聚好散。

穆晓溪 云昊……

陆云昊 好了。我希望你明白，剩下给我收拾行李的时间不多了。如果再把时间浪费在打电话上，我就得减少今天晚上的睡眠时间。再见。（挂断电话）

   【穆晓溪握着手机，泫然欲泣

   【夏磊沉默良久

夏 磊 对不起。

   【夏磊打开铁门。晓溪一惊，想夺门而出，被夏磊一把推回去

   【夏磊回身锁门，而后将钥匙远远扔出门外

穆晓溪 夏磊！你干什么？

夏 磊 既然要结束，那就结束吧。

   【天色已全暗。隔离带的红灯一闪一闪，十分刺目

   【二人都不再说话

穆晓溪 现在几点了？

夏 磊 （看手机）八点二十五。

穆晓溪 真的是九点整爆破吗？

夏 磊 没错。

穆晓溪 那怎么还不见有人来呢？

夏 磊 你还指望爆破队员进来救你？别傻了。炸药雷管早预埋好了，爆破的人

　　　　　　只要在屋外操作一下引爆器就行，根本不用进来。

穆晓溪　真的？（环顾）那炸药埋在哪儿？在哪儿？（疯狂地四下寻找）

夏　磊　就算找到了，你知道怎么排爆吗？

穆晓溪　我……我把它……

夏　磊　我劝你算了。

穆晓溪　（恐惧地盯着隔离带的红灯）不行……夏磊你想想办法啊！我们不能就
　　　　这么等死！（环顾）这个窗子打得开吗？或者从屋顶上爬出去？

夏　磊　等死不好吗？你不用费力气自杀，它自己就送上门来了。

穆晓溪　可我不想死……（到门边俯下身，努力去够那把钥匙，终于放弃）

夏　磊　我们甚至都不知道自己为什么要活着——那还不如死了。

穆晓溪　我知道。

夏　磊　为什么？

穆晓溪　为了爱。

夏　磊　爱？得了吧。我爱国，谁爱我呀？

穆晓溪　都什么时候了，你还贫。

夏　磊　这不是我说的，是王利发说的。

穆晓溪　你快想想出去的办法吧！

夏　磊　（一字字地）绝不可能。

穆晓溪　怎么会？

夏　磊　你也太不信任我的智商了。我之前连着三天来这里踩点，早就杜绝了一
　　　　切逃亡的可能性。

穆晓溪　……那我们真的就要死了吗？

夏　磊　对。

穆晓溪　可是我还有很多事想做……

夏　磊　你想？你想要的东西你争取过吗？你会吗？你敢吗？（从兜里掏出晓溪
　　　　的手机，递过去）给你手机。

　　　　【晓溪不接

夏　磊　给你手机！打电话啊！打电话叫人来救你啊！叫谁？叫你的同学、朋
　　　　友、老师、传达室大爷、警察！要知道这世上能救你的人多的是——除

　　　　　了你那个男朋友！

　　　　　【晓溪缓缓摇头，仍不接

夏　磊　你这个废物。

穆晓溪　你……

夏　磊　别跟我急，从小到大没人这么说过你，是不是？这么多年，终于等到有人来让你清醒一回了。我告诉你，亲爱的穆大设计师，你那美丽的爱情就是一张你一手绘制的建筑效果图，可是它有致命的结构缺陷，根本建不起来。爱情？顶多是你一厢情愿吧。就算你深陷其中像老房子着了火一样不可收拾，可那又如何？现在房子真的要炸了，他都不会来救你。

穆晓溪　云昊……他不是那样的人……他不可能……

夏　磊　算了吧。我在游戏里也曾经盲目信任过他，甚至崇拜过他。可是到头来我发现我全错了。我把这个世界的游戏规则想得太简单了。以他的资本，要得到什么都是轻而易举。一旦得到了就可以随手丢掉。我们千辛万苦得来的一切，在他眼中统统不值一提。这分明就是侮辱！可我还要低三下四地求他回来，他不肯，我还要再求他的女朋友说情——我真他妈的贱到家了！

　　　　　【夏磊越说越怒，顺势欲摔手机

　　　　　【晓溪仿佛忽然清醒，劈手夺过，拨号

　　　　　【手机发出一串"嘀嘀"声，未接通

穆晓溪　（看手机屏）电池电量低？

夏　磊　（无表情）还能打一个电话。

　　　　　【穆晓溪不假思索地拨号

夏　磊　别给他打。

　　　　　【电话通了，却久无人接。晓溪咬唇欲哭

　　　　　【夏磊背向她，装作不在意，实则非常关心

　　　　　【电话里传来陆云昊的声音："喂？"

穆晓溪　云昊！我在××区××街×××号……

　　　　　【手机没电了，电话骤断

　　　　　【收光

第七场

【倒叙

【陆云昊的房间

陆云昊　我希望你明白，剩下给我收拾行李的时间不多了。如果再把时间浪费在打电话上，我就得减少今天晚上的睡眠时间。再见。

　　　　【陆云昊挂了电话，将手提电脑合上盖，放进包里。而后坐下来，给自己倒了一杯水

　　　　【大法师暗上

　　　　【陆云昊的目光忽然触到桌上的相框。他皱皱眉，伸手把相框转过去

画外音　转过去，就看不见了?

陆云昊　谁?

　　　　【光圈起。大法师站在光圈内

陆云昊　你怎么在这儿?

大法师　没有你的上线允许，我只能躲在这儿。

陆云昊　躲? 你怕什么?

大法师　怕被同伴耻笑。

陆云昊　让他们说去吧，反正我也听不到了。

大法师　你怎么能……

陆云昊　（做手势）打住。能练到这个级别，我跟你也算是风雨同舟，战友一场。明天我就要飞美国了，来握手道个别吧，之前的恩恩怨怨一笔勾销。

大法师　咱俩之间一笔勾销也就罢了，晓溪呢?

陆云昊　她——关你什么事?

大法师　不错，她和我一样，只是在陪你玩一场游戏。你要退出，我们都没资格干涉。可是你也该问问我兄弟答不答应。

陆云昊　谁?

　　　　【舞台另一区域起光。圣骑士出现

圣骑士　（忍无可忍地）够了够了! 我说了多少遍我已经玩够了! 你还想怎么着啊? 从上礼拜三开始算到现在，我已经9天8小时40分钟10秒没下线了。

　　我冲锋陷阵披荆斩棘横刀跃马奋不顾身，不停地杀，杀，杀！没错，这是我圣骑士的本分，可你也得讲点人权吧？跟着你，我好几年都没有双休日了！
　　【夏磊出现

夏　　磊　不要慨叹生活的痛苦。生活就是战斗。

圣骑士　谁说的？！

夏　　磊　前半句是高尔基，后半句是柯罗连科。

圣骑士　你今天就是背一整本名人名言录也没用，反正我累了，我不干了。

夏　　磊　瞧你这点觉悟，还圣骑士呢！

圣骑士　我没觉悟？也不知道谁没觉悟。

大法师　你说谁？

圣骑士　某些临阵脱逃的人。

大法师　我……（欲辩无辞）

圣骑士　我理解，我也不想打了，可我好歹还知道什么叫责任。
　　　　　【以下分别是大法师/陆云昊，圣骑士/夏磊之间的对话。实际上两组对话
　　　　　是同时进行的，此处只是拆开了穿插在一起。

大法师　你连最起码的责任二字都忘了！

圣骑士　可是我也不能为这个莫须有的责任累死吧？

陆云昊　责任？你们要对族群负责，我要对你们负责，那谁来对我负责？

夏　　磊　我只对自己的梦想负责，就算它和大多数人的梦想不一样。

大法师　难道你就狠得下心一走了之，没有一点舍不得？

圣骑士　你只是把任性换了个更好听的名字叫执着。

陆云昊　这个社会的游戏规则是适者生存，不是多愁善感。

夏　　磊　你们真是太理智了，理智得让我恶心。

大法师　别说得那么义正词严。

圣骑士　你不就是在逃避吗？

陆云昊　随你怎么想吧。

夏　　磊　我有权利选择自己的生活。

大法师　你对游戏的结局就如此漠不关心？

圣骑士　我就想不通你干吗为个游戏这么玩命？

陆云昊　因为我根本没把这些放在眼里。

夏　磊　因为你根本就没有爱过。

　　　　【骤静

大法师　什么样的记忆，让你觉得幸福？

陆云昊　高中，放了学，和朋友打完一场篮球——

夏　磊　大汗淋漓坐在场边，一口气喝完一瓶可乐的时候。

圣骑士　你还有过那样的幸福吗？

　　　　【沉默

　　　　【一个吉他扫弦的前奏

　　　　【主题歌起：

《迷》

作曲/演唱：陈莘
作词：刘梦雨

忘记走了多远
踌躇只在许诺之前
行囊里装着梦想期盼
这一程不问终点

回忆总是不安
梦想经得起追问几遍
你在街口扬起年轻容颜
一转身荒芜时间

就算一直走向前
又能走多远
除了梦想还有什么可以背叛

夕阳下总有骊歌随风飘散

掉头一去再不是当初少年

掉头一去再不是当初少年

【主题歌结束，大法师、圣骑士和夏磊消失

【现实空间中只剩下陆云昊一个人在发呆

【手机铃声响

【陆云昊接起，里面传出晓溪急促的声音："云昊，我在……（地址）"

陆云昊　你等等我记一下……喂？晓溪？晓溪！

【陆云昊看着结束通话的手机发怔。半晌，忽然站起身冲出门去

第八场

【倒叙

【铁门内

【穆晓溪一遍遍重新开机，每次都因电量低而自动关机

夏　磊　彻底没电了。别试了。

【穆晓溪渐绝望，扔下手机

夏　磊　你带表了吗？

穆晓溪　没有。

夏　磊　不知道现在几点了。离爆破也许还有一分钟，也许还有一百年。

【穆晓溪不语

夏　磊　说句话吧。人之将死，其言也善。

【穆晓溪不语

夏　磊　或者，干点儿什么吧。

【穆晓溪仍不语

夏　磊　就这么坐着等死？也挺好。我这辈子，还没这么专心地等过什么人呢。没想到第一个等的就是死神，更没想到还有个姑娘陪我一起等。（笑）一个漂亮姑娘。根据相对论，坐在一个漂亮姑娘身边，时间流逝的速度

就会加快。

穆晓溪　你又来了。

夏　磊　这不是我说的，是爱因斯坦说的。

穆晓溪　我好像嗅到了空气中的火药味。

夏　磊　（用力吸鼻子）很有可能。我们说的每句话都很可能是最后一句。

穆晓溪　你别说了。

　　　　【二人沉默一阵

夏　磊　如果——如果时间只剩最后一分钟，你想做什么？

穆晓溪　我不知道。曾经知道，现在不知道了。

夏　磊　我也不知道。如果每个人都能找到他想做的事并且去做的话，这个世界就不会是现在这个样子了。

穆晓溪　你不是还有梦想吗？

夏　磊　梦？我们？都死了。

　　　　【穆晓溪忽然拿起手机，拨号

夏　磊　你干吗？没电了。

　　　　【穆晓溪不理，专注地一个个按号码键

夏　磊　我说……你没事儿吧？

　　　　【穆晓溪恍若不闻，按完了，把手机放到耳边

穆晓溪　喂？是你吗，云昊？对，是我啊。你的行李都收拾好了吗？明天你就要走了，我……我不能去送你了。你一个人上飞机要注意安全。到了美国要照顾好自己。我送你的照片你带了吗？到了那边，你要把它放在床头柜上，这样你每天醒来第一个看到的人就是我。（笑）有空我会给你打电话的，不会打扰你学习，就说一两句。

　　　　【陆云昊上。他焦急地四下找寻，终于找到穆晓溪和夏磊所在的地方。正要走进去，却在门外听见晓溪说话，不由得止步侧耳细听

穆晓溪　我只能给你打电话，因为我只记得你一个人的手机号码。还有十天就是你的生日了。我还没陪你过生日呢。去年这时候我还不认识你，今年这时候你却要走了。我给你做了一张生日贺卡，可惜来不及亲手送给你了。对了，贺卡上的话我还记得，我念给你听听吧：

我喜欢你，因为，因为，因为，我忘了我为什么喜欢你。

但是，我是喜欢你的理由可多了。

7月4日我喜欢你，因为那是7月4日。

7月5日，我也喜欢你。

即使是7月的第999日，即使是8月，即使是11月底，即使是一月的随便哪一天。我还是会选择你，而且你也会选择我。再选，再选，还是都一样，每一次都是这样。

我不知道为什么，真的，我想，我不知道我为什么喜欢你，为什么我喜欢你。我想，我就是喜欢你。我想，我就是喜欢你。

【读到最后一句忍不住泪落，转过脸去

【陆云昊在门外怔怔地听着

夏　磊　（突然地）让我接。

　　　　【穆晓溪一怔

夏　磊　让我接电话。（从晓溪手中接过没电的手机）

夏　磊　喂，是陆云昊吗？真想不到，这世上最后一个听我说话的人是你。虽然到现在我们还不认识。这真有些滑稽。当然，我早就听说过你。优秀的学生在学校里总是大名鼎鼎。你当然没听说过我，一个沉迷游戏、逃避现实、荒废学业的不良少年——这样的人很多，太多了。如果没有迷城，我和你的生活永远不会有交集吧。

初二的那个暑假，我开始打游戏，从此一发不可收拾。为什么？因为游戏让我觉得温暖。是的，是温暖。那是我在别处得不到的。我喜欢定时上线，准时看到工会里熟悉的朋友。一个人的价值，不就在于得到一个集体的承认吗？能和信任你的同伴一起作战，一起出生入死，一起欢呼胜利，一起计划下一个目标……多么幸福。那是一种让你踏实的生活，只要付出就有回报。我眷恋这样干干净净的生活。世界上多的是钱，梦想在哪儿，谁也没见过。可是我在世界之外找到了另一个世界，那是我的桃花源。

我承认我是在逃避，逃避那些还没到来就已经被规划好的日子——上学、考试、GPA、论文、GRE、考研、求职、结婚、生老病死。身边的人都活得井井有条，每天早上几点几分睁开眼睛，睁开眼睛穿什么衣服，穿好衣服下床的时候先迈哪只脚全都有计划。从小老师就教我们列计划，一直到上大学，学的居然还是规划专业。从概念规划到分区规划到详细规划，从三岁到九十三岁，每一分每一秒你都有该做的事，你被要求做的事，你必须做的事。对，你们很出色。你们太出色了。对你们来说，什么才是终点呢？

【陆云昊在门外听得动容

【一片寂静中，秒针走时的音效渐响。门外隐隐传来人群喧哗的声浪

【人声越来越大，倒计时："十！九！八！……"

【"十"字响起的一刹那，陆云昊冲进门

陆云昊　晓溪！

【穆晓溪想叫他，开口却哽住

陆云昊　（拉铁门，不开）钥匙呢？

夏　磊　在外边！地上！挂着个圣骑士钥匙链的！那边！对对对！

【陆云昊到处找钥匙，在数到"二"时终于找到，捡起来冲到门边开锁

【随着"一"字响起，门应声而开

【爆炸声大作。三人绝望地闭眼

【然而想象中的爆破没有发生，只有漫天礼花纷纷落下。门外，欢呼的声浪达到高潮

【陆云昊走过去，将满脸是泪的晓溪一把揽进怀里

【收光

画外音　（一阵调频的电波杂音之后）观众朋友们，欢迎收听晚间新闻。今天是六月一日，星期三。为庆祝六一国际儿童节，位于我市旧城区的儿童公园今晚举办了盛大的焰火晚会，数千名小朋友在家长的带领下走进公园，现场的欢呼声和礼花绽放声彼此交织，热闹非凡。据悉，距儿童公园500米左右一带，原定今晚拆除的废旧建筑也因此临时取消了爆破计划，以避免可能对附近儿童造成的伤害。来关注下一条消息，据本台记者……

【声音渐弱，收音机被关掉

【画外对话声

　　穆晓溪：原来你早就知道那座房子不会爆炸？

　　陆云昊：是啊。我当时打电话问过城管局。

　　穆晓溪：那你干吗还来？

　　陆云昊：这得问你了。你干吗要把最后一个电话打给我？

　　穆晓溪：因为我知道你会来的。

　　夏磊：生活有时候……（由演员即兴完成）

　　穆晓溪：这又是谁说的？

　　夏磊：（认真地）这是我说的。

【主题歌起

【全剧终

斯人独憔悴①

编　剧：刘梦雨（浙江大学建工学院建筑学2004级本）

---

① 共演出20场，2006年第一版演出于浙江大学紫金港校区校友书屋。
曾获2016年北京金刺猬全国大学生戏剧节优秀剧目奖。

风雨五十载 魂牵永定门

惊破了清秋古都梦 憔悴了苍颜白发人

50年前，一场关于城墙存废问题的会议决定了北京古城墙的命运；历尽沧桑的老城门再也庇护不了城墙根下的百姓人家，浩劫之下，城与人的命运同样风雨飘摇。50年后，历史发生了戏剧性的变化，反躬自省，我们后悔了吗？

本剧以一户北京人家的命运为线索，以现实主义手法，从普通百姓的视角折射一个城市的变迁，表达了年轻一代关于城市文化记忆，关于个体与社会、历史与现实等一系列问题的思考，也是黑白剧社原创戏剧在题材和风格上又一次全新的尝试。

剧本：

话剧《斯人独憔悴》

人物表

俞昌彦：男，1922年生，北京电影制片厂美术师

谢珩君：女，1927年生，学者，清华大学建筑系教授，古建专家

徐璎：女，1963年生，谢珩君之女，记者

俞航：男，1945年生，俞昌彦之子，北京市规划局干部

俞妻：女，1929年生，俞昌彦之妻，家庭妇女

舞台说明

舞台中央设为主演区，前侧靠台口划出一小片副演区（小剧场也可以省略），有一扇书房的窗口，窗内透出台灯的灯光

本剧的舞美设计应该兼具虚实两种风格，既符合全剧的现实主义特色，又能实现多个时间、空间维度的自由转换

引 子

【噩梦

【黑暗混乱的场面，喧嚣的人声和噪声，倒塌、破碎、断裂，纷杂刺耳

【一个女子的身影在废墟间惊惶地穿行，试图阻拦，却无能为力。跌跌撞撞，终于被逼退

【轰然一声巨响。主演区全暗

谢珩君　（绝望地）50年后，你们会后悔的！

【骤静

【打字声。音量淡入

【副演区稍迟起光。可打成剪影，以示夜深人静

【以下台词实际是徐璎在键盘上打出的文字，因此应该是一种徐缓的叙

述口吻

【台上可用幻灯模拟电脑界面，打字幕："母亲去世后，我常在深夜被噩梦惊醒。那些梦里，常常重叠着某些模糊的童年记忆。我的童年是在北京城南的一条胡同里度过的，出了胡同就是永定门大街。我是这胡同里的老街坊们看着长大的，邻里间都熟，只有对面那一户人家例外。10多年后重回故宅，我才第一次敲响了那扇门。"

【切光

第一幕

时间：1990年10月。上午

地点：北京的某条胡同里，俞家，正屋

场景：主演区中央放两椅一几，离台口较远处放一张书桌。另有一扇通往后屋的隔门

人物：俞昌彦（老年），俞妻（老年），徐璎（中年），俞航（中年）

【起光。一间老北京的普通人家，陈设简单朴素

【俞妻正在屋里忙于家务。儿子俞航坐在书桌前工作

【徐璎上。她抬头看看门牌，确定后抬手轻轻叩门。片刻，无人应，又敲一遍

俞　航　妈，有人敲门。

【俞妻开门，见到一张陌生却又似曾相识的面孔，不禁一怔

俞　妻　哟，这位是……

徐　璎　请问这是俞先生家吗？

俞　妻　是啊。（打量徐璎）你是……找小航吧？（转身向俞航）小航，出来招呼客人——

徐　璎　哦，不不不，我要找的是——俞昌彦先生。

俞　妻　找我们家老俞？噢，进来吧，来屋里坐。

徐　璎　（略一迟疑）哎。

【徐璎进门，环顾室内。俞航朝她略一点头

徐　璎　您是俞伯母吧？俞伯伯不在家吗？

俞　妻　在，不知道又在里头折腾什么呢。姑娘，你先坐，（向俞航）小航，快
　　　　到后头叫你爸爸去。

俞　航　（敷衍地回头喊了一声）爸！有客人！（接着忙自己的）

俞　妻　（张罗着倒茶）来，先坐着歇歇，喝口茶。姑娘，你是老俞他们厂里的
　　　　吧？我一看你就脸儿熟，（拍脑门）上了年纪，没记性了，这名字一时
　　　　还真想不起来。

徐　璎　我姓徐，徐璎。

俞　妻　哦哦，小徐……（仍想不起来）

徐　璎　我不是俞伯伯厂里的，伯母您没见过我。我今天是替妈妈来拜访俞伯伯
　　　　的。我妈妈早先跟俞伯伯是老街坊。

俞　妻　哟，是吗？你们家从前也住这条胡同？

徐　璎　就住斜对门那座四合院，131号。

俞　妻　斜对门？（打量着徐璎，试探地）你妈妈……是不是姓谢啊？

徐　璎　是啊。

俞　妻　（脸上表情忽然显得很不自在，语气也变了）知道，哪儿能不知道呢？
　　　　（嘀咕）怪不得我觉着眼熟，娘儿俩真是一个模子里脱出来的。

徐　璎　（高兴地）噢，您见过我妈妈？

俞　妻　（不理徐璎，片刻，转头向俞航）小航！怎么不去叫你爸？

【徐璎突然被冷落，莫名其妙

俞　航　叫了，他这不没过来嘛。

俞　妻　你爸耳背，你喊这一嗓子他能听见？（见俞航不动）唉，就不能指望你。
　　　　老俞！老俞！

【俞妻下

【俞昌彦上。70多岁的老人，白发稀疏，行动颤颤巍巍，满是皱纹和老
　　　人斑的脸上常常带着恍惚的神情。然而那双混浊的眼睛里却藏着某种精
　　　气，那是思维依然清醒活跃的标志。不过它藏得很深，一般情况下没人
　　　看得出来

【俞昌彦戴一副老花镜，手中拿着刚才正在看的报纸，目光还恋恋不舍地留在上面

俞昌彦　小航，有客人啊？

【徐璎连忙站起。

徐　璎　您就是俞伯伯吧？

【俞昌彦一见徐璎，明显地吃了一惊，张着嘴想说什么，喉咙里咕噜了半天竟说不出来

俞昌彦　（用力地，声音微颤）是，是……珩君来了？

徐　璎　俞伯伯，我是……

俞昌彦　（根本没听见徐璎说什么）坐坐坐坐，（向俞航）小航，你在那儿愣着干吗？快给你谢先生倒茶去，谢先生可是稀客。

俞　航　倒上了，那不是？

俞昌彦　（扫一眼茶几上的搪瓷缸子，不满地）那也叫茶？去去去，里屋，我床头的小柜里有双薰茉莉，你拿那个薄胎的景德镇小碗沏。（向徐璎）孩子不懂事——

徐　璎　不不，您太客气了。

【俞航欲言又止，摇着头下

【俞妻提着一兜韭菜上，搬过小板凳坐下，借着择菜听俞、徐二人说话

徐　璎　俞伯伯，您这两年身体还好吧？

俞昌彦　（耳背，努力地听）好，好！托您的福，没大毛病。就是这耳朵不中用了，老喽——（不等徐璎说话）您今天来得正好，我有要紧话跟您说。

【俞妻停手，抬头看着他

俞昌彦　您是政协委员，回头啊，得在那个政协会上呼吁一下，（点着手中的报纸）报上登出来了，要拆了永定门盖立交桥，您可得拦着他们！这要是一拆，往后啊，哭都来不及。

俞　妻　得了吧你。不知道又在报上瞅见什么了，成天尽惦记些不着北的事。

俞昌彦　你别瞎插话，你不懂。我跟珩君说，珩君知道。您跟我一样，都是永定门里长大的。北京城内外九七一十六座城门，永定门在最南头，是顶要紧的一座。永定门一拆，外城就断了。外城没了，内城也没了，剩下当

间一个故宫，孤零零的像什么话？咱们国家既然要保留故宫，就得保留城墙，就得保留永定门。立交桥能跟它相比吗？那玩意儿要修一千座就有一千座，永定门这一拆，你还修得起来？

俞　妻　修不起来！咱家后院那扇门坏了好几天了，也没见你给修起来。

徐　瓔　（疑惑）俞先生，您是不是看错了，永定门立交桥都建成好些年了……

俞昌彦　可不！打明朝嘉靖年间算起，400多年了。400多年都过来了——

俞　妻　还用你操心？

俞昌彦　现如今说拆就拆？这不是让子孙后代戳脊梁骨的事吗！（激动地颤巍巍站起来。徐瓔忙扶住他）

徐　瓔　您别激动，慢慢说。

俞　妻　你看你看，又来劲了不是？一说到这些事儿就跟上了弦似的，谁也劝不住。（终究心疼老伴）歇歇吧，喝口水。

　　　　【俞昌彦仍沉浸在激动的情绪中，喝了两口就呛着了，猛烈地咳起来

徐　瓔　您慢点儿。俞伯伯，我今天来……

俞昌彦　（未听到，顾自继续）我就寻思着，得赶紧跟珩君说说！可巧珩君就来了。珩君是有身份的人，说话管用。您得通过那个政协会，告诉政府，永定门一定得保留下来，那是咱老北京的文物。您说是这个理儿不是？

　　　　【徐瓔眼见解释不清，只得点点头

俞昌彦　（高兴地）我猜您就能跟我想到一块儿。我是个画画儿的，没读过几本书，您是留洋回来的，有大学问，可有一条我说出来您也得点头　老祖宗这些玩意儿是真正的无价之宝，比什么立交桥、摩天楼都值钱得多。

俞　妻　值钱也装不到你的口袋里。

俞昌彦　（生气地）故宫也在你的口袋里？

俞　妻　你这是跟我抬杠。你就好好儿在家歇着吧，这么大把年纪，大夫叮嘱多少回了，不能激动，你这心脏经不起。外头的事儿你甭掺和，你也掺和不进去。

俞昌彦　这怎么叫掺和？我在北京生活了78年了，北京城是我的家。

俞　妻　这么大个皇城是你家？你是谁呀！

俞昌彦　我是俞昌彦。

俞　妻　（无可奈何，转向徐璎）姑娘，你有什么事儿找老俞，赶紧着。他这人，脑子不大好使，一阵明白一阵糊涂。认不得人是常有的事，待会儿还不定怎样了。（端了择好的菜，下）

徐　璎　（小心翼翼地）俞伯伯，我今天是替妈妈来看您的。（犹豫片刻）不知道您记不记得……

【隔门忽然开了，俞航拿着茶叶罐和纸杯上

俞　航　爸，您那什么薄胎瓷的茶碗儿是哪年的老皇历了，我可找不着。现今谁还有您那份儿讲究啊，倒茶倒水都用纸杯了，又方便又卫生。（放下纸杯，往里面撮茶叶）

俞昌彦　（拦住）你这是什么茶？

俞　航　我又不懂茶，哪儿分得出来您那么些名目。（低头察看茶叶罐，念）中国名茶。

俞昌彦　我不是说了吗，让你拿茉莉双熏！珩君爱喝花茶。

俞　航　唉，您懂不懂保健科学？喝绿茶有益健康。

俞昌彦　（固执地）我让你沏茉莉……

俞　航　好好好！（转身欲下）

徐　璎　（连忙）不用麻烦了，这茶就挺好。

【俞昌彦疲乏地挥挥手，意思是算了

【俞航倒水

俞昌彦　有你这么沏茶的吗？茶只能沏七分满……

【俞航全当没听见

徐　璎　（连忙找话岔开）俞伯伯，您这屋子住了好几十年了吧？

俞昌彦　（比画一个手势）快80年啦，舍不得搬啊。您跟我，咱们打小都是这条胡同里长大的。（记忆忽然清晰起来）那时候您家就住胡同对过儿，131号，门口有一对儿大石狮子。您还记得咱们小时候的事吗？每天赶早一块儿去上学，放了学一块儿去城墙根儿底下逮蛐蛐儿，放风筝，逛永内大街……那时候永定门大街这一片真热闹，拉洋片儿的，吹糖人儿的，唱话匣子的，卖酸枣面儿的……（情不自禁地模仿小贩的吆喝声）挂拉枣儿，酥又脆！大把抓的呱呱丢儿！……

徐　瓔　（笑）您的记性可真好。

俞昌彦　忘不了的，一闭眼就都在跟前儿了。

徐　瓔　什么时候有空了，您跟我好好儿讲讲。

俞昌彦　这不是咱们小时候的事吗，您都忘了？

徐　瓔　（歉然一笑）您恐怕……

俞　航　爸，您又认错人了。

俞昌彦　（定睛看着徐瓔，半晌，仿佛有片刻清醒）哦，哦哦。你是……你不是
　　　　珩君？

徐　瓔　那是我妈妈。我叫徐瓔。

　　　　【俞航听到，一惊，打量徐瓔

俞昌彦　（似梦似醒）那珩君呢？她……她没来？

徐　瓔　这……

俞昌彦　（失望地）她还是不肯见我？30年了，她还是……

徐　瓔　不不不，俞先生，我妈妈她只是……最近身体不太好，不方便出门，就
　　　　让我来看看您。我妈妈说……

俞昌彦　（期待地）她说什么？

徐　瓔　她说……（迟疑地）您曾经答应，要给她画一张……

俞　航　（不等"画"字出口，急忙打断）爸，您真是的，人家谢先生也是70多
　　　　的人了，大老远的，哪能说来就来？叫徐小姐来，不就是惦记着您的意
　　　　思吗？看见您都好，也就放心了。徐小姐，您说是不是？

徐　瓔　是啊。妈妈嘱咐我来，一是问候您，二是向您……

俞　航　（再次打断）谢先生在家还好吧？爸，这一阵子我们局里太忙，手上同
　　　　时好几个工程，脱不开身，等有空了，我也替您去看看谢先生。

徐　瓔　（不理俞航示意的目光，还是下决心说出来）……俞伯伯，妈妈让我来
　　　　向您求一张画，您曾经答应过她的。

　　　　【俞昌彦听到"画"字，眼睛深处亮起某种光芒，似乎陷入久远的回忆。
　　　　　然而努力思索半晌，还是没能想起来

徐　瓔　您还记得这事吗？

　　　　【俞昌彦仍是发呆的神情，置若罔闻

【俞航把徐璎拉到一边

俞　航　徐小姐，这些陈芝麻烂谷子的事儿您就甭跟我爸提了，说句不客气的，提了也白提。老爷子早糊涂了，上礼拜的事都闹不清，别说几十年前的。

徐　璎　怎么会？俞伯伯他……

俞　航　唉。（犹豫片刻）徐小姐，咱们两家也算是世交，虽说我跟您是今天第一次见，有些事我也不瞒您。（压低声音）我爸爸"文化大革命"时受过刺激，这儿（指脑袋）落下个毛病，一时清醒一时糊涂。多少年了，没法治。

徐　璎　可是我妈妈说，俞先生一定记得……

俞　航　甭提了，（摆手）提了也白提。老爷子这两年心脏也不太好，那年月的事儿，您不跟他提也罢了，一提，保不准就犯病。

徐　璎　（失望地）如果是这样，我就不难为俞伯伯了……

俞　妻　（内声）小航！家里没味精了，你出去买一袋。

【俞妻上，边走边低头在围裙上揩着手

俞　妻　小航！听见没？赶紧着，我这儿菜就下锅了——（抬头看见徐璎）哟，姑娘，我还以为你走了呢！

徐　璎　（知趣地）真不好意思，伯母，我这就告辞了。

俞　妻　甭走甭走，急什么呀？我家老头子就是不会招呼人，都这早晚了，也不留人家姑娘吃饭。米饭都焖上了，吃了再走吧？

徐　璎　不了，我晚上还有事，得走了。

俞　妻　是吗？那就不巧了，以后有空再来玩啊。小航，送送客人。

【俞航送她至门边

徐　璎　不用送了，熟门熟路的，您回去吧。

【徐璎开门

【俞昌彦一直出神地望着前方，对周围的一切恍若不闻，此时却突然开了口

俞昌彦　（自说自话地）我答应过珩君，给她画一张永定门。

【徐璎停步

俞昌彦　珩君，您当我忘了吗？我都记着。那天下着大雪。您进了这门，一头一
　　　　身都是白的，也是坐在这儿，围巾就挂在这椅子背上。那杯花茶，到了
　　　　儿也没能给您沏上……

俞　航　（突然）爸，您别说了！

俞昌彦　（充耳不闻）那天您说，谋事在人，成事也在人，可惜……临走的时候，
　　　　您托我画一张永定门的画。晚了，到了儿没来得及画完……我一直想把
　　　　它续好，可是不成。您等着，我拿来给您看看——（站起来）

俞　航　爸！那都哪年哪月的东西了，早没了——

俞昌彦　你别管。（自隔门下）

　　　　【场上一时沉默

俞　妻　（嘀咕）这是怎么个话儿说的？好端端的又把这回事扯出来了，明摆着
　　　　跟我们老头子过不去……

俞昌彦　（内声）我那老木头箱子上的钥匙呢？

俞　妻　我给你收起来了。倒腾那陈芝麻烂谷子的东西干吗？又招一身灰。（嘴
　　　　里抱怨着，仍然进内屋去了）

俞昌彦　（内声）你给我找出来，我有用。

俞　航　徐小姐，我不是说了嘛，别跟老爷子提那档子事……

徐　璎　可这是我妈妈唯一的遗愿！

俞　航　（一惊）遗愿？

徐　璎　我妈妈她……上个月……

俞　航　什么？谢先生她……

徐　璎　（缓缓摇头）生病好几年了，也不是突然的事。

俞　航　……对不起。想不到，真想不到……毕业这么多年了，一直也没回去看
　　　　看谢先生……

徐　璎　（意外）您——是我妈妈的学生？

俞　航　20多年前的事了。（欲言又止）

　　　　【俞昌彦复上。手中拿着一个满是灰尘的旧画夹

俞昌彦　珩君，珩君啊！

俞　航　爸，您怎么又把这个翻出来了？

俞昌彦　你回屋去，这儿没你的事。

俞　航　您……

俞　妻　（内声）小航？叫你爸爸吃饭了。

俞　航　听见了！爸，先吃饭吧，这事咱们再说。徐小姐，您要不……

徐　璎　不不，我这就得回去了……

俞昌彦　珩君别走了，就在这儿吃中饭吧。我还想跟您好好谈谈永定门的事儿。

俞　航　爸，您到底有完没完？

俞昌彦　没你的事，你甭给我掺和！（向徐璎）30多年了，我一直想着怎么把它给您……（抚摸着画夹）我原以为这辈子再也见不着您的面了。有时候站在这胡同口，看着您家从前住的那座四合院，我就想，您就算想不起我了，也还得惦记着这条胡同吧？您总有一天得回来看看！就这么等着，等着……总算把您等回来了！

　　　　【俞航向徐璎使眼色

徐　璎　这……

俞昌彦　（做手势阻止）别提，您别提以前的事。那年月的事，谁都说不清楚。我只要您相信我一句话　我没做过昧良心的事……

俞　航　（猛然爆发）够了！

　　　　【三人都怔住。静场

俞　航　（颓然垂下头去）您……别说了。

俞昌彦　（长叹）是不该说了。过去了，都过去了。（打开画夹，取出一张八开大小的水彩画，郑重地双手递给徐璎）想不到，还能有亲手交给您的一天。答应您的事，可算是作了数了。

徐　璎　（接过）谢谢您。

俞昌彦　您谢我？哪儿的话，我得谢您啊！我奔八十的人了，不怕忌讳，说不准就是哪天的事。可我这一肚子的话，我生怕没机会跟您说了，那我闭了眼也不甘心啊——

俞　航　爸！您折腾我跟我妈还折腾得不够吗？三天两头闹这么一出，搁谁谁受得了？

俞昌彦　（气得发抖）你这做小辈的还有没有规矩？我是和你谢先生说话！

俞　航　您这是真糊涂还是假糊涂啊！这不是谢先生！您好好看看！（忍无可忍地）谢先生——她不可能来了！

俞昌彦　（勃然而怒）胡说！（挥手打了俞航一个耳光）

　　　　【徐璎一惊

俞　航　我怎么是胡说？不说别的，就说这张画——（劈手从徐璎手中夺过画来，不料画纸已经发脆，一夺之下，从中间撕裂）

　　　　【俞航不料自己失手闯祸，怔住

俞　航　爸，我不是故意的，我也没想……

　　　　【俞昌彦仿佛突然受到巨大刺激，喉间发出咕噜咕噜的声音，想说什么又说不出，只抬起一只颤巍巍的手指着儿子，猛然间剧咳起来

徐　璎　俞伯伯！

　　　　【俞航慌了神，三步两步抢到父亲身边。

俞　航　爸，爸！（向内）妈！快把爸的药拿来！

俞　妻　怎么了？（快步抢上）老俞！老俞！这是怎么个话儿说的……

　　　　【一阵混乱。主演区渐暗，只留一束光给地上撕碎的画

　　　　【黑暗中响起急救车声，纷乱的脚步声。渐远

　　　　【主演区光全收

　　　　【短暂的寂静之后，打字声淡入。副演区起光

徐　璎　（画外音）我没有见过俞先生魂牵梦萦的永定门，在我出生之前，它就永远地消失了。连在这条胡同里度过的童年，也只剩逐渐模糊的记忆。记忆中的母亲常常是忧伤的，很少说话，也很少笑。母亲是最早研究中国建筑史的学者之一，她早年赴德国留学，新中国成立初回国，在清华任教，同时以建筑师的身份，参与新中国成立初期的城市建设工作。作为北京第一部城市建设史的编撰者，母亲怎么也没想到，这本历史的最后一页，竟是一场空前的浩劫。

　　　　【灯暗

第二幕

一

时间：1957年11月。晚上

地点：某会议室

场景：市委关于城墙存废问题的会议现场

人物：谢珩君（中年）

【谢珩君面对市政府和人大常委的决策人物，据理力争

谢珩君　不能拆！不止永定门，整个北京城的城墙与城门都应当保留！

画外音　城墙妨碍了北京市的交通！

谢珩君　这只要在合适的地点多开几个城门就可以了，而且城门正好可以承担控制车流的任务。

画外音　城墙占去了宝贵的社会主义建设用地！

谢珩君　北京城四面都是广阔的平原，何必争这区区咫尺的土地！请问在座的各位，拆除城墙需要花费多大的人力、物力和时间，有人计算过吗？

画外音　这不用计算，只要发动群众，依靠群众，我们一定能在短时间内迅速完成拆除任务！

谢珩君　可是我们先得问问这值不值得！根据我粗略的估算，拆下来的灰土约有1100万吨，怎么运？运到哪里去？这些劳动力如果都用于积极的生产建设，又该有多大的成果！（稍顿）永定门是明代的建筑，它的价值是不可估量的！

画外音　明代的建筑有什么用？不如把砖头拆下来，拿去铺路架桥，废物利用，为人民服务！

谢珩君　我们搞建设不缺这几块明代的砖头！

画外音　这城墙是封建帝王修筑的，是维护封建统治、束缚人民群众的工具！

谢珩君　故宫不是帝王的宫殿吗？它今天是人民的博物院。天安门不是皇宫的大门吗？毛主席就是在这里宣布了中华人民共和国的诞生！能保留天安门和故宫，为什么不能保留永定门？

画外音　这也不能拆，那也不能拆，处处被这些古建筑牵制着，我们怎么赶超先进国家的建设速度？

谢珩君　先进国家恰恰更加重视古建筑的保护！巴黎的凯旋门，按照诸位的说法未尝没有阻碍交通，可是它在合理的规划之下照样得以保留。苏联斯莫棱斯克的城墙，周长7公里，被称为"俄罗斯的颈环"，二战中受了损害，苏联人民百般爱护地修复。北京呢？　北京的城墙周长39.75公里，称为"北京的颈环"乃至"中国的颈环"都当之无愧！我们既然继承了这样珍贵的历史遗产，岂能随便将它毁掉！

画外音　谢教授，用不着摆你那套道理，拆城墙是重大问题，是由中央决定的。你个人的意见可以保留。但是作为市委和市政府，中央的决定我们必须坚决执行。这是政治问题，没有商量的余地。

谢珩君　（几乎哭出来）不，请等一等，请等一等！

画外音　没什么需要讨论的了。不止永定门，旧城的所有城门城墙都要拆除，为伟大的社会主义生产建设事业让路！

谢珩君　（绝望地）50年后，你们会后悔的！

二

时间：1957年11月。傍晚

地点：俞家

场景：室内基本布局同第一场，但明显能看出20世纪50年代的特征。正对面的墙上贴着一张毛主席像，像两边有对联"听毛主席话，跟共产党走"，桌上放着铁皮外壳的暖瓶，一个茶盘，里面倒扣着几只玻璃茶杯，还有一只老式收音机，一只老式闹钟

人物：俞昌彦（中年），谢珩君（中年，可与徐璎用同一演员），俞妻（中年），俞航（少年）

【一阵调频的杂音后，响起收音机里的广播："今天是1957年11月13日，下面播送新闻和报纸摘要。今天上午，我市中学生积极响应党的号召，

向封建时代的残余、束缚城市发展的城墙发起了进攻，拆除了南城的剩余城墙。拆下来的城砖将本着废物利用的原则，用来砌小高炉，投入到革命生产建设中去，为社会主义服务……"

【起光。俞昌彦坐在藤椅上，愤愤地拿过小几上的收音机，"啪"地一声关上了

俞昌彦　唉，这真是作孽，作孽啊！封建残余，（苦笑）废物利用？革命也不是这么个革法儿……

【俞妻戴着围裙匆匆上。

俞　妻　快小点声！（紧张地四顾，低声埋怨）老俞，跟你说了多少遍了，你这乱说话的毛病就是不改！一点分寸都不知道，这话要是叫外人听见了还了得？看不给你扣上顶……

俞昌彦　你就是神经过敏。这是咱老百姓家门口的事儿，还不许我说两句？

【轻轻的叩门声

俞　妻　（慌张地）看，给人听见了不是？（向俞）人家要问起来，你可别傻乎乎地什么都应承。（边在围裙上擦手边向门走去）

俞昌彦　（不耐烦地摆摆手，向门外高声地）谁呀？

谢珩君　（门外）是我，老俞，我是珩君。

【俞妻闻声止步，没好气地回过头来

俞　妻　哟，又是您那位谢教授光临，您自个儿开门迎接吧。

俞昌彦　（皱眉）你怎么说话呢？珩君跟我这么多年的老朋友了，又不是外人。

俞　妻　（揶揄地）当然不是外人了！是外人能跟你一聊就是个把钟头？是外人能从德国给你一沓儿一沓儿寄信来？是外人能让你这么上心惦记着？

俞昌彦　你看看你看看，你想哪儿去了？人家珩君是清华大学的教授……

俞　妻　（冷笑）是，人家是大学教授，我一个没文化的家属，哪儿敢跟人家比？（自去忙碌家务）

俞昌彦　你……（噎住）

【敲门声复响

谢珩君　老俞！老俞在家吗？

俞昌彦　哎，来了来了。

【俞昌彦急急忙忙地边整理衣服边去开门

【门开处，穿着长风衣的谢珩君面容略显疲惫，眉宇间隐隐有忧色

谢珩君　老俞！没打扰您吧？

俞　妻　哟，敢情是谢教授！我们家老俞这儿正念叨您呢。

俞昌彦　快进来，快进来。（关上门）外面冷吧？

谢珩君　可不是！外边雪下得真大，瞧我这一头一身的。（解下围巾挂在椅背上）

俞昌彦　（想为她掸雪，刚一伸手，意识到妻子的目光，在空中尴尬地停住）呃……您坐，我去给您倒杯热茶，暖和暖和。我这儿有双熏茉莉，您爱喝的。（从茶盘里取出一只玻璃杯）

谢珩君　您别忙了，我这是刚从市委开会出来，还没回家呢，坐一会儿就走。

【俞昌彦左找右找没找到暖瓶，只得回来坐下

俞昌彦　甭走了，晚上就在家吃饭吧。

谢珩君　不了，待会儿我还得去学校接孩子。我这么着急过来，是想拜托您一件要紧事。

俞昌彦　您尽管说！

谢珩君　我知道您工作忙，本不该麻烦您，可是这事也只有您能做得了。……您能不能为我画一张永定门的画？

俞昌彦　咳！您跟我还客气，这么点小事！您就说什么时候要吧。

谢珩君　能早一天是一天吧。说不准哪天就见不着了。

俞昌彦　（诧异）怎么……（蓦地反应过来，急切地）是不是今天会上有结论了？

谢珩君　一个字：拆。

俞昌彦　（倒吸一口凉气）您不是跟好些专家、学者联名上书，要求保留城门吗？

谢珩君　（苦笑）书生论政罢了，能有什么用？老俞啊，你我都把这个社会想得太简单了。

俞　妻　听说外城的城门都拆了好几座了，拆到咱们这儿也就是早晚的事。

俞昌彦　这城门楼子碍着谁了，非拆不可？

俞　妻　政府还能有错儿？咱得拥护政府决议。

【俞妻边说边下

谢珩君　说到底就一条，城墙是封建余孽，束缚人民群众的工具。

俞昌彦　束缚人民群众的工具？（苦笑）除了胡同、四合院，咱北京的老百姓最
　　　　亲近的，怕就是这内外两道老城墙了。您还记得吗？咱们小时候总爱上
　　　　永定门那边的城墙玩，一玩就是一整天，非要大人喊着骂着才肯回去。
　　　　那城墙可真宽，荒草在墙顶上长得到处都是……

谢珩君　何止是草，还长着树呢！

俞昌彦　对对对，西头有好几棵酸枣树，小孩儿上了树，拣根粗枝儿一摇，一地
　　　　的枣儿。

谢珩君　我记得，那年我毕了业从德国回来，是初冬的天气吧，下了薄薄的雪。
　　　　雇了辆人力车，打南郊进城。就要回家了，心里又激动，又有点儿怯生
　　　　生的。黄昏的时候，车转了个弯儿，我一抬头，一眼就看见了永定门，
　　　　那门楼，那瓮城，一砖一瓦，一点儿都没变。一下子，我就知道到家
　　　　了……要是没了这城墙城门，这北京城还是北京城的模样吗？

俞昌彦　谢教授，您是大学问，从外国回来，也给国家出了不少的力，这节骨眼
　　　　上，您说话就一点不管用？

谢珩君　（长叹一声，苦涩地）我在他们眼里，也就是一块明代的砖头。

俞昌彦　唉，打明朝到现在，永定门多少战乱都过来了，到头来反而毁于建设！

谢珩君　（平静地）不必责怪谁，我们都尽过力了。谋事在人，成事也在人，可
　　　　惜我们注定不是后一种人。这个时代犯的错误太多了。

俞昌彦　珩君，这话千万不敢在外边说，叫人举报上去，可了不得。

谢珩君　我知道。老俞啊，除了你，我也没有第二个可说话的人了。（看看桌上
　　　　的钟，起身）好了，我得走了。五点半了，小航还在学校等着我呢。（从
　　　　椅背上取下围巾戴好）

俞昌彦　（送至门口）外边雪大，您当心着。

【谢珩君临出门忽然停步

谢珩君　老俞，拜托您的事，要您多费心了。这城楼说拆就拆，真说不准是明天
　　　　还是后天，眼下组织测绘是万万来不及了，画张写生，一来留个念想，
　　　　二来也算是保存资料，没准儿日后还能派上用场。

俞昌彦　您放心，交给我！不光永定门，这内外城大大小小的城门，但凡赶得
　　　　上，有一处，我就画一处！咱们平头老百姓，能做的也就是这点事了。

谢珩君　拜托您了。

　　　　【谢珩君下

　　　　【俞昌彦目送谢珩君离开，出神片刻，旋即想起什么，开始在屋里翻找

　　　　【俞妻絮叨着上

俞　妻　你说说，这一不留神，面还没下呢，水差点烧干了……（发现谢珩君走
　　　　了）哟，谢教授走啦？还说留人家吃饭呢！

俞昌彦　人家忙。我的画夹你给我搁哪儿了？

俞　妻　老也不使，我给你收起来了。

俞昌彦　收哪儿了？

俞　妻　干吗干吗，说风就是雨的？我说你也得多个心眼儿，那城门楼子上头说
　　　　了要拆，你再去招惹，闹不好要出政治问题！

俞昌彦　画张画儿碍着谁了？你别疑神疑鬼的。

　　　　【俞妻边找画夹边絮叨

俞　妻　平时叫你杀只鸡都支使不动，说你忙这了忙那了，人家一开口你就跟得
　　　　了圣旨似的……

俞昌彦　这是大事儿。

俞　妻　（找到画夹，递给俞昌彦）得，咱们家大事小事，还不都依着你？

　　　　【俞航背着书包上

俞　航　爸，我回来了！

　　　　【俞航卸下书包，又忙着脱棉衣，摘手套

俞　妻　这孩子上哪儿疯去了，弄这一身的土。看那球鞋，昨儿才给你刷干净。

俞　航　（不服气地）谁疯去了？今天我们学校组织义务劳动，我是为社会主义
　　　　建设事业贡献力量去了！

俞　妻　哟，什么义务劳动啊？

俞　航　（得意地）我们去永定门拆城墙了！

　　　　【俞昌彦一惊

俞　航　（未察觉，仍兴奋地继续说）我们老师说了，城墙是维护封建帝王统治

的工具，今天北京城回到劳动人民手里来了，我们就要自己动手，清除这个障碍！哎，我们全校师生共同奋斗，一天工夫就把永定门两边的城墙都拆光了！老师说，这些墙砖拆下来，还能运去砌小高炉，给祖国炼钢铁呢！

【俞昌彦气得嘴唇发颤，盯着俞航，想说话又说不出来

俞昌彦　你这个……孽障！（举手欲打）

【俞妻急忙拦住，将俞航拉过来搂在自己怀里

俞　妻　干什么呀你？这能怪孩子吗？

【俞航愣住，半天回不过神，好久才"哇"地一声哭出来

俞　航　（委屈地，抽抽噎噎）爸，你……你干吗打我？我……我劳动可卖力气了，老师……老师还表扬我了呢……

【俞昌彦看了一眼自己的右手，重重地叹口气，一拳砸在自己的膝盖上

俞昌彦　（垂着头，艰难地）小航，是……爸爸不对。

俞　妻　（不满地）你这人，神神道道的，把孩子都吓坏了。（哄着俞航）我们小航最乖了，你爸他不讲理，咱们不理他，啊。好孩子，咱们收拾收拾回屋写作业去。（替俞航拿起书包）

【俞航抽泣着转身欲下

俞昌彦　回来！

【俞航不知所措地回身

俞　妻　你还要干吗呀你？

俞昌彦　（急切地）那城墙你们拆到哪儿了？

俞　航　就……就刚拆到永定门。

俞昌彦　永定门拆了吗？

俞　航　没，就拆到城门边上，老师说，今天的任务是拆城墙，明天再拆城门楼子。

俞昌彦　明天？哎！

【俞昌彦拿起画夹，披衣就要出门

俞　妻　这天都擦黑了，你上哪儿去？明儿再说吧！

俞昌彦　明天就来不及了！（急下）

俞　妻　那也得先吃饭啊！老俞！老俞！

【暗转

【音乐起

【俞昌彦背着画夹的身影出现在舞台上。他向永定门走去

【拆除城楼的工地噪声渐起。俞昌彦痛苦地支起画夹，为城门抢绘最后一张写生

【城楼被一砖一瓦地拆毁（舞美设计可以写意处理，只要表达一个逐渐毁灭的概念）

【主题歌起：

　　　　风雨五十载，
　　　　魂牵永定门。
　　　　惊破了清秋古都梦，
　　　　憔悴了苍颜白发人。
　　　　一心难筹回天计，
　　　　徒将丹青赋招魂。
　　　　看楼外，又黄昏。

　　　　一诺泰山重，
　　　　半世知己深。
　　　　曾记否年年归双燕，
　　　　终不忘城南有旧盟。
　　　　斯人不知何处去，
　　　　故乡重到已堪惊。
　　　　空回首，泪如倾。

【工地噪声渐起，将音乐淹没，单调而刺耳，夹杂着口号，越来越混乱，直至极致（同引子）

【一声巨响，城楼轰然倒塌，余音久久回荡

【俞昌彦手中捧着来不及完成的画，扑通跪倒

【切光

【打字声渐入。副演区起光

徐　璎　（画外音）50年代末的拆除城墙运动席卷整座古城，包括永定门在内的外城七座城门连同城墙全部被拆毁。内城九座门拆了七座半；皇城四座门，只剩下了天安门。"内九外七皇城四"，这句民间的老话，从此永远成了历史。这是我很久以后才从书上知道的；对于这段历史，母亲生前绝口不提。

第三幕

一

时间：1966年。上午

地点：俞家

场景：基本布局同第一幕，但明显带有"文革"时期的特征。地上摊着
　　　不少水彩画，还有许多旧书报之类

人物：俞昌彦（中年），俞妻（中年）

【高音喇叭里传出雄壮的语录歌："马克思主义的道理千条万条，归根结底就是一句话，造反有理，造反有理……"

【起光，音乐落

【俞昌彦坐在藤椅上整理满地的画稿

俞昌彦　（喃喃地）这一张是东四牌楼……这是西直门……朝阳门东岳庙……（每拿起一张画就凝视一阵，依依不舍）没了，怎么能都没了呢？

【俞妻匆匆上，神色紧张

俞　妻　这都什么时候了，还倒腾你这些玩意儿？（低声）我刚听隔壁老张说，上边儿最近清查"四旧"查得挺紧，老张拿了把泥子刀，正刮他家门上

的福字儿呢。照我说，咱家这些（指画）也得赶紧处理，人家不定什么时候就查上门了。

【俞妻说罢就去整理书籍杂志，利索地把书摞成一摞，用塑料绳捆扎好

俞昌彦　这些画也算"四旧"？我这画家还没死呢！

俞　妻　什么死呀活呀的，嘴里就没点儿忌讳！瞅瞅，画的尽是城门楼子——那要不是四旧，能拆得这么快？

俞昌彦　天安门是不是四旧？那不也是给皇帝盖的，怎么没拆了？

俞　妻　（惊慌地）快少说两句！

俞昌彦　（摇头长叹）说也没法跟你说……（不再说话，埋头整理画稿）

【整理好的画稿摞成一摞

俞　妻　就这些？再找找，别在哪儿落下一张两张。

俞昌彦　都在这儿了。

俞　妻　连这些书都拿到后院去，一块儿烧了吧。

俞昌彦　（大惊）烧？（扑向书堆，一本本检视，心痛不已）这……这怎么能烧呢？

俞　妻　不烧？不烧怎么办？反正也留不住了，这都什么时候了，人要紧呢书要紧？

俞昌彦　（从书堆中拣出一本）这本不能留下吗？这是美术教材，讲的全是怎么画画儿，也没碍着谁的事儿……

俞　妻　（凑过来，看）还说呢！你自个儿瞅瞅！我也不认得上头的洋字儿，可这画上的大姑娘都不穿衣裳，啧啧，我看着都不好意思！

俞昌彦　那是人体素描，绘画的基本功……唉，你不懂。

俞　妻　是，我不懂！你甭跟我说，去找懂的人啊？看人家肯不肯替你留着？

俞昌彦　（摇头，顾自翻书）这么些书，怪可惜了的……（忽然想到）你看，咱们找个地儿把这些书都藏起来成吗？

俞　妻　藏起来？藏哪儿？藏哪儿没人找得到？你就不能让我过几天踏实日子！（勾起满腹委屈）我跟着你这么些年，就没见你的心思放在这个家上！我知道你嫌我……

俞昌彦　（赶忙打断）行了行了！都是我不好，都是我的错，我对不起你，啊？

（喃喃地）画儿也不让画了，留着这教材干什么？是该烧。（拿起一张画）这张画给我留下，其他的——都烧了吧，落个干净。

俞　妻　干吗单留下这张？

俞昌彦　这……是我答应了给一个朋友的。

俞　妻　哟，是个女的吧？

【俞昌彦欲言又止

俞　妻　还是个大学教授吧？

【俞昌彦猛然回头

俞　妻　（故意地）还是小航的老师吧？

俞昌彦　你有什么话就直说！是，是我答应给珩君画的，怎么了？

【俞昌彦已经做好争吵的准备，不料妻子的反应却是出乎意料的沉默

俞　妻　（半晌，悄声）结婚这么多年，你从来没给我画过一张画。

【俞昌彦愣住

【一时沉默

俞昌彦　（尴尬地）我……哎！我这不是……当你不稀罕这些么？（打圆场）你想要啊，那还不容易？说吧，画什么？

俞　妻　得了吧，这都什么光景了，还由得你画画？（嗔中带喜）有你这么句话，我也就知足了。

俞昌彦　（趁着气氛缓和）那这画儿……

俞　妻　还不赶紧着？（接过画）

俞昌彦　（以为还是要烧，一惊）哎，这……

俞　妻　赶紧着藏到毛主席像后面去呀！

俞昌彦　（舒一口气，感激地）多亏了你有法子！

俞　妻　我要不依着你，这日子还能消停了？

俞昌彦　（岔开话题）对了，今儿周末，小航该从学校回来了吧？

俞　妻　没，晌午托同学带话回来，说他们红卫兵上那个……革命友谊路搞串联去了，谁知道多早晚回得来。

俞昌彦　啊？上哪儿？

俞　妻　革命友谊路。

俞昌彦　我在北京城住了40多年了，怎么没听说有这么条路？

俞　妻　（低声）咳！就是早先的三里河。破四旧，改名了，以后不兴叫那老名字了。

俞昌彦　胡闹。我就不喜欢小航跟着那帮造反派瞎折腾。好端端的书不读，整天不是游行就是串联……

俞　妻　（无奈地）又来了。57年没把你打成右派你是不甘心啊？

　　　　【俞昌彦从满地的书中捡出一叠信件。他看了一眼妻子，慌张地想把信藏起来，一时却找不到地方

俞　妻　（回头看见）藏什么呢？

俞昌彦　没什么，几封信……

俞　妻　（看见信封上的字）外国信？！（吓得一哆嗦）麻利找个没人的地儿烧了，别等着人家揭发你私通外国！

俞昌彦　什么私通外国？这些信都是珩君在德国留学的时候寄给我的，跟外国人没关系。

俞　妻　我知道是她的信，不然你能跟宝贝似的留到现在？（见俞昌彦欲辩解，抢先打断）我知道，里头都是些家常话，没别的！这你跟我说得清，跟别人能说得清？

俞昌彦　有什么说不清？珩君为人清清白白……

俞　妻　清白？小航上次回来说了，学校里正批斗反动学术权威呢，她也被人揪出来了。

俞昌彦　怎么会？珩君又没犯过什么错误……

俞　妻　没犯过错误？没犯过错误能当上右派？

俞昌彦　不是早就摘帽了吗？

俞昌彦　（神秘地）又揪出来了，而且这回说她反对毛主席。

俞昌彦　谁说的？

俞　妻　今儿小航的同学来捎信的时候说的。（谨慎地环顾门窗后，低声）说她给上头写信，死活不让拆那城门楼子，要拆她就在那三座门里头上吊！你听听，这还了得？

俞昌彦　那也不是反对毛主席啊！

俞　妻　　拆城门是毛主席决定的，那不是反对毛主席是什么？要我说啊，你瞅个机会赶紧声明跟她划清界限，不然，难说哪天把你也牵连进去，那可是现行反革命……

俞昌彦　（把手中的信一摔）不能够！

　　　　【雄壮的语录歌由远而近，伴以一阵杂乱的脚步声

俞　妻　　（紧张，侧耳听）有人来了！

　　　　【有人砰砰砸门："132号！这是不是特务俞昌彦的家？"

俞　妻　　（变色）快！快把信扔炉子里烧了！

俞昌彦　（慌乱）这……也藏起来不行吗？

俞　妻　　咳，来不及啦！（情急之下一把夺过信就要烧）

俞昌彦　你给我！

　　　　【二人抢夺。砸门声大作

　　　　【红卫兵久敲不应，不耐烦："妈的，把门踹开！"

　　　　【"哐当"一声，门开了

　　　　【屋里二人面面相觑，大惊。信掉在地上，一束定点光

　　　　【切光

　　　　【打字声淡入

徐　璎　　（画外音）一辈子没出过北京城的俞先生，竟被安上一个"外国特务"的罪名，罪证就是那一叠寄自德国的书信。那次抄家，给了俞先生精神上致命的打击。从此，再也没有人在胡同里见过俞先生。

　　　　【暗转

二

　　　　时间：2000年10月。下午
　　　　地点：俞家
　　　　场景：同第一幕
　　　　人物：徐璎（中年），俞航（中年），俞妻（老年）
　　　　【起光

俞　妻　（看见茶几上的报纸）这报纸上怎么还有拆永定门的事儿？拆了都多少年了。

俞　航　（取过，读）"从拆毁到重建，政协提案续写永定门四百年历史"——哦，是这事。我爸眼神不行了，估计就看见一个拆字。——年初市里不是开政协会议吗，会上有一份提案，建议重建永定门。明天我们局里还要专门开会讨论这事。（摇头）当年闹着争要不要拆，如今又闹着争要不要建，穷折腾。

俞　妻　（不解）有钱没处花，要重新盖那城门楼子？敢情天底下闲人还不止你爸一个。说了归齐哪，都是政府说了算，不关咱平头老百姓的事。

　　　　【敲门声。俞航起身去开门，看见提着一堆水果和营养品的徐璎

俞　航　徐小姐？

徐　璎　我不放心，来看看俞先生怎么样了。

俞　航　噢，进来坐吧。

　　　　【徐璎进门

俞　航　医生说没什么大事，只是精神刺激过大，心脏负荷不了，需要静养恢复。

徐　璎　需要住院吗？

俞　航　医院没床位，开了药，让先回家来观察观察。在里屋，刚睡着。

徐　璎　（略觉宽心）没事就好。

俞　航　（看见徐璎手中的伞）外边下雨了吧？这个天儿您还……

徐　璎　应该的。上午的事，都怪我不好，不该和俞先生提——

　　　　【俞航起身去书桌边上拿热水瓶，倒茶

俞　航　没事，不能怪您。实话跟您说，我爸为那张画儿犯病，不是第一次了。

徐　璎　怎么会……

俞　航　我爸爸是电影厂的美术师，画了一辈子画，可是"文革"的时候红卫兵抄家，所有的画全毁了。

徐　璎　全毁了？

俞　航　（指屋后）就在后院，一把火，烧得干干净净。以徐小姐的年纪，应该没经过"文革"吧？

徐　璎　（摇头）那时候我还不记事。

俞　航　那您恐怕不知道抄家是什么概念。那年月，抄家的时候想要保住一张画，简直是不可能的事。

徐　璎　那这一张怎么……

俞　航　这是留下来的唯一一张。您不明白？我也不明白，到现在都不明白，在自身难保的情况下怎么能保住一张画——可是我爸爸做到了。

徐　璎　那么多画都毁了，为什么单单舍不得这张？

俞　航　我爸爸说，这张画是给谢先生的。他得替谢先生好好儿留着。有一回家里大扫除，清出去不少垃圾，我们以为那破画夹没用了，连着一块儿给扔出去了。我爸从外头遛弯儿回来，知道了，发多大的火，大晚上的愣是钻到外边垃圾站里又给翻出来捧回家了……回来就犯病，几天没起床。从那以后这画儿一直锁在箱子里，谁也不敢动。

徐　璎　为什么俞先生一直没把这画儿给我妈妈？

俞　航　唉。30多年了，打那一天起到现在，两家人再也没见过面。

徐　璎　哪一天？

俞　航　谢先生宣布和我爸爸划清界限那一天。

徐　璎　划清界限？

俞　航　是啊。那时候我爸爸头上顶着个外国特务的帽子，谁也不敢跟他来往。可他万万没想到，他最敬重的谢先生也会做这落井下石的事儿……这件事真是把我爸爸的心伤透了。

徐　璎　所以您恨我妈妈？

俞　航　曾经是。但我更恨自己。

　　　　【沉默

俞　航　不说这些了。还没问您，谢先生的病是……

徐　璎　风湿性心脏病。

俞　航　我记得谢先生从前身体很好——

徐　璎　是"文革"里落下的毛病。66年有人揭发我妈妈恶毒攻击"文化大革命"，因为她说过一句"这个时代犯的错误太多了"。结果她被打成了现行反革命，在监狱里关了三年零九个月。牢房里阴暗潮湿，病就是那个时候落下的。这些都是我爸爸私下里告诉我的，妈妈生前从来不提那时候的事。

俞　航　那"文革"结束后呢?

徐　璎　平反了，还是回校教书，继续做系主任。后来还当上了政协委员。这20多年就是读书搞研究，过得很平静。

俞　航　噢……（长吁一口气，心情复杂，说不出话）

徐　璎　其实妈妈惦记那张画，还有更重要的原因。

俞　航　什么原因?

徐　璎　您上午说到的那份重建永定门的提案，就是我妈妈提交的。

俞　航　（意外）啊，是谢先生?

徐　璎　我妈妈希望在原址上完全按照历史原貌重建永定门。为了复原图纸，她一直在想方设法地调查、收集资料，而其中最珍贵的资料之一，就是俞先生的那张画。她说，实地写生的特殊价值，是照片代替不了的。

俞　航　原来是这样……对不起，我上午失言了。

徐　璎　不不，我倒愿意您直率些。这么说，您是不赞成这个提案了?

俞　航　对。

徐　璎　为什么?

俞　航　（反问）为什么要重建?

徐　璎　永定门是北京城中轴线的南端起点，重建永定门，意味着在一定程度上恢复北京的城市布局原貌……

俞　航　您不用跟我背报纸上这一套。恢复原貌? 可能吗? 我知道这是谢先生的心愿，可是北京城早就不是谢先生的北京城了。在大柏油马路上造个假古董出来，再挂上霓虹灯——您说这是骗谁呢?

徐　璎　我想，它至少可以作为一个文化符号……

俞　航　建筑不是符号，建筑是有生命的。一座古建筑，就和一棵古树一样，是有根的。北京的城墙根已经断了，即使是原址重建，也只能造出一个没有生命的空壳。人死不能复生，建筑也是。

徐　璎　（被触痛）难道死去的就该忘记吗?

俞　航　重建永定门就能恢复城市记忆吗? 北京城始建于元朝，而永定门是明朝增修的，元大都的记忆里没有永定门。永定门重建了，元朝的记忆怎么恢复呢？

徐　璎　我承认，您有您的道理。我是学文的，不懂建筑，也不懂城市规划，可是今天我一回到这条小时候住过的胡同，二十年前的记忆一下子都回来了。胡同里的一砖一瓦，都让人觉得亲近，觉得踏实。可长大之后看见的北京，和我出差到过的任何一个城市都没有两样，就是一座几乎没有记忆的城市。如果这条胡同也没了，我恐怕也要变成这座城市的客人了吧？

俞　航　我承认拆除永定门是个错误。可是在历史面前，谁也没有权力后悔。

【又是一阵闷雷。接着是淅淅沥沥的雨声

徐　璎　下雨了？（看天）我得告辞了，再不走恐怕雨下大了。

俞　航　（抬腕看表）呀，五点钟了。您等一下，我进去看看爸爸醒了没有。

徐　璎　好。

【俞航自隔门下

【徐璎从随身的手提包里取出一封信，郑重地放在茶几上。信封上写着"俞昌彦先生启"

俞　航　（内声）爸！爸！（焦急地）您在哪儿？

【俞航自隔门急上

俞　航　我爸爸他……不见了！

【暗转

三

时间：2000年10月。傍晚

地点：永定门大街

场景：街景可用音响侧面表现。繁华街区的喧嚣声、汽车声、喇叭声、自行车铃声，在淅沥的雨声中交错成一片

【雨中，一个苍老的身影一动不动地站在马路边上，没有打伞也没有穿

雨衣，目光执着地望向雨中的某个地方，近乎朝圣的虔诚

【一道车灯猛然扫过舞台，紧接着是急刹车和一片水花四溅的声音。一辆出租车从俞昌彦面前几乎擦身而过，俞却浑然不觉

【司机从车窗里探出头来骂："你这老头儿，站在路边上犯傻，不要命了！"

【起光

徐　瓔　（画外音，焦急找寻）俞伯伯！俞伯伯！

【徐瓔打伞匆匆上

徐　瓔　俞伯伯！您在这儿！（快步走到俞身边，把伞撑在二人头顶）可把我们急死了，正分头找您呢！您怎么自个儿跑到大街上来了？

俞昌彦　（正全心沉浸在自己的记忆中，又将徐瓔当成了谢珩君）是珩君啊？（高兴地）这可真是巧，真没想到能在这儿遇见您。您……

徐　瓔　您先跟我回家，到了家咱们慢慢说。

俞昌彦　我……还想在这儿待会儿，反正回去也没什么事。

徐　瓔　这怎么行啊，您看这么大的雨，天儿又冷，您这么站下去身体吃不消。咱们回去吧。明儿天放晴了咱们再来。（拉俞欲走）

俞昌彦　（突然就势抓住徐瓔的手臂，近乎哀求地）您就让我在这儿再待会儿，行吗？

徐　瓔　您待在这儿……干吗呀？

俞昌彦　我想再多看一会儿。

徐　瓔　（迷惘地）看什么？

俞昌彦　永定门。

徐　瓔　永定门？……在哪儿？

俞昌彦　（抬手指给徐瓔看）那不是？您看，正南边。京南第一门啊！（思维和口齿忽然异常清晰）重檐歇山楼阁式建筑，绿琉璃瓦剪边顶，面阔五间，进深三间——多壮观的城楼！

徐　瓔　您指的是永定门立交桥吧？新修的，是挺壮观。

俞昌彦　永定门怎么是新修的呢？打嘉靖年间算到现在，四百多年啦，四百多年……

【雷声。雨势转大

徐　璎　（打断）您还是先跟我回家吧，这雨越下越大了，不能总站在马路牙子上啊。

俞昌彦　您让我再看看。这檐口、脊兽，还有天际线，看明白了，回去好把那张画画完。

徐　璎　要不这样，您先回去，回头我拿照相机把这城门拍下来，您就照着照片画，不是一回事？

俞昌彦　画和照片怎么是一回事呢？照片是死的，画不一样。画画的人，画的不是眼睛里的东西，是心里的东西。

徐　璎　您看着照片也一样的。

俞昌彦　那不能够。比方说吧，现在看这座永定门，就跟咱们小时候看见的完全不一样了。现在这么一看，能在上面看见几十年前的事儿……

【工地施工的噪声起，隆隆的推土机声由远及近

【俞昌彦听到，神情忽然变得惊恐而慌乱

俞昌彦　你听，珩君，你听！

徐　璎　（听了一会儿）那边在施工啊。怎么了？

俞昌彦　那是推土机！他们这是要拆什么？

徐　璎　您就别操这个心了。

俞昌彦　别是要拆永定门吧？

徐　璎　没有，他们拆的地方离永定门远着呢，您放心。

【俞昌彦执着地侧耳倾听，直到推土机声渐渐消失，情绪才恢复正常

俞昌彦　这要是让我老伴儿听见，又该说我多管闲事、招灾惹祸了。您知道，那年月，他们给我扣了顶大帽子，说我反对毛主席的城市建设方针。珩君啊，跟您说句过心的话　我是打旧社会过来的人，我怎么能不爱新中国？怎么能不拥护毛主席？可我也爱北京城啊，爱城里的一草一木、一砖一瓦——那是我住了70多年的家啊！我不能眼瞅着他们把我的家给拆了……

徐　璎　不会的，不会的。都没拆，都留着呢，您别自个儿瞎想，啊。

俞昌彦　没拆就好，没拆就好……您不知道，我这是怕啊。唉，人老了，好多事

都分不清楚是真的还是自己瞎想出来的了。有时候我想，我这是在做梦吧？我梦见人家说永定门要拆了，一忽儿，我耳边都是叮叮哐哐拆城墙的动静儿，那城门，那城墙，就在我眼前这么塌了，城砖一块一块地摔下来，一块块直往我心窝子里砸！……我就一下子醒了，我想这不成，我得来看看！

徐　璎　（恍然）所以您就自个儿出门了？

俞昌彦　是啊。来了这儿一看，永定门不是好端端地在那儿吗？（叹气）可我就非得亲眼瞅见了，这颗心才放得下。老伴儿总说我傻，珩君，你说我是不是真的老糊涂了？

【徐璎看着面前这位一时明白一时糊涂的老先生，又好气又好笑

徐　璎　您这下子放心了，就赶紧回去吧。伯母不定怎么担心呢！

俞昌彦　担心什么？

徐　璎　下午您还病在床上呢，一会儿工夫，人就不见了，能不让人担心吗？

俞昌彦　我没病啊。就是累了，打了个盹儿。难得您今天有空，我有好些话想跟您说。

徐　璎　有话咱们回去再……（看到老人哀伤的神情，心里一软）您说吧。

俞昌彦　这么多年了，我想跟您说的话只能憋在心里……珩君，您还记得我跟您是打几岁上认识的吗？

徐　璎　（苦笑）不记得。

俞昌彦　我也不记得。咱们从小一起长大，这份儿交情不怕人误会，我从没把您当外人。我不敢高攀说咱们是知己，可是我心里的东西，也只有您一个人能明白。您一走，我有好几十年没跟人说过心里话了……您从外国给我寄来的那些信，我都留着，想跟您说话的时候就拿出来看看，可抄家那会儿全给他们撕了，真对不住您……

徐　璎　那不是您的错，是那个年月……

俞昌彦　那个年月……（叹息）有一件事，我心里一直不好受。我不知道怎么跟您说……（下决心似的）我没跟任何人揭发过您说的话。那种事，我做不出！我知道您为这事儿伤心透了，您不原谅我，您跟我划清界限，没错儿。可是我心里有多委屈，珩君，您知道吗……

【俞昌彦老泪纵横，徐璎被深深触动。她慢慢将伞放在地下，紧紧地握
住俞昌彦的双手。

徐　璎　我知道，我都知道！您不会的，您不是那样的人……

俞昌彦　（感激地）珩君，我等您这句话，等得太久了……

徐　璎　（心酸）俞先生！

【二人执手相对，良久。谁都没有意识到头上浇下的倾盆大雨

【俞妻与俞航急上

俞　航　（一眼看到父亲）爸！

【俞航三步并作两步奔过来。俞妻气喘吁吁地跟在后面

俞　航　全家人找了您大半天了！您是要把我们急死还是怎么着？

俞　妻　可找着了……（眼泪唰地流下来）你这是干什么呀你？晌午才进过医院，
这一跑出来有个闪失，怎么得了！瞅瞅，衣裳都湿透了……

俞　航　（看着站在雨地里的两个人）爸，您这算怎么回事？

【徐璎猛然意识到自己的失态，松开俞昌彦的手，俯身把伞拾起来

俞昌彦　（自知理亏，嗫嚅地）我……我就是在这儿跟珩君聊聊永定门的事
情……难得珩君有空……

【俞妻脸上立即变色

俞　航　（突然爆发）她不是谢珩君！（冲着俞昌彦的耳朵喊）您听清楚没有？
她不是谢珩君！谢珩君死了！就是上个月的事，死了！

【雷雨声大作

【俞昌彦缓缓转过头去，努力睁大浑浊的眼睛，仔细看着徐璎的脸。久
之，嘴唇动了动，似乎想起了什么，也似乎什么都没想起来，眼神渐渐
发直，似乎穿透了面前的人和雨幕，不知望向远处的什么地方

徐　璎　俞先生……

【俞昌彦身子一晃，似乎随时要往后倒去。俞航忙抢上扶住

俞　航　爸！

俞　妻　老俞！老俞……（哭得断断续续说不成话）

俞　航　快叫车！送医院！

【俞昌彦长长吁出一口气，缓缓睁开眼睛，示意俞航不必扶他，神色异

　　　　常平静

俞　航　（迟疑放手）爸……

　　　　【俞昌彦眼中是看破沧桑的淡定，再无悲欢。他朝着永定门的方向遥遥
　　　　拱手一祭，而后转身，独自走向雨中

　　　　【俞航猛然省悟，拔步追上去

俞　航　爸! 等等! 伞!

　　　　【俞妻一边擦眼泪一边忙不迭地拿着伞去追俞昌彦，下

　　　　【徐璎追上两步，拦住俞航

徐　璎　对不起，还有一件事，我差点忘了。我妈妈有一封信留给俞先生，我临
　　　　出门放在茶几上了。就拜托您转交吧。

　　　　【俞航点头，追下

　　　　【徐璎撑伞站在原地，久久不动

　　　　【灯暗。画外音起

谢珩君　（画外音）老俞这是我给您的最后一封信了。您也许会怪我，直到最后
　　　　都没来见您的面，可我想还是不见的好。一来不必让您因为我再想起那
　　　　些不愉快的事；二来我也不知道，这么多年的时间有没有让您原谅我。
　　　　当年那样做，实在是不得已。我以为划清界限，可以让您少受一些牵
　　　　连，更重要的是，我不想影响小航的前程。那时候他还没毕业，还是个
　　　　孩子……其实我心里清楚揭发我的人是谁，可是我原谅他，因为他是我
　　　　的学生。

　　　　【音乐推起

　　　　【暗转

尾　声

　　　　【一个月后

　　　　【副演区灯亮

　　　　【打字声

徐　璎　（画外音）一位外国诗人说过：“人的一生有两样东西不会忘记，那就是

母亲的面孔和城市的面孔。"于我而言，母亲的音容笑貌始终历历在目，而这座城市的面孔，却在那一场滂沱大雨之后，变得越来越模糊。

小时候母亲教我读过一首诗，末两句说　冠盖满京华，斯人独憔悴。直到今天，我才分明看见这样憔悴的背影，在这座城市里，离繁华最远的地方。

【主演区起光圈。俞航上，敲门

俞　航　请问这是谢珩君教授家吗？

【徐璎从窗后走出来，到主演区。主演区全亮

徐　璎　是您？您怎么来了？快请进。

俞　航　我也是从学校那边辗转打听到谢先生的住址，特地寻来的。哦，打扰您工作了吗？

徐　璎　不不，您来得正好，我在写一篇文章，是关于我妈妈的，也关于北京，还有俞先生。身为记者，我觉得有责任让更多人了解这座城市的经历。等写好了，我想请您看看。

俞　航　那太好了。而且，我正好给您带来一张插图。

【俞航将手中的一卷东西递给徐璎。徐璎接过，展开

徐　璎　（惊讶）永定门！您把它重新拼好了？

【徐璎用手指缓缓抚过画面上的裂痕，感慨万千

俞　航　不是我，是我妈妈。那天，是她把这些碎纸片收拾起来的，一片也没有丢。

徐　璎　可是，这么珍贵的资料，还是交给……

俞　航　我已经拍照保存在局里的资料室了。这张原作，我想，应该还给谢先生。

徐　璎　我替妈妈谢谢您。

俞　航　不，我只是为了我爸爸，还有我自己。那天，看了谢先生的那封信，我才算是明白了。我这不争气的学生，今天是特地来认错的。

【沉默

俞　航　另外，我还要告诉谢先生一件事。

徐　璎　什么事？

俞　航　永定门就要重建了。

徐　璎　真的吗？

俞　航　谢先生的提案，政协已经讨论通过。昨天局里开会决定，具体方案设计由我负责。当年我父亲没能把这张画画完，今天我来把这一笔补上。

徐　璎　可我记得您并不赞成这个提案……

俞　航　前些天在档案室查资料才知道，50年代，在拆除城墙的决策会议上，谢先生说过一句话："50年后，你们会后悔的！"50年后，我们真的后悔了。

徐　璎　所以您接下了这个工程？

俞　航　不知道谢先生留的这份作业，我这个当学生的能不能做好，尽力吧。

　　　　【徐璎若有所思

俞　航　您在想什么？

徐　璎　我在想，重建之后的永定门该是什么样的。

俞　航　我们会尽量按照原貌重建。不过，那肯定不是原来的永定门了。记忆是不能复制的，但是可以重新开始。

　　　　【主题音乐起。收光

　　　　【幕落

　　　　【全剧终

2009年2月三稿

殊　途①

编　剧：周颖萱（浙江大学经济学院国际经济与贸易2009级本）

---

① 共演出3场，2013年4月12日浙江大学紫金港小剧场首演，同年9月24日、26日分别于紫金港小剧场和玉泉永谦剧场演出。

程正曦、孟新月、徐世生是1935年浙江大学的三名在读本科生。他们一个书生意气，心怀天下；一个心思细腻，优柔寡断；一个看起来略显痞气，遇大事时却坚决果断，不随波逐流。他们在战火纷飞的岁月中，同浙大一起走过了漫漫西迁之路。随着世事的变迁，三个人在人生的路途中选择了不同的方向。而在追寻"求是"的道路上，他们能否殊途同归呢？

剧本：

话剧《殊途》（节选）

人物表

孟新月：18岁，国立浙江大学女大学生，善良、热情、果敢，但遇大事又容易优柔寡断

程正曦：19岁，孟新月学长，学生领袖，心系天下

徐世生：20岁，孟新月的同学，也是她的幼时玩伴，杂货铺老板之子，聪明、圆滑，有商业头脑

老妇：年纪不详，满头白发的老奶奶，气质端庄而安详

孙女：9岁幼女，好奇心重

宋歌：孟新月同班同学，闺蜜，温顺，传统

孙志青：程正曦同学，热血青年，唯正曦马首是瞻

吴妈：孟新月家女佣，将新月从小带大，情如母女

孟老爷：孟新月父亲，没落的书香世家家主，爱女儿，但迂腐固执

沈三：杭州警察局某行动队队长，后升为局长

竺可桢：气象学、教育学家，临危受命，任浙大校长

张侠魂：竺可桢夫人

林婶：湄潭人，浙大校门口茶摊老板

于子谦：孟新月学弟，程正曦下一任浙大学生自治会主席，后被迫害致死

军警甲、乙

男女学生若干

引 子

【左侧演区，夜晚，老妇坐在椅子上，孙女趴在膝旁

老 妇 天都黑了，奶奶都讲了三个故事了，你也该睡了。

孙　女　不嘛不嘛，奶奶再讲一个。

老　妇　奶奶哪有那么多故事讲呢！

孙　女　再讲一个嘛。

老　妇　你该睡了……

孙　女　讲一个我没听过的，别人也没听过的。

老　妇　这……

孙　女　还要长一点的。

老　妇　要多长？

孙　女　越长越好，要，（双手伸开）要——这么长！

老　妇　这么长啊？讲到一半你睡着了怎么办？

孙　女　我保证不会！讲嘛讲嘛……

老　妇　好好好。唉，从哪里开始呢……（思索）从前，有一个小姑娘……

孙　女　从前？从哪个前？

老　妇　几十年前吧，也记不清了。

孙　女　怎么会记不清呢？

老　妇　大概，大概就是民国二十四年，噢，咱们现在都说1935年。

孙　女　嗯……在哪儿呢？

老　妇　杭州。

孙　女　杭……州……然后呢？

老　妇　有一个小姑娘……

孙　女　小姑娘叫什么？

老　妇　就叫她新月吧。

孙　女　新月？这个名字真好听！

老　妇　还有一个小姑娘，叫宋歌。

孙　女　宋歌？

老　妇　嗯。新月喜欢弹琴，宋歌喜欢唱歌……

　　　　【钢琴声渐入，右侧演区亮，左侧演区暗，二人下。右演区中，孟新月
　　　　弹琴，宋歌唱歌

宋　歌　（演唱《雷峰塔影》）

我送你一个雷峰塔影，

漫天稠密的黑云与白云，

我送你一个雷峰塔顶，

明月泻影在眠熟的波心。

深深的黑夜，依依的塔影，

团团的月彩，纤纤的波鳞——

假如你我荡一支无遮的小艇，

假如你我创一个完全的梦境。

　　【曲中，舞台上呈现杭城众生相——挑扁担的挑夫、卖糕点的小贩、洗衣服的妇人们、打着油纸伞的女子、捧着书本的学生、推着单车的工人、都在后场走来走去

程正曦　（朗读，钢琴声中）彼黍离离，彼稷之苗。行迈靡靡，中心摇摇。知我者谓我心忧，不知我者谓我何求。悠悠苍天，此何人哉！（思索）

　　【孙志青拿着一张报纸上

孙志青　正曦，你果然在这儿！

程正曦　哎，志青，你怎么来了？

孙志青　你快点跟我走吧！

程正曦　我还要看书呢。

孙志青　（拿报纸给程正曦看）你先看看这个！来，我们边走边说。

　　【孙志青拉着读报的程正曦下

　　【曲终，新月与宋歌相视一笑，新月起身

孟新月　深深的黑夜，依依的塔影。

宋　歌　团团的月彩，纤纤的波鳞。

孟新月　假如你我荡一支无遮的小艇。

宋　歌　假如你我创一个完全的梦境。

孟新月　（笑，与宋歌走向糕点铺）宋歌，等咱们上台的时候，我也要说徐志摩先生的那番话 "我不爱什么九曲，也不爱什么三潭，我爱在月光下看雷峰塔静极了的影子——我见了那个，便不要性命。"

宋　歌　新月，你可不要说笑，我哪里能上台！

孟新月　怎就不能?

宋　歌　女孩子家，这成什么样子。

孟新月　（不悦）你跟我爹越来越像了。不让这个，不让那个。

宋　歌　就是不让嘛。再说，我已经定了亲，等婚嫁日子一定，书也不能读了，
　　　　哪里还能上台唱歌呢!

孟新月　反正我不管，我就要念完书。我还要一辈子守在这西湖边上。

宋　歌　你爹也是这么说的?

　　　　【新月不语

宋　歌　你想想，以你爹如今在杭州城里的地位……

　　　　【新月扭头不睬

宋　歌　好好好，不提他。噢，我知道了，你是为了正曦!

孟新月　宋歌，你又笑我!

宋　歌　我可不敢，我可不敢。

宋　歌　哎，你看，（指）那水里有鱼!（二人走上前看）

孟新月　我们下去看看吧!

宋　歌　新月! 这么多人呢，可不要胡闹。

孟新月　那我们去码头那边租个小艇。

宋　歌　假如你我荡一支无遮的小艇。

孟新月　假如你我创一个完全的梦境。

　　　　【二人笑

宋　歌　对了，我爹给了两张戏票呢，明天放了学去看戏吧。

新　月　好啊好啊，看完戏还可以去附近的舞厅跳跳舞。这回你可得听我的。

宋　歌　我们女孩子家，怎么能去那种地方?

新　月　哎呀，走吧。

　　　　【天色渐暗，收音机音乐减弱，灯光集中在钢琴上的收音机上，广播
　　　　声起

广　播　中华民国二十四年六月二十七日，南京政府签署《秦土协定》，割让察
　　　　东六县于"满洲"，二十九军撤出察哈尔境内长城以北地区。

广　播　中华民国二十四年七月六日，南京政府签署《何梅协定》，承诺党部完

全撤出河北、平津，取缔一切抗日组织活动；中华民国二十四年十月二十二日，香河、昌平、武清、三河等地发动暴乱，实行"自治"……

学潮涌起

一

程正曦　（站在高台上）日落西山，入夜了，就要入夜了。乡亲们，同胞们，兄弟姐妹们，我问你们，在这漫漫长夜里你们谁能睡得安稳？你们听不见倭寇步步逼近的铁蹄声吗？你们听不见四万万人地动山摇的哭声吗？你们听不见那求你们醒来的呐喊声吗？国破家亡，何以安睡？我请求你们，把千家万户的灯都点亮了，看看我们伤痕累累的大地母亲，她痛哭着挣扎着咆哮着求你们醒来救国，醒来救国！你们苦等黎明，却不知道这黎明在苦等你们，只要你们，只要你们，醒来救国，醒来救国！

众学生　（孙志青等上）醒来救国！醒来救国！

众学生　（演唱《渔阳鼙鼓动地来》）

渔阳鼓，起边关，西望长安犯，

六宫粉黛，舞袖正翩翩，

怎料到边臣反，哪管他社稷残。

【孟新月上，徐世生跟来

孟新月　正曦，别爬那么高，快下来！

程正曦　新月！都准备好了？我们的声音，要让杭州城所有的人都听得到！（走下高台）

孙志青　打倒日本帝国主义！

众学生　打倒日本帝国主义！

孙志青　打倒日本帝国主义！

众学生　打倒日本帝国主义！

孟新月　正曦！我跟你一起去！

徐世生　（拉住新月）哎哎哎！我说你就别去了。这么多人，难免磕磕碰碰的……

【孟新月展开手中的条幅，亮出"醒来救国"字样

徐世生　宋歌呢?

孟新月　她爹不让她来。

徐世生　（追上，拽住新月）就是嘛！男人们去闹闹也就罢了，你这女儿家的就不怕危险吗?

孟新月　（反问）那你怎么不跟去?

徐世生　我……我这不是负责殿后吗！你们谁要是落下了东西，不都得我收着?

孟新月　好好好，辛苦你了。（取下包塞给徐世生，跑下场）

徐世生　嘿你……（四周张望，换装扮成老头，把藏起来的两筐梨搬出来，嘴里嘀咕）辛苦我了，辛苦我了！我能不辛苦么？你成天跟在人家屁股后面胡闹，我还得成天跟在你屁股后面收拾残局……（叫卖）新鲜的梨哎，又大又便宜又好吃！新鲜的梨哎！又大又便宜又好吃！

【两个女学生上

女生甲　老伯伯您怎么在这儿卖梨啊？这条街可乱了。

徐世生　生活艰难啊。我原来跟儿子住在山东，开战以后迁过来，前天又跟儿子冲散了，我这下顿还没着落呢……（低声哭）

女生乙　真是可怜……您这梨怎么卖的?

徐世生　四分钱一斤。

女生甲　四分钱?

徐世生　大老远从山东运来的。姑娘你尝尝可甜了。（从左筐拿出一好梨递给女学生尝）

女生乙　那我们要一斤吧。（孟新月上）

徐世生　哎哎，好好，你们两个姑娘真是好心肠。（从右筐拿梨，称好递给女学生，女学生下）

徐世生　新鲜的梨唉，又大又便宜又好吃！

孟新月　四分钱?

徐世生　（不抬头）生活艰难啊，我原来跟儿子住在山东，开战以后迁过来……

孟新月　徐世生，你又在这儿扮老头儿卖东西骗钱？

徐世生　你……这样你都认出来了？

孟新月　我还不知道你吗？三岁就会打算盘，七岁就跟着你爹沿街卖货。见利忘义，见钱眼开，见缝插针，哪一样你不占？我们在前方怀着大理想做着大事业，你在后面要着小聪明赚着小便宜。

徐世生　哎哎哎，我不就是卖个梨么！

孟新月　我问你，你这些梨哪里来的？

徐世生　……弄来的。

孟新月　哪弄来的？

徐世生　那儿。

孟新月　那儿是哪儿？

徐世生　你们家后院不有俩梨树嘛……

【孟新月抓起右筐一个梨，瞪眼，欲发作

徐世生　（指着右筐，悄声）您吃这筐的！也就这筐是你们家后院的，没摘多少……（抢过新月手里的梨）这筐里全是坏的……

孟新月　你……

徐世生　冉说了，你们大户人家，书香门第，又不在乎这点梨。你又不是不知道，我跟我爹一路从北平迁到杭州来，没亲没顾的。现在我爹没了，铺子也开不下去了，家里能当了都当了。这梨我今儿要是卖不出去，这下顿还没着落呢……（作势要哭）

孟新月　在我跟前，你就收起这套吧。徐世生，你若是没钱，说出来，让同学们捐就是了，还用得着在这儿装模作样的？

徐世生　那是啊。你们这些养尊处优的大小姐，闲钱就堆得压死我们。我爹没走那两年，铺子买卖倒是没赚多少钱，净看见你们家吴妈成天地往我们家铺子里跑，今天补个摔了一角的乾隆年间的青花釉里红花盆，明天再修个散了架的汉宫春晓图彩屏风。那时候，凭着我爹这修修补补的手艺，副业倒是没少捞你们家的……（见新月盯着自己）你别看我呀，现在你也不常回家了，跟你爹，哦不，孟老爷，也不吵吵嚷嚷砸东砸西了，你让我上哪捞钱去啊。这梨我今儿要是卖不出去，这下顿还没着落呢……

（作势要哭）

孟新月　我跟我爹的事，关你什么事？

徐世生　要我说啊，你爹就是对你太好，你闹的时候顶多就说你两句。（模仿孟老爷）"新月，爹可不许你胡闹。"

孟新月　（生气，跺脚）我不跟你扯了，快把书包里的糨糊给我，正曦还在前面等着用呢。

徐世生　正曦正曦，又是正曦。你就信程正曦那套吧。你爹拥有万恶的资本，万恶的资本用来剥削，哦对了，万恶的资本还给你交学费了，给你买梨吃了，给你修那些盆盆罐罐的了。（模仿孟老爷）"新月，这些钱，拿去用吧。"

孟新月　（急）胡说八道！

二

【吴妈上

吴　妈　新月！新月！

孟新月　吴妈，你怎么来了？

吴　妈　你住在学校里都好几天不回家了，吴妈来看看你。给你送点钱，也顺便给你送点梨。都是咱们自家种的。

孟新月　爹让你来的？

吴　妈　是吴妈想新月了，这还不成吗？听吴妈一句，今晚回去，吴妈给你做你爱吃的。

孟新月　我不回去。

吴　妈　（叹一口气）一家人怎么弄成这个样子！太太走得早，就剩你们父女俩，你这孩子还……

孟新月　（心软）吴妈……

吴　妈　老爷昨天说，家里的钢琴好些日子没弹了，这是记挂你了。怎么，吵嘴的时候一时半会说的气话，也要记一辈子吗？

孟新月　（摊开条幅）可是他说我，说我做这些事都是胡闹！这不是气话，这是

　　　　　　不尊重我！我不回去。

吴　妈　　新月……

徐世生　　（拿过装梨的袋子）不回去正好，这些东西我先帮你保管着啊！

孟新月　　我，我不用这些钱！

　　　　　　【军哨响起，学生跑过，喊着"警察来啦！""警察打人啦！"……

徐世生　　这这这，是抓我的还是抓你们的啊？

孟新月　　哎呀，正曦，正曦还在前面呢！正曦！正曦！（冲出，下）

吴　妈　　新月，新月！（跟新月下）

　　　　　　【学生跑下，二军警、沈三上

沈　三　　老头！看见一群学生跑过去吗？

徐世生　　（头也不抬地收拾梨）啊……没看见！

沈　三　　没看见……

军警甲、乙　　没人！

　　　　　　【沈三气喘停下，回头看徐世生，指示军警上前

沈　三　　别动！哎哎哎，谁让你在这儿卖梨了？

徐世生　　长官，生活艰难啊，我原来跟儿子住在山东……

沈　三　　行了行了，这跟老子没关系。知道这条街谁管么？

徐世生　　是……老子……您。

沈　三　　对咯。要想在这片好好地卖梨，就给我听着了，商税、营业税、市地税、菜市捐、城区花捐、防务经费、所得税附加，以后老子来了，就给我乖乖交上来，保管你安安稳稳、踏踏实实地在这儿做营生。今天老子来了，先把市罚金交了吧。

徐世生　　长官，我初来乍到，一分钱都没挣着啊。这梨，给长官您尝尝鲜。

沈　三　　（咬了一口）这跟老子没关系。市罚金该交还得交啊。

徐世生　　长官我是真没钱啊！

沈　三　　（看徐世生磨蹭）快点，老子没时间跟你耗。

徐世生　　您就通融通融吧……

沈　三　　通融通融？砸！

徐世生　　哎哎哎，别别别！长官，这筐梨都给您，这梨都给您啦！

沈　三　啊？

徐世生　这梨啊，当我孝敬您了。

沈　三　啊？哦，你是说这梨，你先抵押着？

徐世生　是是是，这梨啊先抵押在长官这儿，等我有了钱再赎回来。

沈　三　这个办法……也不是不行。

徐世生　（急）太阳都落山了，我先回了！长官，明天见！（抱起剩下的一筐梨迅速下）

沈　三　（咬一口，吐出来）呸！他妈的！这么酸！你你你，给我站住！（追出，下）

临危受命

一

程正曦　放下你的鞭子！

徐世生　办不到。

程正曦　我偏要你办到！

路　人　（乱叫）打他！打他！

【两人扭在一起，打了起来，鞭子掉在地上，程正曦将徐世生推倒。路人叫好

徐世生　（疼，小声对正曦）你他妈真打呀。

程正曦　少废话！你说，你还敢用鞭子打人么？

徐世生　（欲发作）我……

孟新月　（冲上前，护住徐世生）好先生，请你放了他吧！

徐世生　新月，我疼死了！

程正曦　这畜生，我今天非教训他一顿不可。

孟新月　请放了他吧！这不是他的错。

程正曦　不是他的错？这样狠毒地用鞭子打你！

孟新月　（悲伤）是的。

程正曦　（放开手）姑娘，这是怎么一回事呢？（稍顿）他为了挣钱，把你买

了来？

孟新月　不，他是我的爸爸。

　　　　【徐世生狂点头

程正曦　你的爸爸？世界上哪有这样狠毒的爸爸，用鞭子打他的女儿。

孟新月　他也是没有法子呀！肚子逼着他这样干的。咱们有两整天没有吃个
　　　　饱啦。

程正曦　为着肚子饿，就鞭打自己的女儿？

孟新月　先生呀！没有挨过饿的人，任怎么样也不会懂得挨饿是怎样一回事的。
　　　　你知道，饿得慌的当儿，那种疯了似的心情啊！

程正曦　可是，是谁把你们弄得这般田地呢？

孟新月　这般田地？东洋鬼子呀，可恨的东洋鬼子，夺了我们的家乡，抢去了我
　　　　们靠着活命的田地。最可恨的，我的妈妈也被他们杀死了……（掩面哭，
　　　　徐世生跟着哭）你们不记得"九一八"吗？日本兵车开到沈阳，那儿十
　　　　几万的中国兵说是受了什么不准抵抗的命令，都撤退了，于是就留着我
　　　　们在那儿受苦。我们逃到关里，鬼子也跟到关里。我们空着两只手，只
　　　　能到处流浪卖艺过活。可是这年头儿看把戏的人也少，加上我又不内
　　　　行，拼着命也挣不到一个饱。可怜的爸爸，饿得慌了就使脾气。可是在
　　　　从前，他是我慈爱的爸爸呀！

程正曦　这么说，我是打错人了？

徐世生　不，你没有错，你打得对。

孟新月　爸爸？

徐世生　我怎么会打这样一个可怜的女孩子，而且她还是我自己的女儿呢！唉，
　　　　我疯啦，我怎么会下这样的毒手鞭打我的闺女呢？小伙子，你打得对，
　　　　我实在不是人。

孟新月　（扶住徐世生）爸爸！爸爸！

徐世生　最可怜的是你的妈，她活着时没有过上一天好日子，连死也死得那么
　　　　可怜……

孟新月　（哭泣着）爸爸，爸爸……

徐世生　是我的命不好，是我的命不好。

程正曦　命，不要相信什么命！使你们家破人亡的是谁？使你们挨饿受冻的是
　　　　谁？使你们受苦受难的是谁？是日本帝国主义，是不抵抗的卖国汉奸！

徐世生　这话不错，可是叫我们能怎么办呢！

程正曦　是啊，咱们穷人一碰到什么意外，就像你们一样不知道怎么办了。穷朋
　　　　友，咱们"不打不相识"。既然在这儿遇见了，咱们就一起去，找侵略
　　　　我们、迫害我们的人算账去！这样才有我们的生路。

　　　　【竺可桢和张侠魂上，驻足观看排练

徐世生　可是叫我们拿什么去打倒他们呢？

程正曦　要打倒他们，（拾起鞭子）应该用你这个武器。

徐世生　这有什么用，人家有的是飞机大炮呀！

程正曦　只要大家齐心，团结起来，这力量比什么都大。

路　人　（高声，激昂）对！我们要团结起来，一起打倒我们的仇人！

程正曦　好！今天就练到这里，大家把东西收一收放回去，准备后天上街演出。

　　　　【众学生应和，演员们脱下戏服，众学生收拾道具

二

宋　歌　新月！

孟新月　宋歌！

宋　歌　新月，你演得真好！

孟新月　可开头那两首小曲唱得还是不够好，若是你来演的话……

宋　歌　哎，说好了我就是来看看的。

孟新月　那你教我唱，下午我们就去琴房练。

宋　歌　教你倒可以，不过你别忘了，今天下午4点，我们要去体育馆见新校
　　　　长呢！

徐世生　新校长，有什么好见的？没听说过这句话吗，天下乌鸦一般黑。

程正曦　徐世生，你怎么说出这样的话！

徐世生　这样的话怎么了？这样的话是实话！你们说郭校长有错，这新来的校长
　　　　就一定好吗？

孟新月　赶走了你的先生，你就一直记恨在心吗？

徐世生　我可没有啊，别冤枉我。

宋　歌　赶走了他的先生？这是怎么回事？

孟新月　你还不知道吧，那个被我们赶走的郭任远郭校长，可是他的好先生呢！

宋　歌　是你们赶走了郭校长？为什么？

孟新月　因为郭任远……

程正曦　他郭任远上任3年来，处分和开除的学生也有上百人了，前年他就因为一句"金华火腿闻名天下"就要在农学院建一个"火腿系"，还逼走了院长许先生。如今东三省没了，长城一线失守了，眼看着华北平原也要变成小鬼子的了，我们抗日游行，他郭任远却给我们定罪！

孟新月　上次志青他们被军警抓到牢里去，多亏了这位郭校长。

宋　歌　所以，你们就把郭校长……赶走了？

孙志青　怎么不行？

宋　歌　可……他是校长！

程正曦　那又如何？

孟新月　上次，正曦带着我们都跑到火车站了，好多同学还爬上了火车头喊着要去南京政府请愿呢！你看，他们人也放了，校长也走了，志青他们不也安安全全地回来了么！

宋　歌　可是……这太可怕了！你们怎么能这样的闹！

徐世生　哎！就是说嘛！把自己学校的校长赶走了，这算什么光彩的事儿？哎，你说你们为什么被抓进去啊？你，就是你，孙志青，你为什么被抓进去？啊？要我说啊，就两个字　胡闹！你想过你的爹娘吗？他们千辛万苦地攒够了学费，不就是为了让你跟着先生识几个字嘛！当时我说什么来着，咱们已经有十几个同学被抓了，程正曦还想带着大家胡闹，怎么着？也想进去吗？

程正曦　你说什么呢！

徐世生　万一你们也被抓了，还不是得你们的爹娘想尽办法去弄钱，倾家荡产地把你们赎出来。志青，你爹娘是做什么的？有多少钱赎你啊？

孙志青　（气急）你……

程正曦　徐世生，你知道要多少钱才能赎出志青吗？

徐世生　我怎么知道？！

程正曦　志青他爹娘每天在外面卖早点，你知道他们每个月又要缴多少税吗？

徐世生　啊，这个我知道！商税、营业税、市地税、菜市捐、城区花捐、防务经费、所得税附加……（见新月忙噤声）

程正曦　你也知道！这民国，还是咱们黎民的祖国吗？你说这是胡闹，可我们这胡闹，正是为了不让咱们再过着受欺负的日子；现在小鬼子破了东三省，眼看着就要南下了，我们这胡闹，正是不想咱们连家都没了。我们不想没了家，不想做亡国奴，政府就来抓我们堵我们的嘴，你还认为拿着钱去孝敬他们是应该的，而我们做的，就是胡闹了？

徐世生　……我是说郭校长又没错……

孙志青　哼，是非不分，黑白颠倒，我就看你怎么去拍新校长的马屁。

徐世生　怎么着！这新校长有什么了不起的，换了我我也能当！

【竺可桢抬头，看徐世生

孟新月　（嘲弄）你？

徐世生　我是说，新校长来了，能做点什么，想也知道嘛。（与竺可桢眼神交流）现在东北都乱成一锅粥了，万一小鬼子搅和进了北平，杭州还是安生的地儿么？要我说啊，新校长一来，椅子都没做热，没准学校就没了。

宋　歌　你瞎说！学校怎就没了？

孙志青　小鬼子要是敢来，咱们就把他打回去！

徐世生　打回去？哈哈！

孙志青　哼！

【孙志青搬箱子下

徐世生　走了更好！

孟新月　你倒是说呀，怎么不行？

徐世生　咱们就掰着手指头算，咱们学校总共几百人，有几个男丁能上阵？我们军事训练都没受过，硬是要上战场，这不找死吗？好好好，就算能上，咱们手里也得有家伙什儿啊，杭州政府还能给咱每人配支枪？好好好，就算有，他们小日本用的什么呀？没听那些从东北地界上逃过来的大老

　　　　　爷们说吗？步枪上都插着刺刀，瞄准一个远处的，"砰"地放一枪，刀
　　　　　刃"啪"，顶在胸脯上。

孟新月　（惊恐）啊？

徐世生　你俩别害怕，我也没见过呢。

程正曦　鬼子来了我们当然要打，不过若是杭州成了战场，学校可是要遭殃了。

宋　歌　是啊，这样的话，图书馆里的馆藏，实验室里的器材，还有老师们多年
　　　　　来的研究成果，可都保不住了。

徐世生　对咯。所以我说啊，这新校长来了，就得做决定。要么咱们就解散，要
　　　　　么就迁。

程正曦　解散是万万不能的，全校上下，任谁也不会答应的。

孟新月　所以就迁？迁去哪里好呢？

徐世生　要是小鬼子一路沿着海打过来，我们就得往内陆迁。

程正曦　不论如何，如果学校要迁，我们就跟着去。

徐世生　（问新月）你也跟着去啊？

孟新月　嗯。

竺可桢　（对徐世生）这位同学说得还真有几分道理。

徐世生　（对正曦，得意）瞧见没，瞧见没？我说什么来着，这新校长没什么了
　　　　　不起的，换了我我也能当！（对竺可桢，抱拳，笑）在下徐世生，先生
　　　　　贵姓啊？

学生甲　（冲上来）竺校长！竺校长！可找着您了。费先生让我叫您去开会呢。

　　　　　【四人愣住

竺可桢　好，好。徐世生。（同张侠魂起立，徐世生慌忙起立）

孟新月　孟新月。

宋　歌　宋歌。

程正曦　程正曦。

竺可桢　孟新月，宋歌，程正曦。我们下午体育馆见。（同学生甲下）

　　　　　【四人面面相觑

　　　　　【左演区亮，孙女依偎在老妇身旁

孙　女　奶奶，杭州在哪里啊？

老　妇　远得很。虽然就在海的那边，可咱们从这边望过去，是伸长了脖子也望不到呢。

孙　女　那……杭州漂亮吗？

老　妇　漂亮，很漂亮。那时候，走在西湖边，满眼都是红红绿绿的旗袍，女儿家的还喜欢打伞，从街头就传来一高一低的吆喝声，还能听见自行车"叮叮"的声音……

三

孙　女　我也想去看看！

老　妇　可是，那是民国二十六年的杭州啊。

孙　女　什么？

老　妇　那是1937年的杭州啊！

　　　　【空袭警报响起

竺可桢　正曦，这些布告你带同学们迅速贴出去，全校师生明天开始迁往建德。

程正曦　（接过告示）好。志青他们去搬实验器材了。

竺可桢　好，好。（与程正曦速下）

　　　　【孙志青与徐世生搬着箱子速上

徐世生　哎，至青，歇会吧。

孙志青　校长都已经安排好了，告示上说，我们走水路，坐民船，晚上12点出发，第二天早晨8点就到桐庐了，下午四五点到建德。

徐世生　好。那这还有多少箱啊？

孙志青　还有1000多箱呢。

徐世生　1000多？

孙志青　咱们可得快点了。（二人速下）

　　　　【孟新月抱着书速上

宋　歌　新月！告示上说民国二十六年十一月十一号开始迁，今天就已经十一月十号了。这也太急了。

孟新月　建德有多远啊？

宋　歌　我也没去过。唉，这警报响得我心烦。（见孟新月不语，站住）你不是
　　　　真要跟着去吧？

孟新月　（惊讶）怎么，你不去吗？

宋　歌　杭州现在都乱成一锅粥了，只要我爹能来接我，我自然就不去。

孟新月　这怎么行？

宋　歌　难不成你爹接你回去，你还不乐意？

　　　　【警报声渐弱

孟新月　我们都应该跟着学校走。

宋　歌　新月，你……

　　　　【吴妈上

吴　妈　新月！新月！

　　　　【孟新月放下书慌忙要躲

徐世生　在那儿呢，在那儿呢！

吴　妈　新月！

孟新月　吴妈……

吴　妈　你看看这孩子……

孟新月　吴妈……

吴　妈　这弹钢琴的手怎么成这样了……

孟新月　吴妈……

吴　妈　这外面这么乱糟糟的，跟吴妈回家去。你的东西呢？吴妈给你拿，走。

孟新月　吴妈，我不回去了。

吴　妈　……什么？

孟新月　学校要迁走了，我得跟他们一起走。

吴　妈　啊？

孟新月　学校要迁走了，我得跟他们……

吴　妈　迁去哪儿？

孟新月　建德。

吴　妈　新月……

孟新月　我，我一定要跟他们一起走。

吴　妈　新月，你让老爷怎么办啊？老爷在家等着你回来呢！

孟新月　他没有！

吴　妈　新月！

孟新月　我只不过是搬到建德上学罢了，可近了，真的可近了。等日本人走了，不出一年我就回来了。

吴　妈　可是……

孟新月　半年！半年我就回来！

吴　妈　胡闹！真是胡闹！

孟新月　我没有！

吴　妈　傻孩子，你长这么大，连杭州城都没出去过，外面有多乱你知道吗？每天饿死多少人你知道吗？你跟着学校走能不能吃得饱穿得暖你知道吗？

孟新月　吴妈……

吴　妈　建德，吴妈都不知道是什么地方，别说回去跟老爷怎么交代，吴妈想再见你一面，怕是都难啊……

孟新月　吴妈你放心，我跟他们一块儿，保证好好的……

吴　妈　（拉住新月）不行！这次怎么也不能容你胡闹了！跟吴妈回家！

孟新月　（拉住吴妈）我不回去！

吴　妈　不行！回家！

孟新月　（推开吴妈）我不回去！

　　　　【吴妈站定，看着新月

孟新月　吴妈，我求求你。你就让我走吧。

吴　妈　傻孩子……

孟新月　我长大了，我不是孩子了。这条路，就让我走走试试。

　　　　【吴妈哽咽，流泪

吴　妈　……你真要去？

　　　　【孟新月颤抖着点头

吴　妈　唉！你这孩子……脾气跟老爷一样倔……

孟新月　吴妈，我，我走了……

　　　　【吴妈转过身，抹泪

孟新月　吴妈，您保重……（欲走）

吴　妈　（转过身）等等！（上前，掏出布袋里的钱，递给新月）吴妈身上这就
　　　　这么多了，都拿着吧，拿着吧……

　　　　【孟新月犹豫，接过钱。跑下

吴　妈　宋小姐，我们家小姐没出过远门，路上多照应她。

宋　歌　哎，哎。

国危歌飞

一

孙　女　新月去建德了？

老　妇　去了。

孙　女　宋歌也去了吗？

老　妇　她没等着爹娘来接她，也就一起去建德了。

孙　女　他们的日子过得苦吗？

老　妇　这是逃难啊，吃的穿的当然不比从前。苦是苦，可是，哪里比得上
　　　　痛呢？

二

孟新月　哎呀，说好了过来练歌的。我迟到了。

宋　歌　（强笑）不碍事，我也是刚到。

孟新月　（坐在琴边）你看，这琴是咱们从学校一路搬过来的，可要保护好呢。

宋　歌　新月，我有话要告诉你。

孟新月　啊，我也有话要告诉你！我要学着做大夫了！刚刚师母说要带着我学医
　　　　呢！我还怕自己不行，可是转念一想，有你跟正曦陪着我我就什么也不
　　　　怕了。到时候，我做了大夫，医治病人，你还可以来帮我，你可以在旁
　　　　边唱歌给他们听，哄他们高兴……

宋　歌　新月……

孟新月　怎么了？

宋　歌　没什么，我们开始练吧。

孟新月　（不解地看着宋歌，犹豫）噢。（弹琴）

宋　歌　（演唱《雷峰塔影》）

我送你一个雷峰塔影，

漫天稠密的黑云与白云，

我送你一个雷峰塔顶，

明月泻影在眠熟的波心。

【宋歌抑制不住，转过身抹泪。琴声停，孟新月起，不解

孟新月　宋歌，怎么了？

宋　歌　新月，我怕。

孟新月　什么？

宋　歌　我怕，我害怕！新月，你跟吴妈说这场仗半年就打完，可谁又知道以后会是什么样子？没有人给我们承诺，这场仗要打多久谁也不知道，这个学校能走多远谁也不知道。我怕，我害怕！

孟新月　你怎么了？

宋　歌　新月你不要说话，你说你们有你们的大理想，可我只有我的小日子。你有你崇高的爱情，可我只求活下来！

孟新月　到底出了什么事？

宋　歌　我爹找到这里了，他来接我，他就在外面等着。新月你不要责备我，你也不能责备我。

【孟新月呆住，与宋歌僵持良久

孟新月　去哪里呢？

宋　歌　我爹说，那里离建德可近了，真的，可近了。

【孟新月坐下，缓缓弹钢琴。宋歌抹泪，哽咽着把歌唱完

宋　歌　（演唱）

深深的黑夜，依依的塔影，

团团的月彩，纤纤的波粼，

假如你我荡一支无遮的小艇，

假如你我创一个完全的梦境。

广　播　中华民国二十六年十二月二十四日，杭州失守。

泰和妻逝

（略）

不宜之山

一

【激昂的钢琴曲起。一学生弹琴，正曦指挥众学生演唱

众学生　（演唱《毕业歌》）

同学们，大家起来，

担负起天下的兴亡！

听吧，满耳是大众的嗟伤！

看吧，一年年国土的沦丧！

我们是要选择"战"还是"降"？

我们要做主人去拼死在疆场，

我们不愿做奴隶而青云直上！

我们今天是桃李芬芳，

明天是社会的栋梁；

我们今天是弦歌在一堂，

明天要掀起民族自救的巨浪！

巨浪，巨浪，不断地增长！

同学们！同学们！

快拿出力量，

担负起天下的兴亡！

程正曦　好！同学们，我们上次的抗战义演很成功，三天就筹了4000多块钱。这次我们接着演《自由魂》，演出结束就唱这首歌。大家这些日子辛苦了，又要照顾生病的同学们，又要参加排练。早些回去准备吧。

【众学生收拾，搬钢琴下。正曦在地上收拾传单，志青在一旁不语

程正曦　志青，过来帮我收下传单。

【志青不语

程正曦　怎么了？怎么了？

孙志青　你过来。

程正曦　（笑）到底怎么了？

孙志青　你考虑得怎么样了？

程正曦　什么怎么样了？

孙志青　参军的事。

程正曦　我还在想。（走回，俯身拿传单）

孙志青　（拿起传单）正曦，这是什么呀，"醒来救国""醒来救国"，这可都是你教我的！我们唱的什么呀，"我们要做主人去拼死在疆场，我们不愿做奴隶而青云直上！"

程正曦　我明白，我都明白。

孙志青　你明白什么呀？上次我们去前线募款义演，我跟那些老兵聊天，当时我就想留在那儿不回来了。

程正曦　志青……

孙志青　我们马上就要毕业了。毕业后我们该去哪儿呢？你不总是告诉我，好男儿当精忠报国，当战死沙场吗？走到这一步，难道你犹豫了？你害怕了？

程正曦　不，我不犹豫，也不害怕。

孙志青　那是为什么？

程正曦　……唉，咱们千辛万苦从泰和长途跋涉到宜山，好不容易安顿下来，我本也是要跟竺校长说的，可是你看看，100多号人在这里得了疟疾，照料大家都忙不来，怎么忍心这时候离开？

孙志青　不忍心又有何用？待在这里，做得了什么？我不是新月，治不了疟疾，

帮不上忙。

程正曦　志青，你听我说。竺校长上次说得对，国家如今接济我们在后方读书，绝不仅仅是想让我们保存学校完成学业，也是希望我们学成以后能为社会服务，做各行各业的领袖。

孙志青　那你是说，我们就不该上前线了？

程正曦　不，我是说，在后方，还有更需要我们的地方……

孙志青　更需要我们的地方？什么地方？学校吗？

程正曦　也许是吧。

孙志青　那学校更需要我们做什么？你想做些什么？

程正曦　……我不知道，我还没有想好。

孙志青　但是你还要决定留在这儿？

【程正曦犹豫，不语

孙志青　这就是你考虑的结果？

程正曦　志青，我只是想……

孙志青　好了，我知道了。你怕死。

程正曦　我不怕死！

孙志青　程止曦，我已经决定了。明天的抗战义演结束后，我就不跟你们回来了。

程正曦　志青……

孙志青　不管你的决定如何，我已经决定了。

孟新月　（抱着草药上）正曦，志青。

程正曦　新月。

孙志青　新月。

孟新月　你们明天就去义演吗？

程正曦　嗯。你就不用去了。

孟新月　我可以去的。

程正曦　还是不了。前天看你给那些得了疟疾的同学煎药，就知道那才是你适合做的事，平日里下了不少苦功吧。

孟新月　师母生前也教了些。

程正曦　我口口声声说要医人心医人心，可是到现在也不知道哪条路是对的，你就已经会医人了。

孟新月　（笑）你们刚刚在谈什么？

程正曦　噢，是这样的，志青说……

徐世生　（哼歌）春天里来百花香/郎里格朗里格朗里格朗……新月！（见到正曦和志青二人，不悦，把筐藏到身后）你们也在啊。

孙志青　（不屑）捞钱的主儿来了。我去上体育课了。

程正曦　新月，再见。（二人下）

徐世生　我怎么就得罪这二位爷了？

孟新月　他们说你在来宜山的路上，捞了不少小便宜呢。

徐世生　咳，我不就是给女同学们卖点什么小扇子小手绢，给男同学们买点什么香烟爆竹吗！他们至于吗！再说了，现在这世道上哪儿去买这些东西去？我这的东西，价钱还便宜，花样还多……

孟新月　亏你还说得出口！他们说，你宿舍床底下堆着满满的货呢。（看徐世生的窘相）那你帮我打听的事情怎么样了？

徐世生　什么？

孟新月　给同学们治病的西药啊。

徐世生　我打听了，竺校长前几天去了柳州、桂林，都没货，上海、广州这些地儿也都派人打听了。（见新月欲走）你去哪？

孟新月　到时间给同学们送药了。

徐世生　哎呀，姑奶奶，你就别去了，小心自己也染上病！（拉住新月）

孟新月　（看到徐世生手里的筐）这是什么？

徐世生　可别说出去啊。（打开筐给新月看）

孟新月　这么大一条鱼！

徐世生　嘘——下午在河边，费了好大劲才抓着的！咱们都仨月没开荤了，你再看看你，都累成什么样儿了。今天炖了它喝鱼汤！

孟新月　（笑）我说呢，怎么你身上一股鱼腥味！

徐世生　（闻闻）还真是。我回宿舍换件衣服。（哼着曲下）

【新月正欲抱着草药下，警钟响起

二

学生甲　（惊慌）快！快！日本人的飞机来了！快跑啊！

　　　　【众学生上

　　　　【轰炸声此起彼伏

　　　　【轰炸声停止

　　　　【《雷峰塔影》钢琴起

　　　　【宋歌后演区上，老妇跟着宋歌上，站在一旁看着宋歌

宋　歌　"深深的黑夜，依依的塔影，团团的月彩，纤纤的波鄰，假如你我荡一支无遮的小艇，假如你我创一个完全的梦境。"新月，等咱们上台的时候，你一定要说徐志摩先生的那番话："我不爱什么九曲，也不爱什么三潭，我爱在月光下看雷峰塔静极了的影子——我见了那个，便不要性命。"

　　　　【警钟响起。钢琴声停

　　　　【程正曦背着新月，与众学生上

程正曦　新月？新月？

　　　　【新月醒来。警钟渐弱

孟新月　啊？发生什么事了？

程正曦　日本人的飞机炸毁了好多地方。你没事吧？

　　　　【孟新月摇摇头

　　　　【竺可桢上

竺可桢　同学们都没事吧？

众学生　校长！

程正曦　校长，我去看过了，教室、礼堂、阅览室、导师办公室都炸没了。

竺可桢　那同学们怎么样？

程正曦　所幸当时大家都在上体育课，所以还没有发现伤亡。

竺可桢　好，那就好。同学们先不要动，我去宿舍看看。（下）

　　　　【孙志青跑上

孙志青　宿舍也炸没了！

孟新月　什么？啊，徐世生，徐世生还在里面呢！（冲往宿舍。众人惊，跟随）
　　　　徐世生！徐世生！

徐世生　（缓缓上，灰头土脸）活着呢。

孟新月　（扶住徐世生打量）受伤了吗？

徐世生　新月，我疼啊。

孟新月　哪儿疼？

徐世生　心疼啊。我的货啊，我的大鱼啊……（坐）

孙志青　你现在还想着这些？

【学生甲跑上

学生甲　新月，新月！钢琴也炸没了！

孟新月　（惊起）什么？钢琴？

孙志青　怎么会这样？

程正曦　难道是日本人发现我们了？

徐世生　哼，叫你们别去前线搞什么募款什么义演，这下好了，募款搞来了，把
　　　　日本人也搞来了。

孙志青　你这是什么话！

徐世生　什么话！大实话！咱们千辛万苦躲到中国的大南边来，宜山这个破地
　　　　方，吃不好穿不暖，一个个都病成那样，你们还跑出去胡闹胡闹胡闹。
　　　　胡闹个什么劲？啊！这下好了，日本人发现我们了，炸个稀巴烂，我宿
　　　　舍里那些衣服被子吃的喝的都没了。

孟新月　徐世生……

徐世生　（哭腔）攒了一箱子的货啊，还有那条大鱼，都没来得及煮，都炸
　　　　没了！

孟新月　徐世生！

徐世生　（看着新月，小声，指志青、正曦）反正就是你们胡闹的……

孙志青　好啊，你现在倒怪起我们来了。程正曦，你听听他狗嘴里吐的些什么
　　　　话！你说在后方还有更需要我们的地方，是要跟这种人在一块吗？

程正曦　志青……

孙志青　更需要我做什么？更需要我们蹲在这里什么也做不了，还要受这种人

的气？

程正曦　不，志青，我是说……

孙志青　小鬼子都炸到跟前了，程正曦，你还要畏首畏尾吗？

孟新月　志青，正曦不是这个意思……

孙志青　从今天起，咱们怕是要分道扬镳了。

程正曦、孟新月　志青！

　　　　【孙志青看着孟新月、程正曦，毅然转身，大步下

　　　　【左演区亮

孙　女　志青走了？

老　妇　嗯，去了前线。

孙　女　那新月她们还在宜山吗？

老　妇　哪能啊！鬼子来轰炸，把学生宿舍都毁了。唉，只能接着逃了。

孙　女　可他们还能逃去哪里呢？

老　妇　湄潭。

孙　女　湄潭？湄潭在哪？

老　妇　在贵州。

孙　女　贵州？贵州又在哪？坐飞机能到吗？

老　妇　傻孩子，那时候哪里有飞机坐。新月她们花了半年时间，才从宜山走到湄潭……

孙　女　走到湄潭？那一定很远吧？

老　妇　是啊，现在想想，它远得像在天边，像仙境，像世外桃源。可是，在那时，新月他们，就是走到了。路总会有的，不管多艰难，都要走下去……

湄乡怅音

一

（略）

二

　　　【正曦抬头，与新月对视

孟新月　怎么了？

程正曦　志青他说……

　　　【军哨响，军警脚步声近

林　婶　这是怎么回事？

　　　【众学生三三两两上，于子谦上

于子谦　（拉住三人）快搬到学校里面去，快点，快进学校里去。

孟新月　怎么了怎么了？

于子谦　（急）《生活壁报》那篇"野草"写的文章，不知道怎么回事被那姓沈的
　　　　局长看见了，正带着一大帮人要过来抓人呢。

徐世生　快回学校里去，林婶，你也跟着去。

　　　【程正曦、孟新月与林婶下

徐世生　竺校长怎么还没回来？

于子谦　前天去的遵义，按理说今天该回了。就怕来不及回来救火啊！

　　　【沈三带军警上

沈　三　给我搜！

众学生　（上前拦住）不许进！（徐世生下）

沈　三　（掏枪）你们再敢阻拦，我就开枪了！

众学生　（继续拦）不许进！

沈　三　（慌张）我，我真开枪了！

　　　【"啪"地一响，众学生抱头蹲下，沈三受惊

沈　三　（惊慌，抱头四蹲。抬头，对军警）你们他妈的谁开的枪？

军警甲　局长，不是枪声，是鞭炮声！

沈　三　（惊，怒）鞭炮？谁他妈的在老子面前玩这个？

于子谦　这里是浙江大学的地方，你们凭什么随便乱闯？

沈　三　乱闯？哼，本局长收到消息，浙大窝藏共匪，扰乱民心！

于子谦　什么消息？哪里来的消息？凭你一句话就想进学校的门？

沈　三　好，（掏出一张纸）我们已经查到，写这篇文章的"野草"，就是这里的学生，程正曦！

徐世生　沈局长？我们学校没这个人，麻烦沈局长还是回去再查查清楚吧。

沈　三　放屁！把"野草"给我交出来！

　　　　【孟新月上

孟新月　我就是"野草"，那篇文章是我写的。

徐世生　哎呀，你来掺和什么呀！

于子谦　对，我也是"野草"，我也有份写。

众学生　（纷纷）我也是"野草"！我也是！

徐世生　我，我也是"野草"，那文章，第三段，是我写的。

孟新月　（对徐世生，轻声）一共就两段。（对沈三）你把我们都抓走吧！

沈　三　（慌张）你你你以为老子不敢吗？都……都……都给我铐起来！

军警甲　局长，我们没那么多铐子……

沈　三　少废话！把这个女的先给我铐了！

众学生　（上前）谁敢动！

　　　　【程正曦悄悄上

沈　三　（对军警）给我围起来！（对学生）你们真以为老子不敢开枪？（上前一步，举起枪）

　　　　【程正曦扑上前一手抢过枪，一手将沈三按在地上。女生惊呼，军警举起枪对准程正曦

程正曦　都别动！

　　　　【徐世生悄悄下

程正曦　你们听着，我程正曦，从今天开始，不是浙江大学的学生。我说了什么，做了什么，跟学校没有半点关系。你有本事就把我抓了去，不要玷污了学校这干净地方！

孟新月　正曦！

程正曦　你起来！（一把拉起吓慌了的沈三，对军警）咱们今天在这里说定，我一枪打死这姓沈的，你们把我捉了去，便是了了，与他们一律无关。

沈　三　退回去都别动！

程正曦　大家都是中国人，还是堂堂正正的男子汉，你们不去前线杀鬼子，成天跟着这样的酒囊饭袋欺负老百姓，成什么样子？国家都要亡了，你们还中国人欺负中国人，欺负到我们这些手无寸铁的学生身上来了！

沈　三　哎哎，你可不是手无寸铁啊，你拿着这个呢！（指着枪）

程正曦　你闭嘴！新月，志青的信我看了。当初我没跟他一起参军，是为了给颠沛流离的学校寻个安定之所。现在到了湄潭，我非但保护不了你们，反而要给学校招惹事端。我没杀过鬼子，今天，就让我一枪打死这个……

【竺可桢上

竺可桢　正曦！

程正曦　校长？

众学生　校长！

竺可桢　快把枪放下！

沈　三　竺校长……

竺可桢　（拿出一张纸给沈三看）沈局长，数日前，高司令已同意竺某的要求，决不准军警借任何理由来浙大搜捕。

沈　三　你以为，这样你们就能全身而退？

竺可桢　刚才我的学生多有得罪。但若不是沈局长不按规矩办事，他们也绝不会出此下策。

沈　三　你的学生？哼，这个程正曦刚才已经说了，从今天开始，不是浙江大学的学生。既然与贵校无关……

竺可桢　哦？正曦，这样的话你也说得出口？沈局长，竺某现在就带他回去处分。沈局长慢走。（拉过程正曦与众学生欲走）都进去吧！

沈　三　（急）站住！

竺可桢　沈局长！竺某与高司令相约今晚一聚，若是沈局长还有什么话，大可今晚一同在高司令面前对峙。孰是孰非，立见分晓。

【竺可桢下

【沈三等人愣住

【左演区亮

三

孙　女　然后怎么样了?

老　妇　竺校长悄悄把正曦放走了。

孙　女　走了? 去哪了?

老　妇　志青给正曦写了信,正曦就去他的部队参军。

孙　女　那部队又在哪里呢?

老　妇　不知道。

孙　女　不知道? 那怎么联系啊? 能打个电话吗?

老　妇　唉,若是能的话,又何须那样依依惜别呢!

【右演区亮

孟新月　正曦!

程正曦　新月! 你怎么来了?

孟新月　来送送你。

孟新月　几点的船?

程正曦　(看表)还有5分钟。走得匆忙,替我回去好好谢谢竺校长。

孟新月　你放心,等你一走,校长再公布开除公告,到那时候军警想来抓人,也
　　　　无处可寻了。

程正曦　我明白。

孟新月　校长说得对。你走了,军警不再来浙大找麻烦,你也不必担心自己的安
　　　　危,对你,对我们……(悲伤)都好。

程正曦　新月,自打我们相识,你就知道,在我心中,一直有那条路。

孟新月　我知道,我都知道。你现在,是要真正走上那条路了吗?

【程正曦点头

孟新月　正曦! 我想……

程正曦　以前我总认为,这偌大的校园里,也有我可以报国救国的战场。如今我
　　　　懂了,只有鬼子走了,天下太平了,才能治国,才能立校。中国人欺负
　　　　中国人算什么本事。来抓我们的那些军警,本就是该在阵前杀敌的,却
　　　　在这里……真让我心寒。新月,你知道医人,我却不知道怎么医人心。

趁我还年轻，趁我还活着，为什么要像那些个俗人一般，不敢去闯自己
认为对的路，求自己认为对的理呢？

【老妇走向二人

孟新月　（抑制悲伤，强颜欢笑）你说得对，你应该去。你一定能求到。

程正曦　新月……

孟新月　你出去救人，我在这医人，真好。

程正曦　……（看远处）船来了。

孟新月　天要亮了。

程正曦　嗯，天要亮了。我走了。（欲走）

孟新月　正曦。

【正曦回头

孟新月　（声音）浙大去哪，我便去哪。你要活着回来，回来见我们。

【正曦点头，下

老　妇　（缓缓走）天要亮了，梦要醒了，可谁又愿意醒呢？当你在某个时刻，
　　　　分不清是梦是真、是过去还是现在的时候，那时的你不是最幸福的人，
　　　　就是最悲哀的人。然而，时间永远在告诉你，除了醒来，你别无选择。

【徐世生上

徐世生　新月。

孟新月　（趴在林婶的小桌上，醒来）正曦，正曦？

徐世生　新月。

孟新月　你怎么来了？

徐世生　我有话对你说。

孟新月　我不想听。

【徐世生沉默

孟新月　你回去吧。

徐世生　好，我走了。

孟新月　什么？

徐世生　程正曦都走了半年了，你还是这样。我毕业了，也该离开了。

孟新月　你去哪？

徐世生　在你眼里，我就那么一文不值吗？

　　　　【新月欲解释

徐世生　（望天，叹气，缓缓坐下）在杭州，你们要救国要请愿，你知道，从头到尾，是谁最担心你的安危？在宜山，同学们生了疟疾，你又偏偏不顾自己要去救死扶伤，是谁最担惊受怕？在这里，你知道林婶的摊子是谁帮着开起来的，难道我在你眼里就是个见利忘义的人？

孟新月　不，不是……

徐世生　这么多年，你看清过一个人吗？你们有多少人口口声声喊着"求是求是"，又有几个人想过什么才是"求是"，怎么才能"求是"呢？我会常回来看你的。

　　　　【徐世生走，新月注视徐世生

徐世生　（回头）我知道我在求什么，你知道吗？（下）

孟新月　徐世生！

　　　　【钢琴声起，左演区亮

老　妇　故事都应该有结局的。可我已经分不清这是故事，还是历史。人们来，人们去，可我们还要活下去，日子还要过下去。有时候，你真的分不清什么是现实，什么是梦境，甚至过了多少年，你也糊涂了。

　　　　【孟新月趴在桌子上睡着了。钢琴声渐弱

老　妇　直到有一天，你听见一个声音……

　　　　【远处广播中传来日本天皇投降的宣言。新月醒来，四周观望，不知所措

　　　　【广播声渐强。于子谦与众学生欢呼上

学生甲　日本人投降了！我们胜利了！

学生乙　我们胜利了！

于子谦　新月姐，日本人投降了，我们胜利了！日本人投降了，我们自由了！我们可以回杭州了！

孟新月　回杭州？

老　妇　（声音）你真的分不清这是故事，还是历史。你心心念念的杭州，在你梦里徘徊了十年，可你怕现在的她已经不是她。你希望什么都没变，你

又担心什么都变了。故事里，她可以变，也可以不变。可是，她就是变了……

返杭遇故

【众学生帮新月收拾药房，各自忙碌，吴妈坐在一旁

吴　妈　我来帮帮忙吧。

学生甲　不用不用。这些活哪能让您来干，我们年轻力壮，我们来干就行。

学生乙　吴妈您坐一会吧，同学们上街去找新月姐了，她知道您来了肯定马上跑回来。

吴　妈　好，好。小伙子，这药房几时开张啊？

学生甲　新月姐说我们手脚快，刚搬回杭州就帮着打理，看样子明日就能开张了。

吴　妈　这药房的地角真好，抬眼就能望见西湖，还能看见雷峰塔呢。

学生乙　吴妈，听说以前您跟新月姐就住在西湖边上？

吴　妈　是啊。那个时候，新月喜欢望着西湖弹琴，她还有个朋友喜欢唱歌……

学生乙　那，以前的杭州，是个什么样子？

吴　妈　以前的杭州啊，还能是个什么样子，就是那个样子。

学生乙　变化很大吗？

吴　妈　那是当然。

学生丙　那新月姐变化大吗？

吴　妈　你瞧你这丫头，吴妈刚找到这里来，连人都没见过呢……

【孟新月跑上，见吴妈，怔住。吴妈缓缓起

众学生　新月姐。

孟新月　……吴妈？

吴　妈　……新月？

【二人拥抱

吴　妈　好孩子，让吴妈好好看看。

孟新月　（喜极而泣）吴妈，你头发都白了……

吴　妈　　吴妈老了，新月长大了。都快十年了，瞧瞧，吴妈差点都认不出了。
　　　　　【吴妈拉过新月的手，看

吴　妈　　（抹泪）你这手，哪里还是弹钢琴的手……

孟新月　　吴妈，可不必难过了。我们校长说，我们不上前线而在后方读书，便要
　　　　　知足了。再说，乱世里，能活下来就谢天谢地了。

吴　妈　　说的是，说的是。吴妈这次能再看见新月，真是谢天谢地，谢天谢地
　　　　　了。（双手合十）

孟新月　　吴妈快坐呀。（拉过吴妈坐下）您怎么知道我在这里？

吴　妈　　听说学校迁回来了，我就来试着找找。还真让我找到了。

孟新月　　哦，对了（起），徐世生来信了。（到一旁的桌子边找信，见吴妈迟疑，
　　　　　解释）杂货铺徐师傅的儿子呀。（把信摊开给吴妈看）他说在上海谈丝
　　　　　绸厂的合作，这些年还常给学校捐些钱。

吴　妈　　哦，徐家小子，出息了。

孟新月　　吴妈，您这些年过得怎么样？

吴　妈　　吴妈来这里，一是来看看你，二是寻个还能做的工。

孟新月　　您怎么还要做工啊？不早就该享清福了？

吴　妈　　哪来的钱啊。

孟新月　　（迟疑）他，他搬到乡下老宅去，还不给你们遣散费不成？

吴　妈　　（不解）乡下老宅？（沉重，缓缓）新月，老爷……（看新月，下定决
　　　　　心说出口）老爷没了。

孟新月　　（震惊，缓缓开口）……什么？

吴　妈　　（悲痛）新月……

孟新月　　你说……你说什么？

吴　妈　　（拉住新月）新月……

孟新月　　啊？

吴　妈　　老爷没了。

孟新月　　你胡说。（感到天旋地转）

吴　妈　　新月！（抱住新月）

孟新月　　你说，他是怎么死的！他为什么没搬到乡下老宅去？

吴　妈　他搬去了再怎么寻你……

孟新月　（爆发）他为什么没去？？

吴　妈　傻孩子，老爷待在家是等你回来呀！

　　　　【新月蹲下崩溃大哭，吴妈蹲下抱住新月

孟新月　（起，指着桌上的医书和药材，带着哭腔）他生了什么病……我可以医好他……我可以治好他……

吴　妈　（起，流泪）新月，老爷是被打死的。

　　　　【新月震惊

尽归殊途

　　　　【鼓声起，气氛紧张

军　警　（念告示）奉军政府令，告我国民知，杭城内外，共党成祸，为非作歹，扰乱民心。惩处流寇，大义昌明，巩固民国，众志成城。

　　　　【药房内

孟新月　不，容我再想想。

徐世生　新月……

孟新月　我需要再好好想想。

徐世生　还要我给你陈其利害吗？孟老爷出了事，难道你还看不透吗？好不容易躲过这一劫，你还想留在这里步他的后尘？新月……

孟新月　我都明白！我怎么会不明白！可为什么……

徐世生　郭先生去年在香港安顿了下来，他的几个学生也开办了实验室。现在，他们诚邀我们过去。这些你都不必担心。

孟新月　郭先生？难道是，郭任远，郭校长？

徐世生　嗯。

孟新月　这么多年，你都与郭任远……

徐世生　是。（打断新月）我都安排好了。你去了香港，开个中药房再简单不过，地皮我都已经托人帮你看好了。就算你在香港什么也不想做，也没关系，平安地活着，不就是最重要的吗？如果你不去香港，我们去檀香山，那边我也有门路。

孟新月 （慌乱）可是，可是……

徐世生 我知道，当初你们认定郭校长只为党国尽忠，可他一定是学生们的敌人吗？你们认定了郭校长不是个好校长，难道他现在也一定不是一个好先生吗？（走，回头）如今都民国三十六年了，你我都清楚，这以后将是谁的时代。明天一早的火车，我等你的答复。

【徐世生下，转而又上

徐世生 忘记跟你说了。竺校长上个月收到了阵亡通知书。

孟新月 阵亡通知书？（鼓起勇气）谁的？

徐世生 志青的。

孟新月 志青？那，那……

徐世生 没有，没有任何消息。新月，别等了。（下）

【《雷峰塔影》钢琴声起，孟新月点亮费巩灯，缓缓步入右演区，右演区渐亮。孟新月走向程正曦与孙志青，二人正读演讲稿

程正曦 你若问我在求什么，我便告诉你，我毕生所求，便是自由。国破家亡，何来自由？我请求你们，把千家万户的灯都点亮了，看看我们伤痕累累的大地母亲，她痛哭着挣扎着咆哮着求你们醒来救国，醒来救国！你们苦等黎明，却不知道这黎明在苦等你们，（与孙志青同时）只要你们，只要你们，醒来救国，醒来救国！

孙志青 太好了，正曦，你这篇稿子写得真好！

程正曦 咱们准备准备，明天上街游行的时候就念这个。

孙志青 不仅上街游行要念，等咱们上了前线，这稿子还能读给阵前的将士们听呢！

【右演区渐暗。孟新月缓缓步入左演区，左演区渐亮，竺可桢立，念演讲稿，张侠魂坐在一旁缝衣

竺可桢 （念稿）诸位同学，这次中央任命本人来担任本校校长。今天与诸位同学第一次见面，就来略谈本人办学的主要方针，和我对本校与诸位同学的希望。（看张侠魂，张侠魂点头微笑）今后我们的问题，就是 "个人的自由要紧呢，还是全民族自由要紧？"我们大家对此应加以深切考

虑。如果明白了"民族没有自由，个人合理的自由也失去保障"，我们就必须以实心实力共同来完成民族的自由。

张侠魂　（起身，为竺可桢整理衣领）可真是下了决心？

竺可桢　任校长一事，周遭好友都劝我莫要去浙大，只有你说这是好事。

张侠魂　藕舫，我知道你对办学有心思。到了杭州，给我打个电报。家里的事情，你不用挂心。

【左演区渐暗，孟新月立在原地，不知所措

【吴妈上

吴　妈　老爷。

孟老爷　怎么，还是闹脾气？

吴　妈　不是。

孟老爷　那怎么还不回来？

吴　妈　老爷，小姐学校里功课忙。

孟老爷　唉，罢了，罢了。

吴　妈　老爷，您别动气。小姐就这脾气，您又不是不知道。

孟老爷　唉，长大了，翅膀硬了。罢了，罢了，我是老了，管不了了，由得她胡闹去吧。

【孟新月急忙转身，却见林婵上

林　婵　新月，你们这就要回杭州去了？6年了，你们来湄潭6年了，怎么说走就走？虽说学校有不少人决定留在这儿，可林婵和三妹最舍不得的，是你啊新月。虽说你是要回家了，可湄潭也是你的家啊。（孟新月想要拉住林婵，却见徐世生在身后）

徐世生　你们有多少人口口声声喊着"求是求是"，又有几个人想过什么才是"求是"，怎么才能"求是"呢？

【宋歌上，演唱《雷峰塔影》,孟新月拉住宋歌，叫宋歌的名字。宋歌缓缓推开孟新月，下，歌声渐出

【于子谦上

于子谦　新月姐，我想好了。我要留下来，去做师兄未做完的事，走他未走完的路。哪怕要我粉身碎骨，牺牲一切，我愿只求真理，只求自由！

　　　【钢琴声戛然而止，全场暗

　　　【全场亮，孟新月一人立于台上，远处传来雷声，继而雨声

众学生　（画外音）千古奇冤！子谦归来！千古奇冤！子谦归来！

孟新月　什么声音？

　　　【众学生上

众学生　千古奇冤！子谦归来！千古奇冤！子谦归来！

孟新月　（出门，拦住学生甲、乙）发生什么事了？

学生甲　他们，他们把子谦杀死了！

孟新月　（震惊）什么？

学生乙　他们抓走了子谦，把他活活打死，还说他是畏罪自杀……

孟新月　谁？他们是谁？

学生丙　一个警备部司令，一个姓沈的局长。

孟新月　姓沈的？

学生丙　同学们，我们去前面把警局围起来，为于子谦讨回公道！

众学生　好！千古奇冤！子谦归来！千古奇冤！子谦归来！（走）

孟新月　这太危险了！快回去吧！

　　　【众学生继续前行，陆陆续续下

老　妇　（独白）我们都知道这黎明就要来临，可黎明的前夜却总是最难挨的。

　　　【左演区亮，孙女在老妇身边醒来

孙　女　奶奶，我睡着了？天亮了！

老　妇　天亮了。

　　　【舞台上呈现清晨杭城众生相——挑扁担的挑夫、叫卖的小贩、洗衣服的
　　　妇人们、打着油纸伞的女子、捧着书本的学生、推着单车的工人，都呈现
　　　出慵懒的样子

　　　【孟新月提着灯走过街头，老妇缓缓跟上

孙　女　奶奶？

　　　【孟新月与身着军装的程正曦擦肩而过，老妇停住，看着程正曦从眼前
　　　走过。新月走到钢琴边，摸着钢琴，叹气。程正曦下

孙　女　奶奶！奶奶！

孟新月　假如，你我荡一支无遮的小艇。

老　妇　假如，你我创一个完全的梦境。

孟新月　（对老妇）这是我做了十年的梦啊。

老　妇　那就继续走下去，它会一直留在梦里。

孟新月　可是，如果有一天我老了，它就会消失的。

老　妇　不会，你会一直记得。

　　　　【老妇把放在柜台的行李箱拿出

老　妇　当你老了，头发花白，你会坐在暖炉边，给你的孙子孙女讲这个梦里的故事，只要你将自己的路，继续走下去。

　　　　【老妇将行李箱递给新月，新月犹豫，将灯递给老妇。远处传来火车汽笛声

　　　　【新月离开，老妇远望

　　　　【全剧终

2013年2月二稿

导演后记：

关于《殊途》的一些回忆

　　2011年暑假末尾，梵音剧社排了第三版《称心如意》作为迎新戏。在未来的发展方向上，剧社一直希望朝制作学生原创戏剧的方向努力，于是在招新时，特意留意有创作才能的同学。后来就遇上了周颖萱同学，一个立志要做电影编剧的姑娘。几乎在同一个时间，已经毕业的佟欣雨学长放弃了工作，决心做一个戏剧演员。他从大连又飞回了杭州。我大二刚刚结束搬去玉泉，在紫金港、玉泉两个校区之间往返，很少再参与剧社的核心活动。那时佟欣雨作为导演，周颖萱为编剧，改编了《笑的大学》，以"忠笑两权"为题目在校演出。

　　《忠笑》结束后，剧社开始提出了校史戏的概念。彼时"科学大师名校宣传工程"刚刚开始，学校、团委以及剧社都希望能以此为主题做一些工作，来纪念、宣传老一辈科学家的精神和事业。剧社的同学们，尤其是很多刚入剧社的新同学，都为能创作这样一个主题深刻的原创作品感到兴奋。以佟欣雨牵头，大半剧社的人都参与了创作。在开头的一段时间里大家信心满满，一拨人每夜聚在建筑系馆611教室查资料、读书，想着用什么样的故事来讲述浙江大学的一段校史。正曦、新月、志青，就是在那时候定的名字。每次走进那间教室，都能看到黑板上画的满满的人物关系图，写着大字："你的求是是什么。"

　　我们是一个毫无经验的演员团队和创作团队，在最初诸如用费巩灯点亮全场这样的新奇想法过去之后，瓶颈很快就出现了。强行穿插在各种历史事件中的故事显得苍白而刻意，主要人物很难丰满，以学生为主角看待历史人物的视角难以展现，学生剧社对舞美、场景的把握能力与宏大历史背景不相称。再加上演员缺乏经验，经常纠缠在一两个动作中停滞不前。而另一方面，同学们在研读那段历史材料的过程中，受到的启发和引发的感触越来越深。那些漫漫西征中的故事，在大伙儿一遍遍的讨论中开始生动起来，仿佛不再那么遥远。

　　接下来的寒假，剧组的同学们自发去了一次湄潭，一行人试图去重新体验湄潭办学的精神，在纪念馆中寻求求是的印记。而我在北京补习英语，未能同行。为了准备出演竺可桢校长，我在图书馆找出《竺可桢日记》全集翻看。从陈布雷劝竺公留任左右的日期读起，边读边略微摘抄其间大事，一直读到走到泰和，师母去世的这5篇，来来回回读了好几遍，读罢，再抄，来来回回抄写了6遍。这5篇日记，字字是锥心之痛。当时，一边是每一天战事吃紧，学校存亡迫在眉睫；一边是师母病重，每况愈下，终不可逆。我几乎是害怕了，这之中的国史、校史、家史，我们如何才能诚恳地表现其中之一分呢？

　　再次开学，《殊途》初稿完成，正式开排。那时的正曦还是忠义，新月是青洋，老徐是么晓彤。然而我们依然无法实现这个剧本。从湄潭带回来的感触并不能消融这个剧组初创时轻浮的思考与他们需要表现的厚重历史之间的冲突，全体徘徊不前一段时间后，团队分崩离析。导演放弃了修改剧本，而编剧再也没有出现，乃至学期末参加了去德国的交流。

　　《殊途》的第一次尝试就这么不了了之。这一次失败之后大多数人闭口不再提

《殊途》。参与过的人多多少少都在想，以我们自己的力量能不能去做稍大规模的原创戏剧，我们要不要继续去尝试做原创戏剧；对于社团来说，也在反思要求学生付出的时间和精力是不是过多了。然而，2011级入社的新社员对这个夭折的作品依旧抱有热情，远在德国的周颖萱依旧在私下修改剧本，时常跟我说起多么希望在舞台上看到这个作品。被压抑的热情慢慢变成冷静的执念。

时间转眼到了大学生活的末尾，工作、考研、出国三个简简单单的毕业去向之下，有太多的迷惑、焦灼、犹豫和不安。半年后颖萱扔给我改完的《殊途》剧本，并表示再也不想看它一眼。我拿起来重新读了几遍，又想起了当初那几个字："你的求是是什么。"我们每一个浙大学生，总会问自己，"什么是求是""怎么才能够求是"。那个时代的年轻人，也和我们面临着同样的问题。所以竺校长让我们去思考，到浙大来做什么，将来毕业后要做什么样的人。当时我们之中并没有人有答案，对《殊途》没有，对自己也没有。恰巧，这个剧本就成了这样一种探索的入口。

于是就下决心要把《殊途》搬上舞台了。也许终于发现了这个作品对学生的一点意义，找到了和那个时代对话的一个小窗口。大家也沉淀了相当长的一段时间，一起排练的时候突然互相之间的感情都通了。排练原创作品依然很艰苦，演员的走位动作、舞台设计没有参考的对象，设计出来总显稚嫩。梵音剧社的演员，大多靠不计后果的投入来弥补技术上的薄弱，演员们都动了真感情。已经到了大三的"老"新月、正曦、老徐扮演者去和新入社的新月、正曦、老徐扮演者一起探讨完成角色，上一次的热情又能够接上了。

持续了4个多月的排练，到了2013年清明时，渐渐有了起色。周颖萱带着人来给演员拍纪录片，我有些担心，整个剧组都憋着劲呢，对着镜头一说全泄了怎么办。第一次带音乐联排之后，我回到高分子楼做实验，对着硅胶柱，突然眼泪就忍不住了。我们要毕业了，毕业以后该去做什么，你想成为什么样的人，是不是该有答案了呢！不论未来如何，《殊途》是所有参与其中的人共同走过的一段路，共同想过的一些事。

李泽宇（浙江大学高分子材料与工程2009级本）

2017年1月

太阳城①

一稿编剧：张雷（浙江大学传媒与国际文化学院美学2009级博）
二稿编剧：浙江大学黑白剧社集体创作
统筹：李和一（浙江大学医学院巴德年班2007级博）

---

① 共演出11场，2012年4月13日浙江大学紫金港小剧场首演。

曾获2012年北京金刺猬全国大学生戏剧节获优秀剧目奖，2012年获得第三届中国校园戏剧节最高奖《中国戏剧·校园戏剧奖》；主演魏铼同学获得中国校园戏剧节"校园戏剧之星"称号。

这不是一座城市的名字

而是天边的长风在跨越彩虹那一瞬间的状态

是夸父手杖变成的桃树林

是我们在大地上伫立的姿势

1939年，抗战的炮火硝烟中，浙大迁至广西宜山，学生陆华因为张贴壁报而面临被开除的命运。

2013年，杨益在为自己的支教梦想做准备，却遭到了母亲不远万里的阻挠。

这是一部以浙大西迁为背景的原创校园话剧。该剧打破了传统的时空统一的叙述方式，故事结构分为历史与现实双线交错并行，并将浙大的求是精神与理想主义传统融入其中。

剧本：

话剧《太阳城》

人物表

　　杨益（杨）：剧社队长，《太阳城》的编剧和导演

　　张小贤（贤）：余梦扮演者

　　杨益母亲（母）：50岁左右妇女

　　肖瑞（瑞）：费巩扮演者

　　陆华（陆）：1938年浙大西迁至宜山时的学生

　　余梦（余）：1938年浙大西迁至宜山时的学生

　　费巩（费）：1940年任浙大训导长，为当时浙大最受欢迎的训导长

　　教官（教）：西迁时负责浙大学生的思想管理

　　群众演员若干

序　幕

【西迁途中学子篮球赛，一群朝气蓬勃的学生，定格在一张发黄的照片中

第一场

【起光，音乐，怀旧色彩。西迁时篮球场。众人打球散。其中一男生劝余
　　留下与陆独处

男生　陆华！（然后赶紧跑开）

陆　哦！（转头，走到舞台另一边，张望，无果。余偷笑）

陆　你还没走啊。（两人对视，又避开目光，陆擦汗，余看到，递上手绢）

余　来，擦擦汗。

陆　谢谢。（擦汗，看到手绢上的画面）哎，好漂亮的西湖啊！

余　（抢下手绢）这是我准备在劳军义卖上捐出来卖的，上次义卖竺校长还把他的手表捐了出来呢。我这个，只能算是一点心意。

陆　这样子啊，我觉得作为学生能捐出自己绣的手绢，也算是为抗日救国做出自己的贡献了。

余　还有两针没绣完呢。一路上走走停停，大家好久都没有像今天这么开心了。

陆　可不是吗！这一路上，不论是建德、吉安，还是泰和，哪儿都没有机会让我们痛痛快快打一次篮球啊。

余　你没见刚才全校师生都围了过来！竺校长就站在这里为你们加油呢！我举这块小黑板，举得我手都酸了，可是我还是跟着高兴。

路　真是难为你啦。哎，这么大一个篮球架，竺校长一直坚持让带着，我们一边顶着烈日，一边躲避敌机，用肩扛、用绳拖，连行李都不要了。现在想想，还真值！

余　现在它终于能组装起来，这几年，我们在宜山安心读书，我看呀，这仗打不了多久啦。

【陆叹口气，把手中的篮球放下

陆　如果这仗要一直打下去呢？

余　反正日本人肯定不会打到宜山这里。

陆　覆巢之下岂有完卵。我对前途不抱乐观。

余　陆华！至少这里还是一片净土啊！

陆　净土？哼。

余　对了，昨天读书会没见到你，你是不是跟他们一起去体检了？

陆　（不语，走开）余梦，你有没有想过，有一天，我会离开浙大，离开大家。

余　当然。等抗战结束，我们回到杭州完成学业，离开母校，我们都要为国家做事。你不是学航空的么？我是学气象的。以后你在天上飞，我给你报天气啊！

【二人笑，此时教官和众人登场

众　你凭什么撕这壁报！

教　浙大风雨飘摇，命悬一线，这话也是能随便说的吗？！

　　【陆上前抢下壁报，看了一眼，暴怒，欲上前打架

教　你们知不知道，今天壁报上的这篇文章是谁写的？这个署名"白帆"的人到
　　底是谁？

　　【沉默

教　嗯？

陆　我觉得谁写的不重要，重要的是上面说的是不是真话。

　　【余拉拉陆的衣角。费上，看壁报

教　那你认为这上面说的是真话？

　　【沉默

陆　学校里有多少同学患上疟疾无药可救，有多少同学无心读书终日游荡，有多
　　少同学偷偷离校上了战场！难道这些都是假的？

教　哟！对这上面的内容你倒是挺熟悉。

余　（拉拉陆衣角）报告教官，我们要去上课了！（埋怨）

教　慢着。（走到陆旁边）奉劝你不要随便乱说，免得给某些人听到，让你受
　　处分。

陆　学校是我们的学校，不是某些人的学校。

教　你什么意思？

　　【沉默

教　这篇文章是谁写的？

　　【沉默

教　嗯？你知道？

陆　是我写的。

教　姓名，年级。（准备往本上记）

　　【费上前

费　教官先生，小小一篇文章，不必如此大动干戈吧。

教　你是？

费　不才姓费名巩，刚接到校长的聘书，甫从香江狼狈至此。

余　您就是新来的费先生？

费　年轻人心直气盛，文章措辞激烈了点儿，不过倒是有理有据。不才希望教官
　　先生能放他一马。

【杨上，叫停演出。杨对每个人的表演和整体剧本都不满意

杨　好了，今天就到这吧！盒饭我放到场边桌子上了！

【众散

瑞　杨益！能不能教我打篮球？

贤　平时跑几圈步都呼哧带喘，今天怎么想学打篮球了？哦，女生！

【瑞手机响

杨　排戏你怎么不关机呢？

瑞　咦？不认识这号……

杨　你快点！

瑞　（迟疑地）喂……（突然站定）您好！阿姨您好！啊，他就在我旁边！好的
　　好的！（瑞把电话给杨）你妈！

杨　（接过电话，觉得丢人）妈，您怎么……我排戏当然得关机了，我得专心！
　　什么？您来学校了？您没开玩笑吧？我……我在剧场……在舞台上……您可
　　千万别来！我到门口去接您！

【杨立刻挂断电话，还给瑞，向着周围的同学非常不好意思地鞠躬

杨　实在对不起！对不起大家！我去去就来！

【杨正要离开舞台，迎面撞见了母亲

杨　妈！您……您不是去美国开会了吗？

母　（严肃而得意地）我把机票改签了，明天回北京，直接从北京走。

杨　您怎么也没告诉我一声啊！

【同学们看气氛尴尬，纷纷回避

母　（礼貌地对瑞）你好，你就是杨益的同学肖瑞吧？

瑞　（正要回避，却被叫住）啊，是的。

母　杨益平常总提到你，我刚才实在找不到杨益，只好给你们学院辅导员打了电
　　话，要了你的号码。打扰了啊！

瑞　啊，没事没事！阿姨您……您坐下吧！（搬来一张椅子）

母　谢谢，你们忙，你们忙！我跟杨益说句话。

杨　妈，我们正排戏呢，十几个同学都等着我呢，这样，我先到外面找个宾馆让您住下，有什么事儿咱们晚上再说行吗？

母　不行！（有怒色）杨益，我明天就要走了，在这之前，你的事我得办好，不然我不放心。

杨　您有什么不放心的啊！（有点不耐烦）

母　你不能去支教！

杨　妈，您说什么？！

母　我再说一遍，我坚决反对你去贵州支教！你之前为什么不和我商量一下？

杨　妈，我都是成年人了！

【瑞伸出头来偷听

母　成年人？是成年人就别让你妈操心。本来我都定好了，下半年趁我做访问学者，带你出国去见识见识，也给咱俩今后的归宿探探路。你这倒好，全打乱了！

杨　妈——我又不是不回来了。我跟学校签的协议，就两年！

母　你爸当年也没打算在那儿待一辈子，可最后怎么样？直到他……他也没能回来。

杨　妈！我——

母　儿子你听好，我身边就你一个人了，你万一出点什么事儿，我活着可就真没什么意思了。

杨　晚了！我协议都已经签了，白纸黑字大红章！

母　我已经问过学校负责人了，不去也没有什么后果。

杨　您怎么能这样说呢？这是毁约！别人会怎么看我？

母　（小声地）妈都替你想好了，我在我们医院找关系替你开了证明，证明你心脏不好，不适合参加支教。要是有人说闲话，你就给他们看这个，啊！

杨　妈！二尖瓣……狭窄？您怎么不盼我点好呢！（突然觉得自己的态度不对）妈，您先回去行吗？您看，这舞台上这么多同学都等着我给他们排戏呢！等我回去我们好好谈谈。

　　母　不行，我今天必须把这事儿解决……

【杨母手机响起

杨　喂？您好。对对对，秘书已经把文件给我了。不过我现在在外地，我明天才能到北京。要不然这样吧，我现在给你传真过去，稍等。（对杨益）我先走了！

杨　唉，妈，你住哪儿啊？有地方吗？

母　你别管了！你别再关机了听见了没有？

杨　哦……

　　【杨郁闷中打球，球滚到舞台一侧。陆上

　　【陆拾起球，抛给杨

杨　（误以为同学李大年）大年，吃完饭啦？

陆　嘘——（贴壁报，贴完转身走）

杨　大年，吃饱了撑的你？

陆　同学，待会儿教官要是问起来，就说——

杨　没看见……

陆　他要是问起来，你就说，航空班，陆华贴的。

杨　等会儿……你是谁？

陆　我叫陆华。

　　【二人对视片刻

陆　这里的壁报昨天被教官撕了，我连夜又写了一篇。

杨　昨天的壁报——昨天？你？（疑惑，似乎明白了什么）你是陆华？！

陆　是我。

杨　（看陆上前贴文）陆华，就算你不怕党部，但昨天费先生刚刚出面帮你挡下此事，再贴下去你就不担心给费先生……

陆　费先生体恤学生，我本不该给他添乱。但是大家倘若都不出声，学校的问题就无从解决，所以我必须贴。（杨走到陆旁边，帮忙贴壁报）

杨　我叫杨益。（贴完，看帖）你说你贴的壁报有几个人能看见啊！

陆　能看见几个是几个。浙大走到这么困难的境地，她病了，我想救她。

杨　可现在整个中国都遇到了困境，你豁出去自己，就算救了浙大，又能如何？你爸妈看到你这个样子，肯定会不高兴。（无奈地笑）

陆　我爹娘都没了。

【杨沉默

陆　我爹是东北军，关东军进了奉天，他朝日本人开了枪，你说他傻不傻？

杨　然后他牺牲了？

陆　汉奸们害怕关东军报复，于是他们把他送到了宪兵队里，活活打死。（停顿）听说爹死前告诉鬼子说，我还有儿子！

【陆讲述时要有一种淡淡的冷漠，对观众讲，仿佛在讲别人的故事似的

【杨沉默

杨　然后呢？（《松花江上》钢琴曲起，一直持续到整场结束）

陆　然后我娘给我凑足盘缠，我只身来到杭州，考上浙大。可是好景不长，日本人打到杭州，浙大举校西迁，出发之前，同学给我捎来了母亲病故的消息。我们先到天目山，然后是吉安，然后是泰和，最后是这里，广西宜山。

杨　一路西迁！

陆　一路上十分艰辛，本来就拥挤不堪的车船，还经常被官兵扣住，很多时候只能步行，更别说日本人还在后面不断地追击。

【余上

余　陆华，（发现壁报）哎呀，你怎么又贴出来了！

陆　不管他，我相信同学们都盼着看这篇文章，所以这才连夜又写的。

余　（向杨点头，转头向陆华急切的）陆华，一路上你写了那么多文章，学校里的问题你说了个遍，大家都受你鼓舞，还不够么？抗战总会结束的，过了这段流亡日子，学校会变得更好的！

陆　余梦……

余　我希望看到一面乐观的、柔韧的"白帆"，而不希望它和风暴撞个粉身碎骨。

【陆低头沉默。积蓄全身的力量。隐隐的炮火声和厮杀声传来

陆　（走到余梦身前，扭头向远望）余梦，你听见外面的炮声了吗？

余　可至少咱们这里，现在还是平静的。

陆　快了，炮火快来了，谁也躲不掉。

余　不，这是我们的学校，是我们的世外桃源。

陆　不，覆巢之下岂有完卵，炮火中的学校根本不是世外桃源，这是我们的命运，必须面对它！

【渐暗

杨　（对观众）1938年，浙大迫于战火，再度迁徙，从江西泰和迁至广西宜山。当年年底，费巩从香港来到宜山校区，与浙大师生会合。但宜山并非世外桃源。校外的战火不断逼近，校内的学生对当时训导长姜伯韩的许多做法也非常不满，更换训导长的呼声高涨。70多年过去了，今天再来写这段历史，我们要寻找的是什么？

第二场

【排练厅。贤在背单词

瑞　我给她发了短信，约她中午一起吃饭……她还……没回。

贤　瑞哥，你有多喜欢她？

瑞　第一次跟她见面……好像心里……有种迫不及待的东西……从胸口涌出……涌到全身……热乎乎的……脸上发热，头皮发麻……心好像烧得快跳出来一样……我……我都不敢直视她的脸……可以后的每一天……我都想见到她……

贤　可你一见到她又想躲着她，好像害怕见到她，可又总想见到她，对吧？

瑞　对！就是这种紧张！

贤　瑞哥，你喜欢的女孩，她喜欢你吗？

瑞　好像……我不知道。（紧张，半天说不出话，哆嗦）一会儿她要是出来跟我吃饭，就证明她对我有意思！

贤　呵，如果她不喜欢你，你还会一直喜欢她吗？

瑞　我喜欢她，和她喜不喜欢我无关！就算她讨厌我，我——我喜欢她就是喜欢她！

　　【手机突然响，把瑞吓了一跳。手机继续响，瑞屏神静气，准备看，紧张

瑞　（故作镇定，看短信）"那—好—吧，你—定—吧。"这什么意思？我定哪儿？食堂二楼，风味还是临湖？

贤　你就想不出别的能吃饭的地方了？

瑞　紫金港好像就这些啊……要么还有……（伸手指头算计）啊，食堂三楼。

贤　　瑞哥，这不是吃饭，这是在追女孩子。要浪漫点儿！别光想着紫金港的食堂啊。（瑞明白了，忙点头）另外，女孩是不喜欢太被动的男孩的。你得主动。

瑞　　对！得主动！……怎么主动？

贤　　比如牵手……算了吧。你啊，还是稳重点好。

瑞　　不！该牵就得牵！（来回转了两圈，紧张）浪漫！主动！不行我得出去上个厕所，准备准备！（往下走，又折回）那到底上哪儿吃饭啊？

贤　　哎，关键是安静，有情调，适合两个人交流，吃什么不重要，明白不？

【瑞下

贤　　是啊，我喜欢他，和他喜不喜欢我无关。他让我想努力变成一个更优秀的人，但是仿佛我越努力，我们就越走越远。不过，他在我心中的分量仍在不可遏止地变大。他就像一束光、一盏灯，照在我的前方。

【杨上

杨　　小贤！嘟囔什么呢？呦，还没背完红宝书呢！我昨天晚上把陆华的身世捋清楚了，一切都说得通了！这出戏接下来就顺了很多……

贤　　嗯嗯，好！你呀，一会儿一个想法，真受不了你……等你把剧本全改出来，排练的时候再跟大家一起说呗。

杨　　不行，不行，陆华这一块儿是通了，但是余梦我还是弄不明白。你说，余梦她……

贤　　我人物分析已经发版上了呀！杨益——昨天光排戏了，该背的单词还没背完呢。队长童鞋……你就放我一马吧……

杨　　少来这套！我好不容易有了新的灵感！咱们这个戏很快就要演出了，得抓紧！

贤　　是，是，我知道，我知道。可是咱们6月份还要一起考GRE呢！你复习得怎么样了？

杨　　我背到abandon……我不想去考了……

贤　　什么？你上个星期还说好歹想试试呢！

杨　　没时间，戏要紧。

贤　　你把你排戏时间稍微抽出一点来准备——算了，跟你说也白说，每天8点排练厅，我监督你背单词！

杨　跟你说实话吧！这国我不出了！

贤　为什么？

杨　我要去支教。去年暑假我去的那地儿，已经定了。协议签了，白纸黑字大红章。

贤　怎么会这样？你不是说好去美国留学……我记得你说你妈都给你联系好了，你怎么可以自作主张……

杨　她考虑过我的想法吗？

贤　你是她在这个世界上唯一的牵挂，她当然全心全意为你着想。真受不了你这种永远活在自己世界里的人。

杨　可能我妈当时带着我离开我爸，也是这么想的。

贤　……

杨　我妈不理解，不过我理解她。我去支教的地方，就是我爸当年工作的地方。那里人和人之间的感情都很单纯，就像……就像陆华和余梦之间的那种感情。小贤，你能明白吗？

贤　好！实话告诉你，我抓不住余梦这个角色。

杨　没关系，咱们可以一起想。

贤　我就不理解了，余梦为什么会喜欢陆华！陆华这种人，的确是坚持自己，但这样说好听一点是直率，说白了就是幼稚。

杨　你觉着他幼稚？

贤　对啊！他那么有才，连先生似乎也挺欣赏他的，他只要规矩一点，前途是不可限量的！可是他偏偏要做那么些出格的事情。

杨　出格？那你觉得什么是入格？

贤　隐忍。把精力放在正事儿上，放在值得的地方。

杨　那你觉得陆华应该怎么做？老老实实规规矩矩忍气吞声睁一只眼闭一只眼？是啊，什么国仇家恨，一边儿凉快儿去吧！他妈妈费了那么大劲儿供他上学，他是不是应该好好读书完成学业？不能辜负她老人家的心愿啊！余梦对他那么好，他是不是应该毕业以后回到杭州，找个好工作，给余梦一个温暖的家，不能辜负人家姑娘一片深情啊！是不是，是不是？

贤　这样的要求很过分吗？

杨　……

贤　你觉得凭他一己之力就真的可以改变什么吗？你觉得，太阳城真的存在吗？

杨　（沉默片刻）西迁时的浙大，在我心里就是太阳城！小贤你知道吗，也许你认为考G、出国，以后在沃顿商学院和华尔街跟那些成功人士一起打打杀杀，才是正路，可我觉得，跟大山里的那群孩子们在一起，比跟任何成功人士在一起谈创业，要有意思也有意义得多！上次在我爸爸当年工作的地方，我虽然只是给他们上了短短半个月的课，可他们真是太淳朴、太干净了。哪怕一块糖，一支铅笔，都能让他们好几天合不拢嘴。小贤，山里的孩子们没有手机，没有电脑，男生没有Dota，女生没有《甄嬛传》，他们每天最高兴的事儿就是听我上课，不管我教什么，他们都学得超级开心！我把我所有身上带字儿的都留给他们了，还有我的篮球，我的回忆。

　　但是临走那天晚上，我睡不着，我一直在想，我到底能给他们什么！我教地理课，开了个心理咨询室，我教他们篮球，我告诉了他们外面的世界多么精彩——但我根本不能改变这座大山的命运。我又能做什么呀？！

　　这时候，天已经蒙蒙亮了，歌声？！我翻身下床，推开窗，是我的学生们！他们站在山梁上，从高到矮排成一排，穿着彝族节日的服装，最小的小家伙，穿的肯定是她姐姐的，袖子太长，手都露不出来。他们唱的是《老师，别走》……说这么多没用的干什么呀？！我把我该做的做好不就行了，小贤你的梦想，是在华尔街，跟成功人士一起打打杀杀，我的梦想，在大山里，梦想就在脚底下。

　　【余风风火火上

余　杨益！出事了！陆华他……他……（哭）

杨　慢慢说！

余　陆华他被学校宣布开除了！

　　【杨沉思一会

杨　跟我走！（拉着余的手，急下）

第三场

【费巩办公室。费伏案写信

【电话响，费接

费　喂……哦，伯韩兄……唉，年轻人的一时冲动吗！兄台不必为此……伯韩兄啊，能跟着咱浙大一路流亡的，都是金子啊，不能随随便便甩下一个啊……哦，好！好！我会派人向陆华传达的！……伯韩兄怎么总是这个口气呢……我可不行，我研究政治，可搞不了政治……哈哈！好啊！干吗总要管呢？学生应该学会自治！……好，再说！（挂电话）

【杨、余敲门

费　进！

余　费先生！

费　什么事啊？

杨　费先生，您还记得上次在壁报上发表文章的白帆吧？

费　哈哈，我当然记得。

余　白帆他……被宣布开除了！他……他也是一时冲动，居然写了一篇抨击训导长的文章。费先生您看看还有没有挽回的余地，

杨　他是个各方面都很优秀的学生啊！费先生，我们非常希望您能站出来，为这个学生说几句话。

费　你怎么觉得只有我费巩能说得上话呢？

【陆上，在门边偷听

杨　因为您心里装着我们学生，我们都看得出来。

余　（哭）费先生，求求您了！

费　白帆的事情其实我一直在关注。（余和杨瞬间愣住）他啊，也是咎由自取。

余　是。他太直率了。

费　不过，如果他能公开向党部道歉，写一封检讨书，他可能还有留下来的机会。

【陆闯入

陆　费先生，我今天就可以办退学手续。

余　陆华!

陆　余梦，杨益，我谢谢你们。现在你们能不能出去一下？我想和费先生单独谈谈。

【费点点头，杨和余下，但在门边偷听

费　我也正想找你谈一谈，康帕内拉先生。

陆　（一愣）您读过……

费　（笑）当然。都是从那个时候过来的。坐。（陆坐下，费点烟斗）康帕内拉先生，你好像对学校非常不满。

陆　费先生，您刚回来，浙大现在问题太多了。

费　说。

陆　首先是贷金的问题。学校规定只有没有其他收入的学生，才有资格领取贷金，可现在，多少人隐瞒自己的收入，骗取贷金。

费　贷金只是象征性的补助，少得可怜。严格遵循这个规定，不现实。

陆　可隐瞒收入骗取贷金的行为，是不道德的，也是不公平的。

费　（思考片刻）如果单凭贷金吃不上饭，你会怎么办？

陆　如果是我，我就直截了当地向学校说这项制度不合理，而不是虚伪的认同，然后隐瞒。

费　你继续说。

陆　还有课业问题。为什么上课要点名？

费　哈哈，学生迟到旷课，反倒是先生的不是了？

陆　我认为优秀的先生是用精彩的上课内容吸引人的，而不是威胁。费先生，您前两天提过西方的导师制，可否容我……

费　今天畅所欲言。

陆　导师不应该只是灌输给我们知识，我们对导师有更大的期望。

费　哦？我洗耳恭听。

陆　恕我直言，现在学校人心浮动，一盘散沙。学生无心向学，老师力不从心……

费　那你觉得原因何在？

陆　因为大家都很迷茫。

费　为何而迷茫？

陆　战局胜负难言，生活日益艰难，学校迁徙不定，大家不知将走向何方……

费　那导师作为你们的保姆，又应做些什么呢？

陆　明朝末年，东林党人起于外忧内患，可他们没有选择在书斋中逃避，而是讽议朝政，做中流砥柱，为国牺牲者比比皆是，更影响了一批又一批学生。我认为导师不仅仅是传授知识的人，能不能不要上课过来下课就走，（看了看桌上，把油灯拿过来）更应该是这盏灯，照亮我们的品格，影响我们的精神，告诉我们来浙大的目的和意义！

费　（沉默片刻）陆华，把你说的都写出来。

陆　给谁看？

费　给我看！

陆　可我要让所有的师生都看见！

费　可你不能硬碰硬！你骂训导长姜伯韩的话确实太过分了！

【陆沉默

费　陆华，只要你向党部做个样子，我跟竺校长通融一下……

陆　费先生，（低头沉默片刻）谢谢您的好意，不过我……

【现在舞台呈现出两个空间，杨和余一边，陆和费一边。下面的对话可以交叠读出

杨　你为什么对陆华的事这么关心？

费　陆华，你我都要学会在这个世界上做出必要的妥协。

余　因为我爱他，我爱他的理想，也爱他的率直和冲动。

陆　也许我是时候离开这个学校了。

杨　那宁可被开除也不写检讨，这样的勇气值得吗？

费　陆华，把想法埋在心里，做长久的打算！

余　他是个另类，可他又是最诚实的人。

陆　我意已决。谢谢费先生的好心。

杨　陆华要走了你怎么办？你不是爱他吗？再说你让他上哪去？

费　陆华你给我站住！浙大不会随随便便丢下任何一个学生！

余　可我知道，他注定是一个为了自己的理想，不肯屈服的人。

杨　可人不能总是活在自己的世界里啊。

费　现实一点儿，陆华，在这个鱼龙混杂的世界里，你不是白帆。

余　可我爱他，就因为他是白帆，是唯一的白帆……

　　【三个校役在教官带领下上来，敲门，门开了。杨和余也跟着他们进来

教　哟，都在这儿呢！

费　陆华，我们改日再聊！要好好聊！

　　【三个学生与费告辞

教　费先生，党部命令，青天白日旗一定要悬挂在办公室里。这不，我看您一个
　　多月都没挂了，今天带几个兄弟过来帮您挂上。不用您费事了。

费　对不起，请拿走。

教　费先生，我也不想，这是党部的命令。我是奉命行事。

　　【费摇摇头，继续做出请出的手势

教　（笑了）好好……既然费先生实在不愿意挂，那我们也不勉为其难了。对了，
　　还有一件事，也请费先生再认真考虑考虑。

费　除了教书做学问，还有什么事是需要"您"通知我来认真考虑的？

教　说大不大，说小也不小，那就是您的入党问题啊。

费　这个问题我已经跟竺校长说过，我是个学者，不依附任何党派。没有认真考
　　虑的必要了。

教　一张党票而已，您何必这么认真呢！不过有些事情关乎身家前途，我还是劝
　　您认真考虑考虑。哦，对了，这绝不是我本人的意思哦。

费　这又是党部的意思对吧？

教　呵呵，对对对！您千万别把……呃……矛头都指到我身上来啊！

　　【费和教官都笑

费　当然！您不是党部，几位也不是党部，姜先生也不是党部，那您说党部到底
　　是谁呢？

教　（尴尬）哎哎哎，费先生！我们告辞了！（拍拍陆的后背）你还年轻，别赔
　　　　上前途。

　　【教官下

　　【大家沉默许久

费　（对陆）我会跟竺校长再认真商量的。白帆，你一定要留下来。（示意大家走。众下。余折返）

余　费先生，拜托您了！

【余下

费　（手持烟斗独白）学生疾苦不能上达，精神困顿迷茫，训导长又难担重任，唯党部之命是从，藕公啊藕公，我心不安啊！（伏案继续写信。结束）

第四场

【杨在寝室中写剧本。依旧是上一场费的桌子和椅子，但现在是杨在桌上用手提电脑写。杨边打字边继续念一段费上一场的信。念完即表示杨已经写完这一段，然后杨伸了个懒腰。

【杨母上

母　不是让你找我吗？你躲在这舞台上干什么？

杨　我写剧本呢……

母　（合上笔记本）这是我好不容易要来的退出支教团申请，你把这签了，咱就当没这事儿。

杨　妈，这次支教，您拦也拦不住。

母　（进屋，放下挎包，叹口气）你心里还有没有妈妈？

杨　您不是说我二尖瓣狭窄吗？

母　你就少让我着点急！

杨　是您愿意着急。

母　你要不是我儿子，我跟你着这个急？你不在我身边了，我更不放心！

杨　那您想过我的感受吗？中考志愿、高考志愿，从小到大，哪件事儿不是你替我做的主？我想做我想做的事儿。

母　你想做的事儿？

杨　妈妈，山里的孩子们给我写了50多封信，他们说，我留给他们的篮球没气了，我忘了给他们留气针！我寄给他们一个，他们不会用，这种事儿信里说不清楚，我想赶紧回去。我恨不得现在就走！

母　（受刺激）你走啊？我看你能走到哪儿去？去支教，去一辈子？

杨　（揉烂申请）一辈子就一辈子！（扔）被人需要的感觉，您根本就不懂！

母　我不懂？我刚从医学院毕业的时候，和你一样！看着我！我参加了全国地方病普查小组，一头扎进了大山，组长就是……

杨　小时候，外婆提过这件事情，说妈妈您太不懂事。

母　当时的大学毕业生都是宝贝，你外公在市里的医院早就给我找好了位置，可我当时就是傻。那时候，我们几个人翻遍了整座大山，挨家挨户地给村民体检，那时候已经是夏天了，杜鹃花开满了山野，再也没有见过那么红的杜鹃花，真奇怪……

杨　人家管它叫映山红！应该因为是海拔高吧，我去的时候也正赶上开花，七月份哎！一走进村庄，所有的孩子都跑出来迎接我们——

母　可是他们一笑起来，满口牙齿都是残缺不全的，随着他们长大，他们的关节疼痛，骨骼变形，不少人终身残疾！

杨　妈妈您是大夫啊！

母　那是地方性氟中毒，除非找到干净的水源，要么就把整座山里的人全部迁出去！！可我们能做什么？

杨　我们能做什么？

母　无非就是开几片止疼片。

杨　无非就是让他们讲讲外面的世界……

母　无非就是让他们知道自己得的病我们永远治不了！（哭）

杨　……治不了……

母　后来，有了你，我实在不忍心再看着你跟我们受罪，抱着你回到了家里，只看到你外公头发白了一半，你外婆气得大病了一场……

杨　（苦笑）妈妈，您后悔吗？

母　（伤心）妈妈这不都是为了你吗！我没听你外公外婆的话，我没有个好丈夫在身边陪着，你知道我这辈子有多少遗憾吗？孩子，听话。

【杨脑海中剧本的人物费在众人簇拥下上，余回头，一笑

杨　对不起。（扔掉协议）

母　你这么倔到底是为什么呀？

杨　因为爸爸留在了那里!

母　（大惊）他是小组负责人，他心里只想着工作，自私!

杨　你们都走了，他是唯一留下的大夫!

母　他一个人能做什么?

杨　爸爸他就是一个人! 他连个药箱都没有，就提着个竹篮子到处看病，四处求人给村里打一口井! 爸爸临走前，村民们把他背到县里医院。他们说，他很痛苦，神智已经不清，可过了一阵，他又清醒过来，也许是回光返照。他一字一句地说他仿佛看到一座阳光照耀的城市，那里的一切都很干净，人们都没有病!

母　人人都没有病。

杨　妈妈?

母　人人都没有病……

杨　每年7月，映山红都开了，村里的老老少少都会给爸爸上坟，供上一杯现在已经干干净净的井水……这是我第一次见爸爸。（难过欲走）

母　杨益! 你打算什么时候动身?

杨　6月初，等我的《太阳城》首演结束。

母　（迟疑）能让我看看你写的剧本吗?

杨　（惊喜）妈妈——

　　【母子拥抱

第五场

　　【众人聚集在费巩办公室门前

余　（焦急）费先生怎么还不回来?

众1　你真相信费先生能说得上话?

余　也只有靠费先生了。

　　【以下三人争论中，余独自一人在旁边焦急徘徊

　　【众2说东北话，众3是女的

众1　哼! 他也是拿学校的薪水，我不信他敢跟党部对着干。再说陆华也是，写

份检讨不就完了吗!

众2　他不能写这份检讨!

众1　他为什么不能写?

众2　写了, 就是向党部那帮王八蛋投降!

众1　你觉得党部会把陆华放在眼里吗? 我们不过都是党部的棋子, 他说开除你, 对他毫发无损, 可你的一切就都完了啊!

众2　那……那叫他写他就得写? 这还叫什么"求是"?

众3　唉, 其实陆华完全可以用委婉的方式提意见嘛, 他每次写文章总要得罪一堆人。

众2　如果人人都是好好先生, 那这个学校只能一直烂下去!

众3　那倒未必。我觉得我们也可以利用党部的力量, 一点一滴地改造我们的学校。

众1　改造? 如果没有一种凝聚人心的精神, 又谈何改造? 另外话说回来, 其实姜伯韩也是党部的棋子, 他这篇文章也有点逼人太甚了。

众2　你这话什么意思?

众1　你不觉得姜先生夹在党部和我们中间, 其实非常尴尬吗? 他这篇文章, 简直是火上浇油。

众2　你到底是哪边的人?

众1　我哪边也不是, 我只是觉得姜先生也不容易。

众2　(怒) 你再说一遍? !

众1　(也铆上了劲) 我觉得姜先生既要执行党部的命令, 又要面对咱们的抵触情绪, 很不容易, 我们也应该体谅人家!

众2　你他妈就是姜伯韩和党部那边的走狗! (动手揍众1, 众3和余梦拉架。教官上)

教　不去上课, 都拥在费先生办公室门口, 想干什么?

【四人立正敬礼, 但明显看出众2愤愤不服的样子

众3　我们……来跟费先生打听打听……陆华现在的情况。

教　陆华的事情上面自有安排。都回去上课去!

众2　哼, 今天费先生不回来, 我们不走!

众3　教官，我们都是陆华最好的朋友，这都一个多星期过去了，虽说没宣布开除，可贷金和例行的点名都没有陆华的份儿，我们都很担心，希望您能体谅我们。

教　我说了陆华的事自有上面安排。回去上课，这是命令！

【费腋下夹着书，手捧烤地瓜上场，怡然自得

余　费先生！

费　呵呵，你们过来干什么啊？（装作突然想起的样子）哦，陆华的事儿。（对教官示意吃不吃烤地瓜）教官先生，（教官微笑谢绝）sorry，中午一直在校长办公室，没来得及吃饭呢。

教　费先生真是过于操劳啊。

费　哪里哪里。

教　哎！谁人不知费先生虽然是位教授，可对学校里大大小小的事情，无不关心啊。

费　其实不是我找事儿，是事儿找我啊！

教　人啊，有的时候还是糊涂一点好。

费　我也想糊涂点啊，可我平生最难做到的事，就是装糊涂。

教　呵呵，好吧，那我走了。多保重！

【教官下。费开门

费　都进来吧。

【众进

余、众　费先生，陆华的事现在到底怎么样了？

费　他真的不愿意写检讨？

余　您是了解他的，他认准的事情，谁都拉不回来。

费　（细细嚼地瓜）恩——这红薯的味不对。

众3　烤红薯——还分味对味不对？

费　是啊。还是我小时候家里的烤红薯最正宗。

众2　烤地瓜不到处都是吗？

费　别看红薯哪里都有，美国英国也都种，可能烤出最香味儿的红薯，那只有我家。红薯很多，能中我胃口的，太少了。

众1　您的口味很挑啊。

费　那是因为这个世界上美味的东西太少了，所以你会过口不忘。比如我们的康帕内拉先生。竺校长对他也是过口不忘啊。

余　难道……（稍露喜色）

费　今天我和校长聊了整整一上午，校长托我要谢谢你们。

众　谢我们什么？

费　谢谢你们在这最艰难的时刻，依旧选择了浙大！

【众沉默

费　你们还记得咱浙大的起源吗？

余　是清末的求是书院。

费　是啊。那我再问大家，什么是"求是"呢？

众1　尊重证据，不妄下断言。

众2　理性思考，不感情用事。

众3　坚持真理，不随波逐流。

费　说的都有道理，可实践起来难啊。

【众陷入沉思

余　如果轻而易举就能做到"求是"，那"求是"又有什么意义呢？

费　说得好！知易行难，这才是求实精神的灵魂。这也是我最欣赏陆华之处。

众2　您是说……

【陆上

费　检讨的事情已经finish（结束）了，回去告诉他，什么都不用担心，浙大永远是他的家！

众　太好了！谢谢费先生！

费　校长还叫我告诉大家，以后浙大的校训，就用"求是"！

众　我们有校训了！

陆　（进，大家的兴奋止住）我听说你们为了我的事都来费先生这儿了，谢谢大家，不过我的事我已有主意了。

余　陆华！你不用写检讨了！费先生和竺校长一起把你的问题解决了！

陆　（茫然片刻）谢谢费先生。不过我……

费　陆华，振作起来。有我们在，谁也赶不走你。

陆　其实——我——

　　【空袭警报响起

费　快走！你们先走！（回去收拾重要的书籍到包中）

众　费先生快走啊！

费　（边整理边说）这几本资料是我的命！你们先走！

众　费先生！

　　【费拎着一大包书，冲出门。凄厉的警报声。结束

第六场

　　【防空洞内，轰炸声非常响，但大家还是专心学习。有的俯在石块前看书，有的走来走去背单词

　　【余大喊"陆华""陆华"的声音传来

余　（到众1处）有没有看见陆华？

众1　他没跟咱们一起进来？

余　我都找遍了，没有他！陆华！陆华！

　　【三个人从书中惊起，开始跟着余边喊边找

　　【费和教官上

余　（含泪）费先生，陆华不见了！

费　他刚才不是跟咱们一起的吗？

余　可是他现在不在洞里！

众2　他明明是跟着咱们跑的啊！

众3　对了，他后来好像——是往寝室那边跑！

众2　（思考片刻）好像是！好像嘟囔着落了什么重要的东西！莫不是……

教　这个傻子！还有什么东西比命重要！

　　【余往防空洞门口跑

众3　余梦你要干什么？

教　（上前拉住余）余梦你疯了！外头都炸开花了！

余　谁也别拦我!

众2　要去我陪你去!

众1　我也陪你去!

费　都留在洞里，我和教官去。

余　陆华就是我的命，谁也别拦我!!!

　　【在余的吼叫声中，陆出现在洞口，喘着粗气。大家愣

余　（上前摸陆华）你有没有伤到? 陆华你担心死我了，你知不知道!

陆　我回去拿这个了。

费　什么东西比你的生命和安全更重要!

　　【众2拿过陆手中的鞋，说

众2　这不是你母亲给你留下的那双棉鞋么。（转向费巩）这是我1937年暑假返校
　　　前，他母亲在病榻前托我带给他的。

陆　最后一双棉鞋……随校出发前我收到了这双棉鞋，从来都不舍得穿。

余　入伍通知书?

众2　陆华你已经被××集团军录取，即赴前线，特此通知……

　　【大家都愣

费　你背着我们大家报的名?!

余　我现在知道了，你逃课去参加体检，你写抨击训导长的文章，你不想写检讨
　　以求开除，都是为了——

陆　为了报名参军，为了上抗日前线!

费　（沉默片刻）陆华，你很有才气，你之所以没被开除，是因为校长和先生们
　　都舍不得你。如果上了战场，就太可惜了。

陆　我的才气，不过是一颗心的分量罢了。

费　你早就想离开学校，对不对?

陆　不! 学校是我的第二故乡，只是东北是生我养我的故乡，在日寇铁蹄下的中
　　国更是我此时想要报答的故乡!

余　可那个故乡只在你的心里啊。白帆，为什么你非要走呢?

费　救国的方式有很多种。如果留在学校，你的学术前途不可限量。（拿过通知
　　书，拍拍陆的肩膀）

陆　谢谢您。可我已经决定了，明天就走。

费　（非常憋闷却又发泄不出的样子）好吧。（从口袋里拿出一支钢笔）这支笔送给你，做个纪念。记着，无论何时，这里永远是你的家。

　　【陆接过钢笔，向费微微鞠躬

陆　费先生，能和您相识，是我在浙大最难忘的经历。我无以为赠……

费　（摆摆手）能遇见你这样的学生，已经是上天给我的最大馈赠了。

学生　（把一叠教案递给费巩）费先生，您的教案。

费　（看看教案）对了，现在本应该是我的上课时间。

学生　费先生，您现在就上吧。

费　就在这里？

学生　这一路上，在森林里，在小河边，在破庙中，哪儿不是我们的课堂。

陆　您就上吧，也许这是我在浙大的最后一堂课了。

费　好！那我们就开始今天的政治哲学课！

　　【大家各就其位

费　今天的课我不是主讲。

　　【学生们一愣

费　今天我想请陆华同学当主讲。

陆　我？

费　来，面对大家，好好讲讲。

陆　讲什么？

费　就讲讲你的《太阳城》吧！

　　【陆沉思片刻，大家聚精会神等待

陆　有位500年前的意大利教士，他不愿意跟着教会一起欺负老百姓，于是就逃到了革命者那一边，

费　可他又看不惯革命领袖打着革命的旗帜干着损公肥私的勾当，就写文章揭露。革命领袖又要杀了他。这是意大利哲学家康帕内拉的著作。

陆　有天夜里他驾着一条白色的帆船，驶向茫茫大海……

众1　白色的帆船？

众2　逃跑就能够解决什么问题吗？

众3　嘘——然后呢?

陆　漂在海上的这条白色帆船，没有方向。粮食吃完了，可四周依然是茫茫无际的大海。他跪在船头祈祷，可回答他的只有风和海浪。在他昏倒失去知觉的时候，突然，他感到了无比温暖的阳光!

费　面前出现了一座城市!

众1　一定是幻觉!

众2　是什么样的城市?

众3　里头有人吗?

陆　这座城市散发着金色的光芒，它没有白天，没有黑夜，因为那种光芒是永恒的。因为那种光芒是从人内心散发出来的! 空气是永远温暖的，因为有心灵的光明! 道路是温暖的，因为这里没有穷富之分，更没有压迫欺诈，没有权力争斗，没有心怀叵测的人! 生活更是温暖的，因为无忧无虑，没有人监督劳动，也没有人监督索取。人们都很单纯、很快乐，重要的是他们都没有病!

费　是啊，他们都没有病。

余　他们都没有病。

众2　然后呢?

陆　没有然后。

教　没有然后,那不就是个空想吗?

费　不是空想，是理想! 是伟大的理想! 康帕内拉就像在惊涛骇浪的大海中无畏前行的白帆一样，用自己一生的信仰和生命去完成，去实践!

陆　就像他的十四行诗中写的那样　请把高傲、无知和谎言，放在我从太阳那里偷来的烈火中销毁吧!

众　请把高傲、无知和谎言，放在我从太阳那里偷来的烈火中销毁吧!

费　请把高傲、无知和谎言，放在我从太阳那里偷来的烈火中销毁吧!

教　陆华, 上战场不是儿戏, 你可就难再活着回来了。自己想好!

余　（突然爆发）陆华! 你一定要活着回来!

众2　学校不是他姜伯韩一人开的! 不是这帮混吃等死的狗腿子开的! 你一定给我活着回来!

教　（怒）放肆！

众1　陆兄，活着回来！学校是咱们的！

众2　对，活着回来！党部那帮王八蛋休想霸占这块净土！

教　注意你们的言辞！

众2　怎么着！你们搞军管，撕壁报，因为一篇文章就随便开除学生，如果学校永远由你们来操纵，"求是"精神何以真正实现？要开除就把我们全都开了！我们永远和白帆站到一起！

众3　对，我们永远和白帆站到一起！

　　　【教官想说些什么，却又说不出。"哼"了一声躲到一边角落

费　陆华，我等你回来完成你的学业！

余　答应我，对我发誓，一定要活着回来！

陆　好，我陆华……会活着回来的。

　　　【陆走出众人，面对观众

陆　（重复后半句）……会活着回来的。回到1938年的浙大，回到咱们的篮球架底下，回到那座金色的太阳城中……（渐暗）陆华会回来的，会回来的。

　　　【杨和余上

杨　余梦！

　　　【余在忧郁的似笑非笑中抬起头，对杨并无陌生感

余　陆华他……牺牲了。

杨　（无语低头，片刻又抬起头）那费巩先生呢？

余　浙大迁到贵州遵义后，费巩先生从1940年8月开始，接替姜伯韩，当了我们的训导长。他是整个西迁过程中最受我们欢迎的训导长，然而任期仅有短短半年。1945年2月，他在重庆文化界的《对时局进言》上签字，并且广泛调查国民政府的腐败情况，终于触怒了当局，在3月5日凌晨，在重庆被特务绑架，然后遇害于渣滓洞。

杨　这就是理想主义者的归宿吗？

余　陆华的战友在整理他的遗物时，在贴身的口袋里发现了这封信。（拿出信，念）"收到这封信，我已经离开这个世界。余梦，请原谅我不能说爱你，因为我必须是那个燃烧自己的生命完成理想的人。给你写信的这一刻，我非常

平静。我相信人死后一定有灵魂，比如现在，我正双手插在胸前，微笑地看你读信的样子。一切隔阂都已消散，一切距离都成云烟，只剩下我们的爱，让我感到如此平静，如此温暖。这半年来，我随军走过很长的路……

陆　（声音重合一句）我随军走过很长的路，看过很多地方的朝阳和落日。在战场上每天都要面对残酷的死亡，离死亡越近，就越能感到另一个世界的温度。还记得那座太阳城吗？你、我、费巩先生，以及我们所有人，其实都是这座城市的子民。在太阳城的光芒里，我们的样子变得模糊，双手失去了力量，内心充满甜蜜的疲倦。也许我们的故事有一天会消失在你的记忆里，但我永远不会消失，我会陪你走到最后。余梦，明天我们还会再一次见面。

第七场

【《太阳城》演出在即。演员都穿上了戏中的服装，聚集在舞台上，互相开玩笑、整理衣服，等导演发话，除了贤，大家都在

杨　（拿个对讲机）灯光、音响、道具、服装……（转身对众演员）行了行了，严肃点，还有10分钟了！哎，看到小贤没有？

众　没啊？

瑞　你……你看我穿得……够笔挺吧？

杨　瑞哥，那位来了？

瑞　在……底下坐着呢。

众1　你俩现在到底什么情况啊？

瑞　她说……先处着呗……处着……这是啥意思？

【众乐

众2　行啊，瑞哥！

众1　我还是那句话，千万别认真！

杨　行了行了！大家都赶紧默词去！

【大家都散到侧台，"距演出开始还有8分钟，请观众关掉手机……"的声音出现。杨四处找贤也找不到。贤悄悄出现在杨身后，拍杨的肩膀

杨　我正四处找你呢，准备怎么样了？

贤　唉，杨大导，你就不问问我GRE考得怎么样？

杨　那还用我问吗？

贤　你又诚心惹我生气是吧？

杨　你院奖、国奖、啥奖都落不下的人，是吧！我再问你这……

　　【贤看着杨的呆样子，好气好笑

贤　行行行，那我告诉你，我GRE考砸了！

杨　啊……怎么回事？

贤　我答题的时候走神了。

杨　走神了？！

贤　我忍不住总想起陆华给余梦最后的那封信。（陷入思考）

杨　（略显得意状）那我是该说"荣幸"呢，还是该说"对不起"呢？

贤　还"荣幸"，呸！

杨　那——对不起了！I am sorry！

贤　光sorry不行，你要用实际行动补偿我的精神损失。

杨　呃……那你说我该怎么办？

贤　你自己想。

杨　要么……等演出完我请你吃饭？

贤　在哪儿吃？

杨　（想）食堂二楼，食堂三楼……

贤　这剧社里的男生怎么追女孩儿都这副熊样。你就不能想点儿其他的？

杨　那……要么……演出结束后……

贤　甭演出结束后了，就现在。

杨　现在？这马上就要开演了……

贤　就！现！在！一个女孩生气了，你要想办法安慰她，其实很简单。

　　【贤的脸蛋往杨脸上倾

杨　这让人发现了呢？

贤　我不管，不消气我一会儿演不好。

　　【距离越来越近，杨越来越窘。突然杨的手机响

杨　不是，你谁啊！这时候来……啊，妈！我在……我在准备演出！……您放

心，有录像，指定给您看！……您那边挺好的吧。挺好的我就挂了……不是，这不马上演出了么……行行行……知道……妈，您保重！（挂掉。对电话）我的妈哎！不知道自己儿子正……（两人继续亲）

【此时瑞上场找杨，撞见这一幕。但二人并没看见瑞。瑞蹑手蹑脚，把全剧组的人找来，一群人组成包围圈，向中间二人慢慢逼近，但二人过于陶醉，根本没发觉

众　队长！

【二人猛醒

众　我们什么都没看见！我们什么都没看见！

杨　这个……反正……快准备演出啊，同志们！

杨　再跟着我念一次："请把高傲、无知和谎言，放在我从太阳那里偷来的烈火中销毁吧！"

【众有气无力重复了一遍

杨　不对，应该是"请把高傲、无知和谎言，放在我从太阳那里偷来的烈火中销毁吧！"（雄壮有力）

【钟声

【全剧终

2012年4月第九稿

导演后记：

致意与熔铸的精神之旅

在由中国文学艺术界联合会、中华人民共和国教育部、上海市人民政府联合举办的第三届中国校园戏剧节上，浙江大学黑白剧社原创话剧《太阳城》获得优

秀剧目"中国戏剧·校园戏剧奖"。主演魏铼同学获得戏剧节授予的"校园戏剧之星"称号。这个荣誉对于一直不断努力进取的黑白剧社来说应该是名至实归，而对于承担导演工作的我却是一次值得认真回顾的校园戏剧创作历程。

缘起同是浙大人

2012年是浙江大学建校115周年，早在几年前黑白剧社的队长们就开始为这个日子积极筹划着一份礼物：就是想在这个日子到来之际，尽己之力为历经沧桑、再铸辉煌的母校创作一部话剧。

由于校庆纪念活动中最有文学意味的艺术形式便是必定推出的校园话剧，而对于这个主题的创作，学校宣传部门也希望如此，创作机缘一拍即合。黑白剧社的队员们都认为戏剧创作应该是一个思维真正的自由的状态，而不应该拘泥于命题文学，拘束于既定框框。大家希望在这个作品中说的是大学生自己的话，表现大学生最关注的话题。

这个作品对我来说意义重大：首先这是一部继百年校庆（《绿树如歌》）之后15年再次在校园舞台上呈现浙江大学历史和现实的作品；其次这也可能是我退休之前执导黑白的最后一个重大原创戏剧作品。

2011年春天编剧张雷在承担起剧本构思的任务后，我们进行了多次讨论。他曾经迷茫于剧中演员怎么说，说什么的困惑——历史和现实中同样年轻的学子，他们选择和思考的交集点在哪里？

作为浙江大学的学子，百年校史中最引以为豪的一页便是震惊中外教育界的抗日战争中的西迁岁月了。那是一段诗意和激情熔铸的青春岁月，也是烽火浙大重整旗鼓、创造教育奇迹的史实，更是浙大学子秉承求是校训所需要追溯的精神源头。

"太阳城"名字的由来是编剧张雷借用空想社会主义者康帕内拉当年原著的一个意向，引喻战火中西迁的浙江大学。他用了一个戏中戏的双线戏剧结构穿起了整个故事，在剧队担任队长的杨益在完成创作话剧《太阳城》的编剧过程中和剧本中当年西迁途中的学生陆华一样面临着抉择的考验，这个抉择便是每个学子都要面对的命运与前途。戏中的陆华最终按照自己的意愿投笔从戎战死沙场，生活中的杨益也终于按照自己的意愿选择了放弃出国下乡支教，完成了为自己前途做一回主的心愿，他执着的信念和澎湃的激情感动了母亲和女友。最终他和伙伴们创作的《太阳城》也成功上演。

尽管剧本一稿在各个方面都有欠缺，因为我4月中旬到5月下旬有个出国讲学的任务，首场演出的时间定在4月13日。我的想法是先在舞台上立一个雏形，然后再针对问题修改。

这个戏的经费一如既往地拮据，花了一千多元买的四扇可以折叠的百叶窗和一挂象征白帆的白布几乎是整个戏的舞美。在区分不同时代的室内空间时，用不同色调的灯光透视窗栏的阴影完成演员独自站立舞台的造型，而在整个戏最高潮的阶段拉起黑色底幕，降下白帆，让金色的风帆如旗帜般在蓝天下振展。最后还是在这块白色的屏幕上，浙江大学西迁历史的真实照片翩然翻卷而至，再慢慢隐匿于黑暗之中——这一切都是如此真实地存在过，至今不曾远去……

首演的反响让我和黑白的学生非常震撼，虽然我们的演技不够精湛，剧本还显粗糙，但是舞台上的浙大学子和台下同是浙大师生的观众们因为这段历史而休戚与共、血肉相连。校园观众用极大的热情高度评价了这个作品，甚至有老师对我们鞠躬说，感谢你们为浙江大学做了一件有意义的事情。

首演后的思考

4月13日演出的三天之后，我便去了日本神户讲学，因为教学任务比较集中，我有很多时间可以自己安排。离开了国内的各种干扰，我便可以静下心来学习思考。《太阳城》的修改也在思考中渐渐有了方向。

首先是整体叙述方式应该修改，强调的点与线的紊乱，立意有了，想法也有了，缺乏的是剧中令人信服的情节和语言，用剧中人杨益的话就是：70多年过去了，今天我们重新把这段历史展现在舞台上，我们要表现的是什么。

一直以来，致意崇高在大学校园里似乎是属于学生思想工作的范畴，而许多高校内校园戏剧演出的初衷也只是将校园戏剧的娱乐性放在第一位。早在2002年黑白剧社南下珠海广州中山大学校区，在教室里演出《保尔·柯察金》的时候，就有其他大学的很多学生对于我们演员如此投入和专注于歌颂英雄的戏剧很不解。记得当时听到最多的问题是：你们相信你们演的内容吗？如果在我们的舞台上演出话剧，不搞笑是没有观众的。同样的问题近年来我也在不同的场合多次听到。

众所周知，校园戏剧对于提高学生的审美修养，树立学生的高尚情操，促进学生的全面发展，具有无可替代的作用。但是这并非只是概念——真正作用于学子之心的是学会如何用戏剧的方式进行思考，再用思考的结果来认识自己、认识世界，从而有所改变和提高。而深入与自己血肉相连的学校历史，解读同样年轻生命的志向和行动，获得对于当年家国情怀的贴切解释，是每个参加《太阳城》演出的成员不可多得的精神体验。

其次，《太阳城》的两条线最难准确表现的是现实中学子的思考和困惑，尽管我们在舞台呈现的细节中一直追求真实，比如支教团的故事来源于浙江大学学子的真实经历，山区孩子们的歌声来源于支教学子自己的现场录制。但是，在实际生活的概念中，剧中人杨益放弃出国完成自己的理想去山区支教的动力是需要有思想来源与内心坚实力量支撑的。给予观众的信息越是实际具体并且可信，戏剧才越能够真正打动人心。

5月20日我从日本回国，而距离《太阳城》的演出时间仅仅只有一周。虽然完全来不及修改得尽善尽美，但是方向却异常明确。几乎所有人都同时意识到完成这个任务并非只是为了完成一场校庆的演出，这是成立至今的校园剧社应该承担的责任。

集体创作的投入

黑白剧社的创作成果一直来自于每一位参演的成员，一群人齐心协力地做事情的追求是让这个团队健康发展至今的强大生命力。对于参加《太阳城》的演员们来说，表演人物的必修课是理解人物，赋予戏剧文本之生命。因此对于每一场的每一句台词的反复推敲，就成为排练场上最常见的集体功课。尽管都是理工科学生，但是经历了这些年剧社各种戏剧创作的磨炼，他们对于创作语言的组织能力一点也不差。

当然，找准剧中矛盾的冲突焦点，再进行逐一解决是完成舞台创作的根本，在整体情节框架下，令人信服鲜活的人物语言创造就来自于扮演者自身了。演员们常常为一句台词设置的合理性争论不休：角色是谁？为什么要有这句台词？台词背后的行动是什么？怎么说才符合角色的规定情境？为什么？几乎每一段戏都要经过演员的反复推敲：扮演陆华和费巩先生的王岳颐和马小瑞面对一场倾心恳谈的情节不知道讨论了多少次；而扮演母子的李和一和魏铼几乎就生活在角色的规定情境里，一遍又一遍地按照人物思维的逻辑设计舞台的语言和行动，最终精心设计的贴近生活的时下流行校园的语言为这段母子之情的情态和走势带来了相当合理的可看性。

创作中，我们在浙江大学的西迁历史中寻找到许多令人唏嘘的特定细节：艰难迁徙中耸立于宜山的篮球架、绣着浙大女生心愿的募捐手帕、写满激昂心声的壁报、用细绳穿起两头便于在任何情况下学习的书写板、血洒疆场身后留下的动人诗篇……这些都是当时几乎与演员同龄的西迁学长们的真实生活，值得把它们放在今天的戏中。

8月前的排练有了突破性进展，剧本找到让陆华成为杨益内心声音的交集点，用剧中角色来质问剧作者并且解决了他一直犹豫的最大顾虑。原来第四场母子原本只有对话的情节增加了杨益思维空间、陆华临行犹豫、自我质问三段戏，特别是其中杨益思维转变的情节以两次舞台过场戏强调的推动，可看性和思想深度加强了许多。这一修改让整体立意陡然生色，也提升了整个剧的主题。

这个戏是黑白剧社参加在北京举行的2012金刺猬大学生戏剧节的剧目。修改这一版的任务原本主要在情节合理性和舞台呈现的可视性上下功夫。演出时间从90分钟增加到105分钟，理清了各个情节线头，加强了人物间事件的合理和趣味，特别强调了群戏的意味。但是因为考试和假期的原因，全组人员始终无法到齐，最后的合成只能在北京进行。

8月13日剧社的成员从各地来到北京进剧场，整整12小时的工作进展顺利。同学们的状态都在慢慢调整、丰富和饱满，戏的排练也一遍一遍地顺畅起来。

14日下午的整体联排让所有人都看清楚了整个戏的面貌，大家信心都被戏调动了起来，下午的工作中又修改了一些必要的桥段，使全剧更加立体。

晚上演出前的准备工作紧张而有条不紊，在舞台灯光下，几乎所有人的状态都相当亢奋，舞台呈现令人满意。

结束后的座谈会很让我们振奋，抢先发言的观众不少，北京的观众对于这个戏和对于黑白剧社的厚爱让我们感动。

著名剧作人袁鸿对于作品的一番话让同学们感动，他说在黑白的戏里，看到了久违的大学精神和情怀。

满头白发的著名导演林荫宇老师应邀为我们签名，她告诉我最喜欢的是陆华自我质问的那一段："是谁给我安排了这样的命运，是谁？"她说这个点一落地就把现实和历史联系起来了。

当天晚上中国科协宣传处许处长在演出结束时表示了他的震惊和感动，特别赞赏戏中对于现实和历史的交集与思考："这是真正的来自校园的戏剧。"

那天最让人意外的是在观众中重点发言的来自广西戏剧家协会副主席林先生，他说一直期待这个与广西有关的作品，并且当众邀请黑白剧社去广西演出。

这是黑白剧社10年来第六次来北京，却是第一次将用我们自己的戏剧作品说自己学校历史的校园话剧展示在这个平台，如同我面对观众询问时所答：用戏剧的方式把我们学校的历史展示在舞台上，是黑白剧社自觉的责任和光荣。

最后的落幕

话剧《太阳城》的第一稿参演2012年在上海举行的第三届中国戏剧节并且入选，接下来的任务是在这个国家级大学生戏剧比赛上的演出，组委会给我们安排的演出场地是上海交通大学的菁菁堂。

为了以更好地姿态投入演出，《太阳城》的北京版本在出发前又在学校的紫金港剧场进行了演出。应该说，这时的作品以及表演已经非常成熟了。

上海的演出只有一场是在下午，而我们用学校的校车提前一天到达上海，装台、走灯光忙到当晚9点剧场关门。还有学生为了不耽误课程的学习，晚上10点后到达宾馆，积极准备第二天的演出。

10月24日下午的演出过程精彩而有序、流畅而饱满。特别让我感慨的是在后台的演出间隙，我看见不止一位剧社成员发自内心的泪水，有的队员从舞台上下来情绪依旧亢奋，甚至痛哭失声。他们并非是处于表演悲痛的情绪中不能自拔，而是感动于《太阳城》最后群体齐诵用太阳之火销毁罪恶的诗句，感动于戏中送别自己身边伙伴的惜别之情，感动于歌颂崇高的感动。应该说，戏剧在这个特殊的时刻用特殊的方式熔铸并且净化着学子们的精神。我敢断定，这次演出的美好记忆将伴随他们的一生。

戏剧节评委认为：浙江大学演出的话剧《太阳城》，以今天的学生剧社排演学校当年抗战中西迁历史为线索，表现了两代学子求真求实，励志报效祖国的青春激情，震荡人心。而学生们在现实与历史中跳入跳出的表演，亦有可圈可点的表现。

我以为，获奖并非落幕，黑白剧社成员在校园戏剧中的获得一定比获奖更有意义。

桂迎

2012年11月

凫徯吟①②

编　剧、导　演：满　溢（浙江大学航空航天学院飞行器设计2011级硕）

---

①《山海经·西山经》:又西二百里，曰鹿台之山，其上多白玉，其下多银，其兽多牦牛、羬羊、白豪，有鸟焉，其状如雄鸡而人面，名曰凫徯，其鸣自叫也，见则有兵。凫徯寓意战争爆发。

②　2013年12月20日，于浙江大学紫金港校区小剧场演出（梵音剧社十周年汇演闭幕式，仅此一场）。

一个文学影视作品都很少提到的年代，
一家偏隅城郊与世无争的小客栈，
几个有故事的住客和一个不爱讲故事的掌柜，
一个灰头土脸却深藏不露的武林高手，
……
无关历史，
这是一部为了"好看"而生的戏。

剧本：

话剧《凫傒吟》（节选）

人物表

胡常春：七旬老人，身体硬朗，略贫嘴，世故，情绪饱满，内心坚定

田勇：七旬老人，寡言，脾气差，重义气，如海豹突击队一般的身手

思思：14岁，宫崎骏作品中的那种少女形象，可爱纯洁而早熟

李应天：28岁，动作片主角般的坚毅形象，阴狠而自信

谢君爽：18岁，山茶花般，内心似火，充满能量的知性偶像形象

王宾骆：18岁，学生会会长型的自信学生形象，情绪化

余客廉：18岁，参谋型学生形象，干练简洁，冷静，精明计算

谢母：四旬，体贴的母亲形象，遇事有小法

吴一岚：六旬，谦和老者形象，自大知识分子

马宝：年龄不限，混混形象，江湖气

赵庆：三四十，山大王形象，极强江湖气

秀才：25岁，土匪智囊，读过些书，满口之乎者也

土匪若干

第一幕

【这是一间破旧的小旅店，名唤鹿台楼。鹿台楼建在由北京向湖广方向去的小道铃莱道上，往日商旅并不很多，可是沿着这条官道也发展出星星点点的不少村镇，隔三岔五还有一些茶摊旅店。鹿台楼所在的地方方圆百里没什么人烟，临着有三五间店铺。鹿台楼是一栋明清时间修的木

结构二层小楼，坐东面西，大门朝西开，里面有个小院朝南开，院里养些鸡，还有茅厕，东面是一楼的客房和厨房仓库一应的房间，东面走廊和南面院门之间的楼梯能通上二楼，二楼是比较贵的客房，掌柜和思思的房间也在上面

【我们看到的是鹿台楼一楼大厅的样子，右手是正门，左手是通向厨房的走廊，正前方偏右一点的地方是通向小院的门。在院门和正门之间是柜台，柜台后面还有个陈列柜，摆点酒品，挂着点菜牌、告示板、算盘之类的东西，还挂着一副对联："僧道无缘、亲贱不赊。"院门左边墙根上垒着一堆酒壶，再往左还有个小空间，里面大概是存酒的小窖。再往左是一面灰墙，破破烂烂，前面供着财神爷，墙上还有些小孩子的乱涂乱画。再左手就是通向二楼的楼梯了，楼梯上去没两步就有一个转弯平台，站在平台上齐肩高有个小窗，样式别致，感觉跟整个店破旧的风格不符，平台再上就向右转入墙后了。大厅上摆着两张桌子，桌子上椅子还没放下来

【清晨，胡常春坐门口柜台内，点算账目，思思院门上，拎着水桶要去厨房

思　思　姥爷，粮食剩得不多了。

胡常春　你提这么大桶水能行吗？

思　思　没事。

胡常春　什么没事，你看你，洒得一地都是，等会儿谁踩上去不得摔跤！

思　思　我不行还能靠谁，靠您吗？就您那腿脚。

胡常春　你先放下。（喊）她谢婶！

思　思　姥爷！你愿意支使人家，我可不愿意。

胡常春　怎么还支使？她们娘俩是自愿的。

思　思　人家是房客，主家支使房客干活是要遭天谴的。

胡常春　嘿，有这么跟长辈说话的嘛！亲外孙女儿变着法儿咒我。

思　思　怎么咒您您身子骨不还硬朗着呢吗？快去买点粮吧，不然全完蛋。

【远处传来炮声

胡常春　这兵荒马乱的我上哪弄粮去啊？

思　思　今天这炮响又近了一点。

胡常春　有吗？那是风，一阵北风吹过来，这炮就好像是近了点，其实还在那个地方。打炮的地方定在那儿小半年了，没挪过地方。还远着呢，不用担心。

思　思　大夏天的刮什么北风啊，姥爷您就会安慰人，你不用担心我，我不怕。

胡常春　是，你什么都不怕。这我才更担心啊。

思　思　担心什么？

胡常春　你身上流着我的血，我不得担心你啊！尤其是你这天不怕地不怕的男孩子脾气。

思　思　我怎么了？

胡常春　上回几个逃兵到咱们家来，你怎么那么横啊！

思　思　他们抢咱们家东西，我还要笑脸招待他们吗？

胡常春　他们拿着枪！

思　思　拿枪怎么了？还不是从战场上逃出来的怂包。

胡常春　那惹急了也能把你的小脑袋瓜子崩了。

思　思　可是他们最后不还是被我骂走了吗？

胡常春　你真当他们是给你骂走的吗？我说你这一身的脾气都是⋯⋯

思　思　从您身上学的。倒是您，越活越没脾气。

胡常春　上回李少校来，你又给人家脸色。

思　思　什么少校，给他脸色那是便宜他，我没在他酒里下毒呢！

胡常春　是，没下毒，你当我没看见你往他酒里吐口水。

思　思　姥爷，你放心，尝不出来。

胡常春　你就给我惹事吧祖宗。你李大哥对咱多好啊，那么多苛捐杂税都给咱省了，你忘了？小时候你还说要嫁给他做媳妇呢！

思　思　呸，那个白眼狼，杀了我也甭想。

胡常春　他是怎么着又得罪你了？

思　思　他一身的本事都是您教的，现在在咱们面前竟然这么跋扈。

胡常春　他是长官，咱是平头老百姓，你还不服吗？

思　思　一边要钱一边还打仗，咱们平头百姓的苦日子都是因为他们。要不是他们，那么多的捐，不全都省了？

胡常春　嘿，算得真明白。可是你得罪了他，咱们自己就更没好日子过了。

思　思　为了最高的目的就要合理地牺牲。这叫先天下之忧而忧，后天下之乐而乐。天下兴亡，匹夫有责。

胡常春　谁教你的？这么一句一句的。

思　思　君爽姐姐教的。

胡常春　她怎么不教你千穿万穿马屁不穿呢！怎么就不教你枪打出头鸟呢！这些有用的都不教，大道理倒是一套一套的。反正啊，你就少惹他，听见了没？

思　思　听见了。

胡常春　哎呀，我说我的小祖宗，你就把那桶水放下呗，做个饭用得了那么多水吗？

思　思　煮粥的水刚才谢婶已经提进去了，估计半晌就能吃上饭了。

胡常春　那这水是为了什么呀？

思　思　烧了给君爽姐姐洗脸用的啊。

胡常春　（喊）洗什么洗，没钱结房租还用热水洗脸！

思　思　君爽姐姐人美，当然要天天洗。

胡常春　美？美能当饭吃吗？白吃白住半个月了，想洗脸你先让她们给我把之前的房钱结了。

思　思　君爽姐待我那么好，还教我读书，我的学费就顶得了你的房钱了。

胡常春　那你甭学了。

思　思　什么？

胡常春　我让你别跟她学！思思，你以前可不这样，你这么妖精这么多花花道道跟谁学的，不就是她吗？丫头片子认认字、读读诗就够了，学这些大道理没好处。越学越笨，越容易被人给骗了。

思　思　谁越学越笨了，谁被人骗了？君爽姐姐对我顶好。

胡常春　你听听你自个儿的话，啊，别管那个桶了，人家对你好？你才认识人家几天啊？说的跟亲姊妹似的。告诉你，你妈当年就是这么被人拐走的！年纪轻轻什么都不懂，自以为了不起了，傻，傻死了……

思　思　你才骗人呢，我妈被拐走了，我是怎么来的？连我爸是谁都不告诉我，姥爷，我已经不是小孩子了！

胡常春　哎，你别走，你……

　　　　【思思左下

胡常春　让她们俩卷铺盖……滚！（泄气）这丫头……（试着提水桶）一点也不替我着想。

　　　　【吴一岚左上

胡常春　诚空师傅，起这么早啊？

吴一岚　年过半百，一事无成，不早，不早了。

胡常春　又奔北边去？没听见这山炮，您说您凑那热闹干吗？

吴一岚　这京兆地方动荡，前几天京城刚刚易手，我得去看看。

胡常春　您要是真想找您那位朋友，我劝您还是到乱葬岗子上翻腾翻腾，兴许能寻见。

吴一岚　（沉默）也罢，今儿晚半晌去那寻寻吧。

胡常春　唉，别的不说，您能把上月房钱……

吴一岚　哦，麻烦了。

胡常春　十块？用不着这许多……还是不让她们娘俩知道？

吴一岚　若她们不问，你也不必说。

胡常春　我且跟她们说的让她们在这打杂，权当房费了。

吴一岚　别为难她们就好，都是苦命人。

胡常春　大师，容我多嘴问一句。那二位是您家眷吗？

吴一岚　不是。

胡常春　亲戚？

吴一岚　不是。

胡常春　我这辈子见过喝酒吃肉的和尚，见过嫖妓骂街的和尚，真没见过替人家养老婆孩子的和尚。您六根太不清净了。

吴一岚　受老友所托，代为照顾。贫僧只有这一段尘缘未了啦。

　　　　【马宝右上

马　宝　哟，掌柜的，生意兴隆。

胡常春　马宝啊，（见吴一岚欲下）大师留步，我这右腿，您看，这几天疼得厉害，往年不是这个时候疼啊。

吴一岚　您劳形过度，需多加休息。

胡常春　是，是。

吴一岚　切记，不可牵动伤口肌肉，否则祸在心脉，恐伤及性命。

胡常春　我一直记着，回头您再给我瞧瞧啊。

　　　　【吴一岚右下

马　宝　胡爷，您上哪整这么一邪乎玩意儿，说得死去活来的，准是要坑您。

胡常春　头回见你这么早啊。

马　宝　早上凉快。给上头当差，不能不勤快些。

胡常春　这回又是给哪边跑腿撒单子啊。

马　宝　两头跑。不客气地说，我错就错在太能干，两边司令部争着使唤我。您说，他们打得这么不可开交不会就为了我吧！

胡常春　合着你马宝倾国倾城了。

马　宝　现在啊，我也不跑腿了，成天累得腿拖了地才能挣上一个大头，忒亏得慌。

胡常春　不亏了，你花得太快，元宝巷里兜一圈，千金万银也不够。

马　宝　还是胡爷您了解我，手上没有过夜钱。我换买卖了，事少钱还多，就是得早起，晚了就糟了。您瞧瞧。

　　　　【胡常春先是一瞄，微惊，又是细细打量

马　宝　（自斟自饮）南北两军的通缉令，我就负责给这铃莱道上客栈茶楼驿站船局通传一遍。回去之后，大帅们重重有赏啊。

胡常春　啊，算你有福了。吴一岚……这名字在哪听过啊。

马　宝　燕京大学有名的大学者，京城的大户，祖上从明代就是达官显贵，一溜的宰相大学士军机大臣，家里门框子都是镶金的。可是呢，不知足偏要上御书房偷书，这不添乱呢吗！他偷那一堆破纸烂书还不值人家抄他家赚走的呢！

胡常春　这世道，这么个大人物就这么一落千丈了。

　　　　【田勇右上，靠在门边

马　宝　我却是飞黄腾达了，嘿嘿。谢谢您的茶啊，您忙，我还得赶着送这通缉令。

胡常春　马宝你等等，这个田勇是犯了什么王法，赏这么多钱？

马　宝　那也是响当当的人物，他是北军的第一号将军，我见过一回，嘿，气派！他本来要向南大帅投诚，谁知他扮那戏里的老黄盖，唱的是出苦肉计，一夜之间大开北京四门，北军才一眨眼的工夫，就夺了城。按说他是立了夺下北京的大功，可不知怎么着那位北大帅也不要他，要逮他，闹半天成了假戏真做，立功不成反被人倒打一耙，这不，到了倒成全了我的富贵。对，我得留一张在身上当财神拜……

胡常春　这什么时候的事啊？

马　宝　南军刚撤，两个大帅立马都找他，平民捕来重赏一千，官兵捕来连升三级。还真不是我说，这田勇可是了不起，如此天罗地网的北京城，连个苍蝇都飞不出来的阵仗，他竟然消失得无影无踪。他早年间是江湖中显赫的高人，内力修为千年罕有，飞檐走壁更是不在话下，我亲眼见过他"噌"一声……

【思思端着稀饭左上

马　宝　（见田勇）去，哪来的老头！

胡常春　行了行了，你这套瞎话别处说去，别吓死老头儿我。（对马宝）拿着这个，中午做干粮。

马　宝　谢谢胡爷，您照应我。得，回见。

【马宝右下，思思递上一碗稀饭，田勇立马吃光

胡常春　哎，你干什么？没吃的给你，到别家去吧。

田　勇　您行行好，我几天没吃东西了。

胡常春　你也行行好，我这没余粮养活叫花子，你还是走吧。

思　思　我小时候您是怎么教我的？您自己都忘干净了吧，您真是老糊涂了。

胡常春　对，我是老了不中用了，大小姐哎，您就高抬贵手可怜可怜我，别在这节骨眼上发善心行吗。

思　思　我可怜您，您怎么就不可怜可怜他呢！他也是老人。（接过碗）还要吗？

田　勇　谢谢您，不用了。

思　思　您怎么也不想想，要是您没有这个店，没有我在身边，您会是什么样啊，指不定还不如他呢！

胡常春　是。我肯定不如个叫花子，叫花子还四肢健全，能自食其力，还有人心疼着。还说什么呀，我个残废，自己个儿的外孙女儿都不心疼我，我他妈不就不如个叫花子吗？（欲下）

思　思　哎，您干吗去？

胡常春　死去！

思　思　姥爷！

　　　　【谢母，谢君爽左上

　　　　【从开场到现在天渐渐亮起来，此时已经能看到太阳，一声鸡鸣，天亮了

谢君爽　开饭了。思思，快来吃饭了。

胡常春　我不得满世界给你寻摸粮食去，不然你拿什么做善事啊。您几位甭担心，老头子我要是被个枪子儿崩了死外头，我也自己个儿给自己个儿埋喽！

　　　　【胡常春右下

谢　母　掌柜的！（对思思）怎么回事啊？掌柜的！

　　　　【谢母右下

谢君爽　思思，到底怎么了啊？

思　思　姥爷这次是错了，他会明白过来的。

田　勇　小姑娘，你叫什么名字？

思　思　我叫思思。

　　　　【谢母右上

谢　母　（小声）没事，他就在门口转悠，生闷气呢。

谢君爽　他不打算进来了？

谢　母　看着是要一会儿工夫。

谢君爽　我给他盛碗粥送过去。

谢　母　跟我想一块儿去了。我送吧，你陪思思妹妹吃饭。大爷，你也坐吧。

田　勇　多谢。

谢　母　谢什么，出门在外都不容易。

思　思　谢婶，还有这碟咸菜。

谢　母　哎。

思　思　你也快回来吃饭吧，别管他，他要生气让他生去。

　　　　【谢母右下

　　　　【王宾骆、余客廉楼梯上

王宾骆　我不是这个意思。

余客廉　那你什么意思？戴大哥既然吩咐我们在这等，我们在这等着便是了。

王宾骆　戴大哥说让我们来鹿台楼，又没说让咱们在这死等，咱们可是有任务在
　　　　身的啊。这样下去，要是谢先生还不出现，咱们难不成再等上半个月？
　　　　咱们耗下去不要紧，戴大哥托付我们的事情耽误了怎么办？

余客廉　不会，他一定会来。我们要有耐心。

王宾骆　他要是不来呢？

余客廉　那你说怎么办？

王宾骆　既然千里迢迢从浙江赶来，总不能无功而返，得想个办法混进北京城。

余客廉　不行，太危险。

王宾骆　危险？哼，你怕了。

余客廉　戴大哥特地嘱咐过，咱们两个涉世经验浅，万不能冒险。

王宾骆　不入虎穴，焉得虎子啊。

　　　　【谢母右上

余客廉　入虎穴就能得虎子吗？小心是羊入虎口。

王宾骆　虎口又怎样，你怕流血吗？你不去，我自己去便是！

余客廉　宾骆，你别忘了，戴大哥让我负责。

王宾骆　你是要命令我吗？我以为咱俩是朋友呢。

谢　母　你们俩嘀咕什么呢？

余客廉　没什么。

谢　母　快下来吃饭。（小声）你吴叔叔呢？

谢君爽　清早他把他那个重重的箱子托给我保管，就又出去了。

谢　母　那可是重要物件，你放哪了？

谢君爽　我哪搬得动啊，还在他床底下藏着呢。

谢　母　那一箱是什么啊，那么沉。

谢君爽　我怎么会知道，我从来没打开过。

谢　母　你看他宝贝那个箱子的样，咱们可千万不能给人家丢了。

谢君爽　能丢哪去？

谢　母　小心点好。他是咱们的救命恩人啊！

谢君爽　他让咱们在这等，说爹会来找咱们，可是他连真姓名都不敢跟别人说，
　　　　还扮成个和尚……

谢　母　嘘，别让人听见了。

谢君爽　早上好。

王宾骆　君爽小姐，又见面了。昨夜睡得可好？

　　　　【王宾骆滑倒，余客廉赶紧去扶，也滑倒，众人扶起

谢　母　怎么回事，那么不小心！

王宾骆　不知道谁洒了这一地的水。

谢　母　快，坐下。伤着没有啊？

余客廉　谢谢伯母关心，没什么大碍。

谢君爽　你呢，王宾骆？

王宾骆　没事，一点也不疼。（作痛）

思　思　活该。

谢　母　大小伙子摔一跤不打紧。但是啊，年轻的时候要紧注意身子，等到了我
　　　　这个岁数，全身没一处好使的，要是摔上这么一跤，八成就起不来了。

谢君爽　胡说，娘，你还年轻着呢。

王宾骆　是啊。

余客廉　这水是从哪来的呢？

谢君爽　你们看，这桶水，也许是从这漏出来的？

谢　母　我这记性啊，肯定是我刚才做饭打水的时候给忘在这了。

　　　　【谢君爽提不动，谢母上去帮忙，两人将将提得动

思　思　谢婶，我也来。

　　　　【田勇上前，提起

田　勇　哪儿?

思　思　跟我来。

　　　　【思思、田勇左下

王宾骆　君爽姑娘，那是谁啊?

谢君爽　不知道，应该也是北边过来的难民吧。不知道他会不会有北京的消息，（对谢母）没准他见过爹……

　　　　【谢母搂住谢君爽，谢君爽小声哭泣

　　　　【王宾骆欲语，余客廉拉住

王宾骆　你干什么?

余客廉　我知道你想说什么。你想自告奋勇进京城，替她打听她父亲的消息。

王宾骆　你怎么知道?

余客廉　我也想这么做。

王宾骆　那你怎么还拉着我，咱们的任务不也是找谢先生吗?

余客廉　……还是不行。戴大哥嘱咐过，咱们两个涉世经验浅，万不能铤而走险，再说，咱们走了，钱怎么办?

王宾骆　余客廉你是真迂!

余客廉　你再这样冲动，戴大哥肯定不喜欢，到时候入不了党，别怪我帮不了你。

　　　　【田勇、思思左上

思　思　出了院门，左手边就能看见。

田　勇　哎。

　　　　【田勇院门下

谢　母　真是个奇人。

谢君爽　看他年纪，少说也有六七十了，力气竟然这么大。

谢　母　我说他奇是奇在脾性上。现下世道，很久没见如此地道的爷们儿了。

思　思　谢婶，水是我洒的。

谢　母　快吃饭吧，趁还温着。今天早上事太多了。

谢君爽　思思，过来吃饭了。

思　思　对不起……

　　　　【思思来到桌边，谢母抚着她的头发

谢君爽　你们俩怎么了，大早上的一脸晦气。

谢　母　是不是不够吃啊？

王宾骆　我们整天窝在这鹿台楼里不动弹，全身的力气没处使，吃这点就够了。

思　思　没处使？哼，也没见你们帮着干活。

余客廉　若是有勇无谋、浑不畏死，吃再多也是浪费了。

谢　母　我去给你们再拿两个杂合面饼子。你们这年纪，还是得多吃点。

王宾骆　伯母，不用麻烦了。

谢　母　不行，别再饿着你，回头再跟昨天似的，黑更半夜偷偷摸摸跑下楼找
　　　　吃的。

　　　　【谢母左下

谢君爽　（对王宾骆）差点忘了，昨天晚上谢谢你替我掩护。

王宾骆　不用谢，我当时也确实有点饿。

思　思　君爽姐，昨天晚上什么事啊？

谢君爽　没什么。

思　思　肯定有什么！快说啊，君爽姐。

王宾骆　小丫头管这些做什么。

谢君爽　昨天晚上，我等娘睡下，一个人偷偷跑到厨房里，借着月光看书。娘来
　　　　找我，差点被她发现，幸好他替我藏过去了。我才能趁着空又回屋里躺
　　　　下，娘都不知道，以为是自己糊涂了。

王宾骆　可巧我比伯母早来了一步，半夜肚子叫唤，才来厨房随便看看。

谢君爽　哈，原来你骗我。

王宾骆　我怎么骗你了？

谢君爽　你说有话跟我说，是什么？

思　思　姐姐，你为什么不让谢婶知道你读书呢？她也不喜欢女孩子家读书吗？

谢君爽　不是，娘很乐意女子读书的，只是……从前在家里，我都是在父亲书房
　　　　里读，由他指导我。现在……我是怕，娘知道了，又要伤心。她总是背
　　　　着我才哭。

余客廉　谢姑娘，令堂肯定没事的，只是战事胶着，兵险道阻，才不得与你们一家团圆。

谢君爽　肯定？这个时候还有什么能肯定，你怎么能肯定？

余客廉　我也不肯定，但是……谢先生肯定没事的。

谢君爽　（笑）谢谢你的安慰了。

　　　　【谢母左上

谢　母　快吃啊，大眼瞪小眼。

王宾骆　好。我们不能浪费，要全吃光。

　　　　【一桌人坐定，正吃着，胡常春右上，看着一桌人

　　　　【田勇院门上，左右手各提一桶

谢　母　呀，这么多水，够了够了，你再多提也没地方盛水了，桶就放厨房吧。

　　　　【田勇左下

谢　母　哎呀，现在店里是缺个人手，要是有个能使力气的壮丁，能轻松不少。

胡常春　她谢婶，这么替我的店着想，要不就送你了吧，我跟思思当你的房客，省得好些烦心事。

谢　母　掌柜的你这是什么话，那么明白的人，还用我替您打算吗？您自己心里早有主意了。

胡常春　我能有什么主意，老糊涂了。

谢　母　年纪大了可不一定就老了，照样肩能挑手能提，能互相帮衬。您既然能看透这一点，就不糊涂。

胡常春　你甭劝我了，我早有主意了。

谢　母　碗给我吧，再给您盛点。

思　思　谢婶，不用理他。

胡常春　对，不用理我，我吃够了。

　　　　【田勇左上

胡常春　你，过来。

田　勇　掌柜的，您放心，我不吃您粮食。您就让我在您这待两天，我住窝棚里……

胡常春　别，你再死我这儿，我更麻烦。

田　勇　我不白住，我有把子力气，能干活。

胡常春　嗯，看见了。太祖长拳的马，底子还不薄。

田　勇　年轻的时候耍过。

胡常春　请教师承？

田　勇　……荥阳盖家三眼虎盖凌江盖老爷子。

胡常春　我有一个至交好友，过命的交情，是你同门，济南田家的嫡传。咱们也
　　　　算有缘。我要了你了，睡后头牲口棚子里，一天一张杂合面饼子一碗稀
　　　　饭。行不行？

田　勇　（拜）谢谢您收留之恩……

胡常春　甭谢，往后有用得着你的时候。

　　　　【胡常春扶田勇，却是运劲试田勇功夫，两人拆了二招，胡常春就定了
　　　　下来

思　思　姥爷你干什么，刚说得好好的，怎么就打起来了？

胡常春　（吃惊）没想到真是你……我不能留你，你走吧。

田　勇　您……

思　思　姥爷，你怎么出尔反尔啊。

胡常春　你别管！不关你的事！

思　思　怎么不关我的事，你都答应雇人家了。

谢　母　掌柜的，先让他试试，不满意您再辞他……

胡常春　我说不关你们的事，你们就别插嘴。

思　思　可是……

胡常春　姥爷认真生气了。

思　思　好好好！

　　　　【思思楼梯下

胡常春　她谢婶，思思这孩子性子犟，麻烦您照应下。你们几个吃完了就散了
　　　　吧，没什么可看的。

谢　母　这怎么话说的……闺女，把碗筷收拾收拾。

　　　　【谢母楼梯下

谢君爽　你们俩帮帮我。

【谢君爽、王宾骆、余客廉左下

胡常春　行啊，这么多年不见你真当我认不出你来？

田　勇　大哥。

胡常春　你是想就这么装模作样混在我店里吗？当我瞎了吗？

田　勇　我不想给你添麻烦。

胡常春　哼，不想添麻烦。我这是旅店，明白吗？人多着呢！

田　勇　胡大哥，看在往日的情面上……

胡常春　你拿上这些干粮，还有这十块大洋，你走吧。

田　勇　（沉默）刚才那丫头，就是灵越和虎子的孩子吧。

【胡常春点头

田　勇　像！是个好孩子。

胡常春　她不姓田。我给她取名胡灵思。

田　勇　胡灵思，灵思……呵呵，好，那就不麻烦了，钱我是万万不能收的，您收好，您的大恩，只能来世再报了。

秀　才　有人吗？

【众土匪右上

胡常春　什么人？（对田勇）你还愣着干什么，快到后面干活去。

田　勇　（凝望片刻）是。我就在后面，有事言声。

【田勇院门下

赵　庆　别说，这小店还挺不错。比起那个小破教堂来好多了。事成了要是有富余咱就住这两天乐和乐和，怎么样？

【众土匪应和，胡常春将田勇通缉令撕下，顺势把另一张也撕下

土匪甲　（坐下，倒水）跟你们这帮臭男人怎么个乐呵法？

土匪乙　甭愁啊，你躺那我保准让你乐呵喽。

胡常春　各位弟兄哪条道上混的？

土匪甲　老头，胆子不小。

土匪乙　还敢问我们哪条道混的？

秀　才　（对二人）一边去！老先生是这儿的掌柜？

胡常春　这破馆子是我开的。你们不会是好心照顾小老头生意的吧。

秀　才　我们不是住店，我们找人。

胡常春　哦？只听过官兵打听强盗，您这新鲜得很。

赵　庆　哟，这老爷子真是有点意思，惊堂山赵庆，人称立地阎罗是也。

胡常春　惊堂山？那是远道而来的贵客了，招待不周。我家的酒虽不能登大雅之堂，在铃莱也算是远近驰名，入口香醇，后劲浓烈，几位英雄就暂且将就一下吧。

赵　庆　老爷子，喝酒，那是肯定的，我赵庆肯定给你这个面子。咱还是先把正事办完了。小的们！

　　　　【土匪甲、乙站到厨房门口

胡常春　哈哈，也行。

秀　才　我们要找两个人。

胡常春　两个人？

秀　才　对，两个年轻后生，背着个灰布包袱，沉甸甸的。

胡常春　……没见过。

秀　才　老先生不用护着他们，我们看见他们进了你家的店。

胡常春　你们找两个学生做什么，俩乳臭未干的穷书生。

赵　庆　穷？嘿，你别管我们找他们做什么。乖乖把他俩交出来，咱们相安无事，还有你的一份好处。要是不交，也不是不行。不过我怕你这破烂门面经不起我们折腾。

　　　　【谢母、思思楼梯上

思　思　姥爷……这是怎么回事？

谢　母　（护住）思思，过来。

胡常春　你们楼上待着去，这儿没你们的事。

　　　　【谢母、思思欲下

土匪甲　（拦住谢母）嘿，别走啊。

谢　母　你放手！（咬）

土匪甲　哎哟！（松手）

土匪乙　（上前再拦住二人）软的不吃是要吃硬的啊。

胡常春　楼上的两个书生，给我下来！

【谢君爽左上

谢君爽　娘，出什么事了。

谢　母　没事，你快带着思思妹妹到屋里待着去。

土匪甲　嘿嘿，小娘们长得好标致。

赵　庆　王亦龙！看什么看，那双眼睛是不想要了？也不怕吓着人家姑娘。（谢君爽欲下）姑娘别走！我弟兄没脑子，他那些混账话你别往心里去。（对土匪甲）还不赔不是？

土匪甲　哎，我错了。

土匪乙　老大，咱还缺个压寨的三姨太太呢。

赵　庆　混账，说什么瞎话，让大婆娘听见还不得把我扒了皮？不过你这个主意不赖，我准了。秀才，记着，回去路上采买红烛喜被，新衣新裤，全要最上等的材料，最上等的手工，才配得起这位天仙啊。小娘子，你愿意吗？

【王宾骆、余客廉楼梯上

王宾骆　君爽姑娘，你怎么了？

赵　庆　秀才。

秀　才　你们两个就是王宾骆和余客廉吧。

余客廉　我们认识？

秀　才　我们也是为广州效力的。

【王宾骆、余客廉沉默，之后余客廉一直护在谢君爽身前

秀　才　啊，是在下冒失了。有些话不便明说，对吧？总而言之，我们是志同道合，殊途同归，你们二位大可以相信我们。

王宾骆　相信你们？我真的不明白你在说什么。

赵　庆　行了行了，我就受不了跟你们这帮书呆子打哑谜。你们俩小子好好想想，就凭你们俩，夹带着那么一大包宝贝，能平平安安从杭州一路过来吗？没个人在暗中保护你们，早就不知道在什么地方被人杀了喂狗了。

秀　才　我们是受戴兄弟之托，一路护送你们过来的。

余客廉　戴大哥？

赵　庆　我跟小戴熟着呢，从小看他长大的。哪，本来我帮他个忙，一路照顾你

们，保你们安全，那都是稀松平常的小事。不过呢，我还有这一帮兄弟要养活，一个个跟小狗似的整天指着我吃饭。我可以白跑这么一趟，没什么嘛，为朋友，可是我这帮兄弟怎么办呢？小哥儿，我里外不是人啊。你们说我该怎么办呢？

秀　才　我们大哥的意思呢，既然我们已经遵守约定把你们护送到铃莱，按照原先的约定，不管二位带了什么来，我们要抽头。

【两人对视

王宾骆　我们两个自费游学，手头拮据……

赵　庆　等等，别说了。哎呀，头疼死了，尽是四个字四个字往外蹦。小兄弟，我看着你长得这么细皮嫩肉的，是真下不去手收拾你。我就是要你们手上的钱！我说什么你都不懂是吧，那就好办了，你们俩在这等着，我们自己去找，你们什么都没有是吧，那我们找着什么就拿什么了。你们住哪间房？

王宾骆　光天化日，你们竟然明目张胆，无法无天，强取豪夺……

赵　庆　停！不说是吧，不说我就一间一间找。上！

思　思　混蛋！不准你们胡闹！

谢　母　思思，回来！

胡常春　思思！

思　思　（挡在楼梯前）坏人！不准上楼。

土匪甲　小丫头，让开，不然叫你好看。

思　思　你再敢上前一步，你来呀，我叫你好看！

土匪甲　老大，怎么办？

赵　庆　小丫头，闪开好不好？叔上楼找东西。

思　思　这是我们家，不许你上去。

赵　庆　嘿，我就是太心软，下不去手啊。李屎蛋，你最不要脸，你来教教这个小丫头跟长辈怎么说话。

土匪乙　瞧好吧。

胡常春　慢着。思思，你让开！

思　思　我偏不让！姥爷怕你们，我可不怕。

胡常春　你这孩子……当家的，借一步说话。

赵　庆　怎么？

胡常春　老头子没几年活头，不会给谁出头，也不愿意得罪您这好汉。

赵　庆　客气。

胡常春　但是老头子我就这么一个孙儿，为了她我什么都愿意。当家的能体谅体
　　　　谅吗？

赵　庆　理解，可是我也很为难啊。

胡常春　当家的能体谅就好，那老夫就得罪了。

　　　　【胡常春两招，干净利落，左手擒住赵庆喉头，赵庆往裤腰间拔枪，被
　　　　　胡常春右手摁住，枪抵在赵庆胯下

赵　庆　唉哟。

　　　　【众土匪惊呼，拔家伙，赵庆举起左手示意投降

赵　庆　嘿，京城果然是藏龙卧虎啊，谁想到这还有个武林高手。

胡常春　撂家伙吧。

赵　庆　真人不露相啊。（胡常春使劲）哟哟，疼。

胡常春　让他们撂家伙！

赵　庆　别急啊，我在您手上，他们不敢怎么样。老前辈，老前辈从前混哪条道
　　　　上的？

胡常春　年轻的时候在宫里行走。

赵　庆　呵，大内高手。好，栽您手上不冤，回头我还能跟外头的几十号兄弟显
　　　　摆显摆，说我跟大内高手交过手。

胡常春　甭要滑，几十号人，你以为我是小孩子吗？

赵　庆　嘿嘿，不愧是高手，骗不过您。可是您想想，我好歹也是一路的头目，
　　　　出趟差就带这么几个弟兄未免也太掉价了吧。这屋子外头没有几十号
　　　　人，起码也有十几号，都等着我出去呢，我们要是再没信，他们可就要
　　　　放火把这给烧了。

胡常春　那你不是也给烧死了？

赵　庆　我死了他们就有个新大哥，他们倒乐得看我死呢。您的孙女儿可就一
　　　　个，死了那就是真死了。

【土匪乙抓起思思

思　思　啊，放开我！

王宾骆　君爽小姐，快退后！

胡常春　操你奶奶，放开她！

赵　庆　李屎蛋，你真是王八蛋，尽干这号缺德事。抓个小丫头算什么本事。

土匪乙　那……

赵　庆　我看你这辈子没什么出息，也就有个抓小丫头的本事，抓住了就别放手，不然你可就一点用都没有了。

【思思挣脱，使劲踩土匪乙脚

土匪乙　哎哟！小丫头不给你点颜色瞧瞧……（打了思思一巴掌）

胡常春　混蛋王八羔子！（扣扳机）

赵　庆　（腿中弹）娘的，屎蛋，你有打小丫头的本事，怎么不打狠点！

土匪乙　老头子你再敢动！

【土匪乙抬手要打，突然一声枪响，土匪乙捂手哀号，李应天右上

李应天　都不许动。

思　思　（奔向胡常春）姥爷。

谢　母　孩子快过来。

【土匪甲抓住思思

赵　庆　今天真是长了见识啊，又冒出来个百步穿杨的。军爷，我们平头老百姓打架，您管不着吧。

李应天　本来不想管，你这长相我看不顺眼。

赵　庆　嘿，嘴上也不饶人。行，老爷子，咱们一个换一个吧。

胡常春　先放了我孙女儿。

赵　庆　两把枪对着我，先放了小丫头，我可不得给打成蜂窝了！我赵庆说话算话，你放了我，从今往后咱们井水不犯河水。

胡常春　应天，帮我盯住了思思。

李应天　拳脚你厉害，打枪的事可不用你支使我，这回我瞄他脑袋。

胡常春　当家的，谅你是个聪明人，可别敬酒不吃吃罚酒。老夫有的是手段整治你。

赵　庆　别废话了，这买卖你只赚不赔。多拖一刻你孙女就多一分危险。

【胡常春放手，用枪指着赵庆

赵　庆　别傻站着了，过来。

土匪甲　那……

赵　庆　没长耳朵吗？放了！

【放了思思，众匪聚到赵庆身边

赵　庆　老前辈，再请教高姓大名，回去好跟小的们交代。

胡常春　胡常春。

赵　庆　好！我赵庆敬重有本事的人，咱们没必要结梁子。我腿上这一枪，就当是我自己不小心崩的。不过那两个小子的钱，已经是我的了，只要是我的东西我自然会来取。

胡常春　滚！

赵　庆　好，咱们后会有期！

【赵庆等右下

【胡常春倒下

思　思　姥爷！

第二幕

（略）

第三幕

【深夜，万籁俱静，蝉鸣也止了，月明如昼，月光透过窗透过院门照进大堂，时不时有什么鸟叫一声

【李应天坐在桌边，桌上摆着三五个酒罐，没有点灯

【李应天起身拿酒，胡常春楼梯上，走到李应天身后

胡常春　嘿，是你呀。

李应天　胡爷，三更半夜的，您老走道怎么没声啊，跟猫似的。

胡常春　你也跟个狗似的，哪有味不用看，闻着就摸我的酒去了。哟，行啊，喝得舒服吗？

李应天　（坐）正好，来，你陪我喝。

胡常春　呵，真客气。

【胡常春坐下，两人对饮一碗，之后李应天有机会就喝，胡常春碗空了就倒

李应天　看来那个和尚还是有点手段。

胡常春　那是老头我底子好，要是你小子，早他妈翘辫子了。

李应天　您悠着点吧，来日方长。刚恢复一点就在这显摆。人家不是说了吗，不做手术……

胡常春　做什么手术？歪门邪道。

李应天　哎，你说这个诚空大师是有点意思啊，还跟洋神父有交情，佛祖天主两头亲，哪边也不耽误。

胡常春　现在这世道，不都是这样吗？你看那马宝。

李应天　这个诚空大师，他哪儿来的，知道吗？

胡常春　你又不是不知道我，顾客不说我不闲打听。

李应天　我看他不像和尚。

胡常春　那像什么？馒头？喝了没几杯就开始瞎扯。来！

【两人干杯

胡常春　你小子，今天来到底是干什么的。

李应天　就不能随便看看？

胡常春　随便看看你从不带枪啊。

李应天　我是来抓人的。

胡常春　抓人？

李应天　就是那两张本来应该贴在你店里的通缉令上的那两个人。

胡常春　什么时候咱们李少校也过问这种抓贼捕盗的小事了？

李应天　可不是小事。看，平民捕来重赏一千，官兵捕来连升三级。

胡常春　所以你就是为了升官，连脸都不要了。

李应天　胡爷，你不是也急着用钱吗？有了一千大洋，你就能把那个神父赎回来

　　　　　　给你治病了。

胡常春　哼，我会用这种钱赎命？你是喝得都不知道我胡常春是什么人了吧！

李应天　（饮酒）今天喝得是有点多了。

胡常春　总算说了句人话。你每次来不会喝这么多。

李应天　胡爷，20年前的今天，我来到这，你还记得吧？

胡常春　怎么突然说起这个？

李应天　那天田虎哥把我护在身后，你们俩一人一根门板子，为了我这么一个不相识的小孩，一条贱命，跟他们拼命。

胡常春　谁是为了你？我那是为了我这个店。

李应天　我还记得当时发高烧，灵越嫂子每天在床前一步不离地照顾我，把我当亲生的一样。

胡常春　别蹬鼻子上脸，你给我当孙子我还不愿意呢！

李应天　思思她不容易啊。我也是自小没爹娘，我能理解她。虎子哥在那年秋天消失了，接着灵越嫂也走了，然后你就抱回来一个女娃娃，跟我说她叫思思，要对她好。

胡常春　你说够了没有啊！

李应天　哥和嫂子到底去哪了？浪迹江湖，行侠仗义去了？

胡常春　真喝多了吧你，这是我的家事，不用你个外人操心。

李应天　好，那咱们就来说说我的事。

李应天　那个放我逃脱的好心人，究竟是谁？

胡常春　我上哪知道他是谁？

李应天　我没看见那个人长什么样，可是他告诉我让我到鹿台楼，说这儿会有人收留我。你敢说你不认识他？

胡常春　鹿台楼20多年进进出出少说几千人，我难不成都认识？

李应天　胡爷，我李应天这一辈子总共两个大恩人，一个是您，养我教我十几年，另一个就是这个把我从火坑里拖出来的人，我欠你们二位的命。

胡常春　老头子不稀罕你那条命。你那条命早就卖给南军的大帅了。

李应天　我不是要害谁，我就是想弄清楚，我想报恩。我就不明白了你到底怕什么，为什么20年了你心知肚明就不告诉我这位恩人他到底是谁！

胡常春　他是你的恩人，可他是我的仇人！

李应天　你这话什么意思？

胡常春　没意思。

李应天　什么叫他是你的仇人？他干了什么，他不就是把我送到你们家吗？

胡常春　你爱怎么想怎么想。

李应天　我来了你们家是把你给害了吗？

胡常春　对！我一家子都被他给毁了！

李应天　（顿）我不欠你这条命了。

胡常春　我说了，我不稀罕。（楼梯下）

李应天　那你就别怪老子不客气了。（右下）

　　　　【院门传来声音："小心！""哎哟！""你小声点！"土匪甲、乙院门上

土匪乙　摔，就他妈摔吧，这玩意儿要是也摔一下，咱们俩可就都得归西了。

土匪甲　有那么玄吗？

土匪乙　这是从那个教堂里翻出来的。咱们临走前大哥嘱咐过，这玩意儿不能摔不能碰更不能近火，要不然立马"砰"。

土匪甲　哟，你上哪弄块怀表，怎么不走啊？

土匪乙　真没文化，这叫定时器，定时的，到点了就炸。咱们用这个玩一出狸猫换太子，把那俩小子的钱换出来，然后就给他们"砰！"

　　　　【二楼开门声

土匪甲　有人。

　　　　【两土匪慌忙躲藏，土匪乙指柜台，两人躲进，马上土匪甲又冲出来，把炸弹藏在桌子下面，回到柜台藏起来

　　　　【谢君爽、思思楼梯上

思　思　姥爷真是，刚能走两步就乱跑。姐，你不让我在那守着，他等会准又逃出来。

谢君爽　思思，你得休息了，都这么晚了。

思　思　我睡不着。不知为什么心里不安生，总觉得今天晚上会出事。

谢君爽　会出什么事啊？

思　思　我也不知道。

谢君爽　那好，睡不着姐姐陪你聊天。

思　思　君爽姐，那个手术……能管用吗？

谢君爽　诚空大师说做了手术你姥爷的病就全好了，兴许腿也不瘸了。

思　思　诚空大师能自己给他做这个手术吗？

谢君爽　大概不行，他说那会很危险。

思　思　那他说没说，要是做不了手术……

谢君爽　怎么，你姥爷有什么不对吗？

思　思　没有。吃了药以后就好多了，像没事一样。

谢君爽　那不就……

思　思　可他不是没事！

谢君爽　……我也不知道，我不懂医。也许他就跟以前一样，就像什么都没发生
　　　　过一样，也许有什么隐忧。我不知道。

思　思　也许，也许姥爷真的不会有什么事，他已经那么老了，也许已经犯不着
　　　　别人为他操那么多心……

谢君爽　思思！

思　思　但是有一件事情是确定的，如果没有诚空大师的那个洋朋友，就没法给
　　　　姥爷做手术，对吗？

谢君爽　大概……

思　思　他不能自己做手术，你说的，会很危险。那么如果没有一千块赎回那个
　　　　人的话，姥爷就没法做手术，对吗？

谢君爽　思思，姥爷会没事的，你不要胡思乱想。

思　思　对吗？

　　　　【谢君爽沉默，然后转身上楼

思　思　姐姐，你做什么？

谢君爽　我去求王宾骆，让他把钱借给我。

思　思　那么多钱，他怎么肯借？

谢君爽　我……我猜我有办法让他借给我。

思　思　姐姐，不用，我……我有别的办法弄到钱。

谢君爽　什么办法？

思　思　姐姐，你教我，为了最高的目的就要合理地牺牲，对吗？

谢君爽　对。

思　思　如果是为了满足自己的私心，而冤枉一个无辜的人，那就不是合理的牺牲了吧？

谢君爽　当然，这么做是不对的。

思　思　可是……我真的不知该怎么做才好了，（掏出怀里的通缉令）我不能让姥爷死，有了这一千大洋，就能把给他做手术的人赎出来。

谢君爽　思思，你到底在说什么？

思　思　我知道这么做不对，可是我管不了那么多了。（交出）李大哥怀疑今天来的那个爷爷就是这上面通缉的人，如果把他当作通缉犯交上去……

谢君爽　思思！这，这不是害人吗？

思　思　（哭）我也不想啊，可是我真的，真的不能没有姥爷……姐姐，你说该怎么办啊？

谢君爽　（让思思靠在肩上）我也不知道。世界上的事情总没有十全十美的，要么牺牲，要么堕落，要么无能为力。如果是我爹或者我娘也出了什么事情，想必我也什么都愿意拿去换了吧。天下兴亡，匹夫有责，可是匹夫又能干什么呢？就连身边的至亲之人都没办法挽救。

　　　　【谢君爽发现思思睡着，思思的手巾盖在她肩上，轻拍思思，思思入睡。谢君爽把灯移向自己一边，从怀里掏出一本书，凑近灯光看。

　　　　【此时两土匪悄声露头，想溜走。王宾骆楼梯上，两土匪慌忙回去

王宾骆　你果然在这里看书。

　　　　【谢君爽示意王宾骆，王宾骆见思思睡觉，就顺手将手巾拿开，将外套脱下来披在思思身上

王宾骆　《黄帝内经》？昨天还在看《读书纪事》，今天怎么看起这个来了？

谢君爽　一下子伤的伤病的病，我想现学现卖。

王宾骆　这么兵荒马乱的你怎么还带着这么些书啊。

谢君爽　是诚空大师借我的，他带了很多奇书。你可别说出去啊。

王宾骆　守口如瓶。

谢君爽　连余客廉也不说？

王宾骆　我们俩其实没你想的关系那么好。

谢君爽　是吗？你们俩那么多小秘密，我还以为你们无话不说呢！

王宾骆　要不是为了革命，我才受不了他那一身迂腐气。

谢君爽　革命？你是革命党？

王宾骆　不是不是。

谢君爽　不说算了。

王宾骆　现在还不是……我跟你全说了吧，这些也不是不能说。我想加入革命党，这次来，算是个考核吧。

谢君爽　你那么想加入那个党？有什么好的？

王宾骆　建功立业啊。现在成天打仗，打仗要什么，要有钱，有军队，关键是要有同志。入了党，有了同志就有了力量，就可以有一番作为。我多少算是要得罪他了，他万一在戴大哥面前说我两句坏话，我可就没戏了，所以我要送他份礼。

谢君爽　得罪他？

王宾骆　对，我决定做一件他不同意的事。

谢君爽　那你想送他什么？

王宾骆　还没想好送什么。一定要是他很喜欢的东西才行。

谢君爽　好了好了，你不是下来找吃的，难道是跟我讨论送礼？

王宾骆　……我是来同你辞行的。

谢君爽　你们要走？

王宾骆　不是我们，是我。

谢君爽　去哪？

王宾骆　京城。

谢君爽　你不要命啦，兵凶战危的，你去了肯定回不来。

王宾骆　那我也要去，我决定了。

谢君爽　是去干你那革命的事业吗？革命事业于你就那么重要？

王宾骆　我要去找谢之山先生。

谢君爽　找我爹……你找他做什么？

王宾骆　我就是想让你见到他，何况我也有别的事情一定要找到他。

谢君爽　（沉默）我跟你一起去。

王宾骆　什么？

谢君爽　你打算什么时候走？

王宾骆　君爽，你等等。你不能去。

谢君爽　为什么？

王宾骆　太危险了。

谢君爽　你觉得我怕吗？

王宾骆　当然不是……

谢君爽　你怕吗？

王宾骆　我当然不怕。

谢君爽　那就是了。

　　　　【思思动，发出声音，谢君爽随即过去安抚她

谢君爽　……我不能让你为了我一个人去冒险。

王宾骆　这是我的任务。所谓天下兴亡，匹夫有责。

谢君爽　天下兴亡，匹夫有责？

王宾骆　对。虽是句大话，可是正合现在的情况。改变不了天下的兴亡，起码能
　　　　尽到我一个匹夫的责任。再说，我心甘情愿。有些话，今夜不说，怕就
　　　　没机会说了。

谢君爽　不用了，我懂得。

王宾骆　（顿，点头）那，我也没什么可说的了。君爽，再见了。

谢君爽　你什么时候动身？

王宾骆　明天一早。

谢君爽　那就是还有最后一夜。

王宾骆　嗯，是啊。多美的夜，好容易炮也不响了，蝉也都安静了，真应该吟诗
　　　　作赋一番。

谢君爽　为什么急着道别呢？

王宾骆　可是，君爽……

　　　　【谢君爽轻吻王宾骆，王震惊又不可置信

谢君爽　你既然连性命都不要了，我也应当尽我的一份力。

【谢君爽走上楼梯，手里拿着思思的白手巾

谢君爽　　我等你。

【谢君爽楼梯下，王宾骆杵在当场，神情恍惚

王宾骆　　刚才发生了什么？天哪，君爽她，她亲了我，她是亲了我吗？感觉好像做梦一样。君爽，君爽？不在了，难道真是梦？不对，她的书还在，那她去了哪？哪些是梦哪些是真？

【余客廉楼梯上，拿着包袱

余客廉　　你果然在这。

王宾骆　　谁？啊，你啊。

余客廉　　我刚才听到你房门响动，想你应该是下来了。

王宾骆　　哦，我……我在看书。

余客廉　　看书？你是一定要去了，对吧？

王宾骆　　我刚跟君爽道过别。

余客廉　　说到底还是因为一个女人。

王宾骆　　我是为了找到谢先生，为了任务。

余客廉　　你知道吗？我也喜欢谢小姐，我也想让她高兴，可是我不会冒着任务失败的风险，更不会拿任务当借口。

王宾骆　　（凑近灯）什么？

余客廉　　没什么，你当我什么都没说吧。你永远是最正确的，其他人都是草包。我就是想告诉你，我不会跟你去冒险，钱也由我保管着，你不放心的话可以数数。

王宾骆　　客廉，你快来看，这是御用书印吗？

余客廉　　你说什么？

王宾骆　　你看，我真不敢相信。

余客廉　　这书哪来的？

王宾骆　　这是君爽的书。

余客廉　　君爽小姐？你比我有研究，你说呢？

王宾骆　　八成可能。

余客廉　　君爽小姐怎么会有这本书？难道这批文物一直都在她们母女那里？

王宾骆　不，君爽的书是从诚空大师那儿借的。这就对了。他不是一直照顾她们吗？戴大哥分配给咱们的任务只是从谢先生手上接收他从皇家书房中抢救出的古本典籍，并没说一定要跟谢先生本人接头。他一定是有什么困难，所以把这批书交给了别人。

余客廉　可是，咱们还要把这一千元革命经费送到谢先生手上。

王宾骆　说不定诚空大师也是咱们的同志呢？京兆地区总不会只有谢先生一个是咱们的人。我真笨，这么长时间东西就在咱们眼皮底下。走，找他去。

余客廉　等等，不妥。

王宾骆　有什么不妥？

余客廉　还是不要打草惊蛇，咱们还不能确定这就是那批书。

王宾骆　还有什么可能？

余客廉　事关重大，需从长计议。戴大哥的信不是在你那儿吗？

王宾骆　对，信里有文书的单子，查查看就知道了。

余客廉　你带在身上吗？

王宾骆　我藏在枕头下面。

余客廉　我去拿来，你接着研究这个。千万别独自行动。（楼梯下）

王宾骆　嘿，真是一份大礼，回头我把功劳让给他，他肯定感激涕零。我是不是忘了什么？肯定不重要。

　　　　【柜台处发出响动

王宾骆　什么人？

　　　　【王宾骆走过去，发现两匪徒，正要喊，被二人打晕，藏在柜台后
　　　　【土匪甲想拿回炸弹，土匪乙赶快拉着他走，二人小声争执，楼上传来咳嗽声。两匪徒右下。胡常春楼梯上
　　　　【胡常春见思思睡觉，就给她提了提衣服，思思呓语几句。胡常春见桌上散落的酒瓶，又开始喝酒。田勇院门上。

胡常春　怎么不说话？

田　勇　我戒酒好多年了。

胡常春　也戒了说话？

田　勇　有些话戒了，不说了。

胡常春　跟老朋友闲聊两句也不行?

田　勇　光闲聊不喝酒? 我认识的老朋友可没这个本事。

胡常春　那你就陪我喝两杯。

【胡常春自己倒好两杯酒，一杯敲在桌子对面位置，田勇稳步走上前来，
略一踌躇，举杯，二人干杯，胡常春倒酒

胡常春　这回你是捅了哪家娄子了，闹得这般田地?

田　勇　你知道我脾气，被人操了也得放个响屁。

胡常春　以为你当了头面人物能收敛点。

田　勇　我看不上他们那帮新军，没走过生死，屁股蛋子比我这脸皮都细嫩，心
　　　　却脏。

胡常春　他们这回可把你整惨喽。

田　勇　没什么，他们想抢的东西我都不在乎。

胡常春　还没什么?！你给逼到我这穷旮旯里了，要不是走投无路，你肯找我
　　　　来? 干!

【胡常春干，田勇跟着干，胡常春倒酒

胡常春　多少年了?

田　勇　嗯?

胡常春　自打那年冬天，那年冬天出奇地冷啊。从那时候到现在多少年了? 思思
　　　　今年14岁，你14年没来过啦。

田　勇　胡大哥……

胡常春　干!

【胡常春干，田勇没动，胡常春把酒杯猛敲在桌子上，瞪着田勇

胡常春　喝。

【田勇干，胡常春倒酒

胡常春　你说你小子戒的哪门子酒!

田　勇　贪杯误事。

胡常春　你这么一说我想起来了。咱们在西华门底下喝酒，还烤鸡吃，还记
　　　　得吗?

田　勇　亏了达尔汉耳朵灵才跑了，宫里面搜了一宿刺客。

胡常春　逮着了就是杀头。达尔汉还他妈尿了，你记着么？

田　勇　哈哈，忘了就太可惜了。

胡常春　当时你喝得可不少，也没见你误了翻墙。说也奇怪，那些个年，干的都是最苦、最不要命、最没劲的差事，怎么哪哪想起来都那么有意思。

田　勇　那时候咱们年轻，什么都有意思。守夜有意思，围猎有意思，卖苦力也有意思。

胡常春　宫女也有意思。

【两人相视而笑，干杯，胡常春倒酒

田　勇　有些话我这几年一直……

胡常春　阿勇啊。

田　勇　……你总算叫我了。

胡常春　有些话我也从来不说，不过今天我要问问，你欠我几条命？

田　勇　光绪七年，有个太监害我，在我衣服夹层里藏了女官的东西，幸亏被你发现了，这是一条；十年秋，草场围猎，一头猛虎把我扑倒在地，你一枪刺透那畜生的脖颈子，这是两条……

胡常春　我记得那次还给我封了个什么勇士。

田　勇　然后，就是十二年小年那晚，咱们送个亲法兰西的大臣回府，路遇埋伏，你替我挡了两枪。

胡常春　谁能想到，胸口这下没事，倒是腿上的这个，现在要我命了。

田　勇　我欠大哥三条命。你问这个，是要我做什么吧？说就是了，没二话，让我死也没二话。

胡常春　哈哈，痛快！你少算了一条命。

【田勇呆住，胡常春饮尽，田勇不喝，胡常春拿起酒壶，站起

胡常春　灵越，是个好孩子。虎子，也是个好孩子，可是我看不上，我觉着他配不上我们家灵越。要不是因为你，我出生入死的好兄弟，我还真不一定能同意。

田　勇　他们俩是两情相悦。

胡常春　你懂什么！灵越根本看不上你们家虎子，我问过了。她说她谁也不嫁，她跟我过一辈子。

田　勇　你信吗？

胡常春　（斟酒，喝）灵越这孩子真狠啊，孩子刚落地，都没奶过一口，她这个做娘的就去牢里投奔孩儿她爹去了。（撞到桌子，站稳）嘿，不疼了（活动右腿），你看。这他妈真是仙酒。

田　勇　（起身）胡大哥，别喝了。

【田勇扶胡常春肩，被蛮横甩开，两个人都往后退倒，胡常春把杯子掷向田勇，田勇也抬手，最后忍住，把杯子重重扣在桌上

胡常春　我当时就骂她，我恨不得揍她一顿。可是她不听啊。她哭，她一个劲儿地跟我对不起，一个劲儿地托我一定照顾好孩子。你他妈那是对不起我吗？真狠啊。（喝）成天，成天到晚地学那些大道理，那些救国救民的扯淡大道理就他妈是祸国殃民，进到谁脑子里那个人就完蛋了。所以我就不让思思碰，读书写字可以，这个不能碰，任它外面闹得沸沸扬扬咱也不能碰。可是你说你不让孩子碰她就不碰了？天下没有没缝的墙。（喝）

田　勇　（抢去）行了行了。你怎么了，啊？真喝多了吧你。有什么话，敞开了说，咱谁跟谁啊？扯那么多废话。

胡常春　是啊，咱谁跟谁啊，亲上加亲。我挺喜欢虎子这孩子的，人聪明又没歪脑筋，能吃苦，有担当，对灵越也好。可是他跟我一毛病，就是不知足，他想名留青史，照那个什么狗屁汗青。那时候，这家店每天也是热热闹闹的，生意不算大，也算兴隆。眼看着我就能甩手不干享享清福，不多久就能抱上孙子了。谁知道，谁能知道啊？

田　勇　是啊，谁能知道？

胡常春　你不知道，嗯？你敢说你不知道吗？（田勇喝酒，不语）你儿子也真行，临走了给我闺女肚子里坐下种了。刚听着消息那阵灵越死活要去牢里找虎子。你是没看见，我没唬你，我真把她锁房里不许出门。她每天饭也不吃，话都不好好说。直到发现她有了，这才安生下来。你知道吗？那段时间她连你儿子一个字都没提，我以为她从此就安心了。我的灵越啊！

田　勇　一晚上就听你在这絮叨，跟个娘们儿似的。告诉你，两个孩子没白死！

胡常春　知道，我都知道！闹变法的处死当天我去看了，背（四声）着灵越去的。六个后生，还作诗，鸣冤叫屈，口号喊得震天哪。他们是能名垂青史了，可是你儿子呢？快马加鞭给人家报信去，被人抓起来杀了，有谁替他喊冤了吗？有谁能知道他是谁呢？我女儿呢？她什么都没干啊，她就是太傻……她死了可是连个响都没有啊……他们没白死？他们真没白死吗？

田　勇　人已经死了。你以为我受得了吗？老子他妈的也受不了！你知道这世上最糟心的事是什么吗？白发人送黑发人！哼，哈哈。他们俩，两个好孩子！都是我亲手埋的。

胡常春　你别说了。

田　勇　我不敢给他们置办，就挑了两张我看着最结实的草席子，把他们一卷……

胡常春　你别说了！

田　勇　好歹是在一起了，你闺女反复叮嘱我，让他们能在一起……

胡常春　（情绪激烈，混合着泪水发出咆哮）你儿子害死了我女儿！你，害死了我女儿！

田　勇　（良久）好啊，你总算是说出来了。

胡常春　我是说出来了！

田　勇　这么多年了，你总算说出来了！

胡常春　14年，14年了你都没种来。我每天都等着跟你说这句话！

田　勇　我没种？你以为我是怕了你才不来吗？

胡常春　你该怕，你早来早死这儿了。

田　勇　我早死了。

胡常春　你就该死！

田　勇　可是我他妈的不怕你，你个瘸子以为我打不过你吗？

　　　　【胡常春冲上去，田勇一摔酒壶，两个醉汉扭打起来，思思惊醒，不知所措，上前劝架。胡常春被打到柜台上，碰倒了一个酒瓶，摔到柜台后面，只听"啊"一声，两个人渐渐平息打斗

　　　　【远处隐隐又有炮声

【谢君爽楼梯上，魂不守舍状。田勇将王宾骆扶出柜台，扶到灯火旁观看。余客廉楼梯上，拿着手巾，静静站在谢君爽身后楼梯上

胡常春　怎么是你？

谢君爽　啊，怎么是你！那刚才……

　　　　【谢君爽回头，看到余客廉，后退

思　思　君爽姐。

谢君爽　怪不得刚才我问你话你什么都不说。

　　　　【此时谢母左上，因为刚才大厅的响动出来看看，睡眼惺忪

谢　母　怎么回事啊，那么大动静？

思　思　姥爷，刚才你们为什么打起来，弄得乱七八糟的？

余客廉　君爽……

　　　　【谢君爽示意他不要说，走近，扇了他三巴掌，转身走到场中央

谢　母　闺女你怎么了？

谢君爽　（对王宾骆）你怎么能做出这种事来呢？

王宾骆　我什么也没做啊，君爽，你哭什么？

谢君爽　别碰我！他顶多是个混蛋，不要脸的混蛋。你……你简直不是人。

王宾骆　我怎么……

谢君爽　我一开始的感觉是对的，你是不值得相信的。枉我还想报答你，我恨啊，我恨我竟然信了你。你只有一句真话，你真的是个匹夫，不择手段的无耻匹夫！

王宾骆　君爽，你现在不太正常。你这么说我，我到底做错了什么？！

谢君爽　（从激动归于平静）没什么，你什么也没做。

谢　母　闺女……

谢君爽　娘，咱们走，好吗？

思　思　姐姐，你怎么突然说要走啊。

谢君爽　我……我不能不离开，这楼上楼下翻着一股血腥味，让我喘不过气来。

余客廉　谢小姐，是我不对，一时糊涂，对不起。请你不要走，我愿意付出一切补偿你。

谢君爽　你不用向我道歉，也不用补偿，你没做错，坦白说，你还能怎么办呢？

错的是我。

王宾骆 等等。客廉，到底怎么回事？这是什么？

【余客廉把手里攥着的手帕交给王宾骆，王宾骆在月光下展开，手帕中央猩红的血斑，煞是刺眼

王宾骆 这是……

思　思 这不是……

谢　母 女儿……

王宾骆 刚才你到底干了什么？

余客廉 我到你的房里，四下漆黑什么也看不见。我摸到床边，摸到枕下，突然就有一只热得发烫的手抓住了我的手。我闻道一阵香气，那么醉人……

【王宾骆一拳把余客廉打翻在地

王宾骆 我不相信！

谢君爽 抱歉，思思，我把你的手巾弄脏了。

思　思 那上面……是血吗？

谢君爽 思思，还记得姐姐跟你讲，另一个我的故事吗？在今天，那另一个我彻底地死了。那上面，就是她死去的印记。思思，你也要快点长大，那样在这个世界里你才能生存下去。

王宾骆 君爽，你怎么会跟他……

谢君爽 放开我。

王宾骆 你不是吻了我吗？难道你喜欢的人不是我？

谢君爽 不要跟我说话，你让我恶心。你们两个都叫我恶心。

余客廉 我对你是真心的。从第一眼见到你我就爱上了你。

王宾骆 就凭你？你也配吗？你连看她的资格都没有。

余客廉 王宾骆你以为你是谁？要不是我跟戴大哥的关系，你有机会参加这次任务吗？你有机会入党吗？

王宾骆 什么狗屁党，我稀罕吗？

余客廉 别忘了你当时是怎么求着我让我介绍你的。王宾骆我告诉你，你不要太自以为是了。

王宾骆 你才是自以为是。我告诉你，君爽喜欢的是我。

余客廉　可是与她温存的是我！

【两人纠缠起来，炮响渐强。李应天右上

王宾骆　你以为你把她睡了你就了不起了，你就是个男人了？

余客廉　起码我比你这个虚有其表、光说不练的懦夫强得多！

谢君爽　你看看他们两个，一个伪君子，一个真小人，活是一场闹剧。

胡常春　行啦，你们俩别打了！

【余客廉被打趴下

王宾骆　醒醒吧，君爽没有一刻喜欢过你！她喜欢的是我！

【余客廉挣扎着起来，抱起包袱

余客廉　好，你去追求她吧，反正她已经是我的了。从今天起你跟我，跟这个任务，跟我们党再没有半点关系。别再让我看到你。

李应天　这是闹得哪一出啊，大半夜的人这么齐截。

【余客廉跑楼梯下

谢君爽　看见了吗？就这么简单。朋友？人不为己，天诛地灭。争名夺利，贪财好色。思思，忘掉我之前跟你讲的一切吧。

思　思　为什么？

谢君爽　那是谎话。不是我骗你，是我被骗了。思思，这是我要教给你的最后一课，你一定要用心学会了。李少校，那个人，就是通缉犯田勇！

李应天　哦，你怎么知道？

谢君爽　是思思告诉我的，所以赏金要一并归她所有，可以吗？

李应天　哼哼，你想要什么？

谢君爽　我什么也不要，我只想离开这个地方。

思　思　姐姐，你这是做什么？

谢君爽　思思，女孩子在这个世上除了自己谁也不能依靠的，只能相信自己，只能依靠自己。

李应天　说得好。

谢君爽　你是大姑娘了，要自己照顾好自己，知道吗？

思　思　嗯。

谢君爽　娘，咱们走吧。

谢　母　好，闺女，怎样都好，只要你好好的。哎，咱们的行李还没拿呢。
　　　　【谢君爽右下，谢母叫喊着右下

王宾骆　君爽，等等。
　　　　【王宾骆右下

李应天　讲感情真是难，不如讲公务，干净利索。咱们闲话休提，田勇，跟我
　　　　走吧。

胡常春　慢着，谁是田勇啊？

李应天　胡爷，你别敬酒不吃吃罚酒，行吗？

胡常春　老头子还就想尝尝你那罚酒。

思　思　姥爷！

李应天　好，我李应天是讲道理的。思思，你告诉哥，这个人是不是田勇？

思　思　我……

李应天　你只要指认了他，到时候一千大洋的赏金都是你的，有了钱，你就可以
　　　　赎人，替姥爷治病。

胡常春　思思，你不知道别瞎掺和。

李应天　如果你不说实话，被我查出来，不光救不了你姥爷，你们窝藏逃犯，我
　　　　把你们统统抓起来！

田　勇　你敢！一人做事一人当，有什么招数……

思　思　他不是！

李应天　（顿）什么？

思　思　他不是，不是你要找的那个人。我根本就不认识什么田勇，这个人也是
　　　　我今天才见到的，我不认识他。我原本只是想要那一千大洋，才起了冤
　　　　枉他的念头。我不是……

胡常春　思思！

思　思　姥爷我错了，我不该做这种事。

胡常春　没事了，没事了。李少校，让您白跑了一趟，不送。

李应天　（掏枪）管他是不是，今天我得带回去一个人！

胡常春　你怎么……

李应天　跟我走！

胡常春　有种你开枪，瞄准了朝这儿打！

李应天　你真想试试吗？

田　勇　思思在这儿，她的安危要紧。胡大哥……

胡常春　别叫那么亲，我还没原谅你，你小子甭急着走。

田　勇　我戒酒14年了，今天破戒，是因为有些话不壮壮胆我说不出来。14年前，是我喝酒误事，顺嘴把军机要务漏给了虎子，他连夜奔京城警告康有为一党，让他们逃，结果他自己被逮起来了。我求大帅，我恨不得求西太后她老人家，可是没用啊。我就只能进去看他两眼，我骂他，他一句没回我，我说我想办法劫他出去，他只一句，让我照顾好自己，照顾灵越。可是我……我没用啊，我就只能看着。我亲手，亲手把我的儿子……亲手啊……

胡常春　哭什么，跟个娘儿们似的。

田　勇　胡大哥，我早死透了，不在乎走这一遭。

胡常春　我不准。你别忘了你欠我条命。

田　勇　不是四条吗？

胡常春　我救你那是我心甘情愿，不算，那是我送你的。在我心里，你就只欠我一条命。

田　勇　要这么算，灵越也是心甘情愿，我不欠你的。我欠我儿子的。你我互不相欠，咱们都欠着孩子们的。现在我先你一步，先还上他们。

李应天　聊完了吗？走！

田　勇　再等一下。

　　　　【田勇走到思思面前，看着她激动无语，他慢慢伸出手，摸她的脸和头发

田　勇　真好，孩子，真好。快长大吧，啊，对不起，对不起，好孩子。

胡常春　思思，快，叫爷爷。

思　思　什么？

胡常春　他是你亲爷爷。快，快叫啊。

田　勇　别，她不认识我。只要孩子好好的，比什么都强。（转身走）

胡常春　等等。没错，这个人是田勇。可是应天啊，你不是一直想报恩吗？

李应天　您什么意思？

胡常春　你不是一直问我你的大恩人是谁吗？我告诉你，就是你眼前这个人！

李应天　他就是……

胡常春　你的大恩人，20年前把你从人贩子手里救出来的人。你可欠着他一条命呢。

李应天　你骗我！

田　勇　你就是那个男孩儿？

李应天　不可能，20年前你还是……

田　勇　我还是袁大帅的侍卫长，我潜入人贩子的仓里放出来11个孩子，跟每一个都说让他们一路往南到鹿台楼，到了只有你一个活着到了这儿。

　　　　【炮一直在响，这时更响了

胡常春　人一辈子欠着债，能还的机会可不多啊，现在正是时候。

李应天　（顿）我的命是我自己的，我谁也不欠！你自己说了，11个孩子就我一个活下来，我的命不是你们给的，是我自己挣回来的！

胡常春　你是给迷了心窍了。

李应天　你以为我真是为了那个狗屁的连升三级吗？听见这炮了没？南军溃啦，南大帅完蛋了，树倒猢狲散，我本是回司令部调兵，结果人去楼空了。我要他是为了到北大帅跟前买条命，我要挣我的命！这世上没人能替我活，我得靠自己。你能活我的命吗？不能！我就求您别碍着我活命，不然可别怪我不顾情面。

胡常春　那要看你有没有这本事！

　　　　【胡常春要夺枪，被李应天闪过，田勇也上前要抢，被李应天一枪打中腿，倒下

李应天　今天饶你一命。田勇，跟我走！

思　思　不行，你不能把爷爷带走！

田　勇　思思，别过来。

思　思　您真是我爷爷吗？

田　勇　是啊……好孩子，我苟延残喘到现在，能听到你这一声，我就值了。

思　思　爷爷……

李应天　思思，这儿没你什么事，你别添乱。

【思思慢慢地走向李应天，平静地一边走一边说

思　思　他是我爷爷，我只见了一天的爷爷，我不能让他走。

李应天　你别再往前走。

思　思　我没见过爹，没见过娘，现在突然多出来一个爷爷，我不能失去他了。

李应天　你站住，不然我可开枪了。

思　思　你说人跟人就要相互利用相互斗，你说打仗是天地间的道。我不信，我不信这么漂亮的天地会有这么丑的道，我不信明明都差不多的人们非得要斗得你死我活。

李应天　我真开枪了，思思，求求你别再过来了，你别逼我。

思　思　姐姐说人只能靠自己，可是我还有姥爷，还有爷爷，我在这世上的亲人都是我的依靠，没有依靠孤零零的一个人在这世上怎么活下去啊。李大哥，你也是我们的亲人啊，你原本不是这样的。

李应天　你别说了，我求求你别说了。

思　思　李大哥，你还记得吗？小时候你总是照顾我，你还说长大了你要保护我和姥爷。那时候的你更勇敢，更坦诚，更可亲，你到底是怎么了……

【四周突然死寂，时间如同定格，思思头慢慢后仰，手臂张开如同拥抱天幕，整个躯干伸展开来，向后倒去，胡常春飞扑过来将她接住，他不知所措，语无伦次，田勇想过去可是挪不动，只能泪眼相望，李应天的枪掉到地上

胡常春　老天爷，老天爷，别，求求您别，您行行好。思思，思思你说句话。我，为什么不是我啊！我真是活不动了。这血，这血怎么就止不住啊？不公平啊，老天爷，你他妈干的这是什么混账事啊，你不能让我再受一次了，一次就够了。你他妈真不是东西！思思，思思你能听见吗？听姥爷的，你可不能……不能，千万不能啊，听见了吗？啊，好不好？不能，不能啊。老天爷，我刚才你当我没说，你一定要，一定要发发慈心，您救救她。我平日里没积过大德不值得您照应，可是这孩子心善啊，她日后定能成个好人，定能有出息，您一定不能让她，不能！我！我！我……思思，你醒醒啊，你醒醒……

【许久，胡常春抱起思思的尸体，放在桌子上摆好，然后冲向李应天，像个垂老的病人一样捶打着李应天，丝毫没有练过武的架势，他拎起包袱砸向李应天，包袱散开，银圆撒开

胡常春　你怎么不去死啊!

【胡常春走回思思，这时李应天捡起枪，看了看，指到自己太阳穴，一闭眼，下不去手，他看着枪，缓缓地把枪指向了胡常春，定在那很久

【枪响，李应天矮身四顾，又枪响，李应天随便抱了堆钱，仓皇跑下台

田　勇　混蛋，你给我站住!

胡常春　让他走吧。

【吴一岚双手持枪颤颤巍巍左上，然后慌忙把枪扔在地上。他接着上前查看思思，摇摇头，又去看田勇，然后转身看着这片场景

吴一岚　人间就是修罗炼狱啊。

【突然一声巨响，整个楼都在颤动，房屋倒塌的声音。四周迅速着火

吴一岚　阿弥陀佛，怎么真的就降火炼狱了?

田　勇　真是好酒啊!

吴一岚　我的书!

【吴一岚疾跑左下。胡常春搀扶着田勇，两人并肩坐在桌前靠着坐下，炮声突然增强

胡常春　阿勇啊，我难过啊，可是哭不出来了。

田　勇　咱们俩都太老了，经不起这种事。

胡常春　我奇怪，为什么刚才我没伤心死过去。

田　勇　老天爷捉弄咱们。

胡常春　咱们的孩子没白死吧?

田　勇　没白死。

胡常春　那咱们呢?

田　勇　管它呢，反正都死了。

【吴一岚拖着箱子左上

吴一岚　你们怎么不跑，哪能……

【吴一岚四处跑，所有的路都被火堵上了

田　勇　没路了，你也休息一下吧。

吴一岚　那么行啊！（打开箱子）我的宝贝，我的书啊！谢之山托给我的书，这些可都是自汉以来祖上传下来的典著孤本啊，几千年来战火荼毒，辛辛苦苦传下来这么些宝贝。就是为了躲避战祸我才答应替他把书送到革命党人手里，把这些国宝送到南方好好保藏。现在，这可怎么办，怎么办啊！我只怕这书毁在我手里啊！谢兄，吴一岚对不起你啦……

【吴一岚把书高抛到空中，陈书易碎，在空中变成一片片纸片，好像纸钱飘落，吴一岚拖着箱子绕二老头走，一边唱书名，一边撒书，仿佛送葬一般

胡常春　可是他们不该，他们还是孩子啊。

田　勇　没有一个孩子该走在爹娘前面。

胡常春　可是这世道，多少孩子没头没脑地走在他们爹娘前头，造孽啊。

田　勇　这世道整个就是个没头没脑，明白人怎么会想打仗呢？

田　勇　（看一眼胡常春）这世道，什么时候是个头？它能有头吗？

吴一岚　你看我手里这本《山海经》，里面讲，在很远的西面有一座山，山上有一种鸟，这鸟长了张人脸，整天什么也不干，就是"㲌傒""㲌傒"地叫，它叫自己的名字呢。只要出现了这种鸟，天下就要大乱。

田　勇　您的意思……这个鸟就是总的祸根？

吴一岚　也说不准天下大乱，才会生这种鸟吧。世间种种因果往往没那么清楚。也说不定，哪天天底下的㲌傒都安生了，世道也就清净了。

【吴一岚把这本书也高高地扔出去

胡常春　会有那么一天吗？

【此时一颗炮弹正落在鹿台楼上，剧烈的爆炸之后，一切归于沉寂

【全剧终

2013年6月二稿

导演后记：

个体与时代的共鸣

演出《凫偊吟》已经是三年前的事情了。虽然说铁打的营盘流水的兵，一代一代有才华有抱负的老社员来了又走，但是十年来，剧社还是积攒了实力，丰富了阅历，聚集了一群有才情和有想法的年轻人，因而最终才承载起了这样一部戏。

这部原创戏，从发端到登台，离不开任何一个人的付出和牺牲，最终也圆满地获得观众的认可。其中各种辛苦自不必多言。老实讲当时的很多事情，作为导演也记不清楚了，没日没夜的焦虑、彷徨，熬到深夜的排练、对本，台前幕后各部门的努力推进，如此种种，都是制作一部戏的日常而已，其实常常会跟以往的演出相融合，不分彼此。

当然，还有无数珍贵的细节是记忆犹新的。

在第一版的剧本出炉之后，大家给了我很多非常珍贵的建议，这样才有了第二版，也就是演出版本的剧本，可以说这是所有人共同智慧所创造的结果。记得在去北京的长途火车上，已经熄灯，羊羊和小肥羊还来找我讨论剧本中的一些细节，探讨剧中人物的心理变化，当时我们尚没有决定要演出这个剧。后来在排练的过程中，每个演员也都很认真地在思考每个角色的命题，其热情和投入是我不曾预想到的。

剧中的三两打斗场面，排练的时候也生出了颇多趣味。我们请来了学校武术队的同学来做指导，在她看来驾轻就熟的动作，我们却需要百般练习，尤其是我这种四肢不协调的，一个动作总是不得要领。整个过程是开心的，因为场地是借用了学校的跆拳道场馆（这也要归功于我们剧社十年来积攒的好名声），大家在里面嬉笑打闹，像是回到了小时候。几个动作场面里，最难的要数最后思思死的时候那个倒地动作。我们反复排练，以期达到一种类似于慢镜头的效果，但对于倒地的人，是需要非常大的勇气来克服心理上的恐惧，才能慢慢地向后倒去。所幸，最终我们完成得不错。

台上的每一个演员都不含糊，用尽了所有的智慧、感情和力量；台下的所有工作人员也都是兢兢业业，尽责尽心。只举一例。我们的音乐负责人是一个不怎么爱说话的小伙子，也许正是他的这种安静性格才使他更能胜任这一岗位吧。对于音效的点位要求，我说实在是蛮苛刻的，因为假如这部剧没有音乐，整个过程都是很干瘪的。如果不能通过真实的音效和舞台事件的衔接营造一种真实感，难免令观者觉得无趣。枪声、鸟叫声、炮声，都需要跟舞台上的表演配合得严丝合缝，想象起来可能不难，但实际操作起来难度是很大的。他做得很好。然而这不是我主要想说的。在演出开始之前，我们要确定谢幕时的音乐，当时我只跟他描述了一个模糊的概念"悼歌一样的旋律，悠扬而有杀伐之气"。我们一起听了几首他认为不错的曲子，但是总感觉有些不满意之处。当时限于演出的事情实在太多，于是就把这件事交给他处理了。他把之前找到的一首悠扬的古曲，配上了雄浑的鼓点，完美地找到了我所描述的那种感觉，在谢幕的时候，整体效果非常好。现在想来我当时可能都没有适当地感谢他，也是很遗憾的，就借此向他说声谢谢吧。

演出当天，天气一如既往地严寒。我们的演出日总有类似的事情发生，就好像老天爷总嫌戏剧性不够一样。剧场里又没有空调，因此显得格外阴冷，还伴随着刺骨穿堂风。讽刺的是，《兔傒吟》完完全全讲的是发生在酷暑中从早到晚一天的故事。可想而知，台上的演员们是如何凭借着一股热情艰苦支撑下来的。他们下台之后的第一件事甚至不是赶快穿上厚外套、羽绒服，而是先擦鼻水。在这种境况下，想要集中注意力就不是一件简单的事情了。可是我们的演员们做得很好，从一个事实就可以看出，那就是观众基本上都留在了座位上。

还有非常令人难忘的一刻，就是谢幕的时候，观众们为我们唱生日歌，那是我们剧社10岁的生日啊！

千头万绪，仿佛已经过了很久，但实际只有三年。那个时候的一切感受在现在看来都已经是很遥远的学生时代的一个句点，远远地看不清楚。原创话剧从我进社开始就是我的一个目标、一个梦，然而现在回头来看，我也不知道当时为什么会有这么一个目标，想来也就只有那个时候的我才能回答这个问题。也只有那个时候的男孩女孩，才能做出这样的作品。

静下心来去回忆那些本来已经很模糊的场景和感受时，还是会惊喜地发现原来那里一直保存着一些美好的东西，不曾蒙尘。虽然现在的我已经不再有当时的心境和志气，但过去那些美好的记忆依然值得收藏，所谓生命的另一个阶段，大概就是这个意思。

从某种程度上讲，《凫徯吟》也是站在生命的不同阶段对生活做出的不同层面的观察。这里有上一代的爱恨情仇，有新一代的悲欢离合，还有完全崭新甚至还没来得及开始的一代所拥有的各种情感。也正是因为人类一代一代地不断传承，才有了我们今天看到的科技、艺术、历史中发生的诸多美妙的故事。《山海经》里的"凫徯"，也才能一代一代地吟唱下去。

虽然这是一篇回忆，但是我更想把它当作一种展望，希望未来的梵音男女们能够做出更好的作品，希望你们能够体会到我们当时的幸福快乐，以及痛和牺牲，然后携带着这些继续走到更远、更大的地方。

满溢

2016年11月

求是魂[1]

浙江大学"竺可桢"剧组集体创作

---

[1] 首批中国科协《共和国的脊梁》科学大师校园系列戏剧项目。

2012年3月启动，至今共演出24场，演出于杭州、上海、北京、武汉、西安等地。2012年12月首演于浙江大学紫金港剧场。

2016年11月获得第五届中国校园戏剧节最高奖"中国戏剧·校园戏剧最受观众欢迎奖"，主演刘云松同学获得中国校园戏剧节"校园戏剧之星"称号。

求是，这不是一句口号。
而是竺可桢用一生去书写的两个大字。

为救国，他转投气象，成为中国第一位气象学博士。
学成报国，披肝沥胆，捍卫了中国的气象主权。

为救校，他带领浙大千里西迁，五易校址。
十三年如一日，造就"东方剑桥"，蜚声中外。

耳顺之年，他接任中国科学院副院长，
奔波大江南北，万里躬行，创造了中国气象事业的辉煌。

他观察记载物候，半个多世纪不辍。
八百万字日记，体现的是一名科学家的严谨。

耄耋之年，弥留之际，他重新翻阅日记。
当尘封的记忆被打开，一切，从这里开始……

剧本：

话剧《求是魂》

人物表（按出场顺序）

老年竺可桢（老年竺）：55-83岁。清癯，睿智，从容，动作沉稳而机敏

竺可桢（竺）：20-54岁，南京北极阁研究所长，沉稳，坚定，有大智慧

黄欢（黄）：24岁，南京北极阁科研人员，后至中央气象台工作（原型气象学家程纯枢）

吴振（吴）：23岁，南京北极阁科研人员，后至中央气象台工作（原型气象学家卢鋈）

宋林（宋）：27岁，南京北极阁科研人员，性格执拗，聪慧机敏。后在"文革"中受尽屈辱（原型气象学家赵九章）

章云峰（章）：36-44岁，竺可桢得意门生，浙江大学史地系教授，忧国忧民，爱憎分明（原型张其昀）

徐若卿（徐）：章云峰妻子，上海人，一直照顾张侠魂及竺可桢的孩子们，重情重义

胡刚复（胡）：44-52岁，物理学家，浙江大学文理学院院长，勤奋，率真

老童（童）：48岁，浙大校工，跟随西迁，饱经世事的普通人

余梦（余）：浙大西迁时医学系学生，泰和期间入上阳村医务所学生协护理员

李大年（李）：浙大西迁时男生，就读机械系，协助体育教师组织出操及日常体育锻炼

陆华（陆）：浙大西迁时男生，任浙大学生自治会会长，后投笔从戎（原型刘奎斗）

钱伟（钱）、柴烨（柴）、林淑宜（林）、肖丽（肖）、高原（高）、刘飞（刘）、汤舟（汤）等：浙大西迁时学生

张侠魂（侠）：竺可桢夫人，贤惠，任侠，有修养的妻子和母亲形象

周雅风（周）：浙大西迁时史地系学生，学生自治会副会长，新中国成立后被

竺可桢招至中科院地理研究所工作（原型施雅风）

马一浮（马）：55岁，国学大师。圆形黑框眼镜，白发美髯，精神矍铄，拄着拐杖

曹天钦（曹）：24岁，著名生物学家，李约瑟来浙大访问期间担任翻译

李政道（道）：21岁，浙江大学西迁时化学系一年级学生。后为著名物理学家，获诺贝尔奖

杜之骏（杜）：35岁左右，民国政府特派员：黑色中山装，公务员作风

王十二（王）：17岁左右，站岗放哨的解放军小战士，农民出身、淳朴，纪律严明，

刘奋斗（刘）：40岁，中国科学院时期竺可桢的秘书。严谨，细心，思维灵活

司机（司）：26岁，宁夏气象局司机。直率，鲁莽

宁夏沙坡头砍红柳者10人

序·立春

【鸽哨声

【1974年2月6日，广播电台里播放那一天的新闻。收音机里传出嘈杂的调频声：

五星红旗迎风飘扬……

嘀嘀嘀——嘟！下面是准点气象：2月6日，北京天气，局部晴转多云，东风1—2级，气温零下1至零下7摄氏度……局部地区有阵雨……

【老年竺穿过北京故居的小院子，走上舞台

【传来童声吟诵歌谣：

《二十四节气歌》

春雨惊春清谷天，

夏满芒夏暑相连，

秋处露秋寒霜降，

冬雪雪冬小大寒！

【雨声，狂风雷鸣。台风警报的钟声骤然响起

【竺母亲顾金娘的声音："阿熊，快去找你阿爸！台风要来了！路上小心，别给刮跑了！"

老年竺　这首二十四节气歌，是母亲教我唱的。她常说，老天爷说翻脸就翻脸，总该有人来管管！小时候的我，终究没有被台风刮跑！1910年8月16日，母亲去世后的第二年，作为第一批庚款留学生，我登上了前往美国的邮轮。

【转台缓缓而动，船上汽笛长鸣，青年竺可桢面对大海站在船头读父亲的信。

竺　上船之前，父亲给我发了一封电报　藕舫，家中的米行遭饥民哄抢，官府无力压制，房产已抵给他人……家道艰难，国亦如此，汝辈求学，当以科学为宗旨，寻求救国之真理，切切！

【青年竺折起信纸，望向大海，汽笛声起，隐去

老年竺　科学救国，一介书生能够凭己之力做什么？拿到美国哈佛大学的气象学博士学位，成为中国第一个气象学博士，怀抱着科学救苍生的梦想，回到了祖国，想着学以致用，造福百姓。可那时中国的问题，却不仅仅是靠科学能解决的！1927年，回国后的第10个年头，我实现了第一个夙愿，成立了中国第一个自己的气象研究所　南京北极阁气象所。

第一幕　抉择北极阁

第一场　受命使然·春分

时间：1936年3月19日的清晨

地点：南京北极阁气象所

人物：北极阁科研人员（吴振、黄欢、宋林、竺可桢、章云峰、徐若卿、胡刚复）

【气象记录员吴、黄搬运仪器设备回办公室，黄熟练地拿出纪录表，看表，记录

黄　（念）3月19日，因大雾取消上午探空气球施放。下午1点继续……吴振，过

来签字！

吴　（看记录表）前天放的探空气球有消息吗？

黄　（合上本子）去年放的还没下落呢！宋林师兄到现在还没出过值班室？

吴　8天了……他真是疯了！

黄　不瞒你说，我从没见过宋林师兄这么沉不住气……（从抽屉里翻出一个本子）
　　这是他前几天值夜班的时候手抄的气象所10年大事年表，人手一份！上面记
　　录着，10年来咱们一共施放过12次探空气球，一次也没收回来……

吴　（翻看年表）要是再收不回探空气球，万一竺老师真的走了……

黄　嘘！（小声）这事儿，千万不能让宋林师兄知道！他们俩都是倔脾气，万一
　　吵起来你怎么劝……

　　【电话铃响起

　　【宋急匆匆地跑上来

宋　吴振，快，电话！关于探空气球的。我听不懂那人说什么，你这个南方人快
　　去听听。

　　【黄、吴振奋。急下

　　【宋疲惫却又焦急，坐下来擦眼镜片，不停地打哈欠。此时二楼办公室传来
　　胡和竺的谈话声。宋起身去洗脸提一提神

　　【徐上场

徐　云峰！云峰！

宋　章师母……一大早您怎么来了？

徐　宋林，我是来找章云峰的。

宋　章先生没来过。

徐　确定？

宋　我一直在值班室，您可以去查访客登记表。

徐　哦……他一会儿肯定得回来，我就在这儿等他。

　　【徐进门坐下

徐　你刚才说你一直在值班室？有没有收到一封教育部寄来的信？

宋　教育部？教育部的信怎么会寄到北极阁来？

　　【章拎包上场

章 （吃惊）若卿，你怎么到这里来了？

徐 （生气）为找你，我门槛都踏破了，咱们难道真的要离开南京？

【章赶紧阻止她说下去，转身对宋

章 宋林，先生在楼上吧？

宋 云峰先生，竺先生有客……哈佛同学，胡刚复先生。

章 哦……（笑，坐下）忙吗？

宋 我们？挺忙的！电话、信件、邮包比平时多了几倍……时局一乱，人事调动频繁，都是看中先生的人脉，想托关系调到南京来……您有急事儿吗？要不我帮您去叫？

章 不不……没事儿……

宋 章先生这是要准备出门？

章 啊？对！去旅行！

【章给老婆使眼色

徐 （气）……对！去旅行！

宋 哪儿？

章 杭州。

宋 那还好，远离战场……章师母好像有意见……

章 她没意见……

徐 我不想离开南京！好容易在这儿站稳脚跟，竺先生还没定的事儿，你这做学生的，自作主张四处张罗，家里的事儿一点儿都不过问，全让我一个人操持……

宋 什么事儿……竺老师还没定？

章 （呵斥）住嘴！快回去……

宋 （怀疑的）竺老师难道也要去杭州——旅行？

章 不……是这样（打开公文包拿出一本杂志），我的论文，已经被《科学》杂志社审核通过了，这是我第一次在国际杂志上发表论文，当然还有不成熟的地方，我想找个地方，静下心来请老师帮我看看！

宋 太好了！还是您沉得下心来做学问呐！能在国际权威杂志上发表自己的论文真是了不起……不知道我有没有这一天……

章　你是做学术的人才！不要着急……

徐　这事儿我跟你没法说，一会儿呀，我找竺先生说理去。

　　【黄、吴兴奋地跑来报喜

黄　宋林师兄！章先生，章师母也在！好消息啊！

宋　是不是探空气球找到了？

吴　找到了！找到了！落在南通了！

宋　太好了，中国终于有自己的探空气球了……这是大事儿！大事儿！（喊）竺先生！先生！

　　【三名气象研究员一起喊，竺和胡下楼

胡　谁那么大嗓门啊？

宋　胡先生，我们终于收回自己的探空气球了！

竺　数据呢？

黄　设备完好无损，气球升空高度17741米！

宋　17000米！

胡　（转身）藕舫，恭喜你们啊！今天是1936年3月19日，北极阁又一次迎来了历史时刻！

　　【竺手里拿着数据，稳稳地走下楼梯

竺　抱歉，云峰，藕舫只顾高兴，未及见礼。

章　无妨。

吴　竺先生！（叫竺可桢）

章　胡刚复先生，您此行何来啊？

胡　云峰，我来送一封重要的信件！

徐　教育部寄来的？

胡　对，蔡元培先生的亲笔信！

徐　信里怎么说……

章　若卿！……蔡先生怎么说？

胡　章云峰，蔡先生是支持你老师去做这个浙大校长的。

　　【章开心，徐沮丧

　　【宋脸色很难看地走到黄、吴身边想问些什么，两人躲着宋

章　先生，我愿意追随您去浙大……

徐　云峰！竺先生说要去浙大了吗?（推开章）竺先生,别怨我妇道人家多嘴,请您三思而后行！您德高望重，学生们定会唯您马首是瞻，去了浙大,拖家带口不说，要管多少张吃饭的嘴啊……您别嫌我小家子气！现在的物价一天贵比一天了，待在南京尚且生活艰难更何况背井离乡？

章　若卿！

胡　章夫人说得也有道理。眼看国内时局不稳，战事一触即发，这临危受命的事情恐怕……

章　胡先生，您别听她的！浙江大学，毕竟是国立高等学府，如果能有各方支持，理清办学思路，还是可以有一番作为的！

竺　章太太，这几天我也去菜市场买过菜，确实如您所说，菜价见长。不瞒您说，我太太这几日也在劝我！我给您交个底，浙大是江南文脉所在，不幸受到党部挟持，学风大不如前，南京政府希望我去浙大当校长，我也只是考虑去做一个短期校长！

徐　可就怕到时候大家一起没饭吃！

竺　您放心，真的没饭吃了，就都到我家来嘛！

章　竺先生都说到这个份上了，若卿，你就安心回去吧！说不定过个一年半载我们就回来了！

徐　但愿如竺先生所言吧。

【徐叹气离去

章　各位，抱歉……这个……

宋　（冷冷地）看来您今日并非为论文而来，也是为了那封信啊！

章　是……不，也是为论文……

宋　那您记得竺老师的第一篇论文，是什么题目吗？

章　《中国雨量研究》。

宋　《中国雨量研究》……我就是看了他这篇文章才来投奔竺先生的！您说过，气象是一国主权，气象事业是中国人自己的事儿！您还说过，人一辈子应该专心干一件事儿……

章　那也得看时局，不谋全局者不足以谋一隅……中国的科学事业要发展，不是靠躲在山上就能完成的，也不是仅仅靠几个人就能实现的！

宋　（激动地）您还说过 初心不改！北极阁是咱们10年的心血，怎么能说丢下就丢下呢！您是中国气象事业的奠基人，这地基一倒，大厦将倾！我们初出茅庐，怎能挑起大梁！

胡　好了好了……说句实话，藕舫，这么好一个北极阁，德国的记录仪，英国的测温计，看得我眼馋呢！反正啊，我要是你，我是舍不得走的！

宋　还是胡先生深明大义！

胡　话说回来，大家都知道我和藕舫都是哈佛博士！中国最早的庚款留学生！可是，去庚款留学的又能有几人？

竺　中国应该有自己的哈佛！

宋　什么？

竺　中国的科学不能只靠我们几个，要有更多的科学家！

胡　宋林啊，当前中国的高等教育，与国外相比确实还有很大的差距！藕舫给我寄的浙江大学资料，我都认真看了，现任校长实行高压军管，监视学生，的确不是办法！

宋　那请教！您有什么高招吗？

竺　没有调查，我没有发言权！只是觉得，中国的学子，应该有一种精神！宋林，你记得上个月我向大家推荐的文章吗？

宋　上个月美国的杂志《读者文摘》上科学家比尔德的那篇文章吗？

吴　为了观测数据，他一个人在南极的冰屋里住了3个多月。冬天的南极一片黑暗，气温最低到零下80度，无法通风，他差点死于煤气中毒。

黄　但是最后终于得到了宝贵的南极气象记录！

竺　这就是科学的精神！

宋　可是，竺先生，您走了，北极阁怎么办？您想过这个问题吗？

众　是啊！

【竺从怀里拿出三封信

竺　这不是还有你们吗！接下来有一件大事……6月19日的日食！（竺拿起介绍信）中国境内只能看到日偏食，我打算和天文研究所合作，派大家到苏联、日本，去观测日全食！这是给你们的介绍信。

宋　您要打发我们走？

胡　年轻人，这是给你们提供深造的机会！未来的气象事业更需要你们。

黄　（哭）我哪也不去……这些仪器、桌椅，都是我们用肩扛，用绳拖上山的……

吴　竺先生东奔西跑，苦心经营，好不容易在全国范围建起了40多个气象站和10多个雨量观测站。

宋　是啊！所有的数据都要汇总我们北极阁进行研究的。

章　（看着竺）您还记得吗？当年您离开东南大学地学系的时候，我们所有人也觉得天塌了！

竺　可是后来，你们坚持下来了！而且都成长了！

宋　竺先生！冰冻三尺非一日之寒！很多问题，不是您一己之力，能扭转乾坤的！

胡　藕舫，宋林说得有理，你要早做准备！

竺　我已给南京政府写信，提出条件　校长要有用人全权，财政需源源接济，争取在半年之内帮浙江大学走出困境。一有合适人选，我立刻让贤。如果他们能答应……

章　先生，我只是担心，国内外局势，对中国不利，恐怕有打仗的可能！

胡　这仗也不至于马上打过来吧！这里毕竟是国都。抓紧时间，把浙大理顺了……你们说呢？

竺　若能对浙大和中国教育有所补益，我愿意全力以赴！

宋　先生，您决定了吗？

竺　（点头）受命危难之即当义不容辞了。

　　【众人无言以对，上前拿信，鞠躬，哭着告别

黄　您……多保重！

宋　竺先生……前途莫测！您要做的事情，真的能做到吗？

老年竺　宋林的这个问题，那时的我无法回答，因为并不知道该如何去做！有的只是"排万难冒百死，以求真知"的决心。1936年5月，我在浙江大学宣誓就职，罗致人才，革除弊政；没过多久，日军全面侵略中国，校园失去了宁静。1937年8月13日，淞沪会战爆发；11月13日，南京失守，

杭州岌岌可危。浙江大学师生400余人被迫举校西迁；我终究没能履行对学生们的承诺。这一走，再也没能回来……

第二幕　烽火迁徙

【过场：西迁路上，众师生艰难地行进

第一场　玉山困顿·冬至

时间：1938年元旦清晨

地点：玉山中心小学（浙大部分学生临时居住处）

人物：竺可桢，校工老童，女生余梦、钱伟、柴烨、林淑宜、肖丽，男生陆华、李大年、高原、刘飞、汤舟，胡刚复，章云峰，张侠魂

【天还没亮，学生席地和衣而睡，男女学生稍作区隔，女生在里，男生在外

【光起处，竺举灯悄悄地清点学生人数，看书的钱满怀敬意地看着校长。童上场，竺将灯交至童手上，下。童巡视一圈，注意到余在梦中抽泣，钱示意童自己安慰她

钱　（推醒余）余梦，怎么了？

【余不好意思地止住抽泣

钱　又做梦了？

余　我又梦见爸爸妈妈了……好像是在西湖边，还有弟弟……我刚想向他们跑过去，就看见一架飞机俯冲下来，他们一下子就不见了……

钱　你爸爸妈妈不是已经到乡下避难去了吗，怎么会在西湖呢！别自己吓自己！

【远处隐隐传来飞机的轰鸣声，二人紧紧搂在一起吓得发抖

余　飞机要来了，炸弹！

钱　没事没事，你听，还远呢！

余　我昨天听说一辆军用卡车都被挤翻了，一个12岁的男孩被活活……压死了……

钱　（恐怖）哎呀，你别瞎说！（故意做出勇敢的样子，鼓励地）我们来的时候，

卡车被一群带枪的大兵劫了，你猜怎么样？胡先生就站在路边，伸着胳膊一辆一辆地拦，每辆车塞几个，最后硬是把所有同学都安全送到了！

【余破涕为笑

钱　只要跟着学校，我们一定会安全的！

【陆进来，拍着头上的雪，童连忙迎上来

陆　（兴奋地）找到了，找到了！

童　哎呀，你小声点！同学们一路上都太累了，让他们再睡一会吧！

【有同学陆续起身

陆　好消息！我刚才在外面读英文，碰到竺先生，他说，一年级的同学有消息了！

童　太好了！校长有没有说，他们在哪儿，人数齐不齐？

陆　有人来报告说，在衢州车站见过一年级的学生，学校安排的车，他们没挤上去！

童　衢州？这消息准确吗？

陆　竺先生立刻就去打长途电话了！

童　有消息就好！陆华，你组织同学们读书。我去看看咱们装书的箱子，别被雪打湿了。

【童出门看天色，看雪越下越大，发愁。胡急上，和童撞个正着

胡　老童！竺校长在这儿吗？

童　校长去打长途电话了，听说有人在衢州见到一年级的同学们了！

胡　太好了！我去看看同学们。

【童下，胡进，关注地问候同学们

众　胡院长！

胡　同学们休息得还好吗？

柴　还好。

陆　胡先生！你又去过路局了？

胡　一大早就去排队了，路局的大门都快被挤坏了！

陆　怎么样？

【同学们七嘴八舌地问："有车了吗？""今天能走了吗？"

胡　那个什么周处长就是不肯派车，说所有的车都被调去运兵上前线了，我软磨硬泡，最后只答应给咱们登记。

柴　登记？那要等到什么时候？

胡　路政混乱，简直一塌糊涂。

李　胡院长，我昨天听路上的难民说，这玉山路局也撑不了几天了！

陆　别瞎说！

李　没瞎说！他说他有亲戚在路局，说……路局怕轰炸，要搬到醴陵去！

林　啊？（看了一眼余）咱们……都会死在这儿的！

　　【众学生一片混乱，几个同学拿起包裹和箱子向外跑，胡阻拦时被推到一边，一阵头晕，支持不住跌坐在地上，身边的学生连忙扶住他。

　　【竺与章进门

章　（厉声）同学们不要乱！

　　【扶起胡

章　日本人还没打过来呢，咱们自己先乱了？

李　日本人是还没有打过来，可是这一路颠簸，什么时候是个头？

胡　请同学们相信学校会带领大家去更安全的地方！

陆　（愤慨）同学们这是怎么了！去年秋天，离开杭州在安吉开学的第一天，竺先生的致辞大家都忘了吗？

刘　竺先生当时说　要能即事而穷其理，最要紧的是有一个清醒的头脑！

高　清醒的头脑？学校要是头脑足够清醒，早在8月份日本人开始轰炸杭州的时候就该搬迁了！哪还用等到11月日军登陆才想起来逃命！

陆　你别乱说！那是学校要保证我们的学业！

柴　咱们队伍中有清醒头脑的老师们不是有好几位不告而别了？

刘　他们也许是掉队了，会跟上来的！

李　那你们说现在怎么办？

高　如今日寇步步紧逼，没有粮食，没有车，我们能怎么办？

李　风雪这么大，有了车也走不了啊！

　　【一片吵闹声

　　【钟声响起，同学们镇定下来。自然而然坐了下来

竺　同学们，去年新生开学的致辞，我说诸位在校，有两个问题应该问问　第一，到浙大来做什么？第二，将来毕业了要做什么样的人。其实，我也想问问自己，到浙大来做什么？民国十六年，我从哈佛回国后的第10个年头，在南京北极阁成立了中国第一个自己的气象所，那时我想，收回中国气象之主权，是我分内之事！然中国的科学事业要发展，不能仅仅只靠我们几个，中国该有自己的哈佛！受命危难来到浙大，这就成了我分内的事！一切战争的胜利，皆源于课堂。此刻，诸位应抱定"排万难冒百死，以求真知"的决心，做好我们每一个人分内的事，才能够为国为民在困境中寻找生机。

胡　汝辈本该是天之骄子，将来都应是国之栋梁！从此刻起，应以此为目标，做好自己分内之事！

章　（深受感染）大家团结一心，困境寻生机。排万难冒百死，以求真知。

陆　同学们，敌寇能摧毁咱们的国土，却毁不掉咱们浙江大学的精神！

竺　（感慨）说得好！我和胡院长正在努力和路局接洽，不光是浙赣路局，各种途径、各种方法都在想，只要能调来车，就安排大家去吉安！

钱　篷车，煤车，运兵的车，什么车都行，只要能离开这儿！

　　【众人应和

竺　（从行李里拿出一个日记本）还有……同学们，我的日记上面记录了这几日的云雪量，根据与往年的气象数据对比，我预测今天天黑以前，雪一定会停！

　　【众惊讶，又有一丝欣喜

竺　请大家相信我！

陆　先生，您还没有来浙大，我们就知道，您是世界知名的气象学家，现在您是我们的校长，我们相信您！

　　【大家应和，散去

童　校长，一年级的同学们找到了吗？

竺　（面有难色）衢州车站的电话打了一个小时才打通，那里的工作人员说确实见过浙大的学生，可我打电话的时候已经不见了。

童　他们会不会是自作主张坐别的车走了？

竺　我已经通知了一路上所有接待点，要尽全力寻找，一定尽快找到。

童　好！

胡　老童，我跟你一起去！

　　【章、竺阻拦胡，胡坚持要去。胡、童齐下

　　【竺走向章

竺　云峰，教授们怎么样？

章　都安顿好了。师母有消息吗？

竺　还没有。

章　怎么会这样……要是今天还不到，我就派人去找。

竺　辛苦你了。你伤风了？

章　不要紧！偶感风寒，昨晚在地上睡了一宿。

竺　在地上睡了一宿？怎么回事？

章　昨天晚上有13位教授天黑才到，城里的旅社全都找不到房间了，好不容易找
　　到一家愿意让我们打个地铺。

　　【侠上，众围上

侠　（几乎哭泣）藕舫！

竺　侠！你总算到了！怎么会这样慢？

侠　路上一群兵把我们的船抢去了，幸亏几个学生又帮我们讨来了船。教授夫人
　　和孩子们都上了船。

竺　孩子们怎么样？

侠　若卿带着他们，只是昨晚船上风太大了，孩子们把能穿的都穿上，可还是冻
　　着了，现在都在咳嗽！你快去看看他们吧！

竺　好。

　　【肖、汤二人衣衫褴褛，跑上

肖　校长，师母！

侠　我认识你！你是一年级的肖利！

汤　太好了，可算到家了！

肖　（点头，哭着说）我们是从常山一路走过来的！

侠　那可是一百多里路啊！

竺　一年级其他的同学怎么样？

汤　一年级一共120人，都在那边！

肖　本来我们一年级的同学已经在衢州准备上车了，但是没想到成千上万的难民发疯似的往车站涌——

汤　他们拼了命地往车上挤，车门、车窗，还有车顶上挤满了难民，然后火车就开了……

肖　我们哪里见过这个场面，好多女生都吓哭了。

竺　我们的学生有受伤的吗？

汤　没有！同学有被挤掉行李、挤丢鞋的，可是没人受伤！

肖　后来我们集合了同学，决定一起走到玉山。一路上顶风冒雪可是没有一个人掉队，我和大家说，竺先生在玉山等着我们，大家一定要坚持……

　　【章心疼地搂住学生

章　到了就好，到了就好！

侠　快带我去！

章　我也去！

　　【侠、章急下

竺　同学们！今天是1月1日。虽然是一个战乱中的新年，但学校还在！如今的情况，虽有穷途末路之感，却益坚同仇敌忾之心！无论前路如何，我都会和同学们和衷共济，共度时艰！

　　【童冲进来

童　竺校长……雪，雪停了！

　　【同学们纷纷跑出去，发现雪止，欢呼起来。

竺　（如释重负地）雪停了，真的停了。

　　【胡急匆匆地上

胡　藕舫！咱们有车啦！

众　我们可以离开这个地方了，我们可以去吉安了！

竺　师傅，敲钟，全校集合！

　　【钟声

第二场　泰和投笔·大寒

时间：1938年2月

地点：泰和竺可桢家中

人物：张侠魂、学生自治会会长陆华、学生自治会副会长周雅风、竺可桢、
　　　女生余梦、男生李大年

【陆、周在竺的家中，恳求侠

陆　师母，我们决心已定，赶赴前线杀敌，您就答应吧！

侠　（犹豫）你们先别着急，校长请你们过来，就是想听听学生自治会对你们参
　　军的意见……

周　师母，学校的事务我们绝不会耽误，可国家危亡之际，热血男儿当报效沙
　　场！请您替我们说服校长！

侠　有几个人？

陆　九个男生。都是学生自治会的。

侠　学校刚到泰和，一切以安定人心为重！希望你们先不要宣传！

【陆、周点头表示同意

侠　（拿起手边的棉衣，开始缝补）你们的父母，千里迢迢送你们来学校，我想，
　　他们绝不希望你们用这种方式报效国家……

周　师母，事有轻重缓急，眼下最重要的……

陆　（阻止周）师母，我们来找您，是因为您深明大义！您舍得让您的长子去参
　　军，我们的父母，怎么会不舍得？

【侠瞬间停下手里的活，起身掩面而泣。二男生关切

侠　对不起……他的事，你们先生还不知道。（众人低下了头）你们的事，我会
　　跟他说。

【两人感叹，点头。李上场

李　师母好！对不起两位，我们迟到了。

【侠偷偷擦眼泪去倒水

李　你们没去太可惜了！今天有意外收获，竺先生陪我们去选体育操场，结果
　　发现一个池塘，不深，水质也好！等着吧，等天暖和一点，游泳课就能恢

复了！

周　（接茬）游泳好啊，是不是，陆华？

陆　游泳课是咱们浙大的传统……

【余穿着白大褂上场

余　师母！

侠　余梦，今天好精神啊！

余　各位，为了帮助治疗患病的同学，学生自治会组织救护队。从今天开始，课余时间我就要在医务所帮忙了！

【几个男生无语

侠　我家里还有些药品和纱布，拿去给同学们用，我去给你拿。（下）

余　谢谢师母！

陆　余梦，竺先生呢？

余　竺先生还在学校忙着呢！大年，你今天也见识到了吧。咱们这位竺先生啊，太厉害了！天文地理，无所不知……

李　一张地图，一个指南针，他竟然能把整个泰和上阳村的地图画出来！

余　还记得上次在玉山吗？他说雪会停，立马就停！真神！

李　还有，他和几位先生，往地上一坐，几块石头，几根树枝，就是一幅图！日军有可能进攻的方向，下一步学校的迁移位置，路程差，时间差……那阵势，就像作战分析……

周　看来，你们跟几位先生，学了不少东西哦……

陆　分析得再透彻，也是撤退路线！

李　你这话什么意思？

余　怎么，你还想上前线冲锋陷阵啊？

【此时，竺从外面进来，非常疲惫

周　竺先生……我有话对您说！

陆　竺先生，我们想去前线参军！希望您批准！

余　陆华，我跟你开玩笑的，你怎么……

陆　我们已经想了很久了！就算您不批准，我们也要去！

【侠从卧室里出来，拿着纱布和药品。竺坐下，从怀里拿出一个小本子，开

始咳嗽。侠给他倒水

竺　参军的事，希文也跟我说过！你们年轻人啊……

陆　您为什么不同意？

侠　陆华！

竺　他只有16岁，住在学校的宿舍里，连自己都照顾不好……

陆　不，希文是真正的男子汉！

竺　（站起）希文去参军了？

【竺愣住，看侠。侠不知该说什么，潸然泪下。竺明白真相，踉跄着坐下

陆　对不起校长，您就是开除我，我也要去！（鞠躬，跑下）

周　陆华……校长，陆华是东北人！他的父母全在战争中——

余　陆华……

【大家惊，余落泪追出。周鞠躬追出

李　先生，师母，你们别担心，明天一早，我会在操场带队早操！该做的事情，我们会做好！

【李鞠躬下场

【竺摘下眼镜擦了擦，看到桌上侠正在缝补的衣服

竺　希文是不辞而别吗？

侠　（点头，无语）

竺　（拿起那件衣服）这件衣服，他到底还是没有穿在身上。

侠　等他来了信，我给他寄去！

竺　我不是不让他去……不是……他年纪太小……还有400度的近视，去了军校只能报考乙等军官……

侠　我知道。

竺　（拿起小本，翻到一页）乙等就乙等……也只有半年时间！这么短的时间能学到什么？毕业以后还能继续学业吗……侠，其实参军的事我都替他问了！真的替他问了！（哽咽）

侠　藕舫，我知道……

竺　这几年我专注于学校的事务，却怠慢了你和孩子们……当年我向陈布雷要求，做浙大校长以半年为限，如今居然已经整整两年了。浙大要迁校，校

舍、运输、经费，种种杂事都要跟政府、军方周旋，真让我焦头烂额。

侠　藕舫，我知道你本不擅长这些，可浙大几百师生的安危，全系在你一个人身上。

竺　我明白。只是辛苦了你。对了，我今天收到马一浮先生的一封信。

侠　马老先生？杭州已经沦陷，他现在在哪儿？

【竺读信

竺　"自寇乱以来，乡邦涂炭。闻贵校早徙吉安，弦诵不辍。……弟于秋间初徙桐庐，嗣因寇逼富阳，再迁开化。年衰力惫，琐尾流离，不堪其苦。"

侠　马先生是何等人物，当年蒋介石请他做官他不做，孔祥熙求他一幅字也碰了钉子，一代大儒，如今竟被日本人逼到如此境地。他这是向你求援了！

竺　"舍入赣外，别无他途！"

侠　（拿过信细看）马老愿意来江西，真是太好了！不过，马老先生生性不羁，能出此言语，必定是到了走投无路的境地，你可千万不能为难他。

竺　那当然，我一定厚待于他！

侠　去休息吧，你几天没睡好了！

【侠搀扶竺去卧室，竺却透过窗户见到陆和周站在屋外

侠　（惊）……怎么他们两个还站在外面？这么冷的天……

竺　快让他们进来吧！

【侠出门把两人带进屋

侠　陆华，雅风，外面冷，快进来！

陆　竺先生。

竺　陆华同学，如果我没有记错的话，你是化工系三年级。

陆　是的。

竺　周雅风同学，你是……

周　史地系二年级。

竺　史地系……你可是史地系的第一批学生啊……我，批准你们去参军！

二人　什么？

侠　竺先生并不反对你们去参军，只是希望你们能调查清楚，不要盲目。

竺　（拿起小本子）这是我去军官学校了解的一些情况，原本是为希文准备的，

你们看看，好好准备！

【陆接过小本子，不敢相信

周　竺先生，我考虑了一下，还是决定不去参军了。

陆　雅风？

周　我是史地系的学生，史地系是您就任浙大校长之后创建的！我是慕您之名报考浙大的！陆华……这是我要走的路。

【陆、周拥抱告别。陆转身，再次鞠躬告别

竺　你要答应我一件事　打了胜仗之后，如果能缴获敌军将领的官房印信，希望你能给我送来，大家看到你的战利品，一定会感到振奋！我也会觉得欣慰！

陆　可万一……

侠　陆华，别说丧气话！

陆　（笑）我是说，战争结束了，我还能回来吗？回浙大，完成学业？

竺　浙大的门，永远为你敞开。

【陆向侠告别。侠拿起那件衣服，披在陆华身上

老年竺　这就是战乱时期与我相濡以沫的侠魂。自我任校长以来，正逢国难，在外奔波时日多，在家照顾妻儿时日少。我总想着还有很长的一辈子，可以慢慢去补偿。但没想到，这一别竟成永诀，竟成我毕生的遗恨。1938年8月3日，星期三，泰和，14岁的衡儿先逝，侠魂因病也于上午11点24分去世……生别可哀死更哀，何堪凤去只留台，西风萧瑟湘江渡，昔日双飞今独来……侠，我把你和衡儿，葬在了泰和松山。学校要迁到广西宜山，我必须得走了，你们怨我吗……我答应你们，不管到哪儿，每年我都会祭奠你们！我只能祭奠你们……侠，你听见了吗？

第三幕　艰难崛起

第一场　宜山歌声·立秋

时间：1938年11月

地点：宜山，龙江边，船埠头

人物：竺可桢、马一浮、章云峰、徐若卿、老童，军官陆华，男生李大年、刘

飞、高原，女生余梦、钱伟、林淑宜、柴烨

【1938年11月17日夜，日军的轰炸过后，宜山龙江边一片废墟

【江风凄凄，远处传来船号子的声音

【竺手拿油灯站在江边，内心悲苦，与想象中的侠对话

竺　结发相从二十年，澄江话别意缠绵。岂知一病竟难起，客舍梦回又泫然……侠魂，我从每个月的工资里都拿了一些钱出来，等攒够一千块，就设立一个纪念奖金，以你的名字命名。你资助的几个女生，我会替你继续资助下去！侠，浙大现在到了广西宜山，这里不太平，时常遭到日军敌机轰炸，我还不能去泰和看你和衡儿，等一切都安顿下来……你等我，等我……

【竺猛然发现马，吓了一跳

竺　马老先生？您怎么会在这儿？

【马几乎不抬头，仍念念有词地，借着微弱的月光在地上寻找

竺　马老，您在找什么？

马　竺公，老朽失礼了……我在找一位老朋友……

竺　老朋友？

马　我的印刷版啊！

竺　我知道……您随校迁徙，每到一处，您都会亲自选址、刻字、印书！

马　竺公知我啊，老朽想着多印一本书，便能多教化一人……可今天下午，印书的工人把印刷版送回来，居然少了一角！这儿是从印书场到我家的必经之路……

【马一边说一边四处寻找，竺只能追着他，用油灯给他照路

竺　您怎么不叫工人来找呢，您自己……

马　我是老了，可眼睛还没瞎！这帮工人，硬说少了一角不碍事！这印书的事儿，能马虎吗？

【马不住地转圈，险些绊倒，竺连忙扶住马

竺　马老，天都黑了，等白天再找不好吗？

马　（突然也觉得好笑）我也真是糊涂了，竟不知道天已经黑了！我的老朋友啊，

缺了一角，我睡不着啊！

竺　明天一早我就把老童叫来，他是个好木工，一定能把您的印刷版修复如初！

马　这……这印刷版是我的……

竺　老朋友！我知道，印书的事，马虎不得。

【两人大笑

马　（高兴得像个孩子）竺公知我啊！去年老朽在开化落难之时，唯竺公施以援
　　手。知遇之恩，老朽尚不能报答，如今……

竺　您千万别提报答二字。竺某请您，是敬重您的大才，希望您能为学生授业
　　解惑！

马　我的老朋友有难，今夜恐怕难以成眠了！舍下藏了几口绍兴老酒，我带了一
　　路，竺公愿不愿到舍下一叙？

竺　好！

【两人同行，马老绊了一跤

竺　马老您小心点！

马　没事，要是有个油灯该多好。

竺　宜山生活清苦，竺某心中有愧啊。

马　圣人且箪食瓢饮，我们也算是苦中作乐吧。

竺　但是现在浙大人心涣散，急需振奋师生精神。

马　竺公莫不是又要提请我写校歌的事？

竺　校务会议已经讨论过了，整个浙大，只有您有如此国学修养。

马　说教之事，我是从来不做的，为学之道，需由学生向内问己、修身问心。

竺　请问马老，您这样修为精深的先生，当今中国能有几个？

马　凤毛麟角！

竺　听您教诲，学有所成的学生又该有多少？

马　多多益善！

竺　西方课堂教学的好处，就是于民众学习之便利……一人传道，千百人受益！

马　错！这课堂教学只是工巧之术，正心问己才是根本之道。

竺　我请您撰写校歌，就是想确立精神之向导，端正学子之心……

马　又错！校训校歌之类，终究是外物，精神人心才是根本，外物又怎能指导根

本呢?

竺　时势艰难，马老为何……马老如执意不肯，竺某也不好强求。

马　（缓和下来）竺公，老朽并非故弄玄虚，而是深知竺公所托之重大，不敢轻易应允。竺公高看老朽，老朽实惭愧不安!

竺　马老过谦了。

马　不提此事。

　　【二人正要前行，突然遇到章的妻子徐

　　【徐手拿一个空米袋，见到二人连忙往身后藏

竺　徐夫人?

徐　竺先生，马老……家里已经断粮好几天了……

马　（痛苦地推却）章太太，我家里人口多，实在是……爱莫能助!

竺　徐夫人，你该早告诉我，你这就去找阿秀拿些米粮，给孩子们垫垫肚子，明日我亲自去迎接运粮船队……

徐　（纠结）您也有孩子们……

竺　母亲不在，孩子们，吃不下……

　　【徐哽咽，转身走

马　章夫人哪里去? 竺校长一番心意，请夫人务必收下!

徐　我——现在就去竺校长家里……

马　如此……甚好。

徐　马老先生，若卿不是个不明事理的人! 我是替孩子们去讨米! 离开南京之前，竺校长在北极阁气象所告诉我　他来浙大是当个临时校长，可这一路西迁，他自是骑虎难下，我能说什么呢……看着没了娘的孩子嗷嗷待哺，看着衡儿经受赤痢、高烧、脱水，最后……我也是母亲，那一幕就像是看着自己的孩子经历痛苦……所有的孩子都是无辜的啊……此时此刻，我真是不想再给竺先生添一点儿麻烦，……可是我想让身边的孩子都能活下去，都能活下去——

　　【章晃晃悠悠上场

章　若卿，你……

　　【徐低头疾步离开

章 老师！马老先生……惭愧！

竺 是我对不起你们！

章 这都是为了什么啊！（跌坐在地，无奈地）天将降大任于斯人也，必先苦其心志，劳其筋骨，饿其体肤……（哽咽）天降大任……大任为何？我不甘心，我不甘心！

竺 云峰，你研究历史多年，你说，我们现在做的，是不是历史？

章 一所堂堂高等学府，尽管国难当头，仍举校迁徙，不忘教育，全校师生员工，风餐露宿，颠沛流离，一心想着为国家培养栋梁之材，古今中外，恐怕也是罕见的吧！（突然醒悟）这段历史，应该被记录下来，必须被记录下来！

竺 你只有写下来才能让后人知道我们这么做值不值，这就是你现在该做的！

章 我……要写的……我这就去写……

竺 且慢，云峰，学校的图书仪器有消息了吗？

章 刚刚收到胡院长的消息，26吨图书仪器，已经在象县上岸了，有校工清点，一件都不少！

竺 那两个在三水押运仪器弃船而逃的学生呢？找到了没有？

章 今天也回来了，我去接的！

竺 这样的学生，事先已知三水危急而贸然前往，是为不智；临危急又各鸟兽散，是为不勇；眼见同学落水，各自分跑，是为不仁！回来有何用？

马 竺公不要动气！人心齐聚，百川归海，这是好事啊……

竺 没有信仰，就算回来，也是一盘散沙！

马 信仰……

章 刚才我跟内人说，天将降大任于斯人也，必先劳其筋骨，饿其体肤……她问我，你的大任是什么啊？我竟然不知道怎么回答！

马 章先生！大任为何，你应该问己、问心啊！

章 我心里好像知道，可说不出来！当年我跟随老师来到浙大，是何等的豪情！我不怕吃苦！可是我一个人知道没有用啊！如果那两个学生来问我，我们豁上性命，千里办学，究竟是为了什么，我该怎么跟他们说？

马 口随心声，心中有何想法直言无妨！

章　他们能接受吗?

竺　云峰，我们的责任，不光是修身养性，更是提携后辈，传承精神!

马　看来这个答案，不但要发乎心，还要能传于意?

竺　对! 应当像这天上的星，一抬眼，就能看，就像这龙江上的号子，一张口，就能唱!

章　对! 校训，校歌!

竺　竺某概括浙大精神，称为"求是"，此为中国文化与西方思想所共有，具体解释为"排万难冒百死，以求真知"!

马　好! 古人云，"博学之，审问之，慎思之，明辨之，笃行之! "这就是"求是"，可为校训!

章　（兴奋不已）校训……求是! 那校歌呢?

竺　再请马老撰写校歌歌词!

马　容我思之!

　　【大轰炸来袭时的防空警报声又响

　　【远处传来一声喊。是身穿游击队服装的陆，正带领身穿篮球服的体育系学生、身穿医护服和校服的女生、脖子上挂板的学生共分三队，互相扶助。陆续往防空洞方向奔跑

陆　竺先生!

竺　陆华? 你……不是在部队上吗?

陆　我一回来就想去看您，师母的事情我都知道了。她为我做的棉背心正穿在我身上……

竺　（举手制止）陆华!

马　怎么回事? 轰炸不是刚刚才结束吗?

陆　马老先生，我们游击队有6位同学决定回来复学，我奉命护送，在部队系统学习了防空疏散流程，带领同学们演习一遍!

马　原来是演习……

竺　是谁批准的演习?

陆　没，没人批准……我明天一早就要走，只好连夜教会同学们……

竺　胡闹!

马　你就是投笔从戎的陆华？

陆　是我。

马　少年英雄！老朽敬佩！竺校长，非常时期不拘泥于繁文缛节，连夜演习没有什么不可呀！

马　陆华，前方战事如何？可有斩获呀？

陆　离开学校以后，我应军事委员会属下的游击总长之邀，参加了杭州外围游击战……

【陆从怀里拿出一张纸，上面印有日军将领的官房印信

【陆激动地传阅给众人看

马　这是陆华在前线缴获的，敌军的官房印信！他用自己的努力，证明了他为这个国家做出的贡献！

竺　马老先生，国家的兴亡，除了战场拼杀，更需要我们各行各业，去担当大任，主持国运！一切战争的胜利，皆源于课堂。学者之大任，在课堂，在实验室，在研究所！

马　唉，好一个学者之大任！看来，老夫也需顺应天理，以实现心中的大愿啊！竺公，老夫要向您辞行了！

众学生　马老先生？

马　老夫平生之愿，就是恢复古时之书院！前日好友邀我入蜀，我正在犹豫，刚才听竺公一席话，心中已无挂碍，只是受您之托，撰写浙大校歌歌词一事……

竺　既然如此，竺某不便勉强……

马　唉，观竺公之胸怀气魄，古今罕有，浙大学子之好学崇德，世所罕见，真是……

【马环顾四周

马　拿纸笔来。

李　马老先生，我们只有这块板儿，上课的时候做笔记用的……

马　无妨，我说，你们记……咳咳！大不自多，海纳江河。惟学无际，际于天地！

众　（诵读）大不自多，海纳江河……惟学无际，际于天地！

【众人齐上，共唱《大不自多》

老年竺　浙大内迁，后来被称为文军长征，历时13年，跨越6个省，行程2000多公里。1940年1月到达贵州，在遵义、湄潭、永兴等地坚持办学7年，直至抗战胜利。这段日子的浙江大学百川归海，欣欣向荣，我们终于能够安下心来进行学习和研究了。

第二场　湄潭崛起·白露

时间：1944年秋

地点：遵义湄潭公共实验室

人物：胡刚复，李约瑟翻译曹天钦，老童，学生汤舟、柴烨、李政道

【大屏幕展现：湄潭期间的各种学术成就，以及那时几位浙大著名的教授与科学家的照片

【李约瑟的翻译曹天钦挂着照相机，和胡一起上台，手里各抱着一个箱子。胡穿着校办工厂的工作服，看上去像个老工人

【曹与胡一起搬着东西气喘吁吁地走进公共实验室

胡　放这儿，小心点，今天多亏了你！

曹　哎呀，搬这么长的路，可把我给累坏了

胡　这就不行了？　26吨的图书仪器我们从杭州就是这么搬过来的，我们物理系连一张稿纸都没丢！年轻人，还得再练练啊！

曹　胡先生，我其实……我……

【胡忙得团团转，几乎顾不上理睬曹

曹　（曹拦住胡，急急地）胡先生，我找竺先生，真的有事儿，是很重要的事儿！

胡　（安抚地）我相信你！可我们这位竺先生，一向是如此，不是跟学生谈话，就是帮教授们解决大大小小的困难，你要是没有提前约好，还真不好找！我们都说他是"浙大保姆"，他听了还不乐意呢！

曹　那我……

胡　要不，你就在这儿等会儿？这就是我和校长的办公室！

【胡示意一下曹，又去忙了

曹　胡先生，你和竺先生怎么在杂物间里办公……

胡　这怎么能是杂物间呢！这是公共实验室！坐吧！

曹　这怎么坐啊？

胡　坐那儿就行。

【胡指指角落里一张堆满文件的办公桌椅，搬开文件，坐下，椅子不稳，曹
大喊

胡　（跑过来）怎么了？怎么了？

曹　这椅子，怎么办公啊！

胡　你们这些翻译，非得坐沙发才算办公？

曹　前两天你带我去的那个文庙不是挺大吗？

胡　教授们要开学术研讨会，让给他们了！

曹　一个校长，一个院长，挤在这么小的地方……不可思议！

【曹用相机拍下来

胡　（开箱清点烧杯）理学院三个系的资料器材都在这儿，由我亲自保管！有问
题随时解决，多好！

曹　这是世界上最简陋的大学校长办公室！真该带李约瑟先生来参观一下！

胡　竺先生在订正昨天中国科学社年会的论文呢，这几天学校的事儿多，怠慢了
你们，请多包涵……

【胡低头整理

曹　胡先生，这几天，我和李约瑟先生听了几十场报告，看了许多教授写的论
文，大为震惊，他觉得浙大教授的许多研究成果，称得上是世界级的，应该
介绍到国外的顶级期刊上发表！

胡　（心不在焉）这是好事啊！

曹　可是有些事情必须跟你们商量……

胡　商量什么？

曹　这关系到中国科学，在世界科学史上的地位……

【正说着，一个学生急匆匆地从外面跑进来

汤　胡先生，我是生物系的，找您有事儿！

胡　（对曹）你等等！（对学生）快说！

汤　贝时璋主任让我……领点煤油。

胡　煤油？你们生物系怎么老是超支啊？我这又不是开煤油铺的！

汤　您也知道，谈家桢先生有一个大发现！

胡　什么大发现？

汤　嵌镶显性。

胡　嵌——不就是数瓢虫吗？

汤　不是，是数瓢虫身上的斑点，非得用煤油灯不行，一般的油灯，看不清……

胡　我给你找！上次刚来领过，这么快又来……

汤　您再多给点。

胡　行了，这些肯定够了。

汤　真抠门……

　　【胡找到煤油，递给学生，学生下

胡　你刚刚说……什么科学史？

曹　就是物理系的王淦昌教授，他那篇《化学键与晶体结构》……

胡　（打断他的话）这篇文章我知道，你们觉得不够资格发表？

曹　不是水平不够，正是因为水平太高了……

　　【忽然，一个学生穿着跟胡一样的校工服的学生跑进来，一看胡有客人，转
　　头就跑

胡　回来，回来！

柴　先生。

胡　什么事儿？

柴　我和童师傅来领化学系的烧杯。

胡　童师傅呢？

柴　他腿脚不利索，还在路上……

胡　（对柴）你们化学系的烧杯在那儿，拿吧！（对曹）我们说到哪儿了……

曹　让我想想……王淦昌教授——

　　【学生开始清点烧杯。童气喘吁吁上来

童　胡先生，跟您说个事儿……

【胡再次被打断，不得不走过去

童　胡先生，化学系又催了，校办工厂赶制的烧杯，数量不够！还得再烧！

胡　你跟他们说说，缓两天，人手不够，我都去吹玻璃了……

童　这话得您去说！

胡　好，我去说……童师傅，您先把这些烧杯试管带过去，我一会儿就过来！

童　行，好嘞！

【胡坐到曹身边。童跟学生一起清点烧杯

胡　这个……说到哪儿了？长话短说！

曹　王淦昌教授的论文！为什么只有理论计算，没有相应的实验证据呢？

童　胡先生，我们拿走了啊。

胡　（对学生）小心点儿，别打碎……（对曹）我们的物理系，没有条件做实验
　　啊，但是这不影响理论研究，越是在艰苦的地方，思维就越能够自由……

【道气喘吁吁地跑上来

道　胡先生，束星北教授和王淦昌教授又在课堂上吵起来了！

曹　吵起来了？

道　您不知道啊，这俩教授是双子星座，一个在上面讲，另一个一定不请自来在
　　下面听，专门拆台！这不，又吵起来了！

曹　胡先生，你得去看看！

胡、道　早就习惯了！

曹　习惯了？

道　我需要他俩上个礼拜的课堂笔记，有笔记为证，他们就吵不起来了！

胡　上个礼拜的课堂笔记！那两大捆都是，就来了你一个？

道　其他同学都听得入神了，谁也不愿来！我来找找吧！

曹　您，真的不用去吗？

胡　学术争论，很正常！

曹　胡先生啊，今天来其实是想说——您还记得吗？1942年王淦昌教授发表了那
　　篇《关于探测中微子的一个建议》，现在，美国人好几个小组正在按照王教
　　授的设计通宵达旦地做实验，一旦成功，那可是世界级的发现！

道　真的，王先生科研水平那么高？

曹　对，那时候，名垂青史的中微子发现者，可就不会是王淦昌了。

胡　我是研究物理的，这我当然知道。

曹　您知道？所以李先生特意派我来问问，等到战争结束，英国方面也许能帮助浙大建成一个像样的原子核物理实验室，所以，他们希望王教授暂时不发表他的文章。

胡　你们有没有问过王教授的意思？

曹　问了，他说发！

胡　那为什么还来问我？

曹　李约瑟先生说，王教授太年轻，怕他欠考虑……

胡　你还是不了解我们浙大。

道　就是！（下）

胡　这位同学，我记得你，你不是物理系的吧？

道　对，我是化学系一年级的，我叫李政道。我觉得物理系王先生、束先生讲课讲得有意思，所以来旁听！

胡　李政道，你觉得王教授的选择对吗？

道　竺先生常跟我们说，真正的科学，不分国界！科学，本来就应该用来造福苍生！再说，我们还年轻！

胡　没错，物理学的研究，从宏观到微观，从宇宙到粒子，跟这些比起来，人的成就微不足道！

曹　可这也许是中国得诺贝尔奖的机会……

道　诺贝尔奖，我们早晚会得！科学本身，才是我们的梦想！

曹　说得好！

　　【胡欣慰，曹感叹

　　【竺上，擦着一头的汗

　　【众人纷纷跟竺打招呼，道鞠躬，胡给竺让出一张椅子

　　【竺如释重负地坐下

胡　藕舫，你去哪儿了，这位翻译曹先生，一直在找您。

　　【曹忙不好意思地鞠躬

曹　不敢不敢！校长，我想问的问题，已经解决了！

竺　那就好！刚复，好消息，日寇败退，独山收复！

【道高兴得跳了起来，胡示意他，道连忙恢复礼数，道、曹鞠躬告别，准备出门

胡　真是好消息啊！这几天前线节节逼近，眼看离咱们的校园只剩七八百里了，我们虽然工作一切照常，心里免不了捏了一把汗呀，真不知道咱们这学校会不会……

竺　（从怀里取出一份电报）现在，可以把这封电报给你看了。

胡　教育部电令？（读）"浙江大学就地解散？！"

【所有人大惊失色，道、曹刚想出门，在门口吓得呆住了

胡　"全体学生从军，教职工年龄合格者亦从军……仪器并入中央大学，次要者留乡间！"（难以置信地看着竺）

曹　这是什么官僚！发封草率的电报就解散一所大学，让世界级的科学家去从军！他们怎么敢！

竺　别紧张，现在战事缓解，这封电令也就不了了之了。

胡　藕舫，这简直荒唐啊！我们把学校毫发无损地搬到贵州，费了多少心血才有了今天的规模！这些胆小鬼，眼看着打仗要输了，第一个想到的就是放弃学校，让学生们去送死！

竺　这几天我一直在尽力斡旋，现在此事暂时算是按下了。

道　校长，您辛苦了！您可真是浙大的保……

【胡瞪他一眼

道　保……保护神！先生，我去上课了。

【李跑下，曹也告辞

胡　藕舫，这么大的事儿，你怎么……

竺　正是因为事关重大，我才没有过分声张，只在校务委员会里小范围地讨论。你手上的事儿已经够多了，还有教授们，咱们千里迢迢内迁办学，不就是为了让他们安安心心地做学问嘛！

胡　藕舫，那帮官老爷打仗没什么本事，对咱们却……真是苦了你了。

竺　唉，没事。说心里话，要是浙大真的解散了，对我来说，无非就是换份工作，在别人眼里，说不定还算升迁了。可是，当年在玉山的时候，我跟同学们说过，咱们师生要和衷共济，共度时艰！保护学生，守卫浙大，这是我的

承诺！

【二人会心一笑，胡仿佛突然想起了什么，把刚才抄好的记录给竺看，竺、胡欣然地讨论起了校务……

【大屏幕上出现当年湄潭的校舍照片

第三场　天亮之前·立冬

时间：1949年6月

地点：上海，竺可桢家中

人物：竺可桢、国民政府特派员杜之骏、原浙大校工老童、章云峰、徐若卿、
　　　胡刚复、解放军小战士王十二

【晚年竺可桢翻看日记

晚年竺　浙大内迁，后来被称为文军长征，历时13年，走过6个省，行程2000多
　　　　公里。走完这一段，我真的累了。在我离开浙大之前，你们送给我一个
　　　　称号　浙大保姆！可我不能永远做你们的保姆。我卸下了浙大校长的重
　　　　任，想重新回到科学研究的岗位上，好好研究我钟爱的气象学。1949年，
　　　　我米到上海，6月的黄昏，气温34摄氏度，夜晚有大风，要变天了！

【竺手中拿着一个信封

【舞台一角出现一位官员打扮的人，身穿中山装，神情慌张。竺向他走去

杜　竺公留步！

【竺看着杜向他奔来

杜　竺公！我是南京政府特派员，原想今日登门拜访，不想竟在街头巧遇，久闻
　　大名，幸会！

竺　我们，之前见过？

杜　我之前在陈布雷先生的侍从室，见过您的照片。

竺　你刚才说，要去我家？

杜　今日只是传话，别无他意，对了，我也是您的同乡……

竺　有什么事吗？

【杜从包里拿出一封拜帖，交给竺

杜　（小声）蒋大公子派我来劝您一言……

竺　耳朵背了，大声点！

杜　竺先生大才，国家栋梁。您是科学家，国家发展首重科学，您又是校长，主持浙大校务十余年，内迁办学，九死一生，世界为之震动，浙大渐有"东方剑桥"之美称！倘能随党国南撤，必能收尽天下学子之心，使学脉相传，为党国之改革积蓄力量，望竺公三思！

竺　我老了，哪里也去不了了，算了吧！

【竺欲走，官员喝住他

杜　竺公，您别敬酒不吃吃罚酒！

竺　这才是你真正要说的吧！

杜　不，不，恕在下唐突。来之前，蒋大公子就嘱咐，若竺公固辞不就，我等绝不可强求。只是，还望竺公三思！

竺　既然如此，请替我向蒋大公子致歉。

杜　竺公！

【杜隐去，竺走回到家里

【清晰的敲门声

竺　谁！

童　是我，老童。

【竺马上打开抽屉，把信塞进去，关上抽屉

【竺开门。童出现

童　竺校长，您真在这儿！还记得我吗？内迁那会儿，学生上下课，都是我敲的钟。

竺　想起来了，您快进来！

【竺拉着童进屋

童　竺先生，我刚才看到好多当兵的，静悄悄的，就睡在街上！我从没见过这样的兵。这世道真不一样了。

【竺点头

童　竺校长，您看，这是什么？

【童打开布包，拿出一个照相机。竺接过，像见到故人一样激动，在手里把玩

竺　老朋友啊……

童　谁不知道竺校长有四宝——相机、罗盘、温度计和高度计！您就是用这个，给学生们拍的毕业照！

竺　丢了好多年了……快说说，在哪儿找到的？

童　我眼下在一家旧货店帮工，那天在货架上，一眼瞅见了它！

【竺放下相机

竺　哦，对了！我有些东西，想请你帮着修修！

【竺从桌子下面拿出个磅秤

竺　还能修吗？

童　外国货……试试看吧！家伙都带着呢！

【童坐到写字台前，发现角落里几个大皮箱

童　呦，这些行李……您要走？

竺　都是些随身的笔记本……

童　是实验数据，对吧！我记得内迁那会，每到柳树一发芽，您就带着学生去做实验。我顶喜欢看您做实验，踏实。

竺　坐，我去给您倒茶！

【童拿出工具，戴上眼镜，开始修。竺转身去厨房倒水。章云峰夫妇风尘仆仆，提着行李箱到门口

徐　云峰，我就不进去了，你告个别快点出来，车就在街拐角等着。

【章犹豫着，还是敲了门

【童欲出来开门，竺放下手中的茶杯，亲自去开门

章　老师！

竺　云峰！

章　老师！可算找到你了！

童　哟，这不是文学院的章院长吗。

竺　快进来，快进来！

【竺看到章手中的行李

竺　你这是……要去哪?

章　(压低声音)国军败退,我要走了。

童　(惊讶)章院长,上海都解放了,你怎么……

竺　(怅然)云峰,祝你一路顺风。

章　老师,您不跟我一同去吗?

　　【竺走回书桌前

　　【章见竺无反应,从包里往桌上一叠一叠地拿杂志和国外报纸

章　老师,这是您几十年来发表的论文,国外的学者甚至断言,百年来,您是中国第一科学家……您还可以取得更高的成就……

竺　我老了,脑袋不灵光,耳朵也不好使。去了能干吗呢?

章　只要您能和我一起去,我们……

竺　前几日,蒋大公子诚邀我去台湾,我问他,去了台湾,他又能撑多久。

　　【章手中的书掉落在地,竺从容过去捡起书

　　【章脚步不稳,退后,坐下

竺　1933年6月18日,我在美国的同学杨杏佛遇刺,凶手在他家门口的车里,对他连开了数枪! 1944年,我的训导长费巩先生,在去学校上课的路上失踪,至今下落不明……不听话的就暗杀,不顺从的就失踪! 这样的党国,你让我怎么相信?

章　竺公,既然如此……您多保重……

　　【徐的声音:"云峰,该走啦!"

　　【章合上箱子,转身欲下

竺　云峰,留个纪念吧?

章　不必了。

　　【章拎箱子急下。胡拎着大箱子上。两人擦肩而过,胡觉得此人似曾相识

童　哎! 这章院长怎么说走就走了呢?

　　【胡进门

胡　(大声)藕舫!

　　【童吓了一跳,工具掉在地上,连忙拾起来

童　这大嗓门儿！吓我一跳。

竺　刚复，你怎么来了？

童　胡院长？嘿！我今儿个真是赶巧了，浙大的老院长都见着了。

【胡把大箱子搬进房间，擦了擦汗

童　您不是，也要辞行吧？

胡　藕舫，我那伤寒的后遗症越来越重了，啥也听不见了。跟你说个事儿啊，我说，你听！

【胡看见童，冲童笑了笑

童　唉，好好一个人，怎么就……

【童叹了口气，摇了摇头，继续修仪器

胡　我要是说得对啊，你就点点头，要是不对，你就摇摇头。

竺　你说吧。

【胡继续站着

胡　这些是你内迁时写的论文，发表的演讲，还有李约瑟先生在国外发表的关于浙大的文章……我特地给你送来了。

竺　（感动）刚复，这些年……真谢谢你！

胡　听不见！

【竺抓住胡的手，使劲点点头

胡　没有你，就没有这"东方剑桥"！

【竺摇摇头

胡　藕舫，要变天了，可再怎么变，中国都需要咱们这些科学家。我老了，可还想抓紧时间多做点事儿！哪怕只有一年、两年……

【竺看着胡，点点头

【童为胡倒了杯水，胡接过杯子，喝完将杯子交还童

【胡从口袋里掏出聘书递给竺

胡　你瞧。

【竺接过

竺　聘书……

胡　跟着你13年啦！57了！我想干点儿科学家该干的事儿！

【竺起身，拉出抽屉，打开信封

竺　这是我今天刚刚收到的一封请帖。

【竺看了老童一眼

胡　邀请函！请您于6月15日前往君礼堂参加科学家聚会。上海市市长，陈毅！

竺　刚复，你要是觉得我该去，就点点头。

童　竺校长，您得去，您得去啊！

胡　藕舫，你说什么我听不见。你要觉得对，你就点点头。

【竺看着胡、童，重重地点一下头

胡　好！就等着你点头！我走了！

【竺点点头

【胡大步往外走，临到门口，向竺行大礼。竺还礼，目送胡离去

童　竺校长，磅秤没坏，加点油就好了。

竺　老童，今晚有大风，可能会下雨！您早点回去吧。

童　好嘞，等天晴了，您来我家聊？

竺　好！

童　您一定要来啊，什么时候来都行，多晚来都不迟！

竺　（重复）什么时候来都行？多晚来都不迟！

童　等着您呐！

【童拾起自己的包袱皮，出门。房间里安静下来了

【竺在音乐中，走到门外，乌云压阵，疾风，大雨将至。看到远处有位站岗
　　的解放军小战士，走上前去

王　谁？口令！

竺　你好，我是住在这里的……

王　（敬礼）首长好！

竺　不不，我不是首长，也是老百姓！

王　奉上级命令，在这里保卫首长，迎接解放！

竺　（叹口气）你……怎么称呼？

王　俺叫王十二。

竺　哪儿人？

王　河北人！

竺　你们部队有多少人？

王　算上俺一共12个！

竺　（笑）所以你叫王十二？

王　不，家里排行十二！

竺　（笑）你以前是做什么的？

王　种地的！

竺　那我可要问问你啦！

王　问什么？

竺　这一年有二十四节气，你知道吗？

王　这个俺懂，立春，芒种……也不全懂！俺很小就出来打仗啦！俺家有一大片
　　麦子地……等解放了！俺就回家种地，到时候就能告诉您了……首长您是管
　　这些的呀！

竺　对！管这些的！

王　您心疼俺们庄稼人！是个好人！您说的话，俺信！

竺　（激动）真的？

王　真的！可是，我都不知道首长您叫啥？以后上哪儿找您？

竺　我就在这儿，我叫竺可桢！

【背景里传来毛泽东在天安门城楼上宣布中国解放的宣誓词，国歌嘹亮

青年竺　1949年10月1日，我站在开国大典的观礼台，见证了新中国的诞生。后
　　来，我担任中国科学院的副院长，率领考察团，走遍全国各地。1963年
　　年末，我在学报上发表了《论我国气候的几个特点及其与粮食作物生产
　　的关系》。没想到毛主席竟然亲自批阅我这论文，还邀我到中南海会面。
　　他说，我的文章是能管天的！让我接着再写！
　　　人这一辈子，太多的意想不到，有惊喜，也有风浪。但不论如何，都得
　　坚持下去，不为别的，就为这条路，是自己选的。

第四幕　求是之魂

第一场　沙漠之梦·处暑

时间：1958年秋，晚12点左右

地点：宁夏沙坡头

人物：竺可桢68岁，秘书刘奋斗，吉普车司机，砍红柳者10人，张侠魂

【沙漠中风沙四起，汽车喇叭声、马达声混在一起，考察车队在风沙中艰难前进

【汽车发动机颤抖着，发动了好几次，始终没有点着

【司机放弃了，拿起手电筒跳下车

【刘从车中下

刘　怎么回事？

司　不知道怎么，发动机就是打不着。

刘　你这车是怎么保养的！

司　这车我才刚拿到手两个星期，拿到的时候他们说已经保养了，谁知道它——

【司机坐到车边生闷气

刘　你们这工作是怎么做的？首长来一趟宁夏容易吗！

司　您说得对！都是我们工作没做到位。

刘　前方车队已经看不见了。这么冷的天……首长都68岁了……你干吗去？我还没说完呢！

【司机从车后备厢里拿出一件军大衣，走到一旁，给竺披上

司　首长，您穿上！

竺　你们呢？

司　首长，没事，我去拿柴火。

刘　难道要在这河床上过夜吗？

司　目前这个样子，也只能在这暂避风沙，等待救援了。

刘　别开玩笑！这是沙坡头！接近零度！风这么大，说不定还会遇到沙暴！

司　首长，您是专家，今晚会有沙暴吗？

竺　（抬头看月亮）不能确定。

司　没事，首长，沙尘暴来了我们可以躲车里。

刘　（对司机）来点火！

　　【两人摆好柴火

　　【司机拿火柴点怎么也点不着

司　风太大，火柴打不着。

竺　我有打火机。

刘　首长，这太危险了，我来吧。

　　【众人合力点火，火点着了

司　这位首长，怎么洋玩意儿这么多？

刘　（小声对司机）我们首长，是中国科学院副院长！

司　哦……这位首长就是不一样。本来跟着车队走就是了，这一路上又是拣石头
　　又是拍照片，现在车队跟丢了，车又坏了，我们找谁去！

刘　嘀咕什么呢？

司　我说啊，我看见首长拿个小本，记了一路！这么冷的天还不让关车窗。走了
　　一天一夜全是大沙漠，有什么可记的。

刘　他在记录沿途的地质状况，山峰的高度、雪线的位置……这次来调查，就是
　　想建立固沙实验站。

司　固沙？

刘　是啊！想办法让沙土固定下来，能减少流沙对老百姓的危害。

司　那可太好了，弄成了百姓们就不用为了生活老搬家了，这可是老天爷管的事
　　情啊，真有办法吗？

刘　当然，不过，先要收集数据才能成。

司　怎么收集？

刘　我们首长是专家，他看一眼就差不多了！

司　那么神？

刘　应该说是中国第一，接下来我们还要去甘肃民勤、陕西榆林建固沙试验站；
　　然后去新疆天山观察冰川冻土，还要去青岛看海洋——

竺　小刘，你把地图放哪儿了？

刘　哟，没带出来……您别着急，我问问司机。司机同志，你有地图吗？

司　这——我认得路，要地图干吗？

刘　你这个司机同志不太称职啊！

司　谁也没想到今天车会在这抛锚……

竺　你们拿着这些，按我说的做！

刘　现场测绘？

竺　先确定方位，再做出判断！

司　首长，我们燃料不够了，等火熄了，我们还是坐到车里等救援队吧，不然体温会很快下降的……

竺　要是救援队不能及时赶来呢？

【大家显得紧张起来。刘指挥大家使用仪器

【竺开始目测

竺　可见度良好！空气中沙尘含量微小，目测……

【众人愣在那里，等着竺开口

竺　记录！

【众人开始紧张地记录

竺　目测，正北方向，3公里处有山丘……

刘　正北方向……（对司机）在这里做个标记！

竺　山丘高度，1300米。

刘　（对司机）你这样记！

竺　风速，偏东，大约3米每秒。你把器材搬到南边去，小刘，把望远镜给我。

【刘递上望远镜

刘　（对竺）院长，别的领导都在办公室里听汇报，看文件，您非要亲自下来调查……您找什么……哎呀，让您别带这些……

竺　时间宝贵，我想随时查阅！

刘　回去还有的是时间……

竺　我剩下的时间已经不多了，我还有许多事情要做……

刘　竺院长，这些年，我们去过太多地方　新疆的塔克拉玛戈壁、西双版纳，还有海南岛……现在我们又在宁夏的沙坡头，去了这么多地方，有什么意义呢？

竺　这里水土流失很严重！可这一路上许多人，还在砍红柳！刚才在路上，半小时就有7辆卡车满载红柳而去。

刘　他们是在开垦荒地啊！

竺　这个地区不适合大面积开垦荒地！在年降水量不足400毫米的干旱半干旱地带，坡度超过35度的山坡上，还有河流的上游，应该绝对禁止垦荒！我们要想办法让沙土固定下来，这样才能减少水土流失的危害。这些是我最起码能做的。

刘　是！您能做的事情，别人做不了，可是您做的结果，有人关注吗？

竺　老百姓关注。

刘　老百姓关注？！您还记得您那几篇关于"水土流失"和"沙漠化问题"的报告吗？报纸不给发表，老百姓怎么关注？！

竺　那是因为数据支持不够充分，这次测量流沙量，就是为了——

刘　可这根本就不是科学问题！您知道他们怎么说？说您不合时宜！

竺　水土流失和沙漠化正是当下最紧迫的问题。

刘　（反讽）不是都说人定胜天嘛！人能够改变自然，人能够战胜一切！

竺　人，更要尊重自然规律！（弯腰抓起一把沙）我们本来就是一粒沙、一颗土！在大自然面前，都是渺小的。

刘　您说得对，您说得对！所以今晚，我们这几粒沙，在这沙坡头的荒漠里，什么也做不了！

司　刘秘书！接下来干什么？

刘　我们去那边测绘。

　　【风沙声又起，刘奋斗下

竺　人定胜天……什么都做不了？

　　【舞台深处出现一群手拿斧子、锯子的年轻人，他们在砍红柳

竺　同志们！停下来吧！听我说！

　　【竺大声对他们说话，可他们就是不停下手里的砍伐

竺　我是竺可桢！是中国科学院综合考察委员会主任，是为老百姓服务的。

　　【那些人继续砍伐

竺　同志们！毛主席说过，要利用自然，必须先了解自然！

　　【那些人继续砍伐，无人理睬竺可桢

竺　同志们，沙漠里的红柳可是固沙、防沙的植物啊，没有了红柳，沙漠将会侵害老百姓的生活，还会淹没离这里不远的敦煌宝库啊！

　　【那些砍树的人隐去

竺　人定胜天……什么都做不了？

　　【沉思中的竺似乎听到呼唤，转身跑上高处，侠向竺走来

竺　侠魂？

侠　藕舫……

竺　侠……是你吗？

侠　是我。

竺　我，这是在做梦吗？

侠　你怎么哭了？头发都白了还哭鼻子！

竺　20年了，一别已经20年了……有些话，只有你，愿意听我说一说……我只能对你说！

侠　你说吧，我听着。

竺　还记得，当年我写给你的那些信吗？

侠　记得，那时候你在伊利诺依学习农学。

竺　我在密西西比河畔，遇到一位黑人老农……

侠　你想教给他一些农业知识，可他不信，就因为你是外国人！

竺　所以，我从农学转到了气象学！尽管中国和美国的农业区别很大，可老天爷是同一个。

侠　老天爷总得有人管管！

竺　我的乡亲们一辈子靠天吃饭，实在太苦了……我想帮帮他们！

侠　你做到了！

竺　我能做的，就是不违背科学规律，不违背我的良心！

侠　坚持了一辈子，这还不够吗？

竺　我能做的太少了……况且我现在……已经是不合时宜的人了。

侠　不合时宜？

竺　是啊。那还是10年前，毛主席和周总理邀请我参加新中国国旗方案的投票，我投了弃权票。那时不少人都这么说我！

侠　毛主席和周总理也这么说？

竺　那倒没有。我说，我是搞科学的，审美的事情我不懂，还是留给梁思成先生他们定夺。

侠　在你的心里，不早就有了信仰么！只问是非，不计利害！藕舫，这就是你！

竺　只问是非，不计利害！

侠　这就是你曾经许下的宏远，科学救苍生！也是我们在西迁时说过的"求是信仰"，更是现在的中国共产党所坚持的信仰！

竺　是一样的！

侠　一样的！

【侠点头。竺兴奋地像个孩子，有些手足无措

竺　我要告诉毛主席，我们可以把整个天地都管起来了……侠！我终于……

【竺落泪，侠隐去

【这时，远处传来了汽车的喇叭声和司机的喊声

司　首长！前面的车队掉头找我们来了！

刘　我们得救了！我们得救了！

竺　（喃喃自语）我们得救了！我们，真幸运啊！

竺　（画外音）我担任科学院副院长期间，每年有两个月在野外，走遍了全国除了台湾、西藏之外的所有省份。1958年，我在新疆赛里木湖考察，看到天山在湖中的倒影，发现今天的雪线比宋朝《长春真人游记》记载的升高了200到300米，这说明今天的气候比那时温暖。

　　在甘肃考察的时候，我发现由于过度的砍伐与开垦，中国的沙漠化问题越来越严重。我四处呼吁，自然不是用来征服的，要开发自然必须了解自然！我的这份坚持给我带来了不少非议，可我就是这么一个人！我更没有想到，在后来的岁月里，我的坚持，还拯救了人的生命。

第二场　师生重逢·立夏

时间：1973年

地点：竺可桢北京家中

人物：竺可桢83岁，宋林64岁

【1973年7月的一个黄昏，晚年竺提着一个半满的面口袋走进小巷，实在走不动了，放下口袋休息

【宋形容憔悴，神情紧张，站在竺家门口张望着，不敢进去。宋背着一个小包，一眼认出了竺。宋过去帮竺把面口袋拿进院子

竺　谢谢您！

【宋鞠躬。竺转身进门。宋不由自主地跟近，站在那里不忍离去，又不敢进去

竺　（发现宋站在那里）您是找我吗？（从口袋里拿出助听器带上）

宋　不……（转身想离去）

竺　怎么看着有点面熟呢？

宋　（鼓起勇气）我是宋林！你不记得啦？

竺　宋林——

宋　是，是！

竺　你好！

宋　（喜极而泣）您好，您好……（伸手比画，却说不出话）

竺　（伸手比画）15年没见了。

宋　（心里难受）是啊！先生……我不能久留，看见您就行了……（向外走）

竺　（留住宋）你家里还好吗？

宋　（大声）好……（欲言又止，放低声音）两个儿子都死了！

竺　还在搞气象吗？

宋　（没料到会有此一问，摇摇头）搞不起来了！我……在采石场劳动。

【宋兴奋地拿报纸给竺看

宋　6月19号，我在劳动的时候，看见了《人民日报》上的您的这篇《中国近五千年来气候变迁的初步探讨》……先生，我太激动了！太激动了！

【竺上前，把宋拉进院子

竺　进来说，（宋欲拒，再拉他）来！坐下，坐下接着说。

宋　您这是文章的节要吧？

竺　对，原文约两万字。

宋　短短五千余字的节要，就能把上下五千年来中国气象的变迁情况表述得这么
　　透彻……先生，您是中国气象研究第一人啊！

竺　别这么说！我只不过是证明了咱们中国几千年的气象记录不是糊涂账，但这
　　还不够。

【宋站起来，去拿别的报纸

宋　新中国成立以后，您一直担任科学院副院长，咱们国家的山山水水，您都走
　　遍了！您的这些论文，我都仔细看了！

竺　这是我当年参加治沙会议的开幕词啊！青海的沙漠化问题很严重，（指指磅
　　秤）现在北京的沙化问题也很严重。

宋　天平？！（宋看见熟悉的天平）您还在做实验？

竺　这还是当年在北极阁用过的，你记得吗？

宋　（哽咽）记得……

竺　无论走到哪里，都要坚持做气象实验。这不是我们说好的吗？

宋　（深受感动）对，说好的，我们说好的……您想做的，都做到了！

竺　我在做尘土实验　记录单位面积的尘土，计算整个北京的扬尘量！

宋　（感慨）您在北极阁的时候说过　每个人都是一粒沙、一颗土……那个时候
　　多好啊！什么都还在，什么都还想去试……可现在——活着到底为了什么？

竺　（拍肩膀，迟疑了一下）宋林！你爱人还好吗？

宋　挺好的。劳动那会，她知道气象是我的命，就找来一张张关于气象的报纸，
　　包在饭盒外面，给我送来！晚上没人的时候，我就借着月光偷偷地看……

竺　你什么时候来的？

宋　上个礼拜。

竺　他们让你出来？

宋　让。因为我，我……写检查了！我承认了！我错了！

竺　你犯了什么错？

宋　对不起人民的事！

竺　什么事儿？

宋　我出国了！

竺　去哪儿？

宋　日本！

竺　去日本有什么错？

宋　他们说我去日本，是投敌叛国。

【宋扭头，朝竺走几步，握住竺的手，跪下

宋　先生！我不是叛徒，我不是！

【竺抚摸着宋的头发

宋　我想证明我自己，可我没有证据！（从怀里拿出小布包，小心展开，拿出破旧的介绍信）只有这张看不清字迹的介绍信……先生，他们不信，他们都不信！

竺　宋林，起来。我记得这封介绍信，这还是当年我在北极阁的时候亲手交给你们的。我能证明！

宋　（意外）先生！

【宋起来，竺交还宋介绍信，竺拿出一个厚厚的笔记本

竺　宋林，你过来，看看这个。

宋　先生，这是……

竺　这是40多年日记的索引，方便外调人员查证。

宋　40多年的日记？

竺　大概有800多万字了。如果我能找到当年的记录，就能还你清白了。

【宋翻看，难以置信

竺　像你这样的同志，都是国家的栋梁之材，我是党员，有责任向组织提供真实的情况！

宋　我知道，您71岁入的党。

竺　这就是信仰，人要对得起自己当初的选择。找到了吗？

【宋看着竺

宋　1936年……4月17日！

【竺指给宋角落里的大箱子，宋打开，惊讶地发现里面是40多本日记。宋一本接着一本，激动地翻找，找到1936年的日记，交给竺

竺　1936年4月17日，议决本年六月十九之日蚀……

宋　（激动地接过日记本）决派吴振、郑超二人赴西伯利亚，宋林、黄欢二人赴日本！

【竺把日记包好交给宋，宋抱在怀里，泣不成声

竺　写个地址给我吧，我给你们单位写份证明材料。

宋　（激动不已）先生，在采石场的时候，我老是想，我一定得来看看您，然后再回一趟北极阁，看看当年的地方，然后就永远留在那儿……

竺　不许你这么说！活下去。再难也要活下去！

【宋愣在那里

竺　那篇《中国近五千年来气候变迁的初步探讨》的全文，我也会寄给你，你以后一定用得上，总有一天，国家会需要你，老百姓还会需要你，科学还会需要你的。

宋　我答应您，先生！

【宋深鞠一躬，欲下，停住，转身

宋　竺先生……当年我问过您，您想做的都能做到吗？您做到了，我也会努力做到！（下）

【大屏幕上出现了大批科学家的影像

【竺目送其离开，缓缓拿起小扫把开始扫尘土，用小铲将尘土铲至磅秤上反复测量，并低头记下数据

【一声鸽哨响起，竺握起一把土，缓缓抬头

竺　这是北京的尘土，虽然耳朵完全听不见，我还可以用这样的方法测算出每天空气的含尘量，还能够为老百姓做点事情。

和辽阔的大地相比，人是渺小的，和永恒的山川相比，生命是短暂的。可我就是想用我有限的生命追求无穷的真理，探索无限的自然。

我不是预言家，我是实践者。

尾　声

【舞台转动，年轻的竺正在向浙江大学的学子做《论大学之教育》的报告

竺　诸位在校，有两个问题应该问问，第一是到浙大来干什么，第二，将来毕业了要做什么样的人……

第一，诸位求学，应不仅在科目本身，而且要训练如何能正确地训练自己的思想；第二，我们人生的目的是在能服务，而不在享受。

【音乐渐弱，远处传来鸟叫声。

晚年竺　今天是2月6日，立春后的第三天……雨起，阴转多云，东风1至2级，气温零下1度至零下7摄氏度……这是我最后一篇日记。

【音效，一个童声反复唱着歌谣：

《二十四节气歌》

春雨惊春清谷天，

夏满芒夏暑相连，

秋处露秋寒霜降，

冬雪雪冬小大寒！

【众上，竺向后走

众　（各种呼唤声）

藕舫，

先生，

竺校长，

竺先生！

【全剧终

2016年9月第四稿

导演后记：

那天晚上我没有能控制住自己落泪
——写在《求是魂》北京汇报之后

在整个北京演出的行程结束前，我已经累到了脑袋嗡嗡作响的状态，从抵达那天的装台开始，没有一个晚上睡踏实，一直在考虑台上有什么环节没有设置妥当，在后台听着台词想着过几天晚上要上课，早上必须要回杭州的事情，又跑出去找总政话剧团灯光设计武老师问等会儿演出结束他们来拉灯的车什么时候能到，突然想到夏平说过哥哥要开车来接他去机场，又担心别误了车，赶紧回到后台，但是这个时候夏平已经离开了……

那天舞台上的表演我相信应该是最顺畅的一次，眼看着演员们进入规定情境的感觉越来越到位，对于人物内心的感触和把握越来越深入和明确，心里很踏实。演出开始前，昭远走到我面前突然问道：竺校长是不是不管在什么样的情况下都应该微笑着和学生说话啊？我很欣慰演员的状态，更欣慰的是前两场演出时观众的反应：首场的观众是北京航空航天大学和北京师范大学的学生，他们与浙大和竺公并无关系，但是剧情中应该有掌声和笑声的地方都满满当当地出现。第二场的观众是北航附中和人大附中的中学生，虽然一水的校服，但是孩子们很安静。因为最后一场的演出还需要调整，我在灯光台上看演出，当演到浙大学子在转台上做操的环节时，身旁的中学生们也情不自禁伸出胳膊模仿动作，煞是可爱……

最后这场演出结束时，上台祝贺的领导们几乎都是满头白发，看上去就是郑强校长最年轻。路甬祥老校长有多年没见，还是那样快人快语，当郑校长举着话筒让他给演员们讲几句话的时候，他说：不讲了，戏里讲得很好，同学们演得很好。结束时路校长都已走到台边又折返回来，嘴里说着："还没有和校长（扮演者）握手呢"，再用力和昭远、都都握了手才下台。

我一直都在想今晚一定要对所有剧组的同学说感谢，因为再这样齐整相聚的机会恐怕不会再有，没想到那个时候自己情绪会失控，虽然事后直后悔可能吓着大家，可现在想来那是真情的流露——我们太不容易了——这个戏太不容易了。

我一直给自己的一个原则是不准说不容易——自己选择自己承担，不管是什么后果。而且这次投入如此之多，演出规格如此之高，已是非常不容易。但是一路走过来的历程，让我对于同行到最后的所有剧组成员都心怀感激——真是一群人做好了一件事情，而只有走到了终点，你才能体会到你的付出和收获到底是什么。

从9月首演开始，演员的变数就很大，12月演出后，非常明显的感觉是许多人不愿意再跟着剧组往前走，特别是有几位我自己觉得能够在下面的工作中调整和教授到更佳状态的演员的离开，一度让我很失落。虽然我知道这是无法选择的，却也希望不要在短短几个月的时间里重新调教演员，这种再次出发的工作的确是非常艰难的。台上26位演员，应该说都是主角。事实证明，大家最后的呈现和谐而饱满。

感谢副导演们在我出国时辛勤的工作，满溢不仅自己演戏还要当导演，夏平正好是在自己工作落实的过程中得以兼顾，小张老师刚刚参加工作就面临如此艰巨的任务。我参加国际会议之后回到学校时，最后一版的大框架已经基本成型，当然还是需要梳理和精排，可如果没有他们半个月的努力，把规定情景和演员需要的内心依据认真地告诉每位演员，也就没有后来我抠戏的基础。

当然，最难的不是排戏的程序，而是怎样在过程中坚持我们的艺术追求，用戏剧的艺术呈现去感染观众，怎么把一个大家共有的观点和理念化成人物应该有的精神气质，真实还原竺公这个人物形象，而杜绝假、大、空的概念化——我们的创作需要步步坚持求是。

竺公是位留洋书生和资深学者，气质儒雅而单纯，"只问是非，不计厉害"是其一生做人的准则。舞台艺术最高的追求是塑造有血有肉的人物形象，如何表现让观众可信的形象，首先是要让我们自己相信。我真是特别庆幸所有组员们的思想认识高度一致，排练中涉及人物形象的讨论从来都是非常统一，这其实给了导演们非常踏实的心理依托，只有在这样的认识高度上我们组织的舞台行动才是可靠和有机的。我们整个戏自然质朴而书卷气十足的品格会由此而显得特别可亲而真实。

我一直相信北京的最后呈现会证实我们的坚持是完满而且能够被观众接受的，事实果然！

谢谢大家，帮助我在退休之前完成一件无愧于心的舞台艺术作品。谢谢大家对于我的尊重和信任。这是我在那天晚上要说而没有说出来的话。

桂迎

2013年5月

附:

《求是魂》创作团队
——浙江大学竺可桢戏剧组

历史顾问　　竺　安
　　　　　　毛正棠
编剧指导　　喻荣军　著名剧作家　上海话剧艺术中心副主任
　　　　　　张　霁　青年剧作家　南京航空航天大学戏文专业教师
编　　剧　　张　雷　浙江大学传媒与国际文化学院美学2009级博士
　　　　　　阮璐翘　中央戏剧学院戏文系2016级博士(特邀)
　　　　　　郏耀鹏　中央戏剧学院导演系2014级硕士(特邀)
　　　　　　黄斐凡　浙江大学公共管理学院政治学理论2015级直博
导　　演　　桂　迎　浙江大学公共体育与艺术部教授
副导演　　　李和一　浙江大学医学院巴德年班2007级博士
　　　　　　夏　平　浙江大学能源工程学院动力机械及工程2009级硕士
　　　　　　满　溢　浙江大学航空航天学院飞行器设计2011级硕士
　　　　　　丁　瑶　浙江大学传媒与国际文化学院新闻2009级本科
　　　　　　魏　铼　浙江大学能源工程学院动力机械及工程2013级直博
　　　　　　巩邵翔　浙江大学光电科学与工程光学工程2015级硕士
　　　　　　马晓瑞　浙江大学生物医学工程与仪器科学学院电子信息技术
　　　　　　　　　　及仪器2012级硕士
舞台美术总监、总设计　魏忠徽　南京大学人文学院戏剧影视系博士、南京
　　　　　　　　　　航空航天大学艺术学院舞美系教师
化装设计/人物造型/服装设计　王文婷　南京航空航天大学艺术学院舞美系
　　　　　　　　　　教师
灯光设计　贤骥清　上海戏剧学院舞美系博士、上海戏剧学院舞美系教师
灯光执行设计　季秋云　浙江大学紫金港小剧场灯光师
音乐音效设计　吴斐然　浙江大学计算机学院2012级博士

后　记

13年前，我在浙大紫金港小剧场观看了黑白剧社校园话剧《同行》的迎新生演出，那天的我是一名浙江大学的本科新生。通过校园舞台认识了人生的第一场话剧，我深深地折服于校园戏剧的震撼力和感染力，从此和话剧结下了不解之缘。

如今，我作为浙江大学党委宣传部的一名老师，参与母校120周年校庆丛书的编写，参与这本《浙大戏文》校园原创戏剧剧本的选编，作为浙大校园戏剧的亲历者与见证人，我倍感骄傲与荣幸，更有一份沉甸甸的责任让我忐忑不安。

这本书中收录的11个校园戏剧剧本全部是原创作品，时间跨度长达22年。这样一本原创的校园戏剧作品集在全国高校都极其罕见。这本书是20多年来浙江大学校园戏剧人集体智慧的结晶，也是向世人展示浙大青年学子戏剧才华与戏剧思想的一张响亮名片。我相信很多院校校园戏剧的参与者和戏剧界的专家学者们都期待着这本书的出版。本书必将和为庆祝浙江大学120年校庆的丛书一起，被深深地打上"求是"的烙印，让母校为之骄傲。

众所周知，浙江大学是一所以理工学科为主的综合型大学，并没有编剧、表演、导演等戏剧类专业的设置，所有参与校园戏剧的同学，都是怀着对戏剧的满腔热爱，从各个专业汇聚于此的。他们当中有临床医学、生命科学、航空航天、建筑学等本身就难度很大的各学科学生，最长的专业学制竟达8年。同学们想要圆满完成学业需要花费很多的精力和时间，但是，热爱戏剧的学子们在完成课业的同时，却挤出一点一滴的时间，在剧社的集体中共同努力完成一件有意义的事情。他们呈现在舞台上的校园戏剧作品，是他们的睿智思考与戏剧表述，是深受广大学子欢迎与认可的精彩与震撼！

在这里必须郑重地感谢一下桂迎老师。

看过《同行》后，我选修了桂老师的《戏剧表演知识与欣赏》课程。当时的我并没有想到，他日我们会成为在同一个舞台上工作的人。我只是和许多同班的工科生一样，对这门艺术充满敬畏又深深迷恋。感谢桂迎老师！是她三十年如一日的坚守，指导了浙江大学黑白剧社一批又一批学生，也在全校培养了一代又一代校园戏剧的爱好者和参与者，在全国高校竖起了浙江大学校园戏剧的一面旗帜。正是这样的戏剧氛围，培育了梵音剧社、灵韵音乐剧社等一批优秀的戏剧类社团，使更多的同学得以在校园舞台上实现自己的戏剧梦想。

如今，学校迎来双甲子之庆，桂老师已经退休了。在她的硕果之年，我作为她的学生，能够辅助她完成这样一本书，是我宝贵而难得的经历。我从她身上学到的是戏剧人对事业的一丝不苟的追求和对戏剧艺术的崇敬与坚守。

同时，我也要感谢梵音剧社的指导教师李五一老师。在他的帮助与指导下，梵音剧社这样一个没有艺术指导教师，完全靠学生自己学习和摸索来创作的业余团队，得以从默默无闻发展到全校知名，不仅坚持数十年如一日校园戏剧活动，而且培养出数个职业从事戏剧创作的同学，实为难能可贵。

浙江大学校园戏剧的发展，还得到过众多关心校园戏剧、关心同学发展的校内外老师、艺术家与戏剧学者的指导和帮助，这里一并致谢。

感谢黑白剧社，感谢梵音剧社，感谢这许许多多纯粹的、热情的、认真的学生们！

本书中精选的校园戏剧原创剧本，取材不同，风格各异，记录了从20世纪90年代到当今，不同时代浙大人思维和观察视角的变化，也体现了浙大人共有的严谨、求是的风格。这些剧本均已搬上舞台。希望这些校园剧本的集萃，能够为读者构成清新而舒服的节奏，从不同的生活侧面娓娓道来，展示浙大戏剧舞台的独特风貌。

由于全书篇幅有限，编者不得已而对部分剧本作了删节，希望不会影响读者对这些剧本的理解和品鉴。

最后，感谢读者也成为浙江大学校园戏剧的见证者，希望合上书本之后，仍能记住戏剧作品中的故事与形象，记住我们稚嫩却无比真诚的台词。

谢谢大家！校园戏剧有了你们，才能永远繁花似锦，"绿树如歌"！

夏平

2017年暮春于浙江大学月牙楼

图书在版编目（CIP）数据

浙大戏文：浙江大学原创校园戏剧剧本集萃 / 夏平，桂迎主编. — 杭州：浙江大学出版社，2017.5
ISBN 978-7-308-16830-4

Ⅰ. ①浙… Ⅱ. ①夏… ②桂… Ⅲ. ①剧本-作品集-中国-当代 Ⅳ. ①I230

中国版本图书馆CIP数据核字（2017）第086631号

浙大戏文：浙江大学原创校园戏剧剧本集萃
夏平　桂迎　主编

责任编辑	黄兆宁
责任校对	田程雨
装帧设计	程　晨
出版发行	浙江大学出版社
	（杭州市天目山路148号　　邮政编码　310007）
	（网址：http://www.zjupress.com）
排　版	杭州林智广告有限公司
印　刷	浙江海虹彩色印务有限公司
开　本	710mm×1000mm　1/16
印　张	27.5
字　数	447千
版印次	2017年5月第1版　2017年5月第1次印刷
书　号	ISBN 978-7-308-16830-4
定　价	69.00元

版权所有　翻印必究　印装差错　负责调换
浙江大学出版社发行中心联系方式：0571-88925591；http://zjdxcbs.tmall.com